마지막 첫날밤 2

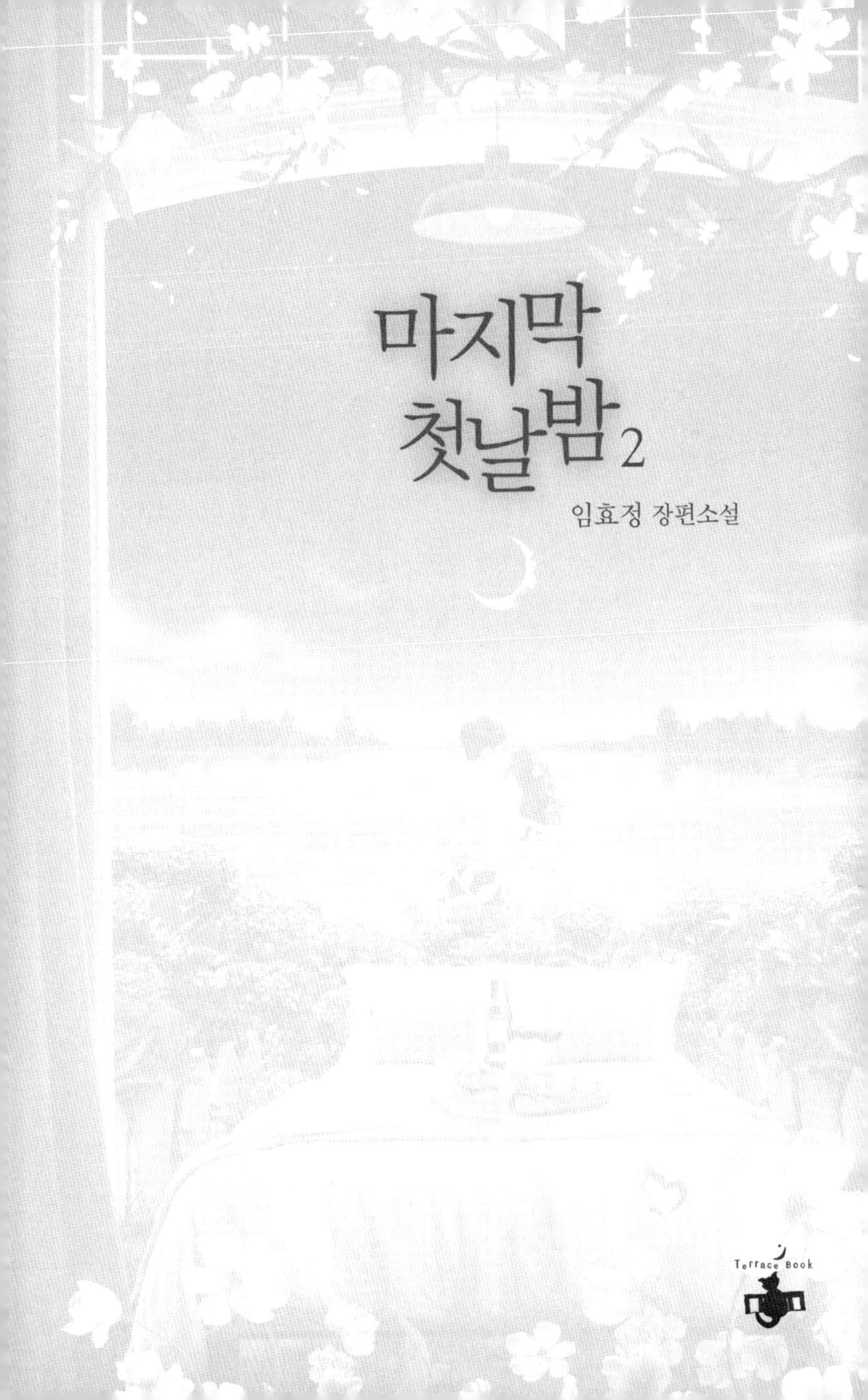

마지막 첫날밤 2

임효정 장편소설

Terrace Book

Vol.1

마지막 첫날밤	7
깔끔하게 그를 떠나기 위해서	30
당분간 이혼은 어려울 것 같아	56
나는 그런 당신이 걱정됐으니까	83
사랑할 수밖에 없는 사람	111
이쪽이 아니라 내가 남편	147
친해져야 하는 사이	180
내가 안아봐도 될까, 당신?	218
선명한 두 줄	249
좋아합니다	282
먼저 키스했잖아	325
좋은 남편, 좋은 아빠	363
나랑 평생 함께해줄래?	394
폭풍이 오기 전	428
나 얼마나 사랑해요?	466

[Contents]

Vol.2

널 기억하지 못해 7

모든 게 무너져 내렸다 38

이번에는 절대 놓치지 않을 거라고 67

제 의지를 흔드는 변수 100

나한테 와주기만 해 145

봄날의 크리스마스 175

우리는 딱 거기까지 217

두려움은 사랑의 그림자일지도 모른다 242

고마워, 돌아와줘서 275

족쇄를 채워야 해 312

당신, 질투해? 339

행복이라는 건 우리에게 오게 되어 있으니까 375

외전 I 새로운 가족 415

외전 II 사랑시 고백구 행복동에 사는 여자 428

외전 III 사실 우리는 441

외전 IV 엄마 아빠의 처음 453

외전 V 둘만의 시간 465

작가 후기 484

chapter 16

널 기억하지 못해

[교수님! 정은별 환자 상태가 심상치 않습니다. 복부에 부종이 생기고 호흡이 가빠지고 있습니다. 얼른 와보셔야 할 것 같습니다.]

은안을 기다리던 중, 한종철 레지던트에게 전화를 받은 재하의 얼굴이 심각하게 구겨졌다. 증상을 보니, 면역 거부 반응이 일어난 듯했다.

정은별 환자는 은안이 저 대신 뺨을 맞았던 시위자의 딸이었다. 모든 환자를 똑같이 대했지만, 은안과 비슷한 사정을 가졌기 때문일까. 아무래도 조금 더 마음이 쓰이는 환자였다.

잠시 고민하던 재하는 하는 수 없이 밑에서 대기하고 있던 김 기사에게 은안을 맡긴 뒤 병원으로 향했다.

어느새 병원에 도착한 재하가 병동으로 올라와 간호사 스테이션으로 향했다.

"정은별 환자 상태 어떻습니까."

"은별이 지금 자고 있는데, 교수님 왜 그러세요?"

평온한 간호사의 답변에, 순간 재하의 목덜미에 약한 닭살이 돋았다. 심장 한가운데에 커다란 구멍이 뚫리고, 그 자리에 불안함이 늘어졌나.

재하는 마음속으로 연신 '설마, 아니겠지.'를 외치며 다시 입을 열었다.

"한 선생 지금 어디 있습니까."

"아까 급한 일이 있다고 허겁지겁 나가시던데요?"

"그러니까요, 무슨 급한 일이라도 있는 사람처럼. 그러고 보니까, 오늘 한 선생님 좀 이상하지 않았어요?"

쏟아지는 간호사들의 대답에 재하의 동공이 아주 약하게 벌어졌다. 마치 잠에서 막 깨어난 사람처럼 순간적으로 정신이 몽롱했다. 하지만 그것도 잠시였다. 재하는 현실을 마주했다.

한 선생은 거짓말로 저를 불러냈다. 제가 은별이를 특별하게 생각하는 걸 이용해서. 대체 왜 그런 것일까.

많은 생각이 조각처럼 흩어졌다가 다시 얼기설기 엮였다.

"설마……."

이 모든 게 하유라가 조작하고 통제한 상황일까. 재하는 순간적으로 지독한 불안감에 휩싸였다. 하필이면 독주회에 간 날, 은안과 제가 떨어져 있던 순간 걸려 온 전화.

조금 전까지 우연이라고 치부했던 것들이 이상하게 느껴졌다. 그는 휴대폰을 꺼내 들어 은안에게 곧장 전화를 걸었다. 통화 연결음 1분이 1년처럼 느껴졌다.

[고객님이 전화를 받을 수 없어 소리샘으로 연결…….]

은안은 끝내 전화를 받지 않았고, 수화기 너머에서는 기계음이 들려왔다. 조금 전까지만 해도 작은 눈 뭉치 같던 불안감이 커다란 눈덩이처럼 커져 있었다.

'아니야, 김 기사님이랑 같이 있을 테니까. 괜찮아.'

재하는 애써 이성을 잡으며 김 기사에게 전화를 걸었다. 김 기사의 목소리가 들리자마자 재하가 급히 입을 열었다.

"김 기사님, 제 아내 집으로 잘 돌아갔습니까?"

[앗, 집으로 가시지 않았습니다. 도련님을 만나겠다고 하셔서 병원으로 모셔다드렸습니다.]

"……알겠습니다."

김 기사의 말에 약간 안도한 재하가 전화를 끊었다. 그리고 은안을 찾기 위해 병동을 빠져나가려 발걸음을 돌린 그 때…….

Rrrr— Rrrr—.

전화벨 소리가 울렸다.

응급실의 이 선생이었다.

"여보세요?"

[남 교수님! 누구랑 그렇게 통화를 하시는 거예요! 빨리 응급실로 내려와보셔야 할 것 같습니다!]

"이 선생, 미안한데 내가 지금 좀 바빠서……."

은안을 찾는 것이 급선무라, 다른 선생에게 콜하라고 말하려던 재하에게 이 선생이 버럭 화를 내듯 말했다.

[지금 다른 일이 급할 때가 아니에요! 사모님이, 사모님이 응

급실에 계시다구요!]

이 선생의 고함에 순간 재하는 숨 쉬는 법을 잊은 채 눈을 깜빡였다.

[교수님, 놀라지 말고 들으세요. 사모님께서 교통사고를 당하셨습니다. 당장 응급 씨섹(C/S cesarean section: 응급 제왕절개) 들어가야 할 거 같습니다. 그리고 사모님 상태로 봐서는 다른 외상도 있을 수 있어서 곧바로 응급 수술 들어가야 할 거 같습니다.]

물속에 빠진 듯 단 한 번도 숨을 쉬지 못하던 재하가 겨우 대답을 뱉어냈다.

"……바로 내려갈게."

떨리는 다리를 겨우 지탱한 재하가 발걸음을 돌렸다.

은안도, 찰떡이도 제발 무사하게 해달라는 기도와 함께.

부산스러운 응급실 안, 급하게 달려온 재하가 은안을 찾았다. 하지만 눈에 먼저 들어온 건 제게 전화를 줬던 이 선생이었다.

"이 선생! 은안이는, 아니, 우리 아내……."

"동의서 작성하시면, 외과 한 교수님이랑 산부인과 최 교수님이 같이 들어가실 겁니다!"

정신이 반쯤 빠진 재하가 횡설수설하자, 이 선생이 차분하게 상황을 설명했다.

"사진상으로는 복강 내 출혈이 있는 거 같습니다. 정확한 건 개복을 해봐야 알 수 있을 것 같습니다."

"……."

"그리고 머리도 심하게 부딪히신 거 같아서 뇌진탕이 의심됩니다."

생각보다 심한 은안의 상태에, 재하가 눈을 질끈 감았다.

겨우 다시 눈을 뜬 재하가 이번엔 찰떡이에 대해 물었다.

"아이 상태는……."

"아이, 심장이 뛰고 있는 건 확인했습니다. 최 교수님이 최선을 다하시겠다고…… 말씀하셨습니다."

조심스러운 이 선생의 말에 재하가 주먹을 꽉 쥐었다. 어쩌면 두 사람을 다 잃을지도 모른다는 불안감이 엄습해왔다.

"그리고 이거……."

이 선생이 마지막으로 재하에게 노트를 건넸다.

"사모님이 마지막까지 손에 꽉 쥐고 있었던 물건입니다."

이 선생이 떠나고, 재하가 시선을 내려 제 손에 쥔 노트를 바라봤다. 제 아버지의 유작 노트였다. 노트를 받아 든 재하는 온몸이 무너진다는 게 이런 기분이라는 걸 처음으로 느꼈다.

도대체 뭐가 어디서부터 잘못된 것일까. 왜, 그녀가 수술실에 있어야 한다는 말인가.

원망과 의문으로 머리가 지끈 아파왔지만, 지금은 일단 은안이 무사한 게 먼저였다. 재하는 노트를 들고 수술실 앞 보호자 대기실로 발걸음을 옮겼다.

거의 보호자 대기실에 도착한 그는 풀려버린 다리를 주체하지 못하고 의자에 털썩 주저앉았다.

그의 얼굴 곳곳에 공허함이 덧대어져 있었다. 은안의 곁에 꼭 붙어 있었어야 했는데. 한시도 그녀 옆에서 떠나지 말았어야 했는데. 그녀를 지키지 못한 죗값을 어떻게 치러야 할까. 아니, 죗값을 치를 기회라도 잡을 수 있을까. 깊은 한탄이 담긴 한숨이 그의 입을 타고 흘렀다.

"하아……. 제발."

은안을 기다리던 재하는 깊은 심연에 잠식되어갔다.

호텔 방으로 돌아온 유라는 테이블 위의 잔에 담긴 와인을 한 모금 넘겼다. 쌉쌀하면서도 달큰한 맛이 입 안 가득 퍼지자, 저절로 콧노래가 흘렀다. 모르는 사람이 본다면 모든 공연을 무사히 끝낸 게 기뻐 축배를 든다고 생각하겠지만, 실상은 달랐다. 그저 은안의 그 무너지던 표정이 통쾌해 술을 한 잔 곁들이는 것이었다.

"그 표정, 한 번만 보기엔 참 아까웠는데."

잔에 남은 와인을 굴리던 유라가 조금 전 은안의 부들거리던 얼굴을 떠올리며 설핏 웃음을 띠었다. 재하가 제게 돌아올 거라는 확신은 없었다. 그렇지만 그가 은안의 옆에 있어서도 안 됐다. 가지지 못할 바에는, 모든 걸 헝클어트려야 한다. 이것이 제가 지금까지 살아온 방식이었다.

한창 와인을 즐기던 그때, 유라의 휴대폰이 요란스럽게 울렸다.

"여보세요?"

[저, 한종철입니다.]

수화기 너머에서 불안한 한종철의 목소리가 흘러나왔다.

"무슨 일이에요? 입금은 다 됐는데."

[혹시, 일부러 그러신 겁니까? 사모님을 차로 들이받으신 거. 제가 돈을 벌고 싶긴 했지만, 이런 일에 연루되고 싶지는 않았습니다! 전 그냥 남 교수님 정보나 좀 빼돌리려고 했던 건데…….]

한종철이 대뜸 전화해서는 알 수 없는 얘기만 늘어놓자, 유라의 미간이 좁혀졌다.

"차로 들이받다니요?"

[사모님, 병원 앞에서 사고를 당하셨는데, 그것도 하유라 씨가 한 거 아닙니까?]

"아니에요! 난 그런 짓은 하지 않았어요!"

[하, 그럼 됐습니다. 혹시나 이 일, 하유라 씨가 벌인 거면 괜히 나까지 엮여서 인생 망칠까 봐 물어본 거였습니다. 그럼, 이만 끊죠.]

유라의 부인에, 목소리에 한결 여유가 생긴 한종철이 전화를 끊으려 하자 이번에는 그녀가 다급하게 물었다.

"아니, 잠깐. 그럼 유은안 씨한테 교통사고라도 났다는 말이에요?"

[네, 병원 근처에서요. 아마 지금쯤 수술하고 있을 겁니다.]

한종철의 말을 끝으로 전화가 종료되고, 유라는 문득 불안한 감정에 휩싸였다.

'교통사고가 났다고?'

둘 사이를 떨어트려놓고 싶었던 거지, 그 여자가 죽길 바랐던 건 아니었다. 유라는 거칠게 마른세수를 하며 한숨을 내쉬었다. 만약 은안이 죽기라도 한다면 그 모든 게 제 탓이 될 것만 같은 느낌이었다.

수술실 앞 보호자 대기실, 은안의 소식을 들은 태수와 은진, 그리고 진태가 급히 안으로 들어섰다. 은진과 진태는 보호자 대기실 벽에 걸려 있는 화면에 적힌 은안의 이름을 두 눈으로 확인하고서는 아무 말도 하지 못했다. 가장 먼저 큰 소리로 재하를 부른 것은 태수였다.

"재하야! 이게 어떻게 된 거야!"

"……."

"어떻게 된 거냐니까! 처제는, 찰떡이는 다 괜찮은 거야?"

순간, 물 먹은 듯 먹먹했던 귀가 은안과 찰떡이라는 단어에 확 트였다. 겨우 정신을 차린 재하가 상황을 설명했다.

"음주 운전 사고가…… 있었어요. 응급 씨섹 진행 중이고, CT상으로 복강 내 출혈이 있는 거 같다고 해서 바로 뒤이어서 외과 한 교수님이 수술 진행해주시기로 했습니다."

아이도 은안의 상태도 모두 다 확신할 수 없는 상황에 대기실 안이 무거운 침묵으로 내려앉았다. 진태가 의자에 털썩 주저앉으며 목멘 소리를 토해냈다.

"어쩌다…… 어쩌다 이런 일이……."

은진은 여전히 아무 말 없이 눈물만 뚝뚝 흘렸다. 모두가 절망의 구덩이에 빠져 허우적대고 있었다.

재하는 이 모든 게 제 탓인 것 같아 심장이 옥죄어왔다.

생각해보면 여러 번 선택의 갈림길이 있었다. 독주회에 가지 않았더라면. 아니, 은안을 혼자 두고 가지 않았더라면. 모든 일이 이미 벌어진 상황에서 '만약'이라는 말이 얼마나 쓸데없는지 잘 알지만. 지금, 이 순간만큼은 자꾸만 '만약'이라는 가정을 하게 됐다.

밀려드는 후회를 겨우 삼키며 버티던 그때…….

"수술 끝났습니다."

어느새 수술을 마친 산부인과 최 교수가 보호자 대기실로 들어왔다. 재하가 다급히 최 교수 앞으로 가 물었다.

"최 교수님. 제 아내, 괜찮습니까?"

"이제 외과 한 교수님이 집도 시작하셨습니다. 그래도 출혈은 어느 정도 잡힌 상태니 수술 잘될 겁니다. 너무 걱정 말아요, 남 교수."

"아……. 아이는요, 아이는 괜찮습니까?"

심각한 얼굴을 한 최 교수가 조심스럽게 입술을 달싹였다.

"아이는 무사히 태어났습니다. 하지만 주수가 아직 모자라서 신생아 집중 치료실로 보냈습니다."

생각보다 심각한 것 같은 은안의 상태에 다들 표정이 어두워졌다가, 무사히 찰떡이가 태어났다는 말에 모두 조금은 안도했다.

잠시 후, 경과를 전한 최 교수가 보호자 대기실을 나섰다. 아직 긴장감이 얼굴에 고스란히 남아 있는 얼굴을 한 재하와 가족들은 한마음 한뜻으로 기도했다. 제발 은안에게 아무 일도 없게 해달라고.

몇 시간 후, 수술 후 회복실에 있던 은안이 병실로 내려왔고, 은진과 진태는 집에 가서 필요한 것을 챙겨 오겠다며 나갔다. 자옥과 상훈은 찰떡이의 상태를 체크하기 위해 신생아 집중 치료실로 내려갔다. 뒤늦게 소식을 접한 유진은 은안의 손을 한참이나 잡고 있다가, 새어 나오는 울음을 참지 못하고 병실을 나섰다.

병실에 홀로 남은 재하는 굳게 눈을 감고 있는 은안을 내려다보았다. 그녀를 내려다보는 재하의 눈망울에 눈물이 가득 고였다.

"은안아, 내가 없는 사이에 대체 무슨 일이 있었던 거야."

널 거기 혼자 두는 게 아니었어. 내가 널 지켜주겠다고, 행복하게 해주겠다고 말했는데. 왜 난 늘 너한테 아픔만 주는 걸까. 너한테 받은 마음들을 아직 다 갚지도 못했는데, 왜 또 너한테 빚을 지게 된 걸까. 이런 질문을 수도 없이 던졌어. 그런데 답은 하나뿐이었어. 내가 너한테 너무 부족한 사람이라서 그래. 제발 일어나서, 차라리 날 때리고 욕이라도 해줬으면 좋겠어.

쓰디쓴 마음을 삼킨 재하가 고개를 툭 떨어트렸다. 이윽고 그의 눈에 고여 있던 눈물이 침대 시트로 뚝 떨어졌다.

소리 없이 눈물을 흘리던 그는 은안을 기다리던 중, 은별이가 위급 상황이라는 한종철의 연락을 받은 때를 상기했다. 은안도 종종 그 아이에 대해 묻고는 했다. 저와 비슷한 일을 겪을 뻔했던 아이라 그런지, 기억과 마음에 남는 듯했다.

—은별이, 회복은 잘하고 있어요? 나랑 비슷해 보여서 마음이 쓰이네요. 가끔 생각도 나고. 그때 얘기 나눠보니까, 집안 사정도 그렇게 넉넉하지 않다고 했었던 거 같은데.

그건 재하도 마찬가지였다. 은안과 비슷한 환경에서 자란 은별이를 볼 때마다 왠지 모르게 은안이 생각났다. 그래서 신경이 쓰였다.

어느 날 조업을 위해 바다로 나갔던 은별 엄마가 탄 배가 난파되었고, 뇌사 상태에 빠지고 말았다. 은별 엄마는 남편과 이혼 소송 중이었고 다른 친인척도 없었기에 딸인 은별이에게 가장 먼저 연락이 갔다. 그리고 주치의인 재하에게 모든 상황이 전달되었다.

아직 나이가 어린 은별이를 대신해 재하가 몇 번 일을 도와주었다. 그러다 보니, 자연히 미성년자인 은별이에게 후견인이 필요하다는 사실을 알게 되었고, 제가 하는 게 좋겠다고 생각했다. 그렇게 후견인이 되기 위한 법적인 절차를 준비 중이었다.

그리고 이 모든 일들을 은안에게 알리지 않은 이유는 한 가지였다. 아이를 가진 은안에게 괜한 걱정을 끼치기 싫어서였다. 이 일을 평생 감출 작정은 아니었다.

다만, 밝힌다고 하더라도 지금의 시점은 아니라고 생각했을 뿐. 그런데 은별이를 이용해서 저를 불러낸 걸 보면, 유라는 이런 사실까지 알고 있었던 걸까. 재하는 머리를 쓸어 넘기며 짙은 한숨을 뱉었다.

"하아……."

아직은 모든 상황이 듬성듬성 끼워 맞춰진 퍼즐처럼 하나의 그림을 만들어내지 못하고 있었다. 그때, 병실 문이 열리고 집에 다녀온 진태와 은진, 그리고 태수까지 들어왔다.

"오셨어요?"

재하가 자리에서 일어나 세 사람을 맞이했다. 그런데 세 사람의 표정이 심상치 않았다.

이상한 분위기를 감지한 재하가 입을 열기도 전에, 진태가 그의 앞으로 바짝 다가와 품 안으로 서류 봉투를 밀어 넣었다.

그리고 그 서류 봉투를 확인한 재하의 동공이 크게 벌어졌다. 제가 건네받은 '최&박 로펌'의 로고가 새겨져 있었기에.

이게 무엇이냐고 물어볼 겨를도 없이 진태의 무거운 목소리가 다시 재하의 귓가를 스쳤다.

"왜 거기에 이혼 서류가, 그것도 자네의 필체로 쓰여 있는 건지 말해보게. 그리고 그게 왜 사고 현장에서 습득된 유실물이라며 우리한테 온 건지도."

재하가 멍하니 아무런 대답도 하지 못하자, 태수가 옆에서 설명을 덧붙였다.

"조금 전에 구급 대원이 유실물이라고 가져다줬어. 가방이랑 이 이혼 서류."

"은안이한테 이게 있었다는…… 말입니까?"

겨우 이성을 붙든 그가 묻자, 태수가 다시 고개를 끄덕였다.

봉투를 열어 안에 있는 종이들을 확인한 재하의 낯빛이 급격히 어두워졌다.

제가 쓴 적은 없지만, 제 필체의 글씨가 빼곡한 이혼 서류. 그리고 그것이 은안에게 있었다는 건…….

대강 상황을 파악한 재하가 고개를 올리자 가족들의 시선이 따갑게 쏟아졌다. 그가 다급히 입을 열었다.

"아버님, 제가 설명하겠습니다. 이건 제가 쓴 게 아닙니다!"

"이렇게 확실히 자네의 글씨체가 보이는데, 자네가 쓴 게 아니라고?"

병실로 들어오기 전, 미리 서류를 확인한 세 사람은 또박또박 찍혀 있는 재하의 필체에 경악을 금치 못했다

통탄스러움에 진태의 얼굴에 미세한 경련이 일었다. 제 딸을 부탁한다고 말한 결과가 이것이라니. 재하에 대한 원망을 감출 길이 없었다.

"지난 3년간, 자네는 은안이를 많이 힘들게 했지. 그런데도 내가 자네의 모든 행동에 한마디도 입을 떼지 않은 건!"

"……."

"은안이가 자네를 사랑해서였어!"

지난날, 가여웠던 은안을 생각하던 진태의 눈에 눈물이 가득했다. 눈에 넣어도 아프지 않을 제 딸이, 기계를 주렁주렁 달고 눈을 감고 있었기에.

진태는 다시 한 번 입을 열어 큰소리를 냈다.

"내가 우리 딸, 잘 부탁한다고 하지 않았나! 그런데 어떻게 이럴 수가 있어!"

은안이 이렇게 된 것에 제 책임도 있었기에, 재하는 말을 잇지 못했다.

이혼 서류는 제가 쓴 게 아니었지만, 어쨌든 제가 은별이에 대한 일들을 모두 말하고 한종철에게 속지 않았더라면 은안이 사고까지 당하지는 않았을 테니까.

날카로운 눈으로 재하를 쏘아보던 진태는 더는 아무것도 묻지 않고 그대로 병실을 나가버렸다.

잠시 자신의 방으로 온 재하가 자리에 앉았다. 그리고 책상에 놓인 저와 은안의 사진을 물끄러미 보다가 조용히 읊조렸다.

"내가 당신 이렇게 만든 사람, 꼭 가만두지 않을 거야."

재하는 은안이 수술을 받는 내내 생각했다. 석연치 않은 이 사고에 유라가 관련되어 있을 거라고. 단순한 음주 운전 교통사고가 아닐 거라는 촉이 바짝 섰다.

일단, 김 비서님에게 요청했다. 저를 거짓말로 불러낸 한종철에 대해 알아봐달라고. 그리고 그와 유라에게 어떤 유착이 있었는지도 요청한 참이었다. 어쨌든 한종철부터 파보면, 이 일들의 윤곽이 뚜렷하게 잡힐 것 같았다. 만약 이 일이 정말 모두 계획에 의한 것이라면 그와 관련된 사람들을 전부 가만두지 않을 생각이었다.

재하가 겨우 분을 삭이던 그때, 주머니에 넣어둔 휴대폰에서 진동이 울렸다. 한종철에 대해 알아봐달라고 부탁했던 김 비서였다. 곧장 전화를 받은 그가 조금은 급하게 말을 뱉었다.

"여보세요? 김 비서님, 한종철에 대해서 특별한 점 찾으셨습니까?"

[네, 잠시만요…….]

수화기 너머에서 서류를 뒤적이는 소리가 스쳤다. 그리고 이내 사락거리던 종이 소리가 멈추고, 조금 전보다 조금 더 톤이 높은 목소리를 한 김 비서가 말했다.

[한종철, 이 사람 계좌로 하유라 씨가 입금한 흔적이 있네요.]

"……사고랑 하유라의 연결 고리는 없었습니까?"

[네. 아직 더 조사해봐야 알겠지만, 아직 특별한 건 찾지 못했습니다. 아마, 사고는 정말 사고일 뿐일지도 모르겠습니다.]

관자놀이를 지그시 누른 재하가 눈을 감았다. 사고는 하유라의 사주가 아니었다고 해도, 은안을 흔들고 괴롭게 한 대가는 꼭 치르게 해야 했다.

상념에 잠긴 그때, 김 비서가 다시 입을 열었다.

[아, 그리고 특이점이 하나 있었습니다. 에이전시 홈페이지에 하유라 씨의 자작곡 소개 영상이 있었습니다. 느낌이 이상해서 조사해봤는데 아무래도 노트에 있던 곡을 자기 자작곡으로 둔갑시킨 거 같더라고요.]

"그게 사실입니까?"

매섭게 휘어 있던 재하의 눈매가 순간 탁, 하고 풀렸다.

[지금 계약되어 있는 에이전시에서 하유라 씨와 계약하는 조건으로 스스로 작곡한 곡을 원했다는 얘기를 들었습니다. 아마 그 에이전시에서는 하유라 씨를 대중적인 스타로 키우려고 했던 것 같습니다.]

"그래서…… 아버지의 곡을 자기 곡으로 둔갑시켰다는 말입니까."

[네, 본인 곡보다는 남 선생님 곡이 훨씬 더 나았을 테니까요.]

재하의 한쪽 입매가 거칠게 비틀렸다. 뻔뻔함이 도를 넘은 행태였다. 남의 유작을 몰래 제 것으로 둔갑시키다니. 애초에 아버지의 유작이 그녀에게 있다는 것도 의아했다.

정말 아버지가 부탁을 한 게 맞긴 한 걸까. 지금 유라가 저지른 일들을 놓고 보면, 아버지가 부탁했다는 말도 거짓말일 수 있겠다는 생각이 들었다.

한번 시작된 의심은 마음속에서 기정사실로 굳혀졌다. 만약, 당시 노트를 훔친 게 사실이 아니라 해도 이미 아버지의 곡을 이용해 많은 것을 취했으니 훔친 것과 다를 게 없었다.

이미 유라의 밑바닥을 다 봤다고 생각했는데, 그보다 더한 밑을 본 기분이라 인상이 사정없이 구겨졌다.

"관련된 자료, 저도 볼 수 있게 메일로 보내주세요."

[알겠습니다, 도련님.]

전화를 끊은 그가 거칠게 머리를 헝클어트리며 분노가 담긴 목소리를 공중에 흩뿌렸다.

"……하유라."

한때는 제 전부라고 생각했던 적도 있는 여자였다. 그런데, 이제는 제 전부를 앗아가려 하고 있었다. 이런 사람인 줄 알았다면, 연인이 되지 않았을 텐데. 아니, 친구조차도.

이제는 인연이 아닌 악연이 되어버린 고리를 완전히 끊어버려야 했다. 유라에게 죗값을 치르게 해야 은안이 일어났을 때 최소한의 속죄라도 할 수 있을 테니까.

재하는 메일함을 열어 김 비서가 보내준 자료들을 확인하며 혼잣말을 읊조렸다.

"곡을 마음대로 썼다는 거지."

가련한 척 아버지의 부탁을 받았다고 할 때는 언제고, 그걸로 제 사리사욕을 채운 유라가 우스웠다. 저와 은안을 갈라놓으려 하고, 아버지의 곡을 멋대로 도용한 유라에게 어떤 식으로 갚아줘야 할까. 한참을 고민하던 재하의 머릿속에 한 가지 묘안이 떠올랐다.

제게 가장 소중한 것을 건드렸으니, 똑같이 가장 소중한 것을 잃게 할 방법이.

결심을 한 재하가 자리에서 일어나 방을 나섰다.

며칠 뒤.

하유라, 故 남현식 피아니스트의 곡을 훔친 도둑?

천재 피아니스트, 사실은 표절자였나?

하유라, 콘서트 환불 요청 이어져.

태블릿을 든 손이 지진이라도 난 듯 덜덜 떨렸다.

"아악!"

쾅—.

유라가 바닥으로 태블릿을 던져버렸다.

챙—.

굉음 뒤, 주변으로 유리 파편이 튀었다.

어제저녁, 제가 현식의 곡을 베꼈다는 정교한 비교 글이 인터넷 세상을 지배했다. 그리고 그 글은 순식간에 걷잡을 수 없이 퍼져 결국 실시간 검색어와 뉴스 창을 도배했다.

제 이름 앞에 붙은 불명예스러운 수식어에, 유라가 덜덜 떨며 머리를 부여잡았다. 제가 에이전시에 샘플로 보냈던 곡을 홈페이지에 자신의 동의도 없이 올려놓았을 거라고는 상상치도 못했다.

"하."

유라가 짙은 한숨을 내뱉었다.

어떻게 다시 올라온 자리인데. 어떤 마음으로 미국에서 버텼는데.

유라는 입술을 잘근잘근 씹었다.

모두에게 그렇겠지만, 창작을 하는 사람들에게 표절 시비란 최악의 논란이었다. 특히나 제 에이전시에서 저를 '작곡까지 되는 피아니스트'로 셀링 포인트를 잡았기에 사람들의 원성이 더 자자했다.

ㄴ와, 순진한 얼굴로 사람 뒤통수 후려갈기네.
난 이제 하유라 불매.

ㄴ가짜 피아니스트네.

제가 현식의 노트를 갖고 있다는 것을 아는 사람은 재하와 저, 그리고 은안뿐이었다.

"설마……."

불안한 유라의 눈동자가 이리저리 흔들리는 가운데, 정적을 깨고 휴대폰에서 진동 소리와 함께 메시지 알림이 떴다. 그녀는 신경질적인 손길로 옆에 있던 휴대폰을 홱 낚아챘다. 그리고 문자를 확인한 유라의 눈이 조금씩 떨리기 시작했다.

어때, 너한테 소중한 걸
빼앗긴 기분이.

메시지의 발신인은 재하였다.

문자를 확인한 유라가 고함을 질렀다.

"아악!"

유라가 믿을 수 없다는 눈빛과 함께 손톱을 물었다.

"말도 안 돼……."

재하가 이 사실들을 뿌린 거라고 생각하니 온몸에서 천불이 일어났다.

아무리 제가 바닥을 보여도, 그는 제게 바닥을 보이지 않을 거라는 믿음이 있었다. 두꺼운 빙판 위에서 아무리 뛰박질을 해도 그 얼음이 깨지지 않을 거라고 믿는 것처럼.

왜냐면, 남재하는 하유라에게 그런 사람이었으니까. 원하는 건 뭐든 해주며, 자신을 가장 사랑하고, 자신만을 위하던 사람. 그래서 저도 모르게 은연중에 그렇게 믿었다. 재하가 자신을 사랑하지는 않아도 옛정을 봐서 그렇게까지 모질지는 못할 거라고.

하지만 그 두껍던 얼음은 햇살에 다 녹아버려 얇아질 대로 얇아진 상태였다. 발길만 살짝 디뎌도 쩍 갈라져버릴, 그런 상태.

유라는 그제야 진정으로 깨달았다. 제가 갖고 있던 그 믿음이 얼마나 부질없고 알량한 것이었는지를. 지금의 그는 저를 나락 끝, 아니 지옥 끝보다 더한 곳이 있다면 그곳으로 보낼 수도 있는 사람이 되어 있었다는 걸.

허공을 응시하던 유라가 바닥에 주저앉아 실성한 듯 웃음을 터트렸다.

"아하하하하, 아하하하하."

그리고 직감적으로 느꼈다. 이제 피아니스트로서의 제 삶은 끝이라는 걸. 남을 해치기 위한 칼날이 결국은 제게 돌아오게 될 거라는 걸 몰랐던 그녀는 한참이나 방 안에 앉아 넋을 놓고 웃었다.

며칠 후, 컴퓨터 앞에 앉은 재하는 조용히 포털 사이트가 켜진 화면을 응시했다.

화면에는 유라의 은퇴 기사가 띄워져 있었다. 재하는 천천히 기사를 살폈다. 며칠 전, 유라가 아버지의 곡을 베꼈다는 것을 깨달은 뒤 김 비서에게 부탁해 비교 글을 올리고 인터넷에 여론을 조성하게 했다.

살짝만 불을 지폈을 뿐인데, 어느새 유라의 논란은 큰 화염이 되어 있었다.

며칠 내내 엄청난 지탄을 받던 그녀는 결국 은퇴를 하는 것으로 여론을 잠재웠다. 큰일이 있지 않는 한, 다시 활동을 재개하기는 어려울 듯했다.

제가 기억하던 유라는 그 누구보다 피아니스트라는 꿈에 진심이었다. 제게 가장 소중한 것을 해쳤으니, 저도 똑같이 해줘야겠다는 생각뿐이었다.

결국 유라는 제가 의도했던 대로 다시 피아니스트로서의 삶을 이어가기가 힘들게 됐다. 그리고 경찰에 적발된 음주 운전자도 죗값을 치르게 됐다.

분명 모든 사람이 그에 상응하는 벌을 받게 되었는데 아직도 목구멍은 모래를 먹은 것처럼 뻑뻑했으며, 가슴 한쪽은 돌덩이라도 올려놓은 것처럼 답답했다. 재하의 폐부에서 깊은 한숨이 흘렀다.

"하……."

당연했다. 아직 은안이 깨어나지 못했으니까.

일을 저지른 사람들이 죗값을 치른다고 해서, 모든 게 없었던 일이 되지는 않았다. 은안이 내내 잠들어 있던 사이, 재하는 유라와 엮인 일에 대해 진태에게 차근히 해명했다. 이혼 서류는 제가 쓴 것이 아니라는 것을.

하지만 재하를 보는 마뜩잖은 진태의 눈빛은 여전했다. 은안이 아직까지 눈을 뜨지 못하는 이 시점에서, 그 이혼 서류를 재하가 직접 썼는지 안 썼는지는 진태에게 그리 중요한 게 아니었다. 제 딸을 아프게 했다는 사실만이 진태의 마음 깊은 곳에 깊이 박힌 못이 되었을 뿐.

은안의 병실에 갈 때마다 진태에게 눈치가 보였지만, 재하는 꿋꿋이 눈도장을 찍었다. 오늘도 재하는 은안에게 가기 위해 자리에서 일어나 병실로 발걸음을 옮겼다.

저를 때리고 욕해도 좋으니 제발 깨어나기만 해달라는 간절한 기도와 함께.

은안의 병실.

다신 일어나지 않을 것처럼 핏기가 가신 딸의 희고 작은 손을 잡은 진태가 한숨을 내뱉었다.

"하."

수술은 잘 끝났지만, 며칠 내내 잠만 자는 은안의 모습에 덜컥 두려움이 차올랐다. 그리고 그 두려움은 어느새 재하에 대한 원망으로 번져갔다. 머리로 상황을 이해하는 것과 마음으로 진정한 용서를 하는 것은 완전히 다른 문제였으니까.

진태는 은안의 곁을 지키며 내내 생각했다. 왜, 재하에 대한 응어리가 쉬이 사라지지 않는 것인지. 그리고 굽이굽이 이어져 있던 기억의 길을 거슬러 가다 생각해냈다.

최근의 제 딸의 행복한 표정에 가려져 있던 과거들이.

재하와 은안이 결혼한 지 1년쯤 됐을 무렵이었다.

은안의 결혼 초, 진태는 '정략결혼을 시킨 게 잘한 일일까?'라는 의문에 빠져 있었다. 단 한 번의 선을 보고 결혼하겠다는 은안이 걱정됐기 때문이었다.

하지만 자신이 걱정했던 것보다 결혼에 만족하는 듯한 은안의 행동에 마음을 조금 놓게 됐다.

그리고 제가 본 자옥과 상훈은 좋은 사람들이었고, 연애 결혼은 아니지만, 저 정도면 은안이 나쁜 결혼을 한 것은 아니라고 여겼다.

그 믿음이 산산조각 난 것은 자옥이 가족끼리 식사 자리를 마련했을 때였다.

식사 자리에서 아직 어색해 보이는 두 사람을 볼 때까지만 해도, 별다른 생각은 없었다. 하루아침에 부부라는 끈으로 묶인다고 한들 급작스럽게 친해지는 것도 이상한 일이었으니 말이다.

그렇게 식사 자리가 마무리되고, 커피숍으로 자리를 옮기려던 차였다. 야외에 있는 화장실을 가기 위해 걸음을 옮기던 진태는 건물과 건물 사이에서 들리는 목소리에 걸음을 멈췄다.

―갈 때는 따로 가. 내가 말했었지 않나. 당신이랑 같은 차 타는 거 불편하다고.

그때 어렴풋이 알게 됐다. 나쁘지 않다고 어림짐작했던 제 딸의 결혼이 실은 최악이었음을.

물론 은안이 먼저 힘든 티를 내지 않으니 먼저 아는 척할 수는 없었다.

딸의 선택을 존중해줄 수밖에 없었다. 하지만 아무리 제 딸의 선택일지언정, 재하를 곱게 봐줄 수가 없었다.

찰칵—.

옛 생각에 잠겼던 진태의 귓가로 문이 열리는 소리가 들렸다.

"아버님."

병실로 찾아온 것은 재하였다. 진태가 고개를 들어 재하와 눈을 맞췄다. 조심스레 진태의 곁으로 다가온 재하가 입을 열었다.

"아버님, 여긴 제가 있을 테니까 조금 쉬다 오세요."

재하의 배려에도 진태는 아무런 대답도 하지 않았다.

잠시 병실 안에 무거운 정적이 흐르고, 진태가 조심스레 입술을 뗐다.

"난 못난 어른이네. 솔직히 말하면, 자네가 용서되지 않아."

진태의 말에 재하의 눈이 잘게 떨렸다.

당황한 재하의 표정에도 아랑곳하지 않은 진태가 빳빳한 어조로 말을 이어갔다.

"누워 있는 은안이를 보면서 곰곰이 생각해봤네. 그 이혼 서류가 자네가 쓴 게 아닌데, 자네가 미운 이유가 뭔지."

"……."

"그리고 찾았어."

고저 없는 진태의 말투에, 재하가 마른침을 삼켰다.

"내 딸은 자네와 결혼하고 나서 행복했던 시간보다 힘들었던 시간이 훨씬 많았네. 그게 이유였어."

진태의 말에 재하는 아무런 말도 할 수 없었다. 부정할 수 없는 사실이었으니까.

"은안이가 깨어나서 자네를 용서하든, 하지 않든……."

낮게 가라앉은 진태의 목소리가 재하의 마음을 쿡쿡 쑤셨다.

"나는 자네를 예전처럼 대하지 못할 거 같네."

그 말을 끝으로, 진태는 다시 고개를 돌려 은안 쪽으로 시선을 고정했다. 그리고 차가운 목소리로 말했다.

"여긴 내가 있을 테니, 자네는 이만 가보게."

교수실로 돌아온 재하는 테이블 의자에 앉아 어깨를 축 늘어트리고서 고개를 떨궜다.

진태의 말이 자꾸만 귓가를 맴돌았다. 은안이 결혼을 하고 행복했던 시간보다 그렇지 않은 시간이 더 많았다는 이야기가. 진태의 말에 흐릿해졌던 것들이 머릿속에서 조금씩 선명해져갔다.

제 앞에서 상처받은 표정을 하던 은안의 얼굴. 상처 입은 채 눈물을 그렁거리던 그녀의 눈동자. 그리고 은안을 그렇게 만들었던 차갑던 저의 모습들. 마치 세상에 존재한 적 없다는 듯 묻어뒀던 기억들이 수면 위로 다시 떠올랐다.

그리고 문득 깨달았다. 은안이 유라에게 이혼 서류를 받고 얼마나 동요했을지. 얼마나 불안함을 느꼈을지.

은안을 향한 지금의 제 마음이 아무리 크다고 해도 지난 3년간 제가 했던 말과 행동들이 사라지는 건 아니었다.

그런 기억들을 안고 있는 그녀가 유라의 작은 이간질에도 크게 흔들리는 건, 어쩌면 당연한 일이었다. 모든 순간을 되짚어볼수록 후회가 무겁게 마음을 짓눌렀다.

그때, 허공을 응시하던 재하의 시선에 책상 위에 놓인 편지 봉투가 들어왔다. 현식이 재하에게 남긴 편지였다. 은안이 들고 있었던 노트 맨 앞에는 현식이 재하에게 남기는 메모가 적혀 있었다.

재하야, 네가 이 노트를 볼 때쯤이면
난 아마 네 곁에 없겠지. 내가 남양주 스튜디오에 편지를
숨겨놨는데 읽어보렴. 편지는 책장 가장 위 칸 두 번째와
세 번째 책 사이에 있단다. 사랑한다, 아들.

메모를 확인한 재하는 오늘 새벽, 잠시 남양주 스튜디오로 가 편지를 가져왔다. 하지만 찰떡이와 은안을 보러 가고 진료를 보느라 시간이 나지 않아 편지를 뜯어보지 못했었다.

재하가 편지 봉투로 손을 옮겼다.

타닥—.

붙인 지 오래된 편지 봉투의 입구는 접착력이 거의 남아 있지 않아 손쉽게 뜯어졌다. 곱게 접힌 편지지를 펴 반듯한 글씨로 쓰인 첫 줄을 찬찬히 읽었다.

아들, 이렇게 편지를 써보는 게 얼마 만인지 모르겠네.
요즘 많이 바쁘지?

앞부분만 읽었을 뿐인데, 재하의 콧잔등이 잔뜩 찡그려졌다.

아빠가 이런 큰 병에 걸려서 미안해, 아들.

뒤에서 누구보다 제 아버지를 챙겼지만, 막상 가끔 병실에 찾아가서는 따듯한 말 한마디가 나오지 않았었다. 가족과 함께 소소한 삶을 살고 싶었을 뿐이었는데, 왜 자꾸만 이렇게 모든 게 어려워지는 걸까.

정신이 아득해져 마저 편지를 읽지 못한 재하가 고개를 떨어트렸다. 순간, 멍하니 창밖을 보던 현식의 왜소한 뒷모습이 떠올랐다.

그리 쓸쓸해 보이던 아버지에게 살갑게 굴지 못했던 제가 너무나 원망스러웠다. 그리고 아버지도, 은안도 늘 잃고 나서 후회하는 스스로가 진저리 날 정도로 미웠다.

"흐윽."

결국 터져버린 눈물에, 편지의 잉크가 살짝 번졌다.

엄마가 사고가 났던 날, 바로 가지 못해서 미안하다.
입이 열 개라도 할 말이 없구나. 그것 때문에 네가 날 조금
미워했다는 거 알아. 미안하다, 재하야. 이번 생에서는
너희 엄마도 나도 너한테 충분한 사랑을 주지 못했어.
그래서 아버지가 너에게 친구를 한 명 남기고 갈까 해.

그리고 이어지는 뜻밖의 내용에, 그의 심장이 발밑까지 내려앉았다.

은안이라고, 아빠의 친구가 되어준 아이가 있어.

편지에 너무나 또렷하게 적힌 제 아내의 이름 때문에.

병원에서 우연히 만났는데, 참 괜찮은 친구더라고.
아빠 연주도 들어주고, 인생 얘기도 하고. 정말 따뜻한 아이란다.
얘기를 나눌 때면, 아픈 것도 잊을 정도로 즐거웠지.
그리고 우리랑 특별한 인연이 있는 친구야.
너희 엄마의 각막을 받은 아이거든.

재하는 믿을 수 없는 사실에, 무서운 속도로 편지를 읽어 나갔다. 그리고 그 밑으로 이어지는 편지의 내용에 점점 가슴이 옥죄어왔다. 은안은 현식에게 각막을 이식받았다고 말했지만, 그 공여자가 재하의 엄마라고 밝힌 적은 없었다.

하지만 현식은 당시 재하 엄마의 각막이 같은 병원에 있던 사람에게 기증되었다는 것을 알고 있었고 재하 엄마의 사고 날짜와 은안이 각막 이식 수술을 받았다는 날짜가 일치하는 것을 알고 은안이 수혜자라는 것을 눈치챘다고 했다. 길고 긴 내용을 다 읽어 내려간 재하의 시선이 편지의 마지막 부분에 도착했다.

엄마도, 나도 널 사랑했지만, 재하 널 1순위로 두지 못했던 걸

늘 후회했단다. 네 옆에 아무도 남지 않았다고 생각할 순간이 오면,
은안이가 네 옆에 있는 사람이 되어줄 거야.
이 세상에 한 명쯤은 온전한 네 편을 만들어두고 가야,
내가 눈을 제대로 감을 수 있을 거 같구나.

재하의 두 뺨이 어느새 흥건히 젖어 있었다. 편지를 다 읽은 지금에서야, 은안이 힘들었던 결혼 생활을 버텼던 이유가 조금이나마 이해됐다.

처음부터 그녀는 모든 걸 알고 제게 다가와줬다. 이제야 선 자리에서 은안이 왜 그렇게까지 강하게 결혼을 원했는지 알 것 같았다. 자신을 사랑했다는 이유도 있었지만, 그녀는 아버지와의 신의를 지킨 것이었다.

제 엄마의 눈을 받았다는 부채감도 있었을 거고. 도대체 저를 향했던 그녀의 깊은 마음의 끝은 어디까지였을까. 그 깊이를 저는 가늠조차 할 수 없었다. 은안에게 줬던 상처의 시간이 주마등처럼 스쳤다.

이 편지를 조금만 더 빨리 발견했다면 얼마나 좋았을까. 아니, 그 눈빛을 조금만 더 빨리 알아차렸더라면. 아니, 그 전에 조금만 더 따듯하게 대해줬더라면.

아직 줄 게 많은데, 하지 못한 말이 많은데…….

Rrrrr—.

되돌릴 수 없는 과거에 후회하던 그때, 전화가 울렸다.

발신인의 이름에 태수가 떠 있는 것을 확인한 재하의 물기

어린 눈이 조금 커졌다. 혹시 은안이 깨어나기라도 했다는 연락일까 봐 그가 급히 전화를 받았다.

"여보세요? 형, 은안이 깨어난 거예요?"

재하의 물음에, 태수가 잠시 뜸을 들였다. 찰나의 순간이지만, 하늘을 찌를 듯한 긴장감이 재하를 감쌌다. 그리고 곧 태수가 다시 입을 열었다.

[일어났어.]

일어났다는 소식에 안심한 것도 잠시, 충격적인 소식이 수화기를 타고 흘렀다.

[그런데, 널 기억하지 못해.]

chapter 13

모든 게 무너져 내렸다

태수에게 소식을 전해 들은 재하는 당장 정신과 담당의를 찾았다. 소름이 끼칠 정도로 조용한 진료실에, 무거운 시계 초침 소리만 가득했다. 이내, 정적을 깨고 정신과 전문의가 입을 열었다.

"해리성 기억상실증인 것 같습니다."

'기억상실'이라는 글자 하나하나가 칼날이 되어 재하의 심장을 날카롭게 찔러댔다. 그는 온몸에 힘을 줘 평정을 유지하려 애썼다. 그때, 맞은편의 정신과 담당의가 다시 조심스레 입을 뗐다.

"현재로서는, 남 교수님에 관련한 기억을 전부 다 지워버린 것 같습니다. 어쩌면, 결혼 후의 기억을 모두 지웠을 가능성도 있고요."

"……그럼 아이도 기억하지 못하나요?"

"네. 지금은 아이에 대한 기억도 없는 상태입니다."

참담한 목소리로 겨우 질문하는 재하를 보던 전문의가 어렵게 고개를 끄덕였다.

"그 외에 다른 기억도 하지 못할 수 있는데, 일단 그건 좀 더 두고 봐야 알 것 같습니다."

기억을 하지 못한다는 전화를 받고, 뇌 손상에 의한 역행성 기억상실증일 것이라 막연히 추측했다.

그런데 심리적 압박으로 인한 해리성 기억상실증이라니. 엉성하게 쌓은 모래성이 거친 파도 한 방에 휩쓸리듯, 그는 또다시 무너져 내렸다.

"사고 전에, 어떤 이유로 강한 심리적인 압박을 받은 걸로 추정됩니다."

강한 심리적인 압박. 유라의 말들이, 그녀의 손에 건네진 이혼 서류가, 그리고 그간 제가 줬던 모든 상처가 그 압박의 무게를 더욱 가중시켰을 것이라는 생각이 어렴풋이 들었다.

잠시 절망에 빠졌던 재하가 다시 입을 열었다.

"……그럼 기억을 찾을 방법은 있습니까?"

"보통은 약물 치료와 심리 치료를 병행하는데……."

재하의 다급한 질문에, 차트를 뒤적이던 전문의가 다시 고개를 돌려 그를 바라보았다.

"기억을 찾는다는 게, 생각보다 쉬울 수도 있고, 또 생각보다 어려울지도 모릅니다."

"……."

"지금은 기억을 찾는 것보다 몸 회복이 먼저니, 기억을 찾기 위해 당장 자극을 주는 행동은 피하는 게 좋을 것 같습니다."

그런 의도는 아니었겠지만, 전문의의 말은 꼭 저는 은안의 앞에 나타나면 안 된다는 말로 해석됐다. 미간을 좁힌 재하를 본 전문의가 다시 입을 열었다.

"확언을 드리기는 어렵지만, 최대한 열심히 치료해보겠습니다."

"알겠습니다."

지금, 재하는 한 치 앞을 볼 수 없는 터널 중간에 툭 떨어져 버린 기분이었다. 그럼에도, 걸어나가야만 했다. 제 삶의 빛 같은 존재인 은안에게 다시 닿을 수 있게.

은안의 병실.

"은안아."

내내 창밖을 보던 은안이 진태의 목소리에 그제야 고개를 돌렸다.

"……아빠."

"기분은 좀 어때. 괜찮니?"

"모르겠어요."

'깊은 우물에 빠졌는데, 아무도 날 구하러 오지 않는 기분이에요.'

'숨이 막혀요.'

'세상에서 제일 든든한 아빠가, 언니가 그리고 형부가 옆에

있는데 왜 그런 걸까요.'

목 끝에 많은 질문들이 대롱거렸지만, 차마 입 밖으로 나오진 않았다. 은안이 대신 다른 질문을 했다.

"제가 왜…… 사고를 당했어요?"

은안의 물음에, 진태는 선뜻 아무 말도 하지 못했다. 모든 것을 사실대로 말하면, 아직 회복이 덜 된 은안의 정신과 몸에 또 충격을 줄까 걱정이 됐다.

지금의 은안에게 솔직함은 좋지 않은 자극을 줄 뿐이라고 생각한 진태가 화제를 돌렸다.

"횡단보도를 건너다가 교통사고가 났어. 배 부분이 많이 다쳐서 수술했고. 일단 몸부터 챙기자. 배는 안 고프니?"

은안이 눈을 뜨고, 기억상실이라는 것을 알게 된 진태는 재하를 병실로 올라오지 못하게 했다. 아팠던 기억의 중심에 있는 재하를 직면한다면, 기억의 공백은 당장 다시 채워질지언정 그 일을 떠올리며 또 괴로워해야 할 테니까.

누워 있느라 헝클어진 은안의 머리칼을 넘겨준 진태가 억지로 입매를 당겼다. 제 아빠의 손길을 받아내던 은안이 공허한 목소리로 읊조렸다.

"꼭…… 중요한 뭔가를 잃어버린 기분이에요……."

잊었다는 기억을 떠올려보려 하자, 머리가 깨질 듯이 아파왔다. 두 손으로 머리를 감싼 은안이 비명을 내지르며 고개를 숙였다.

"아!"

"은안아."

머리를 감싼 은안의 손 위에 제 손을 포갠 진태가 울음을 삼키며 말했다.

"괴로우면 찾지 않아도 돼. 애써 찾으려고 하지 않아도 돼."

미간을 잔뜩 찡그렸던 은안이 고개를 돌려 진태를 바라봤다.

정신과 담당의와 얘기를 끝낸 재하가 은안의 병실 앞에 섰다. 하지만 그저 문을 빤히 바라만 볼 뿐 노크를 할 수가 없었다. 진태의 불호령 때문일까. 아니다. 그것보다는 제가 은안에게 어떤 자극을 줘 그녀를 아프게 할까 걱정이 됐다.

재하가 병실 앞에서 한참을 서성이던 그때…….

드르륵―.

문이 열리고, 병실에서 나오던 건조한 표정의 은진이 문 밖의 재하를 마주했다.

"남 서방?"

조심스레 부른 호칭에, 재하는 아무 대답도 하지 못하고 조용히 은진을 바라만 봤다. 은안이 깨어났으니, 한번 들어와보라는 허락을 기다렸지만.

탁―.

은진은 한 치의 고민 없이 문을 닫아버렸고.

"잠시 나 좀 봐."

은진은 재하를 병실 옆 휴게실로 이끌었다. 잠시 후, 휴게실 자판기에서 이온 음료를 뽑아 온 은진이 재하의 앞에 캔을 놓았다.

"마셔."

무감한 눈빛의 은진이, 턱짓으로 음료를 가리켰다.

하지만, 재하는 캔을 따지 않고 입부터 열었다.

"은안이는……."

"방금 깨어나서 아빠랑 얘기하다가, 다시 잠들었어."

탕—.

대답을 한 은진이, 제 앞의 파란 이온 음료의 캔을 땄다. 청량한 소리가 병실 옆 휴게실의 정적을 잠시나마 해제시켰다. 평소에는 감정적인 편인 은진이었지만, 지금만큼은 진태나 태수보다 차분했고, 이성적이었다.

어쩔 수 없는 상황에 놓였던 두 사람의 운명이 참 얄궂다고 생각했다. 특히 제 동생이 너무 불쌍했다. 한 사람을 사랑한 대가가 이거라니. 제 동생에게 행복이라는 건, 어쩌면 자석의 N극과 S극처럼 평생 만날 수 없는 존재가 아닐까 싶은 생각도 잠시, 말없이 음료를 마시던 은진이 조심스레 입을 뗐다.

"찰떡이는 어때."

귓가에 '찰떡이'라는 세 글자가 들어오자, 그가 잠시 멈칫했다.

"다행히, 큰 이상은 없고 인큐베이터에서 주수를 다 채우면

멀쩡히 퇴원할 수 있을 거라고 했습니다."

"다행이네."

찰떠이이 안부를 물었던 은진이 고개를 끄덕였고, 이번에는 재하가 물었다.

"은안이는 언제쯤 만날 수 있을까요."

은안의 이름만 입에 담아도 마음이 따끔따끔한 건지, 재하는 고통을 감내하는 표정이었다. 그 모습을 보던 은진이 잠시 뜸을 들이다 말했다.

"아직…… 잃은 기억을 떠올리려고 하면 많이 힘들어해."

"……그렇군요."

재하가 쓴웃음을 머금으며 겨우 고개를 끄덕였다. 미세하게 떨리는 재하의 어깨를 본 은진의 머릿속이 복잡해졌다.

—은안이가 아파하는 기억을 억지로 찾아주는 게 맞는 걸까.

—그래도 차근차근 찾아야 하지 않을까요? 아이도 있는데, 남 서방은 어쩌고…….

조금 전, 제 아빠와 나눴던 대화가 생각난 덕분이었다.

기억을 억지로 찾아주고 싶지 않아 하는 분위기를 풍기는 아빠의 마음은 백번 이해됐다. 은안이가 '기억'이라는 단어만 들어도 너무 힘들어하고 아파하니까.

기억을 묻어버리면 당장은 아픔으로부터 벗어날 수 있긴 할 것이다. 하지만, 길게 보면 그건 두 사람에게 너무나 가혹한 일이 되지 않을까 하는 마음이 일었다. 그렇지만, 은안이 기억을 떠올리려 할 때마다 머리를 부여잡으며 악을 지를 정도로 힘들어하는 것도 사실이긴 했다.

진퇴양난의 상황에, 은진이 느리게 눈을 감았다 떴다. 처음부터 답 따위는 없는 미제의 문제를 만나도, 지금 이 상황보다 어려울 것 같지는 않았다.

며칠 뒤, 은안의 병실. 내내 구겨진 표정으로 잠을 자던 은안이, 비명과 함께 일어났다.

"아악!"

"은안아!"

은안의 머리맡에서 까무룩 잠이 들었던 진태가 벌떡 일어나 은안을 살폈다. 은안의 충혈된 눈에서 뺨을 타고 눈물이 흘러내렸다. 바싹 마른 입술을 달싹이던 은안이, 답답한 듯 제 가슴을 움켜쥐었다.

"아빠…… 저 너무 답답해요."

"괜찮아, 괜찮아."

곧이라도 울 것 같은 표정을 한 진태가 제 등을 두드리자, 은안은 심장 한쪽이 거세게 짓밟히는 것 같은 느낌을 받았다.

무슨 기억을 잃은 건 확실한데, 대체 어떤 기억인 걸까. 어떤 기억이기에 아빠가 저런 표정을 하는 걸까. 그리고 왜 나는 이렇게까지 고통스러운 걸까.

은안의 머릿속에 기억에 대한 궁금증이 가득 퍼졌다. 하지만 생각을 해보려 할수록 심장 부근이 아릿해지기만 할 뿐이었다.

"자꾸만 제가 울고 있는 모습이 꿈에 나와요……."

거친 숨을 겨우 삼킨 은안이 애절함을 토해냈다.

"뭐가 그렇게 서러운 건지, 계속 울어요. 눈이 퉁퉁 부을 때까지."

제 뺨을 적신 눈물을 훔친 은안이 다시 입을 열었다.

"이런 게 잃어버린 기억이라면, 찾지 않는 게 낫다는 생각이 들 정도로."

문득 그런 생각이 들었다. 이렇게 아프고 슬픈 기억을 잃어버린 거라면, 다시 찾지 않아도 될 거 같다는 생각이. 그래, 오히려 잘된 일일지도 모른다.

아픈 기억을 잊고 싶은데 못 잊는 것도 고통일 테니까. 여러 생각을 하던 은안은 결심을 굳혔다. 잃은 기억을 찾으려 애쓰지는 않겠다고.

그때, 진태가 은안을 품 안에 넣은 뒤 등을 토닥토닥 두드렸다. 아무리 기억을 잃었다지만, 은안에게서 아이를 떼어놓는 게 맞는 걸까 하는 의문이 들었었다. 그래서 은안의 기억을 찾아줘야 하는 게 아닐까 잠시 고민도 했었고. 하지만, 조금 전 은안의 모습을 본 진태는 기억을 찾아주지 않는 쪽으로 마음을 기울였다.

손주보다, 사위보다 일단은 제 딸의 몸과 정신의 회복이 더 중요했기에. 오늘의 이 결정이 훗날 저를 악당으로 만들더라도, 지금의 제 딸을 위해서라면 나쁜 사람이 되어도 상관없다고 생각했다.

진태가 눈물을 훔치며 열리지 않을 것 같던 입을 뗐다.

"은안아."

어려운 결정이었지만 한 번 마음을 기울이니 입 밖으로 뱉는 건 쉬웠다.

"서울 떠나서, 공기 좋은 곳에서 요양하자."

은안이 조금이라도 더 행복해질 수 있는 곳으로 데려가야 했다.

"어때?"

이 모든 건 그저 온전히 딸을 위한 아빠의 선택이었다.

"좋아요."

다행히 은안도 고개를 끄덕였다.

다음 날 아침.

재하는 늦은 새벽까지 병원을 지키는 나날들을 보냈다.

보다 못한 자옥이 잠시 눈이라도 붙이고 오라며 그를 집으로 보냈지만 잠이 올 리 없었다. 결국 거의 뜬눈으로 아침을 맞은 재하가 옷을 입으며 병원으로 갈 준비를 했다.

옷을 갈아입는 중간중간, 드레스 룸 곳곳에 묻어 있는 은안의 흔적이 파도처럼 그를 덮쳤다. 드레스 룸뿐만이 아니었다.

침대에 남아 있는 옅어진 은안의 향기. 식탁 위, 맛있는 것을 먹으며 재잘대던 그녀의 목소리. 가끔 정원에 찾아오는 길고양이를 바라보던 그녀의 따듯한 표정.

집 안 곳곳의 사소한 모든 것이 미친 듯이 은안을 떠올리게 했다.

겨우 마음을 진정시킨 재하가 집을 나서서 차에 탔다. 시동을 걸려던 순간, 정체를 알 수 없는 불안감이 단전에서 꿈틀댔다. 재하는 욱신거리는 심장 부근에 손을 가져다 댔다.

이유를 찾아보려 애썼지만, 찾아지지 않았다. 그냥 마음이 그랬다. 그 마음을 그대로 머금은 그가 다시 시동을 걸었고, 오늘은 꼭 은안을 만나게 해달라고 진태에게 말해봐야겠다는 생각과 함께 차를 출발시켰다.

은안이 입원한 병동에 도착한 재하가 그녀의 병실 앞에서 서성댔다. 들어가지도 못하고, 그렇다고 그 앞을 떠나지도 못한 채 몇 분이 흘렀을까. 병실의 문을 열고 한 간호사가 병실에서 나왔다.

"남 교수님, 조금 늦으셨네요?"

늦었다는 간호사의 말에 재하의 눈썹이 의문으로 삐뚜름해졌다. 그리고 그가 시선을 돌려 활짝 열린 병실 안을 훑던 그때, 간호사의 목소리가 다시 그의 귀를 울렸다.

"조금 일찍 퇴원하신다고, 조금 전에 수속 마치고 가셨어요."

처음 듣는 소리에 재하의 눈이 잘게 떨렸다. 퇴원이라니. 몸이 많이 회복되기는 했지만, 여러모로 아직 퇴원할 수준은 아니었다.

재하가 은안의 퇴원 사실을 모를 리 없다고 생각했던 간호사는 그가 그저 조금 늦었을 뿐이라 여기며 꾸벅 인사를 한 뒤 자리를 떴다. 혹시나 제가 잘못 들은 것일까.

재하는 병실 안으로 걸음을 옮겼다. 그리고 그 자리에 돌이 된 것처럼 멍하니 서 있었다. 잘못 들은 게 아니었다. 병실은 은안의 흔적이 하나도 없이 말끔하게 치워져 있었다. 그리고 이 상황이 꿈일 리는 더더욱 없었다.

그렇기에는 온몸이 바늘로 찔리는 것처럼 따끔거렸으며, 심장이 주체되지 않을 정도로 아릿했으니까. 잘게 떨리는 눈을 한 재하가 급히 휴대폰을 꺼내 들어 진태에게 전화를 걸었다.

"저예요. 퇴원이라니, 어떻게 된 겁니까."

[…….]

수화기 너머의 정적에, 재하가 다시 진태를 불렀고.

"아버님!"

애절하면서도 뜨거운 목소리가, 병실에 울려 퍼졌다.

제자리에 있어야 할 사람이 없어지자, 미칠 듯 심장이 아려왔다. 그리고 겁이 났다. 이대로 은안이 연기처럼 사라져버릴까 봐. 제 앞에 영영 나타나지 않을까 봐. 이 걱정이 쓸데없는 것이라고 속으로 주문을 외웠지만, 겉으로 드러나는 불안함까진 어쩔 수 없었다.

[……남 서방. 우리 은안이 찾지 마.]

속으로나마 억지로 외우던 주문마저 이젠 그를 진정시켜주지 못했다.

"……무슨 말씀이십니까."

[이제부터 다른 곳에서 치료 진행할 거야. 은안이가 스스로 기억을 찾고 남 서방에게 돌아가겠다고 하지 않는 이상, 우린 은안이한테 아픈 기억을 찾아주지 않을 생각이야.]

그 순간, 가느다란 희망으로 겨우 지지하고 있던 재하의 세상이 한 번에 무너졌다.

재하에게 온 전화를 끊은 진태를 은진이 걱정 어린 얼굴로 바라봤다. 마음 한구석에는 계속 '이렇게 해도 되나?'라는 생각뿐이었다.

"아빠. 아무리 생각해도 너무 급작스러운 거 같아요. 이게 정말 맞는 걸까요?"

하지만 진태는 의연한 얼굴로 계속해서 가방을 싸며 대답했다.

"그럼, 지금 당장 은안이한테 남 서방이랑 있었던 얘기를, 잃었던 과거를 다 말해주는 게 맞니?"

차분하고 냉정한 진태의 목소리에, 은진이 잠시 멈칫했다가 입을 열었다.

"그렇다는 건 아니지만, 그럼 찰떡이는요."

은진의 말에 진태의 눈빛이 유유히 허공을 맴돌았다.

제 딸아이가 배 속의 아이를 얼마나 사랑했는지, 또 얼마나 지키고 싶어 했는지 잘 안다.

하지만 기억을 잃어버린 이 상태에서 네게 아이가 있었다고, 그리고 그 아이와 함께 사고가 났다고, 그런데 그 사고가 난 이유에 어느 정도 네 남편도 포함되어 있다고, 온전히 얘기할 자신이 없었다.

조그마한 기억의 파편에도 두통을 호소하며 눈물을 뚝뚝 흘리는 은안이 그 사실들을 받아 들이기엔 아직 심신이 너무 약했다. 괴로움에 억눌려 스스로 지워버린 기억을, 부모가 되어 어떻게 억지로 찾아줄 수가 있을까.

다시 아픔의 구덩이로 제 자식을 밀어 넣을 용기가, 제게는 없었다. 진태는 은안의 상태가 안정될 때까지 재하를 직접적으로 마주하게 하지 않을 생각이었다.

기억을 찾아야 할 때가 온대도 그게 지금은 아니라는 것은 확신할 수 있었다. 여전히 건조한 얼굴을 한 진태가 입술을 달싹였다.

“남 서방이 잘 키워줄 거야.”

훗날 오늘의 제 결정이 최선이 될지, 최악이 될지는 아무도 몰랐다. 만약 은안이 기억을 찾는다면 저를 원망할지도 몰랐다. 그렇지만 적어도 지금 이곳을 떠나면 은안은 조금 더 빨리 안정을 찾을 수 있을 것이다.

그 사실 하나만으로도 서울을 떠날 가치는 충분했다.

자옥에게 신생이 일을 지켜달라는 부탁을 건넨 후 재하는 성북동 집으로 돌아왔다. 그의 부탁에 자옥은 단순하게 그저 그동안 버텨오던 체력이 동난 것이라 생각하고 좀 쉬다 오라며 재하를 보냈다. 하지만, 실상은 달랐다. 체력이 아니라 마음이 동나버렸고, 무너졌다.

침대에 쓰러지듯 누운 재하가 휴대폰을 들어 조금 전에 은진에게 받았던 메시지를 다시 읽었다. 아무런 부가 설명 없이 냉정했던 진태와 달리, 은진은 꽤 세세하게 문자를 보내주었다.

은안이가 기억들이 잔상처럼
떠오를 때마다 너무 괴로워했어.
울면서 기억을 찾고 싶지 않다고,
너무 괴롭다고 그래서 내린 결정이야.

우리를 너무 원망하지
말아줬으면 해.

찰떡이한테 엄마를 뺏어가는
거 같아서 우리도 미안해.
용서받지 못할 거 알지만
남 서방이 잘 키워줘.

은진에게서 온 메시지를 두 번, 세 번, 열 번 읽은 재하가 믿을 수 없다는 듯 허탈한 표정을 지었다.

내내 이 모든 게 꿈이길 바랐는데, 은진의 문자에 모든 것이

제가 받아 들여야 하는 묵직한 현실이라는 것이 실감 났다. 침대에 누웠던 몸을 일으킨 재하가 은안이 매일 눕던 옆자리를 손으로 더듬었다.

늘 제 옆을 채우던 따듯한 체온이 없었다. 다행인 건 침구에 아직까지 그녀의 향이 희미하게나마 남아 있다는 것이었다. 할 수만 있다면 무슨 수를 써서라도 은안의 흔적들이 희미해지는 것을 막고 싶었다.

하지만 야속하게도 가는 시간을 잡을 수는 없을 것이고 언젠간 그녀가 이 방에 머무른 적도 없었다는 듯 모든 흔적이 옅어지겠지. 진태와 은진의 결정이 머리로는 이해가 됐지만, 가슴으로는 받아 들여지지 않았다.

은안이 고통 받지 않았으면 하는 마음과 그녀를 보내기 싫다는 마음이 심하게 충돌했다. 어렵게 침대에서 일어난 재하가 은안과 저의 사진이 걸린 벽 앞에 섰다. 어색한 결혼사진을 대신해, 은안과 제가 함께 처음으로 스튜디오에서 찍었던 사진을 찬찬히 눈으로 훑었다.

눈이 부실 정도로 환히 웃는 그녀의 모습에, 매 초마다 심장이 욱신거렸다. 저 웃음을 지켜주지 못했다는 자책감이 마음 속 가득히 들어찼다.

재하가 떨리는 입술에 은안의 이름을 담아보았다.

"은안아."

사진 속 은안의 뺨을 어루만진 재하가 차가운 액자의 감촉에 털썩, 하고 무릎을 꿇었다. 촘촘하고 까만 속눈썹 아래로,

투명한 액체가 넘실거렸다.

"제발……."

이내 그의 목소리에 짙은 울먹임이 번졌다.

"널 한 번만이라도 다시 볼 수 있으면 좋겠어, 은안아……."

그는 그렇게 한참을 사진 속 은안을 불렀다.

하지만, 끝내 대답을 들을 수 없었다.

방에서 내내 울던 재하는 새벽 2시쯤 충주댁에 의해 쓰러진 채로 발견되었다. 충주댁의 급한 전화에, 자옥이 상훈을 신생아실로 불러 지키게 한 뒤 성북동으로 향했다. 급히 2층의 방문을 연 자옥이 힘없이 바닥에 늘어앉아 있는 재하를 발견했다. 이마는 불덩이처럼 뜨거웠고, 뺨에는 눈물 자국이 흥건했다. 애써 마음을 가라앉히려 노력한 자옥이 차분하게 말했다.

"재하야, 갑자기 왜 이렇게까지 무너져 내리는 거야. 지금까지 잘 버텼잖아."

"……."

"조금만 더……."

자옥이 이제 지켜야 할 사람이 둘이니 쉽게 무너져 내려서는 안 된다는 말을 이어가려던 그때.

"조금만 더, 그 말이 소용없어졌어요."

자옥이 말을 이을 새도 없이 재하가 입을 열었다.

"……은안이가 떠났어요."

그녀가 제 옆으로 돌아올 거라는 그 희망 하나로 겨우겨우 버텨왔다. 그런데, 더 나아갈 곳 없는 막다른 길에 부딪혀버렸다.

재하의 입에서 흘러나온 충격적인 말에, 자옥도 더 이상 침착한 태도를 이어갈 수 없었다.

"은안이가 기억을 찾고 싶어 하지 않는대요."

재하는 잘게 떨리는 목소리를 더 이상 숨길 수 없었다. 아무리 강해 보인다고 한들, 그도 사람이었다. 가장 소중한 것을 잃고 어떻게 의연할 수 있을까.

그의 넓은 어깨도, 떠나버린 은안을 말하는 입술도 모든 게 두려움으로 볼품없이 떨리고 있었다.

"아니 그게 무슨!"

"잃은 기억에 대한 얘기를 할 때마다…… 죽을 듯 힘들어했대요."

"……."

"그래서 장인어른이, 은안이를 데리고 다른 곳으로……."

재하의 목소리는 더 이상 울음에 먹혀 제 기능을 하지 못했다. 하지만 자옥은 충분히 상황을 이해할 수 있었다. 진태가 재하에게서 은안을 숨겨버린 이 상황을. 진태의 딸 사랑은 자옥도 잘 알고 있었다.

자옥도, 진태가 어느 정도 재하를 탐탁지 않아 할 거라고는 생각했었지만 이렇게까지 나올 것이라고는 예상치 못했기에, 마음이 덜컥 내려앉았다.

"재하야."

"……할머니, 저 죗값을 치르는 걸까요."

울음이 번져 조금은 격앙됐던 목소리를 가라앉힌 재하가 바싹 마른입을 달싹였다.

그 모습이 초라하고 가여웠다. 늘 빛나던 사람이었던 재하는 그 어느 때보다 볼품 없어지고 말았다. 제 사람을 지키지 못했다는 죄책감에서 흘러나온 어두운 그림자가 그를 가득 채웠다.

"그 사람을 무시하고."

신혼 초, 제 냉소에 바르르 떨리던 그녀의 어깨가 기억났다.

"못된 말을 하고."

그리고 제 말을 들은 뒤, 붉게 물들었던 그녀의 눈망울도.

"일찍 사랑하지 않은 죄."

제게 사랑을 바라던 그녀의 모든 순간들이 흑백 파노라마로 머릿속에 이어졌다. 아마 다시는 색을 찾을 수 없을 것 같은 기억들.

이젠 자신을 보며 웃던 그 미소도, 저를 담던 그 눈망울도, 제 머리칼을 쓰다듬어주던 작고 따듯한 손길도 그 무엇도 느끼고 볼 수 없었다.

"……후회할 거라고 하셨죠."

문득, 자옥이 결혼 초에 종종 제게 했던 말이 기억났다.

은안에게 냉랭하고 모질게 대했다간 후회할 거라고.

"어떡하죠, 저."

축 늘어져 있던 고개를 느리게 든 재하가 자옥을 올려다보며 말했다. 그 순간에도 맑은 눈물은 그의 뺨을 타고 흘러내리고 있었다.

"후회돼요, 할머니가 말씀하셨던 것처럼. 은안이한테 상처를 줬던 모든 순간들이."

눈물이 끊어지지 않았다. 마치 은안이 그의 눈물이 되어 내리는 것처럼 끝없이 그를 적셨다.

"죽을 거 같아요. 숨이 안 쉬어져요."

분명, 인간으로서 공기를 마시며 심장이 뛰고 있는데 꼭 죽은 사람이라도 된 것처럼 아무 감각도 느껴지지 않았다. 새삼스럽게 깨달은 것이 있었다.

"제발…… 살려주세요. 할머니."

그녀는 제 세상이었다.

숨을 쉴 수 있게 해주는 공기였으며, 자신이 춥지 않도록 따듯함을 주는 태양이었고, 지쳐갈 때 잠시 쉬었다 가게 해줄 땅이었음을 이제야 뼈저리게 느꼈다. 공기, 태양, 토양이 없으면 인간이 살아갈 수 없듯, 자신도 은안이 없으면 살아갈 수 없었다.

살려달라는 말을 끝으로 자옥의 앞에서 한참이나 아이처럼 울던 재하는, 결국 정신을 잃고 말았다. 몇 시간 후, 천근만근이던 눈꺼풀을 어렵게 끌어올린 재하가 흰색의 천장을 확인하고는 벌떡 일어났다.

"은안아!"

본능적으로 은안을 찾은 재하는, 쓰러지기 전의 일들을 기억해냈다.

"아……."

곧 그녀가 없다는 사실을 다시 깨달은 그의 심장이 여러 감정으로 들끓었다. 재하가 고개를 내려 제 손등에 꽂힌 링거를 확인했다. 지끈거리는 머리에 이마를 매만지던 그가, 이내 거칠게 제 손에서 링거를 떼어냈다.

그리고 주저 없이 침대에서 일어나 병실 구석의 옷장에서 제가 입고 왔던 옷을 집어 들었다. 환자복의 단추를 끌어내리던 그때.

철컥—.

병실 문이 열리고 자옥이 들어왔다. 떨어져 나간 링거와 옷을 갈아입으려는 재하의 모습에 자옥이 급히 그의 앞으로 다가왔다.

"재하야! 김 선생이 안정을 취해야 한다고!"

"저도 의사예요. 제 몸은 제가 잘 알아요."

단호히 말을 하면서도 옷 갈아입는 걸 멈추지 않는 모습에, 자옥이 입을 다물었다.

"지금 저한테 제일 중요한 건 안정이 아니라."

재하의 말에는 틀린 곳이 없었다.

"은안이를 찾는 거."

어느새 윗옷을 다 갈아입은 그가 자옥을 향해 몸을 돌려 더욱더 강력하게 말했다.

"그거예요."

아무리 진태가 은안을 숨기려 한 대도 이대로 손을 놓고 있을 수는 없었다. 쓰러져 있을 시간 따위는 없었다. 무릎이 닳을 정도로 빌든, 뺨을 맞든, 은안을 찾을 수 있는 대가가 뭐든 치를 생각이었다. 은안을 잃는 것보다 두려운 건 없을 테니까. 할 수 있는 건 다 해볼 생각이었다. 은안을 찾기 위해서라면.

재하는 곧장 은안의 본가가 있는 분당으로 진태를 찾아왔다. 진태에게 빌어보기라도 할 작정이었다. 은안이 회복될 때까지 기다리겠다고, 지금 당장 보여주시지 않으셔도 된다고. 은안이 저에 대한 기억을 찾지 못한대도 괜찮았다. 지금 바라는 건, 먼발치에서라도 그녀를 보는 것이었으니까. 내내 굳어 있던 재하가 조심스레 입을 열었다.

"……아버님. 염치없다는 거 알지만 은안이, 멀리서라도 보게 해주십시오."

재하의 애절한 목소리에 진태가 애써 재하의 시선을 피했다.

"당장 눈앞에 나타나겠다고 하는 건 아닙니다. 은안이가 기억을 찾는 걸 힘들어하고, 아직은 무리가 갈 테니……."

"미안하지만, 난 그럴 생각이 없다네."

진태가 단호하게 말을 끊었다.

"나도 인간이지만, 인간은 참으로 간사한 동물이야."

"……."

"볼 수 없을 땐 먼발치에서라도 보고 싶고, 먼발치에서 보면 앞에 나타나고 싶음걸세."

진태의 시선엔 흔들림이 없었다.

"은안이가 훗날 기억을 찾고 날 원망한대도, 지금은 자네의 곁에 둘 수가 없을 거 같네."

그와 다르게 재하의 동공은 세찬 파도를 만난 돛단배처럼 이리저리 흔들리고 있었다. 마른침을 한 번 삼킨 진태가 말을 이어갔다.

"찰떡이한테는 입이 열 개라도 할 말이 없어. 그런데, 은안이가 너무 아파하는 그 표정을 보고 있으면, 내가 나쁜 사람이 되어도 좋으니까, 기억으로부터 멀어지게 해야겠다는 생각밖에 들지 않아."

지금 이 순간, 진태에게 가장 중요한 건 은안이 더는 아파하지 않는 것이었다.

"제발, 이렇게 부탁하겠네. 자네도 언젠가 찰떡이에게 이런 상황이 오면, 내 마음을 이해할 수 있을 거야."

내내 제게 차갑던 모습과 달리, 애원하듯 부탁하는 진태의 모습에 재하의 눈이 흔들렸다. 이 집을 들어올 때만 해도, 무엇이든 해보겠다고 다짐했었다.

하지만, 모든 걸 내려놓고 제게 솔직하게 부탁하는 진태의 모습에, 더는 떼를 쓰듯 애원할 수 없었다. 결국, 재하는 고개를 끄덕였다.

"……알겠습니다."

대답하는 입 안이 쓰디썼지만, 인정해야 했다.

은안을 보지 못하는 이 상황에서, 제가 할 수 있는 건 기다림, 그리고 감내 이 둘뿐이라는 걸.

신생아 집중 치료실 보호자 대기실.

무작정 병실을 나섰던 재하는 다시 병원으로 돌아와 안정을 취하지 않고 찰떡이를 찾았다. 약 10분간의 면회 시간을 위해 체온 체크를 하고 손 소독 후 마스크를 낀 그는 인큐베이터에 있는 아이에게로 향했다. 동그랗게 말려 있는 주먹이 귀여워 살짝 미소를 머금은 것도 잠시, 아이를 향한 미안함에 목이 메어왔다.

"찰떡아, 아빠는……."

세상의 빛을 조금 빠르게 보게 한 것도. 엄마를 지키지 못하고 떠나보낸 것도.

"아빠가 미안해. 잘못했어."

제 잘못으로 아이에게서 엄마를 앗아간 것만 같아 견딜 수 없이 미안했다. 그렁그렁 맺힌 눈물을 꾹꾹 눌러낸 재하는 다짐했다. 아이 앞에서 눈물을 보이는 것은 이번이 처음이자 마지막일 것이라고. 그는 마스크 아래로 가려진 입꼬리를 열심히 올렸다.

"엄마 몫까지 아빠가 잘할게, 우리 아들한테."

그의 잇새로 쓰디쓴 한숨이 옅게 퍼져나갔다.

지금은 슬퍼하기만 할 때가 아니라, 혼자서도 아들을 잘 키워내야 했다.

2달 후, 가지 않을 것 같던 시간은 흐르고 흘러 찰떡이가 퇴원하는 날이 되었다. 자옥과 상훈이 퇴원을 돕기 위해 병원으로 왔고, 재하는 조금 수월하게 퇴원 절차를 밟았다. 그는 제 품에 안긴 아이의 얼굴을 바라보며 미소를 띠었다.

"우리, 이제 집에 가자."

재하가 아빠라는 것을 아는 건지, 다정한 목소리에 아이가 빵긋 웃음을 지었다.

"입매가 엄마를 똑 닮았네."

웃는 모습이 제 엄마와 똑 닮은 찰떡이를 보고 있자니, 오늘따라 은안에 대한 그리움이 짙어져만 갔다. 재하는 자꾸만 심장으로 번져오는 아릿한 통증을 참으며 집으로 향했다.

잠시 후 집에 도착한 재하가 찰떡이를 재운 뒤, 서재로 향했다. 퇴원 전, 병원에 있던 태수가 재하를 찾아왔었다.

아무리 은안을 숨겼다지만, 조카가 퇴원한다는 소식에 가만히 있을 수만은 없었다는 말과 함께, 재하에게 USB 하나를 건넸다.

—처제가 우리 집에 두고 갔던 물건인데, 이건 너한테 전해 줘야 할 것 같아서.

태수가 안에 무엇이 들어 있는지 말해주지 않았기에, 재하는 집에 오는 동안 궁금함에 속이 타들어갔다.

컴퓨터가 USB를 인식하자 화면 위에 새로운 창이 나타났고, 폴더를 클릭하자 영상 파일이 떴다. 첫 번째 파일을 클릭하자, 은안이 웃으며 카메라를 켜는 모습이 재생되었다.

[잘 찍히고 있나?]

귓가로 은안의 목소리가 부드럽게 흘러 들어왔다.

렌즈를 뚜렷이 바라보던 은안이 의문스러운 표정을 하자, 뒤편에서 은진의 목소리가 들렸다.

[잘돼! 으이그, 닭살스러워. 나갈 테니깐 혼자 찍어!]

탁—.

팔을 교차시켜 양쪽 팔을 문지른 은진이 툴툴대며 방을 나가는 소리가 들리고, 은안은 그제야 다시 해사한 웃음을 머금은 채 렌즈를 정면으로 바라봤다.

[여보, 안……녕?]

어색한 듯, 은안이 인사를 건네고.

[하하, 처음이라 어색하네. 내가 왜 이렇게 영상을 찍냐면요, 음, 나 산후조리원 가 있으면 심심할 테니까 그때 보라구요. 찰떡이랑 나 기다리면서 혼자 외로울 테니까!]

부끄러운 듯 홍조를 띤 얼굴로 이런저런 말을 재잘대는 은안의 얼굴은, 햇살을 머금은 5월의 봄꽃처럼 싱그러웠다.

오늘따라 그리워지는 감정을, 흘러넘칠 것 같은 은안에 대한 기억들을 애써 꾹꾹 눌렀는데, 내내 참느라 응집되어 있던 것들이 영상 속 그녀를 보자마자 한 번에 터져 나왔다. 이어지는 영상을 보던 그가 나지막이 은안을 불렀다.

"은안아."

행복을 머금은 네 얼굴은 이렇구나.

왜 난 더 자세히 보지 못했을까.

조금이라도 더 널 행복하게 만들어줄걸. 조금 더 웃게 만들어줄걸.

시간이 지날수록, 해주지 못한 것들만 생각나 미칠 거 같았다. 그가 은안을 그리던 사이, 어느새 영상이 막바지로 흘렀다.

[사랑해요. 재하 씨.]

사랑한다는 말을 마지막으로 영상이 끝나고, 재하는 손을 뻗어 화면 속 은안을 어루만졌다. 찰떡이를 보며 강해지겠다고 몇 번을 다짐했는데, 제게 사랑한다고 속삭이는 목소리에, 저를 향한 눈빛에, 모든 게 무너져 내렸다.

화면 속 멈춘 그녀와 눈을 맞췄다.

자신은 은안의 눈을 바라봤지만, 은안의 시선은 끝내 저를 보지 않았다. 당연했다. 영상 속 그녀가 저와 눈을 맞출 수 있을 리 없었으니까.

순간 무서운 생각이 그의 뇌리를 스쳐갔다.

만약, 그녀가 기억을 찾지 못한다면, 평생 제 곁으로 돌아오지 않을 수도 있을까. 가정만으로도 아찔한 기분이 든 재하가 관자놀이를 짚었다.

"하아……."

두려움을 한숨에 실어 보내려 했으나, 생각처럼 쉽지 않았다. 그가 두 손으로 얼굴을 감쌌다. 눈앞의 세상이 어둠에 먹혔지만, 은안과 함께했던 모든 순간들은 그 어느 때보다 눈에 선했다.

—오늘 힘들었죠? 찰떡이 아빠. 머리 좀 쓰다듬어줘야겠네.

저를 부르던 다정한 목소리도.

—여보, 나 아이스크림 먹고 싶은데!

우물쭈물하던 귀여운 모습도.

—으음…… 찰떡이.

찰떡이를 부르던 잠꼬대도.

모든 기억은 이렇게나 생생한데.

"당신이 없네. 이 방에……."

은안아, 미안해.

널 좀 더 빨리 사랑하지 않은 것도. 아버지가 너에게 날 부탁한 걸 미리 알아보지 못한 것도. 네가 엄마의 세상을 받은 사람이라는 걸 모른 것도. 그리고 널 알아보지 못한 것도.

나 용서를 바라지 않을게. 지금은 그저 네가 조금이라도 덜 아프길. 멀리서 그것만 바랄게.

"하……."

이제는 전할 수조차 없는 마음을 되뇐 재하가 찬찬히 눈을 떴다.

은안이 사라진 지 고작 2달이었다.

얼마나 더 버텨야 할지 모르는데, 벌써 주저앉고 싶었다.

하지만 함부로 주저앉을 수도, 힘들다고 할 수도 없었다. 제겐 지켜야 할 아들이 있으니까.

chapter 18

이번에는 절대 놓치지 않을 거라고

4년 후 부산의 봄, 광안리 바다가 보이는 카페의 테라스 앞. 재하가 부드러운 바닷바람을 맞으며 다이어리에 글을 써 내려갔다.

은안아, 어젠 네가 꿈에 나왔어.
보고 싶은 마음이 간절해서 하늘이 주신 선물인 거 같기도 해.
벌써 4년이나 지났는데도, 난 네가 참 그립다.
내 옆에 평생 있어 주지 않아도 되니까, 한 번만, 딱 한 번만 내 앞에
나타나줘. 그게 힘들면 꿈에라도 더 자주 찾아와줘. 기다릴게.

마침표를 찍고 펜을 내려놓은 그가 무언가 생각났다는 듯 다시 펜을 집어 들었다.

아, 그리고 이게 부산에서 쓰는 마지막 편지가 되겠다.
우린 곧 다시 서울로 갈 거야.
이젠 할머니 할아버지 옆에 있어드리려고.
서울로 돌아가면 또 쓸게.

탁—.

꼬깃꼬깃 접어둔 마음이 가득 담긴 일기장이 닫혔다.

은안이 떠나간 지 4년. 그는 은안이 보고 싶어 견딜 수 없거나, 온유를 키우며 힘든 일이 생길 때마다 그녀에게 편지를 썼다. 전하지 못할 마음이었지만 전부를 마음속에 담아두긴 너무나 아픈 마음이었으므로.

세상에서 가장 아픈 마음을 모아둔 일기장을 물끄러미 바라보던 재하가 쓸쓸한 미소를 머금었다. 일기를 4년이나 쓰는 동안 은안은 돌아오지 않았다.

많이 무뎌졌던 심장 한쪽이, 오늘따라 많이 뻐근했다. 시계를 확인한 재하가 자리에서 일어났다. 조금 있으면 아이를 데리러 갈 시간이었다.

카페를 나서려던 그때, 휴대폰을 넣어둔 바지 주머니에서 진동이 느껴졌다. 얼마 전까지 부산에서 일하던 병원의 응급실 전문의 최 선생의 연락이었다. 서울로 올라가기 위해 얼마 전에 사직서를 냈기에, 재하는 고개를 갸웃거리며 전화를 받았다.

"여보세요? 최 선생님?"

[어, 남 선생. 정말 미안한데, 잠깐 와줄 수 있어? 근처에서 연쇄 추돌 사고가 났는데 인력이 너무 부족하네.]

"알겠어요, 지금 바로 병원으로 갈게요. 광안리라, 금방 가요. 해운대까지."

재하는 발걸음을 빠르게 움직였다. 아무래도, 오늘은 아들을 직접 데리러 가기는 힘들 것 같았다.

은안이 운전하는 차가 넓은 도로를 세차게 달리고 있었다.

은안은 4년 전과 사뭇 다른 분위기를 풍겼다. 수려한 외모는 그대로였지만, 스타일도 분위기도 많이 달라져 있었다.

머리를 쓸어 넘긴 은안이 조금 초조한 표정으로 핸들을 두드렸다. 제 옆집에 사는 옥순 할머니가 응급실에 있다고 해서, 방금 사무실로 가던 차를 돌린 참이었다.

"하, 차가 좀 밀리네."

한숨을 쉰 은안이 열심히 병원을 향해 차를 움직였다.

잠시 후, 은안이 병원 응급실에 도착했다. 찬장에서 접시를 꺼내려던 옥순이 의자 위에 올라갔다가 떨어졌고, 발목에 실금이 갔다는 진단을 받았다.

은안은 병원으로 오는 길에 이철에게 전화를 걸었다. 옥순은 제 옆집에 거주하는 이웃 주민인 동시에, 제 사업 파트너인 이철의 할머니이기도 했기 때문이다.

"할머니! 왜 손주를 두고 왜 은안 씨를 불러요? 나 부르면 되는데."

"네놈이 잔소리할까 봐 은안이 불렀지!"

이철과 옥순의 팽팽한 대립이 끝날 기미가 보이지 않자, 은안이 시선을 돌렸다. 허리춤에 두 손을 올린 은안이 엄한 목소리로 두 사람에게 말했다.

"저 수납하고 올 테니깐 그때까지 실컷 싸우고 저 오면 화해하시는 거예요. 두 분?"

유치원생을 다루는 듯한 은안의 태도에 두 사람의 입이 비죽 튀어나왔지만, 그녀는 개의치 않고 수납을 위해 발길을 돌렸다.

잠시 후, 처방전과 다음 진료 예약지를 두 손에 든 은안이 중얼거리며 약국으로 향했다.

"보자, 이제 약만 받으면 되는 거지?"

그때…….

띠링―.

은안 씨, 할머니가 응급실
답답하다고 하셔서 먼저 나왔어요.
약만 좀 받아다줘요. 부탁할게요.

이철에게서 문자가 왔다.

"아."

그렇게 싸우다가 언제 사이좋게 나가셨는지 참. 은안이 어이없는 실소를 뱉은 뒤 발길을 당겼다.

인파가 바글바글한 로비와 달리, 약국이 위치한 뒷문 쪽으로 가는 통로에는 사람이 별로 없었다.

"어휴, 그래도 이만하길 다행이지."

옥순에 대한 걱정을 늘어놓던 은안이 구시렁거리며 거추장스러운 처방전과 진료 예약지를 가방에 넣으려 고개를 숙인 그때.

탁—.

한 남자와 부딪히고 말았다.

"아!"

남자의 단단한 몸에서 튕겨 나온 은안이 고개를 들며 사과를 하기 위해 입술을 달싹였다.

"죄송……."

하지만, 남자의 얼굴을 확인한 은안은 사과 인사를 끝맺지 못했다. 저와 부딪힌 이름도, 얼굴도 모르는 남자가 저를 보며 속눈썹을 파르르 떨고 있었기에.

남자는 마치 오랫동안 잃어버렸던 보물을 찾은 듯 애처로운 눈빛으로 저를 보고 있었다. 그리고 저를 와락 안아버리고 말았다.

"어디 있었어."

세상이 무너진 것 같은 목소리를 한 남자의 품 안. 그에게서 풍기는 포근한 향에, 순간적으로 은안의 머릿속 퓨즈가 끊어졌다.

이상한 기분에 휩싸인 은안은, 남자를 떼어내는 것도 잊고 잠시 남자의 품 안에 안겨 있었다. 그의 품에 얼마나 안겨 있었을까. 너무나 애처로운 그의 표정에 멍해졌던 은안이 먼저 정신을 차렸다.

"미, 미쳤어요?"

앙칼진 목소리에 금세 재하의 정신이 번쩍 들었다. 거칠게 밀쳐내는 은안의 손길에 그가 힘없이 떨어져나갔다.

"이……."

"저기요, 사람 착각하신 거 같아요. 저는 그쪽이 찾는 사람이 아니라구요."

흐트러진 옷매무새를 정리한 은안이 조금 전보다 조금 차분한 말투로 입을 열었다. 병원에서 급하게 오고 가다 사람을 헷갈릴 수도 있겠다는 생각 때문일까.

이상하게도 처음 보는 남자가 저를 끌어안았지만 하나도 기분이 나쁘지가 않았다.

아니, 오히려 익숙하다는 느낌마저 들었다. 처음 보는 남자와 익숙함. 전혀 어울리지 않는 조합이었지만, 안긴 그 순간 느낀 것은 부정할 수 없는 익숙함이었다.

'무슨 생각이야…….'

잠시 상념에 빠졌던 은안이 그의 얼굴을 보고 잠시 멈칫했다. 착각으로 저를 안았다고 생각한 남자의 얼굴은 조금 전보다 더 가련히 떨리고 있었다. 슬픔에 잠겨버린 표정을 마주하자, 은안의 심장이 순간적으로 강하게 욱신거렸다.

저 남자가 왜 미련한 눈빛을 하고 있는지도 모르는데 말이다. 이유없는 감정이 제 가슴을 지배한 건 처음이라, 은안은 스스로가 당황스러웠다. 앞뒤 상황을 다 자르고, 저를 보는 남자의 표정이 너무 아파 보여서 저도 모르게 '괜찮아요?'라는 말을 내뱉으려던 그때.

"죄송합니다."

그가 먼저 사과를 건넸다.

잠시 마법에 걸린 것처럼 어른어른했던 은안의 정신이 순식간에 제자리를 찾았다.

"아, 아니에요. 뭐 저도 앞을 안 보고 걸었으니까……."

사과를 받은 은안의 시야에, 화장품이 묻은 그의 셔츠가 들어왔다. 조금 전 부딪칠 때 묻은 듯했다.

"근데, 옷이……."

"아……."

하필이면 흰색 셔츠라 그 자국이 더 도드라졌다. 잠시 고민하던 은안이 안주머니에서 제 명함을 꺼내 재하에게 건넸다.

BK 스퀘어 대표
유은안
010-XXXX-XXXX

명함을 받아 든 재하의 눈이 휘둥그레졌다.

"세탁 비용 드릴 테니까, 이쪽으로 연락 주세요. 지금은 제가 일이 좀 있어서."

'대표'라는 글자가 그의 시선을 잡아끌었다. 제가 없는 4년 동안 그녀의 세상은 감히 제가 상상도 못 할 만큼 많이 바뀌어버린 듯했다.

"제가 지금은 좀 바빠서, 먼저 가보겠습니다."

"……알겠습니다."

기적처럼 우연히 은안을 만난 이 순간.

4년 동안 최소한의 심박수를 유지하던 그의 심장이 비정상적으로 널뛰었다.

이상한 남자와 부딪친 통로를 빠져나온 은안이 심장을 움켜쥐었다. 온몸에 찌릿한 전류가 흐르는 느낌이었다.

이 또한 왜 그런지 이유를 찾을 수 없었다. 처음 느껴보는 이상 현상에, 은안은 호흡을 하며 정신을 가다듬었다.

그런데 정신을 가다듬으려 할수록, 하루하루 기억을 잃은 뒤 실체 없는 고통 속에서 두려움에 떨던 날들이 파노라마처럼 스쳤다.

과거의 일들은 예고 없이 찾아드는 소나기처럼 종종 제 몸과 마음을 흠뻑 적셨다. 반갑지 않았다. 불쑥 찾아와 온몸을 젖게 하는 그 아픈 기억들이.

그렇지만 시간이 지날수록 기억이 찾아드는 빈도수도 줄어들었고, 최근에는 거의 잊고 지냈다. 4년 전 사고를 당했던 일도, 그것 때문에 기억을 잃었다는 일도. 그래서 이제는 아무렇지 않아진 줄 알았는데…….

이상한 남자와 부딪치고 그 남자의 눈빛을 마주한 지금. 지난 일들이 마음을 꾹꾹 눌렀다.

"왜 그런 눈빛으로 사람을 봐서는……."

가슴 부근을 꾹꾹 누르며 호흡을 단정히 정리하자, 은안의 낯빛이 조금 나아졌다. 기억이 찾아온 후, 은안이 늘 저 자신에게 묻게 되는 말이 있었다.

'얼마나 아프고 힘들었으면 이렇게 기억을 꼭꼭 숨겨 놨니.'

늘 답을 들을 수 없었던 질문. 마음의 목소리에 귀를 기울였지만, 오늘도 여전히 답이 없었다.

"후우."

다시 답답해지는 기분에, 은안이 거친 숨을 뱉었다. 그녀라고 잃었다는 기억이 궁금하지 않은 건 아니었다. 부산에 내려와 요양을 끝내고, 몸이 괜찮아진 후 기억을 찾기 위해 정신과 치료를 받을까 고민도 했었다.

하지만 은안은 그러지 않았다. 제 본능이 그때의 기억에 가까이 가지 말라고 강하게 경고했기 때문에. 기억을 잊었단 생각만 해도 한쪽 가슴이 욱신거리는데, 기억을 찾으면 얼마나 더 아플까 싶었다.

솔직히 말하면, 두려움도 한몫을 했다. 이제 더는 아프고 싶지 않았으니까. 은안은 거칠게 머리를 쓸어 넘겼다.

이상한 눈빛을 한 남자 때문에, 기분이 널을 뛰었다. 쓰나미처럼 과거의 기억을 몰고 온 남자가 반갑지 않았다. 연락이 오면, 얼른 세탁비를 물어주고 관계를 마무리 지어야겠다는 생각이 들었다. 은안이 떠나고, 재하가 제 손에 쥐어진 명함을 멍하니 바라보며 중얼거렸다.

"이곳에서 만나게 될 줄은 꿈에도 몰랐는데."

재하는 근처에서 난 추돌 사고에 여러 사람이 사상을 입었고, 한 병원의 흉부외과 교수 몇몇이 서울로 학회를 갔다가 돌아오는 길이라 인력이 부족하다는 연락을 받았다.

얼마 전까지 이곳에서 근무하던 그는 서울로 올라가기 위해 일을 그만둔 상태였지만, 병원으로 한달음에 달려왔다.

그렇게 얼추 급한 환자들을 다 본 뒤, 응급실에서 로비로 가려던 재하는, 문득 온유의 비타민이 떨어졌다는 게 기억났다. 병원 앞 약국에만 있는 비타민이라, 지금 사가면 좋을 거 같아 로비에서 약국으로 통하는 통로로 들어섰다. 그리고 거짓말처럼, 길을 가다 누군가와 부딪친 것이다.

저와 부딪친 여자의 얼굴을 확인한 순간, 재하는 기적을 봤다. '기적' 외에 다른 말은 떠오르지 않았다. 절대 일어날 수 없을 것 같던 일.

은안이 제 눈앞에 나타난 순간이, 재하에게는 기적 그 자체였다. 그리고 생각보다 몸이 먼저 반응해버린 재하는 은안을 껴안아버렸다. 그는 사막에서 지독한 갈증에 시달리던 사람이 오아시스를 만난 것처럼 본능적으로 행동했다. 이 순간이 환각 같기도 했고, 꿈같기도 했다.

하지만 둘 다 아니었다. 조금 전, 제 품을 가득 채웠던 건 진짜 은안이었다. 재하는 굳게 결심했다. 기적처럼 제 앞에 나타난 은안을, 이번에는 절대 놓치지 않을 거라고.

온유를 데리고 집으로 돌아온 재하가 거실 쪽에 쌓인 상자를 풀어 헤쳤다. 그의 입가가 미세하게 떨리고 있었다. 서울로 갈 짐을 풀고 있으면서도 믿기지 않았다. 그녀의 얼굴을 보자마자 온몸이 떨렸다. 저를 기억하지 못한대도 괜찮았다. 제 앞에 나타나준 것만으로도 이미 기적이었으니까.

그 무엇으로도 형언할 수 없는 감정의 파도가 온몸을 덮쳤다. 매분 매초 그리워하던 사람이었다. 세월의 흐름에도 점점 선명해지던 사람이었다. 그런 사람이, 은안이 나타났는데 어떻게 이성적일 수 있을까.

진태가 은안을 꽁꽁 숨겨둔 곳이 부산일 줄은 몰랐다. 등잔 밑이 어둡다고 했던가. 억지로 은안을 찾으려 했던 적은 없지만, 막상 이렇게 가까이 있었다고 생각하니, 마음 한쪽이 타들어갔다. 제 장인어른을 원망하지 않았다면 거짓말이었다.

하지만, 오늘만큼은 제 옆에서 떼어놓고 싶어 했던 마음을 조금이나마 이해할 것 같았다. 제 곁에서 멀어져 오롯이 자신만의 인생을 살게 된 은안은, 4년 전과는 비교도 되지 않을 만큼 반짝반짝 빛이 나고 있었으니까.

여러 생각이 이리저리 엉키자, 잠시 머리가 뜨거워졌다. 그때, 간식으로 챙겨준 도넛을 다 먹은 건지 입 주위로 흰 가루를 잔뜩 묻힌 온유가 곁으로 다가왔다.

"아빠!"

"응, 온유야."

그 어느 때보다 부드러운 목소리를 한 재하가 제 아들을 안아 들었다. 온유가 호기심 가득한 얼굴로 짐을 손가락으로 가리키며 물었다.

"아빠, 왜 다시 포장된 짐 풀러요오?"

저를 닮아 까만 눈동자에 흰 피부, 그리고 아이지만 날렵하게 선 코. 하지만 입매는 은안을 똑 닮은 온유의 모습에 재하의 입가에 웃음이 서렸다. 포장된 짐을 푼다는 말은 또 어디서 배운 건지. 5살치고 꽤 좋은 아이의 어휘력에 한두 번 놀라는 것이 아니었다.

"우리 서울 안 가?"

그리고 눈치가 빠른 건 덤이었다. 짐 상자를 쓱 훑은 재하가 제 아들의 코를 가볍게 튕기며 말했다.

"가지 말까, 서울?"

'가지 말까?'라는 말에 온유가 화색을 띠며 말했다.

"응! 나 좋아. 나 개나리 반 떠나기 시러써, 사실."

언제는 새로운 유치원이 기대된다더니. 다 저를 위한 아이의 거짓말이었나 보다. 조금 더 어리광을 부리고, 아이처럼 본인만 생각했으면 좋겠는데, 또래보다 성숙한 온유를 보고 있자니 마음 한쪽이 쓰게 물들었다.

아이가 빨리 커버린 게 제가 부족한 탓인 것만 같아 늘 미안했다. 미안함과 슬픔이 담긴 표정을 애써 지운 재하가 온유의 뺨에 가볍게 입을 맞추며 말했다.

"그래, 그럼 우리 가지 말자."

"진짜?"

"진짜!"

"왜요?"

이유를 묻는 아이의 물음에 일순간 입이 막혔다. 티 내지 않았지만, 늘 엄마를 그리워하던 제 아들의 모습이 섬광처럼 스쳐 지나갔다.

'엄마를 찾았거든.'

아직은 아무 말도 할 수 없었다. 은안이 저를 마주쳤다고 해서 바로 기억을 찾는다는 보장도, 또 그 기억을 찾는대도 저와 온유를 받아 들일 거라는 보장도 없었다.

지금으로서는 모든 게 미지수였다. 그럼에도, 쌌던 짐을 당장 다 풀어 헤칠 만큼 그는 간절했다.

"음, 그냥 갑자기 여기가 너어무 좋아졌어."

은안을 마주친 순간 생각했다. 어쩌면 이 순간과 이 타이밍은 신이 제게 준 마지막 기회가 아닐까 하고. 더 많이 사랑하는 사람이 아프다고 했던가. 이번엔 제 차례였다. 구르고 깨져도 다시 한 번 그녀에게로 발자국을 떼어볼 생각이었다. 저도, 은안도 온유도 모두가 제자리로 돌아갈 수 있게.

그날 저녁, 샤워를 하고 나온 은안이 쓰러지듯 침대에 누웠다. 참 많은 일이 있었던 하루였다. 이웃사촌인 옥순이 병원에 갔고. 거기서 이상한 남자도 만나고.

집으로 오는 내내 저를 끌어안은 남자의 체온이, 코끝에 감돌던 향기가 자꾸만 떠올랐다.

"아……. 왜 이러지."

은안이 옅은 한탄과 함께 아직 물기가 있는 머리를 헝클었다. 그 남자에게 안긴 직후에 아픈 기억들이 이유 없이 날아들었다면, 시간이 지날수록 남는 건 마음을 간질이는 촉감들이었다.

모르는 사람한테 한번 안겼다고 이런 감정이 드는 제가 어이가 없었다. 순간 안겼던 아득하고 따듯한 품도, 빨려 들어갈 것 같은 눈빛도 잊으려고 할수록 더욱 진하게 머리에 새겨졌다. 은안이 이마를 짚으며 중얼거렸다.

"이상하네. 왜 이렇게 가슴이 답답하지?"

낯설었다. 부딪힘이라는 사고에 자꾸만 신경을 쓰는 제가. 그리고 그 이유를 찾지 못하면 밤새도록 잠이 오지 않을 것만 같았다. 멍하니 허공을 응시하던 은안이 이마를 짚었던 손을 심장 부근으로 옮겼다.

쿵쿵—.

묘연한 심장 박동이 손끝으로 전해졌다. 처음 만난 남자. 평소보다 빠른 심장. 두 가지를 조합하니, 자연스레 드는 생각은 하나뿐이었다.

"……설마."

은안이 두 손으로 머리를 감쌌다.

"그 짧은 순간에 뭐, 반하기라도 한 거야?"

머릿속에서 말도 안 되는 상상이 자꾸만 아지랑이처럼 피어오르고 있었다. 인상을 살짝 찌푸린 은안이 고개를 저었다.

"말도 안 돼."

저는 감정에 있어서 그리 충동적인 사람이 아니었다. 누굴 보고 첫눈에 반해본 적도 없을뿐더러, 이런 떨림을 느껴본 적도 없었다. 그리고 만약 언젠가 이런 감각을 느낀다면, 그 대상은 사랑하는 사람일 거라 믿어 의심치 않았다.

그런데 잠시 스쳐간 남자에게 그런 강한 떨림을 느끼다니. 솔직히 제일 그럴듯한 추론이었지만, 인정하고 싶지 않았다. 처음 본 남자에게 아무런 이유 없이 반했다는 것을.

잠시 꺾였던 이성을 곧게 편 은안이 추론의 방향을 틀었다. 그리고 제법 근엄한 목소리로 입을 열었다.

"아니야, 놀라서 그런 거야."

갑자기 부딪혔던 낮의 상황을 또렷이 기억해낸 은안이 조용히 읊조렸다. 놀라서 일시적으로 심장이 뛰었고, 늘 그랬듯 뜬금없이 옛 생각이 났을 뿐이었다.

이 모든 건 타이밍이 만들어낸 우연일 뿐이지, 그 남자와는 아무 관련이 없었다. 물론 슬픈 눈빛을 했던 그가 신경이 쓰였지만, 저와는 상관없는 일이라며 은안은 열심히 마음을 다잡았다.

"정신 차려."

왠지 모르게 묘하게 사람을 끌어당기지만, 위험한 느낌을 풍기는 남자였다. 그런 사람과는 애초에 엮이지 않는 것이 좋았다.

"연락 오면 세탁비만 물어주면 돼. 그럼 끝이야. 복잡하게 생각하지 말자."

마음을 얼추 정리한 은안이 귀 뒤로 머리를 넘기며 다짐하듯 말했다.

다음 날, 사무실이 밀집되어 있는 빌딩 앞에서 한참을 서성이던 재하가 선뜻 발걸음을 떼지 못하고 한숨을 뱉어냈다.

"후우."

이곳은 은안이 준 명함에 적힌 회사의 주소였다.

4년 전 은안이 사라진 뒤, 그녀와의 추억이 가득한 공간에서 도저히 제정신으로 버틸 수 없었던 재하는 어린 온유를 데리고 부산으로 내려왔었다.

하지만 최근 수화기 너머의 자옥의 목소리가 점점 쇠해지는 걸 느끼고 다시 서울로 올라가기를 마음먹었다. 자옥과 상훈이 집을 떠난 저를 4년간 넘치게 이해해주었으니 이제는 돌아가야 할 때라고 생각했다. 그런데 급하게 일을 도와주러 간 병원에 갔던 어제, 운명처럼 은안을 만났다. 고개를 들어 하늘을 본 그가 픽, 하고 웃음을 뱉으며 중얼거렸다.

"이럴 땐, 꼭 신이 있는 거 같잖아."

떠나려고 한 부산에서 그녀를 만나게 될 줄 어떻게 알았을까. 마음을 먹은 재하가 빌딩 앞에 도착한 지 30분 만에 발걸음을 떼었다.

잠시 후, 엘리베이터에서 내린 재하가 은안의 회사 사무실 앞에 섰다. 투명한 출입문 너머 그녀의 모습이 선명히 보였다. 문득 4년 전에 진태가 제게 했던 말이 떠올랐다. 보지 못하면 보고 싶을 것이고, 먼발치에 있으면 다가가고 싶어질 거라고. 머리로만 이해했던 그 말이, 4년이 지난 지금에서야 마음으로까지 이해되었다.

장인어른의 말이 맞았다. 저는 먼발치에서만 은안을 보고 있지 못했을 것이다. 은안이 눈앞에 있는 지금도, 그날처럼 당장 그녀를 품 안에 가득 가두고 그리웠다고, 사랑한다고 말하고 싶었으니까. 하지만 저를 기억하지 못하는 은안에게 그럴 수는 없었다. 그녀에게 지금의 저는 어쩌다 부딪힌 남자, 그 이상도 이하도 아닐 테니까.

"하……."

주체할 수 없는 마음을 겨우 이성 안에 욱여넣은 그가, 사무실 문을 열었다. 문이 열리자, 은안이 놀란 듯 시선을 돌렸다. 그리고 직접 찾아온 재하를 보고 당황한 듯 두 눈을 끔뻑였다.

"여길 어떻게……."

"명함에 주소가 있더라고요."

은안은 황당한 표정을 수습하지 못한 채 물었다.

"아, 문자로 계좌 번호 알려주실 줄 알았는데."

"그, 제가 현금 받는 걸 좋아해서요."

은안이 얼굴을 보기 위해 왔다는 말은 차마 하지 못한 그가, 말도 안 되는 변명을 뱉어냈다.

"아. 잠시만요."

생각지도 못한 사람이 찾아와서일까, 은안은 그녀답지 않게 허둥대며 지갑을 찾았다. 하지만 가방 속에서 지갑을 찾은 은안의 얼굴에 허망한 빛이 스쳐 지나갔다. 시선을 돌린 은안이 입술을 달싹였다.

"저…… 제가 지금 현금이 없는데. 여기 근처에 ATM 기계가……."

은안이 인상을 찌푸리며 근방의 ATM 기계가 어디에 있었는지 기억해내기 위해 애썼다. 이 정도면 계좌 이체를 해줘도 되냐고 물을 법한데, 어떻게든 제게 현금을 주려고 하는 그녀의 모습에 재하의 입매에 약한 미소가 걸렸다. 재하가 돈은 괜찮으니 밥이라도 한 끼 하자고 말하려던 찰나, 사무실 문이 열리고 누군가가 들어왔다.

"얼레? 누구세요?"

"이철 씨?"

은안이 익숙하게 이름을 부르는 남자가 등장하자, 재하의 입에 걸려 있던 미소가 순식간에 사라졌다. 그리고 불현듯 하나의 생각이 그를 지배했다.

저는 지난 4년간 은안을 잊지 못하고 살았다지만, 저를 기억

못하는 은안에게는 다른 사람이 생겼을 수도 있겠다는 것.

사무실로 들어온 이철이 낯선 사람의 등장에 은안에게 물었다.

"대표님, 누구세요? 손님?"

"아…… 그러니까."

은안이 재하를 어떻게 설명해야 하나 싶어 잠시 눈을 굴렸다.

꾸르르륵.

그리고 은안의 대답이 나오기 전, 이철의 배에서 요란한 배꼽시계가 울렸다.

"아, 배고파. 저, 누군지는 밥 먹으면서 말해주시면 안 될까요? 지금 배랑 등이랑 하이파이브하기 직전인데."

들어오자마자 특유의 친화력을 뽐낸 이철이, 두 사람을 끌고 사무실을 나섰다. 재하와 식사까지 하게 될 거라고 생각지 못해 당황스러운 은안과, 이철의 등장으로 신경에 바짝 날을 세운 재하가 서로를 의식하며 걸음을 당겼다.

세 사람은 사무실 근처의 중국집으로 향했다. 각자 메뉴를 주문한 뒤 그들 사이에는 정적이 내려앉았다. 그때, 재하가 말없이 단무지 위에 식초를 뿌렸다. 그 모습을 본 이철이 호들갑을 떨었다.

"오, 우리 대표님도 단무지에 식초 뿌려 드시는데."

"저도 이렇게 먹는 걸 좋아해서요."

사실은 좋아하지 않았다. 그저 은인이 좋아하는 걸 알기 때문에 자연히 식초에 손이 간 것뿐이었다.

그것뿐만이 아니었다. 은안에 관한 모든 건 그의 머릿속에 선명하게 남아 있었다. 냉면에는 절대 겨자를 넣지 않는 것이라든지, 샤워한 뒤에는 꼭 우유를 마신다든지. 정자세로 누워 있으면 잠에 잘 들지 못한다든지. 지난 4년간 사소한 기억들은 그의 머리, 그리고 마음속 구석구석을 파고들었다.

잊으려고 한 적도 없었지만, 절대 잊혀지지 않았다. 은안에 관한 모든 것이.

그런데, 은안을 잘 아는 듯한 이철의 행동에 재하의 마음이 초조하게 달아올랐다. 조급해하지 않겠다는 건 그저 한낱 다짐이었을 뿐. 실천하긴 아직 인내심이 한참이나 부족했다. 내내 입을 열지 않던 은안이 그제야 입을 열었다.

"이렇게 먹는 사람 흔하지 않아요?"

은안의 무감한 말투에, 재하의 한쪽 심장이 시큰거렸다. 늘 저를 보며 생글생글 웃던 은안의 얼굴은 이제 사라지고 없었다. 무표정한 그녀만이 남아 있을 뿐이었다.

"세탁비는 얼마예요? 들어가는 길에 현금 찾아서, 드릴게요."

뒤이어 은안이 칼같이 세탁비를 물어주겠다고 말하자 온몸에 힘이 빠져나갔다. 사실, 그 셔츠는 애초에 세탁소에 갖고 가지도 않았다. 그녀의 흔적이 새겨진 옷인데 어떻게 세탁을 한다는 말인가. 급격히 처지는 분위기에 이철이 특유의 발랄함을 뽐내며 말했다.

"에이, 대표님. 밥도 덜 먹었는데 그런 얘기는 나중에 해요! 그나저나 재하 씨는 뭐 하시는 분이세요?"

"……의사입니다. 흉부외과요."

"헐, 대박!"

이철이 손뼉을 치며 호응했다.

"저희한테 딱 필요한 분이셨네!"

"네?"

뜬금없는 소리에, 재하가 되묻자 이철이 설명을 시작했다.

"아, 맞다. 대표님이랑 우연히 마주치신 분이라고 하셨으니까, 저희가 뭐 하는지 모르시겠다."

치과 의사인 이철은 은안과 비대면 진료 플랫폼을 만들기 위해 뭉친 동업자였다. 지금은 투자를 유치 받고 서비스를 어떻게 구축할지 논의하는 단계이고 여러 의사를 찾아다니며 조언을 받고 있었다. 말끝마다 호들갑이 묻어 있는 이철의 목소리가 한참이나 테이블 위를 가득 채웠다.

이야기를 듣는 내내, 재하의 감정은 여러 번 변모했다.

처음에는 은안이 사업을 하게 된 것에 대한 신기함. 아픔을 딛고 일어나 잘 사는 그녀에 대한 대견함. 이철과는 단순한 사업 파트너라는 것에 대한 다행이라는 마음까지.

짧은 순간에 이렇게 다양한 감정을 느낀 것은, 실로 오랜만이었다. 상념에 잠긴 그때, 이철의 목소리에 다시 정신이 들었다.

"혹시, 실례가 안 된다면, 저희 자문 좀 해주실 수 있으세요?"

"자문이요?"

"네, 얼마 전에 원래 만나뵈려고 한 흉부외과 교수님이랑 약속이 취소됐거든요."

이철이 은안의 눈치를 슬쩍 보며 말을 이었다.

"그러니까, 남 선생님 시간 괜찮으시면 부탁드려도 될까요? 이렇게 만난 것도 인연인데!"

이철의 말이 끝나자, 두 사람이 동시에 입을 열었다.

"이철 씨!"

"좋습니다."

은안의 부정이 담긴 대답과, 재하의 긍정이 담긴 대답이.

은안이 고개를 홱 돌려 재하를 바라보았다. 그 또한 은안을 뚫어져라 바라보았다. 얼굴을 마주한 순간, 은안의 심장 부근이 또다시 이상한 감각으로 물들었다. 가슴이 뛰는 것인지, 아니면 통증인지 알 수 없었다.

순간, 그와 시선을 주고받던 은안은 생각했다. 왠지 모르게, 이 남자가 가볍게 지나쳐 갈 가벼운 바람은 아닐 것 같다고. 태풍은 아닐지언정, 돌풍 정도는 될 것 같다고 말이다. 왜냐면 저를 관통할 듯한 저 눈빛이 짙은 기운을 뿜을 때마다, 심장의 자극이 더 심해지고 있었기 때문이었다.

생경한 감각에 은안이 저도 모르게 인상을 찌푸리자, 재하가 이철에게 말했다.

"대표님이, 절 마음에 안 들어 하시는 거 같은데요?"

"에이, 그럴 리가요!"

이철이 조금 과장되게 손을 저은 뒤 은안 쪽으로 몸을 틀어 귓속말을 속삭였다.

"대표님, 이런 기회가 어딨다고! 흉부외과는 안 그래도 자문 받기 어려운데."

이철의 말이 맞긴 했다. 그래도 모르는 사람에게 이렇게 가볍게 부탁하는 게 맞나, 싶었다.

은안이 인상을 쓰자, 이철이 다시 속삭였다.

"우리 일정 엄청 촉박한 거 알죠?"

다분히 현실적인 말에, 은안이 시선을 내리깔았다.

"해요, 대표님. 응? 좋은 마음으로 도와주신다잖아요."

이철의 쏟아지는 현실 폭격에, 은안이 하는 수 없이 고개를 끄덕이며 말했다.

"도와주신다니……, 감사합니다."

이철의 말대로 일정은 빡빡했고, 다시 자문할 의사를 찾으려면 더 힘들어질 것이 뻔했다. 저 혼자 힘들면 상관없는데, 이철까지 엮여 있으니 하는 수 없이 재하의 호의를 받아 들일 수밖에 없었다.

가까이 지내면 안 될 것 같은 남자인데, 분명 세탁비를 주면 관계가 끝날 것이라 여겼는데 그러기는 어려울 것 같았다.

은안의 찜찜한 마음을 아는지 모르는지, 재하는 그저 은안을 계속 볼 수 있는 기회를 잡았다는 것에 만족하고 있었다. 은안이 비어버린 기억을 찾지 못한대도, 이렇게 하나하나 차근차근히 다시 밟아가면 되는 거였다. 처음부터 다시.

은안의 허락이 떨어지자, 이철이 더욱 신난 듯 맥주까지 시켰다. 이철과 재하가 반주를 곁들이는 사이, 은안은 심란한 표정으로 짜장면을 깨작였다. 그때, 테이블 위에 있던 재하의 휴대폰이 울렸다. 그리고 수화기 너머에서 무슨 얘기를 들은 건지, 전화를 받은 그의 표정이 곧 사색으로 물들었다.

"네, 바로 가겠습니다."

전화를 끊은 재하가 급히 일어나자, 이철과 은안이 걱정스러운 얼굴로 그를 바라봤다.

"아, 죄송합니다. 유치원에서 연락이 왔는데 아들이 다쳤다고 해서……."

지금까지 풍기던 이미지와 달리, 사색이 된 그의 표정은 어쩐지 안쓰럽기까지 했다. 자리에서 일어나는 그의 손이 미세하게 떨리는 것을 본 은안이 따라서 일어났다.

"제가 병원 모셔다드릴게요. 전 술 안 마셨으니까."

순식간에 핸드백을 챙긴 은안이 재하의 팔을 잡아끌었다.

"얼른 따라와요. 차가 회사 앞에 있으니깐."

다급한 목소리에, 재하가 정신없이 은안을 따라나섰다. 해운대 한 병원에 도착하고, 입구에 먼저 그를 내려준 은안이 주차장에 차를 대고 응급실로 들어가 재하와 아이를 찾았다.

"어디 있는 거지."

주말과 평일, 그리고 낮과 밤 없이 붐비는 응급실 속에서 사람을 단번에 찾기란 여간 어려운 일이 아니었다. 그를 한참이나 찾던 은안이 응급실의 가장 구석자리까지 걸어왔을 때.

“아들, 괜찮아?”

부산스러운 응급실의 배경 소리에도 익숙한 목소리가 귓가로 감겨 들어왔다. 중저음의 부드럽고도 다정한 목소리가.

“그러니까, 놀이터에서 놀 때 조심하라고 했잖아. 아빠가.”

그리고 팔에 깁스한 아이와 눈을 맞추고 상냥하게 머리칼을 쓸어주는 재하의 모습이 시야에 들어왔다. 미소를 머금은 그의 얼굴은 지금껏 봤던 표정과는 또 다른 느낌을 자아냈다.

‘아들한테는 저런 표정도 지을 줄 아는구나.’

은안은 신기하다는 듯 둘의 모습을 한참이나 바라보다 재하를 불렀다.

“재하 씨.”

그때, 은안을 발견한 온유가 짧은 다리를 구르며 침대에서 내려왔다. 재하가 말릴 틈도 없이.

“엄마!”

온유가 은안에게로 쪼르르 달려와 한쪽 팔로 그녀의 다리를 안으며 외쳤다. 엄마라고.

“엄……마?”

은안이 놀란 눈으로 아이를 바라보며 중얼거렸다. 그리고 그 모습에 크게 당황한 건 은안뿐만이 아니었다.

“온유야!”

재하가 온유의 뒤를 바짝 쫓아 아이를 안아 들었다. 덕분에 은안과 온유의 눈높이가 단번에 맞춰졌다.

"엄마 왜 이제 와써!"

입을 오물거리며 말하는 아이의 '엄마'라는 소리에 은안은 크게 당황했다. 그런 은안의 얼굴을 내려다보던 재하가 제 아들을 다시 앞으로 안아 들어 눈을 맞췄다.

"온유야."

하지만, 다음 말이 나오지 않았다. '네 엄마야.'라는 말이.

그의 목이 점점 메어왔다. 은안이 응급실에 데려다준다고 말했을 때, 아이가 다쳤다는 생각에 빨리 병원으로 와야겠다는 생각뿐이었다. 은안이 저를 내려주고 바로 돌아갈 거라고 생각했기에, 응급실로 들어와 온유와 마주칠 거라고는 예상치 못했다. 아이가 이렇게 곧장 제 엄마를 알아볼 줄도 정말 몰랐고.

기억을 찾지 못한 은안과 온유가 마주하는 상황을 생각해 본 적이 없기에, 재하는 고장 난 로봇처럼 이러지도 저러지도 못했다. 재하는 온유와 은안에게 이 상황을 어떻게 설명해야 할지 막막했다. 무작정 현실을 말할 수도 없고, 거짓을 입에 담을 수도 없었다. 재하가 잠시 당황한 사이, 은안이 아이와 눈을 맞추며 인사했다.

"안녕, 온유야?"

은안은 '엄마' 소리에 잠시 당황했지만, 아이가 저를 엄마라고 부른 순간 느꼈다. 저는 이 작은 아이에게 단호하게 '난 네 엄마가 아니야!'라고 말하지 못할 것이라는 걸. 그리고 머리가 아닌 마음이 시키는 대로 말하게 될 거라는 걸. 은안은 조금 전 재하와 차에서 나눴던 대화를 떠올렸다. 제 마음이 약해질 수밖에 없었던 이야기들을.

조금 전, 중국집에서 이끌려 나와 은안의 차를 탄 재하는 초조한 듯 창밖을 바라봤다. 온유는 유치원 놀이터에서 놀다가 넘어져 팔의 인대가 조금 늘어났다고 했다. 객관적으로 큰 부상은 아니었지만, 자식의 상처에 크고 작음이 어디 있을까.

은안의 회사가 있는 서면에서 해운대에 있는 병원이면 그리 가까운 거리는 아니었기에, 병원에 도착하려면 아직 20분은 더 가야 했다. 다행히 늦은 오전이라 차가 밀리지는 않았다.

은안이 시선을 슬쩍 돌려 그의 걱정스러운 얼굴을 훑었다. 당연히 싱글일 거라고 생각했기 때문일까. 아빠의 얼굴을 한 그가 왠지 모르게 낯설게 느껴졌다. 한참을 잠자코 운전만 하던 은안이 조심스레 물었다.

"……아들이 있었어요?"

"네, 5살짜리 아들이 하나 있습니다."

재하가 정면을 응시하며 대답했다.

"그럼 아이 엄마도 병원으로 오는 중이겠네요?"

"아니요. 아내는 지금 저희랑 살고 있지 않아서요."

"아, 죄송해요. 일부러 물은 건 아닌데……."

은안이 사과하자, 재하가 고개를 저으며 쓰게 웃었다.

"아닙니다. 괜찮습니다."

쓰게 달아오른 재하의 얼굴을 본 은안이 저도 모르게 그의 아내에 대해 궁금증을 품었다. 아내랑은 이혼한 걸까? 아니면, 사별? 아니면 일 때문에 다른 곳에 있는 건가? 그때, 그녀의 마음을 읽기라도 한 것인지, 재하가 입을 열었다.

"오해에 오해가 쌓여서 제가 그 사람한테 상처를 줬어요."

"아."

"그래서 떠날 수밖에 없었고요. 그 사람은."

과거 얘기를 하는 재하의 얼굴이 회색빛의 슬픔으로 물들었다. 순간 은안의 심장이 강하게 욱신거렸다. 분명 머리와 이성은 그에게서 멀어지라고 말하는데, 자꾸만 옆의 남자에게 신경이 쏠렸다. 은안이 살긋이 시선을 돌려 그를 바라보았다.

그리고 그의 얼굴을 보고서는 다시 급히 시선을 정면으로 돌렸다.

그는 마치 외딴섬에 버려진 것 같은 표정을 하고 있었다. 고통을 참아보려 해도 참아지지 않는 처절하게 외롭고 아픈 표정. 다른 사람은 몰라도 은안에게는 보였다. 저도 비슷한 표정을 하던 시절이 있었기 때문이었다.

그의 얼굴은 사고 뒤 요양원에서 거울을 통해 보던 그때의 저와 비슷했다. 왠지 모르게 그때처럼 마음이 바늘로 꼭꼭 찌르는 것처럼 따끔했다. 그리고 묘한 동질감이 느껴지며 그에게 더 질문하고 싶다는 충동이 솟구쳤다.

아내에게 무슨 잘못을 했길래, 떠나갔냐고. 그리고 아직도 아내를 그리워하고 있냐고. 도대체 아내는 당신에게 어떤 사람이었길래, 그런 표정을 하는 거냐고. 머리로는 스쳐 지나갈 사람이라고 생각하면서도 자꾸만 그가 궁금해지고 신경이 쓰였다.

'정신 차려, 유은안.'

입을 조금이라도 열면 대책 없는 질문들이 쏟아질 것 같아 은안은 입술을 약하게 짓씹은 채 병원까지 차를 운전했다.

재하와의 대화를 떠올린 은안은 차마 아이의 눈빛을 외면할 수가 없었다.

"음, 아줌마는 온유 엄마가 아니긴 한데……."

긍정도 부정도 하지 못한 채 은안이 우물쭈물하자, 순간 온유의 눈빛에 순식간에 물기가 감돌았다. 은안은 처음 보는 아이가 저를 엄마라고 부르는데도 그저 당황스러운 표정을 할 뿐, 아무런 말도 하지 못했다. 옆에서 잠시 얼어붙었던 재하가 조심스레 온유를 달랬다.

"온유야, 갑자기 엄마라니. 처음 보는 분한테 실례되게."

단호한 그의 목소리에, 아이의 눈에 얕게 고여 있던 눈물이 금세 굵어졌다. 온유가 큰 울음을 터트릴 것 같은 표정을 하자, 은안이 재하와 눈을 맞추며 작게 얘기했다.

"너무, 단호하게 그러지 말아요. 전 괜찮아요."

분명 이성적으로 생각하면 그가 말한 것처럼 아이에게 상황을 바로 잡아줘야 한다고 생각하면서도.

"아직 어린아이잖아요."

은안은 도무지 입이 떨어지지 않았다. 여기서 기어이 아이의 눈에 눈물이 흐르게 한다면, 두고두고 후회될 것 같았다. 은안의 만류에, 재하도 더는 아무 말도 하지 못했다.

사실, 온유가 잘못한 일이 아니었다. 엄마의 사진을 보고 자랐으니 말이다. 다만, 예전과 분위기가 많이 달라진 은안을 단번에 알아볼 거라고는 생각지도 못했다. 그때, 온유가 은안의 옆으로 가 슬며시 손을 이끌며 말했다.

"엄마, 가자! 온유 목말라요."

은안은 이번에도 아무런 말없이 아이를 따라나섰다. 사실, 아이를 따라가는 것 자체가 조금 전 상황에 대한 긍정의 대답이었다.

재하는 멍하니 두 사람을 바라봤다. 단번에 엄마를 알아본 온유와 기억을 잃었음에도 차마 아이를 거부하지 못하는 은안을 보고 있자니, 기분이 묘했다. 사람들이 흔히 말하는 '핏줄이 당긴다.'라는 게 이런 뜻일까.

잠시 생각에 잠겼던 재하는 이내 그 이유 따위는 중요치 않다는 걸 깨달았다. 아직 기억의 시차가 조금 달라 서로를 알아보지 못하고 있지만, 지금 가장 중요한 건 우리 세 가족이 같은 공간에서, 서로를 보고 있다는 것이었으니까.

오늘은 이것만으로도 충분했다. 재하의 가슴 한구석에서 봄날에 새싹이 돋아나듯 푸릇한 감정이 솟아났다. 그가 내내 그려왔던 재회와는 달랐지만, 세 사람을 감싼 분위기는 봄볕처럼 따사로웠다. 재하는 4년 만에 찾아온 이 시간이, 아주 잠시만 멈췄으면 좋겠다고 생각했다.

수납을 마친 세 사람은 근처 카페로 와 앉았다.

각자 시킨 음료를 한 모금씩 마신 그때, 은안의 주머니에 있던 휴대폰 진동이 울렸다.

고마워요.

휴대폰을 확인한 은안은, 모르는 번호로 온 문자의 발신인이 재하라는 것을 깨달았다. 많은 것이 응축된 메시지에, 은안이 답장을 보냈다.

고마워하지 않아도 돼요.
내가 그러고 싶어서 그런 거니까.

휴대폰을 내려놓은 은안이 온유를 슬쩍 바라봤다. 떠난 엄마가 얼마나 그리웠으면 아빠와 약간의 친분이 있어 보이는 제게 엄마라고 불렀을까.

온유보다 많은 나이였던 저도, 엄마를 잃고 그렇게나 힘들어했는데 말이다. 그 힘듦을 아는 사람으로서, 마음이 약해질 수밖에 없었다. 상황이 이렇게 되었으니, 은안은 재하가 가끔 아이를 만나서 놀아줄 수 있겠냐고 물어본다면 응할 마음까지 먹었다. 이곳에 오기 전까지만 해도 재하와 가까워지는 것에 거부감을 느꼈는데, 단 몇 시간 만에 그에 대해서 너무 많은 것을 알아버린 느낌이었다.

'하, 이래도 되는 걸까.'

은안이 상념에 잠긴 그때, 내내 은안의 얼굴을 보며 생글대던 온유가 재하에게로 시선을 돌리며 물었다.

"아빠! 엄마 너무 예쁘지!"

"어? 어, 예뻐."

아이의 질문에 놀란 재하가 대답을 하자, 은안도 상념에서 빠져나와 놀란 듯 그를 바라봤다.

'쑥스러움'이라는 단어와 어울리지 않는 남자가, 아들의 기습 질문에 귀를 붉히는 모습은 꽤 진귀한 풍경이었다. 은안은 재하를 보느라, 정작 제 볼도 조금 발긋해져 있다는 것은 깨닫지 못했다.

아이의 장난스러운 질문에 그냥 대답하면 될 텐데, 괜히 말을 더듬으니 마음이 꼭 재채기라도 할 것처럼 간질거렸다. 왠지 꼭 저 말에 진심이 담긴 것 같아 은안의 기분이 오묘해졌다.

그를 처음 봤던 그날처럼, 심장 한쪽이 감전되듯 찌릿했다. 코끝이 괜히 시큰해지는 것 같기도 했고, 숨이 가빠지는 것 같기도 했다.

이내, 은안은 생각보다 제 상태를 빨리 인정했다. 저 남자에게 알 수 없이 끌리는 이 말도 안 되는 상태를. 저는 지금, 딱 두 번밖에 만나지 않은 남자에게 본능적으로 이끌리고 있었다. 어제처럼 무작정 부정하기에는, 제 마음을 끌어당기고 있는 보이지 않는 힘이 너무나 강했다. 점점 생각이 깊어지자 은안의 미간이 살포시 접혔다. 그때, 그 모습을 본 재하가 물어왔다.

"어디 안 좋아요?"

그의 목소리에, 은안이 깊은 생각의 바다에서 빠져나왔다.

"아, 아니에요. 갑자기 급한 일이 생각나서."

은안이 말과 함께 자리를 뜨기 위해 채비를 했다.

"온유야, 미안. 다음에 보자."

아이에게 인사를 한 그녀가 급히 자리를 떴다. 사실 급한 일 같은 건 없었다. 하지만 자꾸만 이상한 감정을 자아내게 하는 그의 얼굴을 계속 보고 있을 자신이 없었다. 아니, 정확히 말하면 얼굴에 드러나는 제 감정을 숨길 여유가 없었다.

chapter 19

제 의지를 흔드는 변수

다음 날 아침, 혼자 있는 사무실 안.

은안의 뜨거운 한숨이 사무실 안을 가득 채웠다.

"하아."

어제, 은안은 그가 신경 쓰이는 이 마음을 인정해버렸다. 하지만 집으로 돌아가 곰곰이 생각할수록 마음이 복잡했다. 아내 얘기를 하면서 가련히 떨리던 그 표정, 그리고 제게 예쁘다고 말하면서 살짝 붉히던 귀. 두 가지 표정이 내내 교차해서 머릿속을 지배했기 때문이었다.

제 마음을 인정할 때까지만 해도, 그가 아내 얘기를 하며 짓던 표정을 까맣게 잊고 있었다. 표정만 봐서는 아내를 아직 못 잊은 거 같았는데, 왜 제게 예쁘다는 말을 하며 귀를 붉힌 걸까. 사람 헷갈리게.

솔직히 아내 얘기를 하면서 그런 표정을 짓는 것을 보지 못했다면, 지금쯤 그와 제가 비슷한 이끌림을 느낀다고 생각하며 김칫국을 사발째 마실 뻔했다.

"하아. 어쩌자고 이래 진짜."

은안이 책상에 엎드려 얼굴을 묻으며 스스로를 채근했다.

마음의 심란함에 정점을 찍은 은안이 고개를 팍 들었다. 머릿속에 또 다른 불안한 상상이 부풀어 올랐기 때문이었다. 잘게 떨리는 눈을 한 은안이 조용히 읊조렸다.

"설마, 뭐 내가 떠났다던 아내랑 닮았다거나, 그런 건가?"

머릿속에서 시냇물처럼 졸졸 흐르던 상상력은, 짧은 사이에 커다란 강이 되어 있었다. 은안은 골몰히 생각에 빠져들었다. 그가 저를 안으며 어디 있었냐고 묻던 일. 온유가 저를 엄마로 착각한 일. 이 두 가지만 고려해도 '온유 엄마와 제가 닮은 건가?'라고 생각하는 것은 합리적인 의심이었다.

"그래, 만약 닮은 거라고 쳐. 온유 물음에 예쁘다고 한 것도 그렇다고 쳐."

귀는 왜 붉혀?

은안의 머릿속에 찰나의 그 묘한 순간이 자꾸만 떠올랐다. 그리고 한 가지 생각이 자꾸만 머리를 맴돌았다.

설마, 나를 투영해서 아내를 본다든가.

시냇물에서 강물 정도로 불어난 상상은 또 어느새 드넓은 바다가 되어 있었다.

"하, 무슨. 드라마도 아니고. 말도 안 돼."

겨우 상상의 고리를 끊은 은안이 머리를 톡톡 쳤다. 그리고 살짝 풀려버린 마음의 빗장을 다시 걸어 잠그기 위해 노력했다.

"그만 생각하자, 그 남자에 대해서."

그래, 끌림을 느낀 것까지 인정하지만, 끌림을 느꼈다고 해서 그 본능 그대로 행동하라는 법은 없었다. 은안의 머릿속에 다시 경고등이 켜졌다. 그 남사와 더는 가까워지지 말라고. 더는 궁금해하지 말라고. 사실 경고 속에는 약간의 두려움이 있기도 했다.

만약, 그 남자가 정말 저를 통해 아내를 보는 거라면 걷잡을 수 없이 마음이 따끔거릴 거 같았다.

"자문 끝나면, 딱 깔끔하게 모르던 사이로 돌아가는 거야. 그럼 돼."

종종 만날 일이 생긴 게 마음에 걸리긴 했지만, 몇 번 만나는 것 정도로 무슨 큰일이 날까 싶었다. 제아무리 돌풍이 불고, 태풍이 온다고 해도 대비만 잘하면 끄떡없이 지나갈 수 있을 것이라고 은안은 굳게 믿었다.

그 남자가 주는 이상한 느낌도, 끌리게 하는 본능도 대책을 세워 열심히 방어하면 막을 수 있을 거라고.

다짐과 함께 자리에서 벌떡 일어난 은안이 성큼성큼 발걸음을 당겨 옥상으로 향했다.

"그래. 맑은 공기라도 쐬고, 정신 좀 차리자."

잠시 후, 옥상에 도착한 은안이 난간 쪽으로 걸음을 당겼다. 멋진 산과 바다 뷰는 아니지만, 아쉬운 대로 높은 곳에서 세상을 내려다보면 그럭저럭 마음이 트였다. 은안이 저도 모르게 난간을 향해 고개를 쭉 내뺀 그 순간.

"뭐 해요, 거기서? 위험한데."

살랑살랑한 바람을 타고 온 익숙한 목소리가 귓가에 안착했다. 은안이 등을 돌려 목소리의 주인을 마주했다.

"재하 씨가 여길 어떻게……."

조금 전까지 멀리해야겠다고 마음먹은 남자가 거짓말처럼 눈앞에 있었다. 그리고 그가 제 쪽으로 발걸음을 한 발자국 뗀 순간. 거짓말처럼 하늘에 드리운 구름이 걷히고 햇살이 그를 비췄다.

마치 주인공을 비추는 무대 조명처럼. 제게 다가오는 재하를 보던 은안은 순간 묘한 기시감에 휩싸였다.

'왜 이렇게 익숙하지, 이 상황.'

옥상이라는 공간도, 조금씩 불어오는 바람도, 저 나지막한 목소리도. 어딘가 콕 박혀버린 빛바랜 기억들을 열심히 찾던 은안은 재하가 제 앞으로 다가온 순간에야 깨달았다. 제가 지금 묘한 기시감을 느끼는 이유를.

이 상황은 제 가슴을 앓게 했던 첫사랑을 만났던 순간과 다른 듯 닮아 있었다. 누군지는 모르지만, 눈을 잃었을 때 제게 위로를 줬던 그 사람이 떠올랐다. 은안이 고개를 살짝 들어 햇살을 등진 재하의 얼굴을 멍하니 바라보았다.

이 사람을 보는데, 왜 예전의 희미한 기억이 단박에 떠오른 걸까. 가슴은 왜 답답한 거고. 그 물음에 대한 답은 찾을 수 없었지만, 은안은 다른 한 가지를 깨달았다. 사람의 마음은 딱딱한 철문이 아니라서, 대비나 대책을 세운다고 해서 지나가는 태풍에 아무런 영향을 받지 않을 수 없다는 걸.

기억을 잃은 지금도 은안은 본능적으로 재하에게 끌리고 있었다. 부정하려 해도 부정할 수 없었고, 막으려 해도 막을 수 없었다. 미치 사림의 힘으로는 어쩔 수 없는 불가항력처럼.

긴장으로 저릿한 손바닥으로 주먹을 꽉 쥔 재하가 어제저녁 이철에게서 온 문자를 다시 확인했다.

형님, 내일 심심하시면
저희 사무실에 놀러 오세요!

사교성이 좋은 이철 덕분에, 오늘도 은안을 보러 올 수 있었지만, 선뜻 사무실로 올라갈 수가 없었다. 어제의 일 때문이었다.

"하아."

쌉싸름한 한숨이 차 안 가득 퍼지고, 재하는 어제의 일을 곱씹었다.

—아빠! 엄마 너무 예쁘지!

—어? 어, 예뻐.

분명 그 순간, 저를 보던 은안의 눈빛이 묘하게 흔들렸다. 기억을 잃은 그녀지만, 어쩌면 제게 본능적으로 어떠한 감정을 느끼는 것은 아닐까 하는 생각이 들었다. 그렇지 않고서야 그런 눈빛을 할 수는 없었을 테니까.

하지만 지금의 상태에서 은안에게 어떤 식으로, 또 어떤 속도로 다가가야 할지 감이 오지 않았다. 재하가 답답한 듯 맨 위의 셔츠 단추를 풀었다.

은안이 세상에서 사라진 그날부터, 제가 원하는 것은 하나였다. 그녀가 제자리로 돌아오는 것. 그리고 예전처럼 지내는 것. 원하는 것은 간단하지만, 그 결과에 도달하기 위한 현실의 벽들은 높기만 했다.

하나하나 따지고 보면, 상황이 꽤 복잡했다. 한때는 부부였던 저와 그녀. 그리고 기억을 잃고 헤어져야만 했던 날들. 그리고 지나버린 4년의 세월 뒤 여전히 그 자리에서 멈춰 있는 우리. 다짜고짜 그녀에게 온유가 당신 아들이라고, 나는 당신의 남편이었다고 말할 수는 없었다.

은안의 기억을 그런 식으로 찾게 하면, 제가 진태의 말을 듣고 그녀를 보내준 의미가 없게 되니까. 지금으로서 가장 좋은 건, 그녀가 가장 상처를 받지 않는 범위 내에서 찬찬히 기억을 찾아가는 것인데, 그 방법이 도무지 생각나지 않았다.

왠지 제자리를 맴도는 것 같은 생각 회로에, 재하가 차 문을 열고 밖으로 나왔다. 걸음을 옮겨 엘리베이터를 탄 그가 은안의 사무실이 있는 층수의 버튼을 누르려다, 팔을 위로 뻗어 맨 위층의 버튼을 눌렀다. 아무래도 가슴이 답답해 옥상으로 올라가 바람이라도 좀 쐬고 사무실에 가야 할 것 같았기 때문이었다. 그래야 은안을 볼 때 표정 관리가 될 것 같았다.

잠시 후, 맨 위층에 내린 그가 옥상으로 들어섰다. 맑은 하늘 아래, 난간에 기대어 있는 은안이 보였다. 꿈에서 저를 떠나가는 뒷모습을 수백 번도 더 봤기 때문일까. 뒷모습이었지만 단박에 은안이라는 것을 알 수 있었다.

재하가 조심히 발걸음을 떼어 은안 쪽으로 다가갔다. 저도 모르게 입가에 한 줄기의 미소가 스쳤다. 예나 지금이나, 은안이 옥상을 좋아하는구나 싶은 생각이 들었기 때문에. 은안의 뒷모습을 바라보던 재하가 조심스레 입을 열었다.

"뭐 해요, 거기서? 위험한데."

은안이 놀란 듯 등을 돌리자, 재하가 그녀의 앞으로 걸어오며 말했다.

"재하 씨가 여길 어떻게……."

"이철 씨가, 초대해줬어요. 뭐, 겸사겸사 자문도 해주면 좋다고 했고."

"아, 바쁘실 텐데. 저희가 찾아가면 되는데. 이철 씨는 참."

잠시 멍해졌던 은안이 당황스럽다는 기색을 내비치자, 재하가 싱긋 웃으며 말했다.

"괜찮습니다. 안 바빠요, 저. 얼마 전에 일을 그만둬서."

아무렇지 않게 말했지만, 재하의 마음 한쪽은 쓰렸다. 제가 사랑하는 사람이 저를 기억하지 못하고, 남 대하듯 하는 건 생각보다도 더 힘든 일이었다.

"그럼, 내려갈까요?"

"아, 그러죠."

두 사람은 옥상을 빠져나와 엘리베이터에 탑승했다. 좁은 정사각형의 공간 속, 긴장감이 잔뜩 섞인 공기가 두 사람을 지배했다. 줄곧 정면을 보고 있던 두 사람이 동시에 슬쩍 고개를 돌렸다.

눈이 마주치고.

"저……."

"어디 아파요?"

이번에는 동시에 입을 열었다. 은안은 하려던 말을 다시 말아 넣고, 재하는 끝까지 뱉어냈다.

"아니요? 오늘 컨디션 좋은데……."

은안은 하려던 말 대신, 그의 물음에 대답하며 다시 정면으로 고개를 돌렸다.

은안은 그와 시선을 마주한 순간, 눈앞이 빙글 도는 것을 느꼈다. 조금 전, 엇박으로 뛰던 심장이 조금 진정된 줄 알았는데 다시 뛰기 시작했다. 은안은 마음에 찬물을 여러 번 끼얹으며 평정심을 찾으려 했다.

'왜 이렇게 떠는 거야. 떠났다는 아내 얘기를 하면서 그렇게 슬픈 눈빛을 하는 남자한테.'

아직 확실하지는 않지만 혹시나 제가 떠났다던 아내를 닮은 거라면, 더더욱 이 남자와 엮이고 싶지 않았다. 누군가의 대체가 되고 싶지는 않았으니까.

복잡한 생각에 빠져 허우적대는 사이, 엘리베이터가 은안의 회사가 있는 층에 도착하기 전에 멈췄다. 문이 열리고 사람들이 우르르 탑승하자, 나름 거리를 두고 있던 은안과 재하가 뒤로 쑥 밀려났다.

사람들 사이에 갇힌 은안이 눈을 질끈 감았다. 이 건물의 엘리베이터는 유독 좁았다. 그래서 건물에 입주해 있는 사람들의 원성이 자자한 편이었다. 너무 좁아서 몇 명 탑승하지 않아도 자꾸 어깨가 부딪친다고. 출퇴근 시간을 꽤 자유롭게 활용해 북적이는 엘리베이터를 탈 일이 없던 은안은 '엘리베이터가 그렇게 좁나? 잘 모르겠는데.'라고 말했던 제 과거의 입을 막고 싶었다.

이 엘리베이터는 아주 좁았다. 옆 사람의 어깨가 아니라 손끝이 닿을 정도로.

은안은 제 손에 스치는 재하의 손끝에, 머리가 쭈뼛 서는 것을 느꼈다. 그와 시선을 마주할 때는 심장이 떨리고, 손끝이 스치니 숨이 막혀왔다. 뜨거운 태양 아래의 소프트아이스크림처럼, 마음이 빠르게 흘러내렸다.

분명 조금 전까지 마음을 걸어 잠글 거라고 다짐했는데, 그런 제 다짐을 비웃듯 그가 옥상에 홀연히 나타났다. 하필이면 햇살을 가득 머금은 모습으로 가물가물한 기억 속 첫사랑을 떠올리게 하고. 또, 하필이면 사람으로 가득 찬 좁은 엘리베이터에 같이 탑승해 손끝이 스쳐 온몸의 감각을 곤두서게 했다. 이 모든 상황이 변수처럼 느껴졌다. 제 마음을 다잡으려는 의지를 흩트리는 변수.

은안이 슬쩍 고개를 내려 재하와 닿을 듯 말 듯한 손끝을 바라봤다. 그리고 이내 시선을 돌려 그의 옆모습을 슬쩍 훔쳐보며 생각했다. 어쩌면 우연히 맞닥뜨린 상황이 아니라, 이 남자 자체가 제 의지를 흔드는 변수가 아닐까 하고.

1초가 10분처럼 느껴졌던 엘리베이터에서 내린 은안과 재하가 사무실로 돌아왔다.

의도치 않게 밀착된 상태에서 떨린 건 은안뿐만이 아니었다. 재하 또한 은안과 손끝이 스칠 때마다, 당장 그녀의 손을 잡고 싶은 충동을 억눌러야 했다. 은안이 단순히 떨림을 느꼈다면, 재하가 느낀 자극은 좀 달랐다.

기억을 잃은 은안과 달리, 재하는 그녀와 함께했던 시간들을 몸과 마음으로 기억했다.

그렇기에 살짝만 닿아도 모든 감각들이 생생히 살아났다. 그리움과 설렘이 뒤섞인 감정이 그의 마음 한가운데에 돌처럼 걸려 내려갈 줄을 몰랐다. 그때, 내내 아무 말도 없던 은안이 그에게 말을 걸었다.

"차라도 드릴까요? 이철 씨가 오려면 시간이 좀 더 걸릴 것 같은데."

"네, 감사합니다."

업무상 직접적인 대화는 이철과 진행하기로 했기에, 재하는 고개를 끄덕였다. 은안이 재하를 지나쳐 사무실 입구 쪽에 있는 정수기로 향했다. 머그컵에 뜨거운 물을 받고 차를 우린 은안이 다시 재하가 앉아 있는 중앙 테이블로 걸어왔다. 재하

앞에 선 은안이 뜨거운 컵을 내려놓으며 말했다.

"녹차밖에 없는데, 괜찮죠?"

"괜찮아요."

그때, 은안의 손을 바라보던 재하의 눈이 미세하게 가늘어졌다. 컵을 내려놓는 그녀의 손이 미세하게 떨리고 있었기 때문이었다. 재하가 은안의 얼굴을 바라보기 위해 고개를 돌렸다. 그 순간, 결국 떨리던 손에 있던 컵의 액체가 은안의 손으로 조금 넘쳤다.

"아."

뜨거운 액체의 느낌에 은안의 입에서 낮은 소리가 튀어나왔다. 재하가 놀란 듯 은안의 손에서 컵을 뺏어 멀리 치운 뒤 그녀의 손을 잡아 이리저리 살폈다.

"괜찮아요?"

은안이 놀란 듯 눈을 크게 떴다. 끓는 물이 아니었기에 약간의 뜨거운 느낌만 있었을 뿐 아무렇지도 않았다. 하지만 재하의 반응은 마치 제가 화상이라도 입은 것처럼 심각했다.

"괘, 괜찮아요."

"뜨거운 컵 놓을 땐 조심해야죠."

은안이 괜찮다고 대답하자, 재하가 마치 아이를 혼내듯 은안에게 말했다.

"아."

은안이 아직도 제 손을 놓지 않은 채 말하는 그를 빤히 바라봤다.

또 저 표정이다. 아내 얘기를 할 때와 비슷한 표정. 그리고 첫날 저를 끌어안으며 지었던 그 아릿한 표정. 그의 얼굴에서 눈을 떼지 못한 은안이, 결국 홀린 듯 입을 열었다.

"저, 궁금한 게 있는데 물어봐도 돼요?"

급작스러운 물음에 당황한 듯 재하의 동공이 잘게 떨렸다.

"뭐가 궁금한데요?"

조심스러운 그와 달리, 은안은 거침이 없었다. 그에 대한 마음을 멈추지 못할 바에는, 이 궁금증이라도 풀어야겠다는 생각이 들었기 때문이었다.

"혹시, 내가 재하 씨 아내랑 닮았어요?"

은안의 물음에, 재하가 놀란 듯 그녀를 멍하니 바라봤다.

"방금, 뭐라고……."

분명 한국말인데, 말 하나하나가 분해되어 따로 귀로 들어오는 것 같은 느낌이었다.

"내가 재하 씨 아내랑 닮았냐고요. 생김새가."

당황한 재하를 앞에 둔 은안은 개의치 않고 계속 말을 이어갔다.

"생각해보니까, 이상하더라고요. 재하 씨가 날 처음 봤을 때 아는 사람이랑 착각한 듯이 끌어안은 것도, 온유가 나더러 곧장 엄마라고 부른 것도."

은안이 내내 혼자서 추리하던 생각을 내어놓자, 재하의 눈빛에 초점이 조금 돌아왔다. 조금 전까지 읽을 수 없었던 그녀의 눈빛이, 이제는 조금 읽히는 것 같기도 했다.

"왜, 가끔 그런 일들이 있잖아요. 닮은 사람을 통해서 그리워하던 사람을 본다든가……."

처음엔 당당하던 은안의 목소리가 조금씩 자신 없이 변해갔다. 아무래도 본인의 추리에 100%의 자신은 없는 듯했다. 그래도 이내 다시 단단해진 표정을 한 은안이 단호하게 말했다.

"만약 그런 거라면 이제 저 볼 때 그런 눈으로 보지 마요. 기분이 썩 좋지는 않거든요."

"내가 어떤 눈이었는데요? 은안 씨를 볼 때."

그의 물음에, 은안이 다시 재하와 눈을 맞췄다. '그것도 모르냐?'라는 표정과 함께.

"하, 정말. 그 울 것 같은 표정이요. 당장이라도 쓰러져 울 것 같은 그 표정."

과거의 본인을 다른 사람으로 착각하는 은안을 마주한 재하의 마음이 복잡해졌다.

그렇다고 다짜고짜 은안에게 모든 사실을 말할 수도 없는 노릇이었다. 거짓을 말할 수도 진실을 말할 수도 없는 답답한 상황에 직면한 그는, 그저 이 순간 제 마음이 가는 대로 움직이기로 했다.

대화 내내 은안의 손을 놓지 않고 있던 재하가 그녀의 손을 살짝 끌어당겨 앞의 의자에 앉혔다. 은안이 쓰러지듯 의자에 안착하자, 그가 은안의 앞으로 상체를 훅 당기며 말했다.

"그럼, 앞으로 이런 눈빛으로 봐도 될까요?"

은안의 말처럼 금방이라도 쓰러질 듯 슬픈 눈빛이 아니라,

금방이라도 그녀를 집어삼킬 듯 뜨거운 눈빛과 함께.

태양을 삼킨 듯 뜨거운 그의 눈빛을 마주하자 가슴이 미세한 화상을 입은 것처럼 따끔거렸다. 조금 전까지 호기롭던 기세는 사라진 지 오래였다.

이젠 그저 강력한 블랙홀 같은 그의 눈빛에 속절없이 빨려 들어가지 않도록 버텨야 했다. 재하는 여전히 은안을 빤히 바라보며 다시 한 번 물었다.

"이런 눈빛은, 괜찮아요?"

여전히 가까운 거리에 있는 그의 목소리에, 은안이 촘촘한 속눈썹을 파르르 떨었다. 눈빛은 저를 집어삼킬 듯 뜨거운데, 목소리는 또 고막을 녹일 만큼 부드러웠다.

마치 사람을 홀리러 온 도깨비에게 정신을 빼앗기듯, 은안은 저도 모르게 그에게 사로잡히고 있었다. 그때, 번뜩 정신을 차린 은안이 그에게 잡힌 손을 빼내며 말했다.

"아니요! 안 돼요. 그런 눈빛도."

손등에 시원한 공기가 닿자, 그와 닿아 있던 손등이 더욱 화끈하게 느껴졌다. 당황스러움을 숨기기 위해 은안이 고개를 홱 돌렸다.

"말 돌리지 말고, 내 물음에 답을 해줬으면 좋겠는데요."

부루퉁한 은안의 목소리에 재하가 조금 느슨해진 미소를 지었다. 조금 전, 가까이서 본 은안의 얼굴에 스며 있는 미세한 떨림에 마음이 달아올랐다.

그녀의 본능이 아직 저를 향하고 있다고. 제게 아직 기회가 있다고 말해주는 것만 같았다.

그러기 전에, 일단 그녀가 가진 의심부터 풀어줘야 했다. 그는 지금 상황에 걸맞은 최적의 대처법을 찾아냈다.

은안의 의문을 풀어주면서 거짓말을 하지 않고, 그렇다고 진실을 억지로 밝히지 않는 방법을.

"닮지 않았어요."

"안 닮았다고요?"

재하의 대답에 은안이 살짝 놀란 듯 되물었다.

"네, 닮지 않았어요."

재하가 입매를 끌어올리며 다시 고개를 끄덕였다. '닮은 게 아니라, 똑같아요.'라는 말은 생략했다. 그는 진실을 말했다. 다만 조금의 뒷말들이 생략되었을 뿐. 그때, 은안이 미간을 좁히며 물었다.

"그럼, 왜 끌어안았어요. 그날."

마음으로 이미 제 질문을 거의 확신하고 있기 때문이었을까. 그녀의 낯빛에 당황스러움이 물들어 있었다.

"그건……."

재하가 잠시 뜸을 들이다 말을 이었다.

"그날 꿈에 아내가 나왔는데, 배경이나 상황이 비슷해서. 저도 모르게 그렇게 끌어안았나 봐요. 미안해요."

그날 꿈을 꿨다. 은안과 재회하는 꿈이었고, 병원에서의 상황과 엇비슷했다. 이번에도 거짓말은 하지 않았다. 진실을 말했다. 그 진실이 전부가 아니라 조각의 일부분이긴 했지만.

"그럼 온유는요."

눈망울에 아직 약간의 의심이 남아 있었다.

"……온유는, 엄마가 너무 보고 싶어서 그랬을 겁니다."

아이의 얘기에, 재하의 표정이 사뭇 진지하게 변했다. 재하는 이번에도 애매모호한 진실을 말했다. 다행히, 은안은 더는 파고들지 않았다.

온유가 엄마를 너무 보고 싶어 해서 저를 끌어안았다는 그의 대답에, 그냥 엄마와 나이가 엇비슷한 제게 안겼구나 생각했다. 의문을 다 해소한 은안이 힘이 빠진 듯 몸을 축 늘어트렸다.

"그런 게 아니면 다행이고요."

저도 모르게 다행이라는 말을 입에 올린 은안은, 다급하게 정신을 차렸다.

'아니지. 왜 안심하는 건데, 저 사람이랑 잘해보기라도 하겠다는 거야 뭐야.'

그가 제게 떨림을 준다는 사실은 인정했지만, 제 본능 속 위험 경고등이 꺼진 건 아니었다.

그와 함께 있을 때면, 묘하게 위화감이 들었다. 떨림과 위화감을 동시에 주는 남자에게 느끼는 감정을 호감으로 단정 지을 수는 없었다.

그때, 복잡한 은안의 마음을 아는지 모르는지, 재하가 나지막한 목소리로 입을 열었다.

"닮은 점도 있어요. 은안 씨랑 제 아내."

"그게 무슨……."

"음, 마음이 따듯한 거?"

재하가 조금은 장난기 어린 미소를 지었다.

"고마워요."

"……."

"당황스러웠을 텐데, 온유한테 아무 말 하지 않고 받아줘서."

"아."

재하의 말을 끝까지 들은 은안이 저도 모르게 살짝 낮은 소리를 냈다. 이내 표정을 가다듬은 은안이 그날 재하의 문자에 답할 때와 같은 표정으로 말했다.

"괜찮아요. 미안해할 필요도 없고, 고마워할 필요도 없어요. 그날 말했듯이, 내가 그러고 싶어서 그런 거니까."

고맙고 미안하다는 얘기를 듣기 위해 아이에게 엄마라고 불러도 된다는 말을 한 것은 아니었다.

알량한 동정심도, 엄마를 그리워하는 아이에게 건네는 적선도 아니었다. 그저 눈에 밟힐 뿐이었다. 저를 보는 물기 가득한 아이의 눈이. 제게 엄마라고 했던 그 오밀조밀한 입이.

그리고 무엇보다.

"그냥, 온유가 슬픈 얼굴 하는 걸 보기 싫었거든요."

그 모습이 옛날 그 어느 날의 제 모습과 비슷해서, 저 같은 슬픔을 느끼는 사람이 또 없었으면 하는 생각이 들었을 뿐이었다.

“어쨌든, 오히려 재하 씨가 곤란할 수도 있을 거예요. 온유가 나를 엄마라고 불렀을 때 부정을 하지 않았으니까.”

저번에도 생각했지만, 제가 친 사고니 어느 정도 책임질 생각도 있었다.

“만약, 온유가 저 보고 싶다고 하면 같이 만나요. 너무 자주는 안 되겠지만, 가끔은…….”

은안이 잠시 말끝을 흐렸다.

온유를 본다는 것은, 재하 또한 봐야 한다는 의미인데 그 사실을 간과했다. 자주 보면 안 되는 남자와의 만남을, 스스로 만드는 것 같아 머리가 복잡했다.

하지만, 이미 내뱉은 말은 다시 주워 담을 수도 없었다. 그리고 제가 친 사고에 대해 매정하게 나 몰라라 하고 싶지도 않았다. 은안이 다시 입을 열었다.

“가끔은 괜찮아요.”

어차피 선택지는 하나였다.

“고마워요. 그렇게 말해줘서.”

꼭 초승달처럼 휜 재하의 입매를 본 은안이 약한 한숨을 뱉었다. 자문으로 엮인 일도 그렇고 온유의 일도 그렇고, 이 남자를 아예 안 보기는 힘들 것 같았다.

떨림과 위험.

그를 향한 상이한 두 감정이 반반이니, 제 마음이 복잡할 만도 하다는 생각이 들었다.

은안은 어려운 이 상황을, 그냥 일단은 흘러가는 대로 두기로 했다.

이철이 온 뒤, 얘기를 나누던 재하는 온유의 하원 시간에 맞춰 사무실을 나섰다. 그리고 온유와 놀아준 뒤 저녁을 먹이고 샤워까지 시킨 뒤, 한숨을 돌렸다. 그때, 옆에 앉아 있던 온유가 재하를 불렀다.

"아빠!"

"응? 왜, 아들?"

"온유도 곤충 보러 갈래."

"곤충?"

"응, 쩌어어기 갔대. 친구들이."

온유가 손가락을 쭉 뻗어 하늘을 가리켰다.

"저기?"

가끔 아이의 말을 들을 때는, 엄청난 해석력을 가져야 했다. 재하가 잠시 집중력을 발휘해 머릿속에서 '곤충'과 관련된 모든 데이터를 끄집어냈다. 그리고 하나의 기억이 걸려들었다.

"아, 곤충 박람회?"

재하의 말에 온유가 고개를 여러 번 끄덕였다.

"개나리 반에서 나 빼고 다 가써!"

온유가 세모 모양으로 입을 삐죽이며 말하자, 재하가 아이를 안아 들어 제 다리 위에 앉혔다.

"가자, 주말에. 아빠가 미안해. 빨리 데려갔어야 했는데."

요즘 정신이 없어 밖으로 나들이 간 적이 거의 없다는 사실이 새삼 생각났다. 재하가 아이를 꼭 안아주며 말했다.

"먼저 말해줘서 고마워, 우리 아들. 앞으로도 아빠한테 하고 싶은 거, 다 말해줘."

온유는 하고 싶은 것을 다 말해도 된다는 재하의 말에 단박에 입을 열었다.

"아빠! 그럼 엄마도 가티 가자! 응?"

"……엄마도?"

온유가 고개를 세차게 끄덕였다.

—가끔은 괜찮아요.

순간, 낮에 들었던 은안의 목소리가 들려오는 것 같았다. 아귀가 딱 맞아떨어지는 상황에, 재하가 고개를 끄덕였다.

"응, 아빠가 엄마한테 말할게."

오케이 사인에, 온유가 재하의 다리에서 폴짝 뛰어내렸다.

"우아아아아!"

만세를 외치며 좋아하는 아이의 모습에, 재하가 저도 모르게 활짝 웃었다.

지난 4년간, 시들어버렸던 일상이 다시 피어나는 느낌이었다. 온유는 기쁨의 포효를, 재하는 그런 아이를 보며 내내 미소를 짓던 그때…….

딩동. 딩동.

초인종이 울렸다.

"누구지?"

그가 자리에서 일어나 비디오 폰을 확인했다.

"온 유 이빠!"

아래층에 사는 주현 아빠였다.

"아, 오늘이 수요일이구나."

은안을 만난 뒤로 날짜와 요일 감각을 잃은 탓에, 오늘이 수요일이라는 것도 까먹고 있었다.

"온유야, 오늘 주현이네서 자는 날이네?"

"아! 맞따아!"

아이가 손뼉을 치며 짐을 챙기기 위해 방으로 쫄래쫄래 걸어 들어갔다.

재하는 매주 수요일마다 아랫집 주현 아빠와 번갈아가며 아이를 돌봤다. 아이들도 좋아하고, 어른들은 저만의 시간을 가질 수 있으니 일석이조였다.

온유가 짐을 챙기러 간 사이, 재하가 현관문을 열었다. 현관으로 들어온 주현 아빠가 다행이라는 표정으로 말했다.

"어휴, 왜 이렇게 전화를 안 받아요. 집에라도 있어서 다행이네. 주현이가 온유 왜 안 오냐고, 난리가 났어요."

"아, 전화가……."

재하가 미간을 살포시 찌푸리며 마지막으로 휴대폰을 쓴 게 언젠지 생각했다. 은안의 사무실이었다.

"아, 죄송해요. 휴대폰을 어디 놔두고 왔나 봐요. 오늘이 수요일인 것도 까먹고 있었고."

"거 참, 온유 아빠가 이렇게 얼 타는 거 처음 보네. 꼼꼼한 사람이 말이야."

휴대폰을 어딘가 두고 왔다는 그의 말에 주현 아빠가 헛웃음을 터트렸다. 재하가 민망한 듯 뒷목을 잡았다. 확실히 은안이 나타난 뒤의 저는, 항상 나사 하나가 빠진 사람처럼 행동하긴 했다.

"아빠!"

장난감을 가득 챙긴 것으로 추정되는 가방을 멘 온유가 방에서 튀어나왔다.

"아저씨!"

"온유야, 지금 주현이가 엄청 기다려, 가자!"

친구가 기다린다는 말에 고개를 끄덕인 온유가 재하를 향해 손을 흔들었다.

"아빠, 빠빠이!"

재하가 웃으며 같이 손을 흔들고, 고개를 들어 주현 아빠에게 말했다.

"밥도 먹고 샤워까지 해서, 그대로 재우면 될 거예요."

"알겠어요. 온유 아빠도 오늘은 푹 쉬어요."

주현 아빠가 온유의 손을 잡고 사라지고, 재하는 곧장 방으로 가 차 키를 집어 들었다. 그가 자꾸만 새어 나오는 웃음을 참으며 중얼거렸다.

"휴대폰, 찾으러 가야지."

그리고 은안의 얼굴도 한 번 더 보고. 그게 저한테는 휴식이고 안정이었다.

은안은 완성된 서류를 저장한 뒤 기지개를 피며 자리에서 일어났다. 꼬박 4시간을 서류 작업만 했더니 온몸이 무거웠다. 하지만, 기간 내에 심사받을 서류가 있어 오늘은 밤샘 작업을 해야 할 것 같았다. 그때, 어디선가 벨 소리가 들렸다.

"내 벨 소리가 아닌데?"

두리번거리던 은안은 이내 소리가 나는 쪽을 향해 발걸음을 당겼다.

"두고 갔네. 휴대폰."

은안이 낮에 재하가 앉았던 의자에서 휴대폰을 집어 들었다.

할머니

화면을 보던 은안이 전화를 받아 그가 휴대폰을 이곳에 두고 갔다고 말해줘야 하나 고민하던 찰나, 전화가 뚝 끊겼다.

"중요한 일이면, 다시 전화하시겠지?"

은안이 고개를 갸웃거리며 휴대폰을 자리에 두려는데, 잠시 까매졌던 화면이 터치 인식으로 켜졌다. 재하와 온유의 셀카로 가득 찬 화면이 은안의 눈에 들어왔다.

놀이터에서 놀다 찍은 사진인 건지 아이는 땀에 젖어 있었고, 재하는 그런 온유를 보며 활짝 웃고 있었다. 은안은 저도 모르게 픽, 하고 웃음을 터트렸다.

"사진 같은 거 되게 안 찍게 생겼는데……. 생각보다 자연스럽네."

평생 셀카 같은 건 안 찍어봤을 사람 같은데, 아들 옆이라 그런지 미소가 꽤나 자연스러웠다. 은안은 저도 모르게 둘의 사진을 홀린 듯 한참을 바라봤다.

재하가 은안의 사무실 앞으로 와 섰다.

다행히 낮에 이철과 은안의 대화를 들은 덕에 그녀가 야근한다는 사실을 알고 있었다. 혹시나 은안이 저녁을 먹지 못했을까 봐 간단한 요깃거리를 샀다.

초밥이 든 종이 가방을 슬쩍 내려다 본 재하가 다시 고개를 들어 출입문을 열었다. 문을 열자마자 재하의 눈에 은안이 들어왔다. 낮에 제가 앉아 있던 테이블에 엎드려 자는 은안이. 그가 조심히 테이블 쪽으로 다가가 옆에 걸려 있는 담요를 덮어 주었다.

그리고 무릎을 꿇어 그녀의 얼굴에 시선을 맞췄다. 곤히 자는 그녀를 보며 재하가 미소와 함께 조용히 읊조렸다.

"자는 모습은 여전하네."

그렇게 얼마나 자는 은안의 얼굴을 눈에 담았을까. 이제 일어나야겠다고 생각한 순간, 은안이 눈을 떴다. 그녀의 시선에 꼼짝없이 갇힌 재하는 그 자리에 얼어붙고 말았다. 마치 서리 현장을 들킨 아이처럼, 흔들리는 눈을 한 재하가 입술을 달싹였다.

"어, 그러니까…… 몰래 보려던 건 아니고……."

그때, 변명을 읊조리던 그의 딱딱한 뺨에 은안의 부드러운 손이 닿았다. 그리고 그의 변명은…….

"그쪽이 왜 내 꿈에 나와요? 남재하 씨."

꿈에 젖은 나른한 은안의 목소리에 완전히 먹혀버리고 말았다. 잠에 취해 있는 은안이, 그의 뺨을 슬쩍 쓸며 말했다.

"왜……."

그리고 은안의 목소리가 희미해지며 눈이 다시 스르르 감기고, 손이 미끄러지듯 아래로 떨어졌다.

탁—.

그 순간, 얼어 있던 그가 떨어지던 은안의 팔을 잡았다. 그러고는 은안이 편하게 잘 수 있게 다시 편하게 팔을 놓아주었다.

"하아."

그가 긴장으로 뭉쳐진 한숨을 겨우 토해냈다.

"잠자는 모습만 그대로인 줄 알았는데, 잠꼬대도 그대로네."

다시 색색거리는 숨소리를 내며 잠든 은안을 보던 재하가 흐트러진 담요를 정리했다.

제가 그리워하던 은안의 모습을 마주하자, 가슴이 벅차올랐다. 늘 눈을 감고 아득하게 떠올렸던 그녀가, 제 앞에 있다. 그 사실 하나만으로도 심장이 터질 것만 같았다.

이번에는 재하가 은안의 뺨을 가볍게 어루만졌다.

"당신한테 닿을 수 있어서 다행이야."

그리고 은안이 잠결에 물었던 질문에 답했다.

"꿈이 아니야. 현실이야."

그녀는 여전히 규칙적인 숨결을 내뱉으며 깊이 잠들어 있었다.

"지금, 내 앞에 있는 당신이. 당신 앞에 있는 내가."

멈춰 있던 시간이, 고여 있던 기억이 다시 움직이고 흐르기 시작했다. 이젠 절대 아팠던 시간에 멈춰 있지 않으리라. 다짐을 머금은 재하의 눈이 그 어느 때보다 단단해 보였다.

길고 길었던 밤이 끝났으니, 우리에겐 밝은 미래만 있을 거라고 말하는 것만 같은 눈빛이었다.

2시간 후, 은안이 부스스 눈을 떴다.

"아, 언제 잠들었지."

책상이 서류로 어지러워 잠시 테이블에 엎드려 있다는 게, 잠까지 들어버렸다. 뻑뻑한 눈을 끔뻑이던 은안이 상체를 들어 올리자, 담요가 흘러내렸다.

"내가 담요를 덮고 잠들었던가?"

제 온기를 머금어 따듯해진 담요를 집어 든 은안이 고개를 갸웃거렸다. 부드럽고 따듯한 담요를 만지고 있으니, 왠지 모르게 나른해지는 기분이었다. 그리고 찾아든 하나의 기억.

은안이 뭔가에 홀린 듯 혼잣말을 중얼거렸다.

"……꿈에 나왔어."

자꾸만 머리를 지배하는 그 남자. 신경이 쓰이는 그 남자.

은안이 꿈을 되짚어보려 머리에 힘을 줬다. 다행히, 일어난 지 얼마 되지 않아 기억이 선연했다. 꿈속에서 그는 제 눈앞에 있었다. 꿀이 떨어지는 눈으로 저를 바라봤고 저는 그 남자에게 의문을 품었다. 왜 내 꿈에까지 찾아오냐고. 왜 여기까지 찾아와서 마음을 소란스럽게 하냐고.

지극히 개인적인 공간인 꿈까지 찾아오니, 그가 더욱 신경 쓰였다. 제 마음은 제 것인데, 웃기게도 하나도 마음대로 되지 않았다. 그를 멀리해야겠다는 다짐과 달리, 자꾸만 호감이라는 감정이 단전에서 꿈틀대고 있었다.

"안 돼."

은안이 애써 마음을 뚫고 나오려는 감정의 싹에 흙을 끼얹었다. 전 아내를 그리는 표정이 저렇게나 아릿한 남자라니. 그 안에 든 감정이 미련인지 미안함인지는 모르겠지만, 만약 제가 정말로 그를 좋아하게 되기라도 한다면 마음이 힘들어질 게 뻔했으니까.

은안이 어느새 온기가 날아간 담요와 흐트러진 마음을 단정하게 개켰다. 그때, 사무실 문이 열렸다. 그리고 한 손에 음식으로 추정되는 종이 가방을 든 재하가 들어왔다.

순간, 담요를 개키던 은안의 손이 멈췄다. 은안이 놀란 듯 눈을 크게 뜨고 그를 바라보았다. '설마 아직 꿈인 건가?'라는 생각을 하며.

"저녁, 못 먹었죠? 죽 사 왔는데."

"그쪽이 왜……."

"휴대폰, 여기 두고 간 거 같아서요. 겸사겸사 야식 배달?"

은안이 오랫동안 잠에서 깨지 않자, 재하는 제가 사 온 초밥을 건물 경비 아저씨에게 드리고 그녀가 먹을 죽을 다시 사 왔다. 재하가 다가오자, 은안은 비로소 이 상황이 꿈이 아니라는 것을 깨달았다.

"여기 휴대폰이요."

은안은 테이블 위에 둔 휴대폰을 집어 그에게 건넸다. 재하가 휴대폰을 받아 들고, 고소한 냄새가 나는 가방을 내려놓자 은안이 동시에 입을 열었다.

"그런데, 우리가 야식 배달 주고받고 그럴 사이는 아닌 거 같은데."

은안이 선을 그었다.

"신경 써주시는 건 감사한데."

아주 명확하고 선명하게.

"부담스러워서요."

가방을 내려놓던 재하가 잠시 멈칫했다. 가슴 한쪽에 그녀의 말 하나하나가 아프게 꽂혔지만 개의치 않고 말했다.

"그럼, 그런 사이 해요."

"네?"

"야식 배달 주고받을 수 있는 그런 사이."

제가 그어놓은 선을 쓱쓱 지우고 유연하게 밀고 들어오는 그의 태도에, 이번엔 은안이 할 말을 잃었다. 별다른 말을 한 것도 아닌데, 그들 사이로 긴장감이 내려앉았다.

꾸루룩.

그때, 은안의 뱃속에서 밥을 내놓으라는 신호가 들려왔다. 말로는 야식 배달을 거부하고 있었지만, 사실 코끝에 닿는 고소한 냄새에 위장이 꿀렁이고 있었다. 너무나 명확한 소리에, 은안의 귀가 불긋하게 달아올랐다. 재하가 가방에서 죽을 꺼내며 말했다.

"먹어요. 입이랑 위의 입장은 많이 다른 거 같은데."

느릿한 입술과 달리, 손은 바삐 은안이 먹을 상을 세팅하고 있었다. 여기서 음식을 먹지 않겠다고 또 선을 그으면, 그건 선이 아니라 심술로 보일 거 같아 은안이 옅은 한숨과 함께 입을 열었다.

"고마워요. 근데 다음부터는 이렇게……."

"먹어봐요."

이렇게 먹을 걸 사 오지 않아도 된다고 말하려는 찰나, 세팅을 끝낸 재하가 말했다. 윤기가 반들반들한 야채 죽과 정갈하고 소담한 밑반찬이 은안의 눈앞에 펼쳐져 있었다.

"이 집이 맛있다고 하더라고요. 찾아봤는데."

찾아보기까지 했다는 말에, 은안은 그냥 뒷말은 하지 않기로 했다. 다음부터 이렇게 사 오지 않아도 된다고. 그의 정성에 웃음을 주진 못해도, 침을 뱉을 수는 없었으니까.

"잘 먹을게요."

결국, 짧은 인사와 함께 은안이 따듯한 죽을 입 안으로 밀어 넣었다. 허기가 진 터라, 먹는 속도가 점점 빨라졌다. 그가 사무실 구석에 놓인 냉장고에서 물과 컵을 찾아와 은안에게 따라주었다.

"물 마셔가면서 먹어요."

살뜰하게 저를 챙기는 그의 모습에, 은안이 문득 생각했다. 안 지 얼마 되지 않는 제게도 이렇게 다정한데, 아내한테는 얼마나 다정했을까. 그 생각을 하니 왠지 목에 죽이 턱 걸리는 듯한 기분이었다.

사실 제가 느끼는 본능을 제하면, 그는 그리 나쁜 사람 같지는 않았다. 부드럽고, 강인해 보였으며 차분한 사람 같았다. 그런 사람이 어떤 잘못을 했길래, 아내가 떠났을까. 용서를 못 할 정도였을까. 이름도 얼굴도 모르는 사람의 마음이 이토록 궁금해지기는 처음이었다.

그 생각에 빠져들수록, 죽이 뻑뻑하게 느껴져 은안이 재하가 따라놓은 물을 들이켰다. 물과 함께 궁금증을 삼킨 은안이 죽을 마저 먹었다. 식사가 끝나고, 재하가 나지막한 목소리로 물어왔다.

"맛있어요?"

"아…… 네."

은안은 그제야 식사 내내 재하가 저를 바라보고 있었다는 걸 깨달았다. 배고픔이란 원초적인 욕구를 해결하자 머쓱함이 몰려왔다. 그의 빤한 시선에, 왠지 모르게 제 머릿속 생각이 다 꿰뚫리는 것 같아 은안이 슬쩍 눈을 깔았다.

"사실, 이거 뇌물이에요."

그리고 '뇌물'이라는 소리에 다시 눈을 번쩍 떴다.

"네? 뇌물이요?"

조금 높아진 은안의 목소리에, 그가 고개를 끄덕였다.

"생각보다 빨리, 은안 씨가 말했던 대로 됐거든요."

은안이 기억을 더듬었다.

'내가 무슨 말을 했더라?'

그때, 재하가 입을 열었다.

"온유가, 곤충 박람회를 가고 싶어 해요. 은안 씨랑 같이."

"아."

—만약, 온유가 저 보고 싶다고 하면 같이 만나요.

제 목소리가 귓전에서 메아리처럼 울렸다.

"주말에, 시간 괜찮아요?"

"네. 시간 괜찮아요."

은안은 고민도 않고 단번에 대답해버렸다. 아이의 간절한 얼굴이 눈앞에 어른거렸기 때문이었다.

은안과 재하가 사무실을 나섰다. 일을 더 하려던 은안의 계획은, 재하로 인해 무너졌다.

그가 사 온 죽을 든든히 먹고, 그가 머물렀던 사무실에서 아무 잡념 없이 일할 자신이 없었다. 결국, 은안은 자료를 챙겨 집에 가서 일을 마무리 짓기로 결심했다.

엘리베이터에 탄 은안은 평소처럼 지하가 아닌 1층 버튼을 눌렀다. 그 모습을 본 재하가 물었다.

"차 안 끌고 왔어요?"

"아, 끌고 왔는데 아침에 자리가 없어서 다른 공영 주차장에…… 댔어요."

말하던 중간에, 은안은 흠칫했다.

'이렇게 세세하게 말할 필요 없잖아.'

그는 '그런 사이'가 되자고 했다. 물론, '그런'에 든 의미는 친한 친구 같은 사이겠지. 하지만, 딱히 친해지고 싶지 않았다. 꿈과 헷갈려 저를 안았다는 그의 표정만 떠올려도 이유 없이 마음이 저몄고, 그의 웃음을 볼 때면 또 이유 없이 마음이 설렜다.

제게 건네는 이 친절함이, 그에게는 온유를 향한 호의에 대한 보답일지 모르지만, 그래서 그저 그런 친한 사이가 되자고 하는 건지는 모르지만.

저는 이 남자와 조금 더 친해지게 되면, 그런 뜨뜻미지근한 감정을 유지하지 못할 것 같았다.

때로는 경험해보지 않아도, 눈에 선히 보이는 것들이 있다. 제 본능이 또다시 강력하게 말하고 있었다.

이 정체 모를 감정이 그가 원하는 것처럼 애매모호한 자리에 머물러 있을 수는 없을 거라고. 스스로를 잘 아는 은안이 재하를 보내기 위해 연달아 지하 1층 버튼을 눌렀다.

"재하 씨는 차 가져왔죠?"

"아니요."

은안의 손이 다녀간 지하 1층 버튼에, 이번에는 그의 손이 방문했다. 그가 다시 버튼을 누르자, 빨갛게 들어왔던 불이 꺼졌다.

"택시 타고 왔습니다."

"택시요? 해운대에서 서면까지?"

재하가 고개를 끄덕이자, 은안이 살짝 당황한 듯 헛웃음을 뱉었다. 그 먼 거리를 택시를 타고 왔다니. 재하를 지하로 보내는 것에 실패한 은안이 저도 모르게 말했다. 그의 말이 거짓말이라는 건 꿈에도 모른 채.

"돈이 많으신가 보네요."

"뭐, 없는 편은 아닌 거 같아요."

싱거운 대화가 오가는 사이, 엘리베이터가 1층에 도착했다.

"가요. 주차장까지 데려다줄게요."

"괜찮은데."

"시간, 늦었잖아요. 어차피 저도 큰길로 나가서 택시 타야 하니까."

결국 이번에도 말린 은안이 하는 수 없이 고개를 끄덕였다.

그렇게 두 사람은 함께 건물을 나섰다. 어느새 따듯함이 완연해진 날씨 덕분일까, 어쩐지 밤에도 봄 내음이 나는 것만 같았다.

봄은 참 이상한 계절이었다. 별거 아닌 것들도 특별해 보이고, 로맨틱하게 보이는 계절이랄까. 마치 온 세상에 분홍빛 필터를 끼운 것 같았다.

주차장으로 가는 길, 재하가 은안의 속도에 맞춰 길을 걸었다. 보폭을 맞추는 사소한 배려가 느껴져, 은안이 그를 슬쩍 바라보았다.

그때, 무언가를 발견한 재하가 은안 쪽으로 고개를 돌렸다. 몰래 훔쳐보다가 들킨 것 같은 기분이 든 은안이 다시 고개를 홱 돌렸다. 은안의 고개가 정면으로 돌아간 그때, 그의 다급한 목소리가 들려왔다.

"은안 씨, 잠시만요. 5분만 여기서 기다려줘요."

부탁의 말을 남긴 그는 어딘가로 달려갔다. 바람 같은 그의 뒷모습에, 은안이 중얼거렸다.

"뭐야……. 갑자기."

간곡한 표정을 하며 기다려달라는 재하의 말에, 은안은 정말 그 자리에서 그를 기다렸다. 그렇게 5분이 지나고, 이번에는 재하가 검은 봉지를 들고 달려왔다.

"자, 받아요."

"이게 뭐예요?"

밭은 숨을 내뱉던 그가 환한 미소와 함께 대답했다.

"토스트요. 저기 포장마차에서 사 왔어요."

"웬 토스트를……."

"집에 가서도 일할 거죠? 이철 씨한테 들으니까 많이 바쁜 거 같아서요. 죽은 금방 배 꺼지니까 가서 먹어요."

말한 것도 아닌데, 제 취향은 어떻게 이렇게 잘 아는 건지. 거절하기도 어렵게 좋아하는 음식만 족족 쥐어주는 그에게 독심술 능력이라도 있는 건지 궁금해졌다.

그리고 뒤이어 다른 궁금증이 올라온 은안이 눈을 살긋이 접으며 물었다.

"혹시, 이것도 뇌물이에요?"

"아니요. 이건 뇌물 아닌데."

누가 이 상황을 조절하기라도 하는 걸까. 재하가 다시 입을 열 때, 유독 일찍 꽃이 핀 벚나무의 꽃잎들이 바람과 함께 그에게로 흩날려왔다.

"제 마음이에요."

봄기운 때문인지, 아니면 밤이라는 감성적인 시간 속 꽃잎이 날리는 절묘한 타이밍 때문인지는 모르겠지만. 은안은 다시 심장께가 간지러워지는 것을 느꼈다.

지금 이 순간. 흩날리는 꽃 아래의 그는, 꼭 지워도 지워지지 않는 강력한 표식처럼 마음 한구석에 남았다.

무슨 정신으로 운전을 해 집으로 온 건지 모르겠다.

은안이 재하가 준 검은 봉지를 들고 소파에 털썩 주저앉았다. 차 안에서 나는 맛있는 토스트 냄새도, 이걸 건네던 그의 미소와 목소리도 자꾸만 가슴을 울렁이게 했다. 단순한 두근거림이라기엔, 좀 더 깊은 진동이 느껴졌다.

"하아."

은안이 지끈거리는 관자놀이를 눌렀다.

"왜 이런 걸 챙겨줘서는."

은안이 팔을 뻗어 토스트를 저 멀리 내려놓았다. 그리고 정이 듬뿍 담긴 검은색 봉지를 노려보며 말했다.

"그런 말은 왜 해서는."

마음이니 뭐니.

저 토스트에 그의 마음이 든 건지 아닌지 알고 싶지 않았다. 원래 착하고 다정한 사람인 걸까. 아니면 다른 이유에서 내게 잘해주는 걸까.

은안은 한참을 고민했지만, 답을 찾을 수 없었다. 복잡함에 허우적거리던 그때, 휴대폰에 메시지 알림이 떴다.

곤충 박람회, 이번 주 주말에 가요.
데리러 갈게요.

재하에게서 온 메시지를 읽은 은안이 침대에 몸을 깊숙이 묻었다.

그에게로 향하는 마음이 자꾸만 속절없이 깊어지는 것 같아 혼란스러운 밤이었다.

돌아온 주말, 곤충 박람회라 활동적으로 움직일 일이 있을 것 같아 은안은 봄에 맞는 화사한 노란색 티셔츠에 가볍게 청바지를 매치했다.

은안이 머리를 쓸어 넘기며, 재하와 온유를 기다렸다. 곧 아파트 앞으로 재하의 차가 들어섰고, 은안이 재하의 옆 좌석에 탑승했다.

"많이 기다렸어요?"

"아니에요. 방금 나왔어요."

오늘은 은안도 꽤 느슨한 표정이었다. 주말에 집과 사무실이 아닌 곳에 가본 게 언제인지 기억도 나지 않았는데, 코에 바깥바람을 쐴 생각을 하니 은안도 조금 들뜨긴 했다. 그때, 뒤에서 온유의 목소리가 들렸다.

"엄마!"

"온유야, 잘 있었어?"

한 번 봤을 뿐인데, 두 사람은 서로를 전혀 어색하게 대하지 않았다. 은안은 마치 원래 오래전부터 알고 있는 아이처럼 온유에게 인사했다.

재하는 그런 두 사람을 바라보며 뭉근한 표정으로 차를 출발시켰다. 세 사람은 시시한 농담을 주고받으며 곤충 박람회가 열리는 경북 예천으로 향했다.

잠시 후, 한창 떠들던 은안과 재하는 잠시 소강상태가 되었다. 그때, 아직 지치지 않은 온유가 다시 입을 열었다.

"어어? 그런데 우리 신호등이다."

"응? 신호등?"

은안이 뒤를 돌아보며 온유에게 되물었다.

"응. 온유는 빨강이 티셔츠!"

손으로 오늘 입은 빨간색 티셔츠를 콕콕 찌른 온유가 뒤이어 재하를 가리켰다.

"아빠는 파랑이!"

그리고 마지막으로 온유의 손이 향한 곳은 은안의 티셔츠였다.

"엄마는 노랑이!"

온유가 신나게 소리쳤다.

"우아아아! 우리는 가족 신호등이다!"

은안이 온유와 재하, 그리고 제 티셔츠 색을 차례로 쓱 훑었다. 정말 색 조합이 영락없는 빨, 노, 파 신호등이었다.

미리 맞춘 것도 아닌데, 정말 신기했다. 급기야 온유는 엉뚱하게 곰 세 마리에 신호등을 접목해 노래를 불렀다.

"아빠 불~ 엄마 불~ 애기 불~."

"풉."

결국, 은안의 웃음이 터지고 말았다.

"아빠 불은 파랑이~ 엄마 불은 노랑이! 애기 불은 빨강 빨강이!"

은안이 웃는 게 신난 건지, 온유가 다시 노래를 부르기 시작했다.

“하하하하!”

결국, 지 잘히던 웃음이 크게 번졌다.

“온유야, 그런 건 누가 가르쳐줬어?”

“아닌데, 그냥 온유가 한 건데. 온유 똑똑해요, 엄마.”

온유는 허리춤에 손을 올리며, 슬쩍 자랑했다. 그때, 이 상황을 지켜만 보던 재하가 끼어들었다.

“어? 온유, 아빠 서운해. 아빠가 맨날 가사 바꿔서 노래 불러줬잖아.”

“그래도 이건 온유가 만든 건데?”

어쩐지 은안이 심사 위원이고 아들과 아빠가 꼭 서바이벌 프로그램에 나오기라도 한 듯 경쟁했다.

“아빠가 온유 밥 먹을 때마다 비행기도 개사해서 불러줬잖아.”

“응, 그건 맞는데. 이거는 온유가 한 거자나.”

아이는 짧은 발음으로 제 의견을 똑똑히 피력했다. 은안은 두 사람을 신기한 듯 바라봤다. 생긴 것뿐만이 아니라 성격도 비슷한 거 같기도 했다.

“어떻게 이렇게 똑 닮았어요? 신기하다.”

창밖으로 보이는 푸르른 배경 때문일까, 답지 않게 장난기가 발동한 은안이 뒷말을 덧붙였다.

“근데, 온유가 조금 더 똑똑한 거 같긴 하네.”

“당연하죠. 우…… 누구 아들인데.”

재하가 순간, '우리'라고 할 뻔한 걸 급히 무마하고 '누구'로 말을 바꿨다. 다행히 은안은 별다른 눈치를 채지 못한 듯했다. 재하가 가슴을 쓸어내리는 사이, 은안과 온유는 조금 전 신호등으로 개사한 곰 세 마리를 부르며 놀고 있었다.

왠지 모르게 벅차오르는 마음에, 재하는 핸들을 좀 더 꽉 쥐었다. 아직 은안과 온유는 모르겠지만, 오늘이 온전한 '우리' 세 가족의 첫 나들이였다. 오늘은 그 어떤 진귀한 보물보다 귀한 하루가 될 것 같았다.

곤충 박람회장에 도착한 세 사람은 푸드 코트에서 점심부터 먹은 뒤 본격적으로 관람을 시작했다. 무난하게 전시 존과 아이들이 즐길 수 있는 게임 존을 지났다. 그리고 다들 가장 기다린다는 체험 존에 도착했다. 장수풍뎅이와 하늘소 등의 곤충들을 직접 만져볼 수 있어 인기가 좋았다. 온유가 가장 기다린 곳이기도 했고.

"우아아!!"

역시나 아이는 한껏 상기된 표정으로 들뜸을 감추지 못했다. 내내 좋아하긴 했지만, 정말 신나 하는 온유의 모습에 은안과 재하가 동시에 눈을 맞추고 웃음을 터트렸다. 그때, 곤충이 있는 곳으로 먼저 간 온유가 멀찍이 떨어진 곳에 있는 은안과 재하를 불렀다.

"엄마! 아빠! 빨리 와요!!"

아이의 목소리에 두 사람이 동시에 발걸음을 뗐다. 온유에게로 향하던 중, 은안이 속다였다.

"근데 재하 씨, 곤충 만질 수 있겠어요?"

"……네."

잠시 망설였던 그가 대답했다. 사실 별거 아니라고 생각했는데 막상 체험 존에 오니 이상하게 어색했다. 그리고 하늘소 애벌레를 본 순간, 제 안에 꿈틀대던 것이 어색함이 아니라 두려움이라는 걸 깨달았다.

"무서워요?"

어딘가 모르게 삐걱대는 그의 상태를 눈치챈 은안이 놀리듯 물었다. 차마 애벌레가 무섭다고 말할 수 없었던 재하는 억지로 고개를 저었다.

"아니요."

"무서운 거 같은데."

"아닙니다."

"아니라면 다행이죠. 우리도 얼른 가요."

은안이 어깨를 한 번 으쓱한 뒤, 온유를 향해 발걸음의 속도를 좀 더 높였다. 이윽고, 온유의 옆으로 도착한 두 사람은 직원의 안내에 따라 애벌레를 손 위에 얹었다.

"안녀엉!"

"생각보다 귀엽다. 온유야."

은안과 온유는 애벌레를 귀여워하며 쓰다듬어주기도 하고

말도 걸었다.

하지만 재하의 얼굴은 점점 더 창백하게 질려가고 있었다. 수없이 많은 수술을 한 그지만, 이런 벌레는 처음이라 그런지 온몸이 경직됐다.

미끄덩하고 차가운 감촉이 영 이상했다. 온유와 은안이 체험을 즐기던 사이, 그는 내내 얼어 있었다. 몇 시간 후, 곤충박람회를 다 관람한 세 사람이 출구로 나왔다. 그사이 재하의 별명은 겁쟁이가 되어 있었다. 온유가 몇 번이나 다시 벌레를 만질 수 있는 체험 존에 가자고 한 덕분에 들킨 것이다. 그가 벌레를 무서워한다는 것을.

"아빠는 무서워해! 히히히. 온유는 하나도 안 무서운데."

은안의 손을 꼭 잡고 걸으며 온유는 신나는 듯 재하를 놀려댔다. 그리고 은안은 이 상황이 재미있다는 듯, 온유의 놀림에 편승했다.

"그러게, 아빠는 엄청 큰 사람인데 벌레를 무서워하네."

두 사람이 꺄르르 웃으며 저를 놀리는데도 재하는 웃음이 새어 나왔다. 평생을 놀림받아도 좋으니, 늘 오늘만 같으면 좋겠다는 생각이 들었다. 세 사람은 곧 주차장에 도착했다. 그리고 기울어진 차를 본 재하의 눈썹이 삐뚜름해졌다.

그가 급히 운전석 쪽으로 달려갔다. 예상대로 타이어가 펑크 난 것을 확인한 그가 한숨을 내뱉으며 말했다.

"하, 어쩌죠. 타이어가 펑크 났는데. 아무래도, 수리하고 가야 할 거 같은데요."

근처 카센터를 서둘러 찾아봤지만, 시간이 늦어 다 문을 닫은 상태였다. 결국 세 사람은 콜택시를 부르고 급히 묵을 숙소를 알아봤다. 주말이라 그런지 인기가 많은 펜션은 이미 만실이었고, 남은 건 아주 안쪽에 있는 민박 집. 세 사람은 택시를 타고 이름도 정겨운 '황토 민박'으로 향했다.

사실, 말이 민박 집이지 가정집 한편 방을 내어주는 식이었다. 전문적인 숙박업소는 아니지만, 오히려 그래서 정감이 느껴졌다. 이런 상황이 생길 줄 몰랐기에, 재하는 당황스러운 기색을 숨기지 못하며 물었다.

"방, 같이 써도 되겠어요?"

"네, 아까 들으니까 민박으로 운용하시는 방이 어차피 하나뿐이래요."

왠지 안절부절못하는 재하를 보던 은안이 오히려 가볍게 말했다.

"잠만 자는 건데요 뭐. 괜찮아요."

두 사람이 대화를 나누는 사이, 온유가 마당 이곳저곳을 뛰어다니며 환호했다.

"우와, 아빠 집이 신기해요!"

여러모로 온유에겐 새로운 경험이었다.

민박에 도착하자, 주인 할머니가 정겹게 세 사람을 맞았다. 갑자기 타이어가 펑크 난 사정을 들은 할머니는 세 사람이 원래 1박을 할 생각이 없었다는 걸 알게 되었다.

"잠옷도 없을 거 같아서 대충 준비했어요. 다행히 애기가 입을 옷도 있더라고요. 우리 손주가 까먹고 두고 간 거."

"감사합니다."

방 중앙에 개켜진 옷이 단정하게 놓여 있었다.

주인 할머니가 떠나고, 재하가 먼저 온유의 옷을 갈아입혔다. 그리고 은안이 방에 딸린 화장실에서 옷을 갈아입고 나오고, 재하가 들어갔다.

제 아빠가 들어간 것을 확인한 온유가 살금살금 은안에게 다가갔다. 온유가 고사리 같은 손으로 은안의 어깨를 톡톡 쳤다. 그리고 온유가 소곤소곤 귓속말을 속삭였다.

"엄마, 이거 비밀인데에……."

아이의 목소리는 아주 조심스러웠다.

"아빠는요오, 마녀가 저주 걸어서 온유 말고 다른 사람들 앞에서 크게 못 우서요오."

미동도 않는 은안에게 아이가 한 마디를 덧붙였다.

"그런데 엄마 만나니까 저주가 풀렸나 봐요! 아빠가 오늘 마니 웃어써요!"

동화 속 이야기의 속뜻을 알아챈 은안은 심장이 뭉개지는 기분이 들었다. 어떤 이유인지는 모르겠으나, 웃을 수 없게 된 아빠가 동화를 이용해 아이를 속인 것이다.

그가 웃지 못한다는 얘기에 속상한 마음이 들었다. 아이에게 웃을 수 없게 됐다는 말조차 할 수 없었을 그가 안쓰럽게 느껴졌다. 울 수도, 웃을 수도 없는 아빠의 무게가 얼마나 무거웠을까. 그리고 그걸 눈치챈 아이는 얼마나 속상했을까.

은아이 제게 가까이 다가선 온유를 꼭 안아주며 말했다.

"온유야, 아빠 이제 저주 풀렸으니까 자주 웃겠다. 그렇지?"

"응, 이제 엄마가 있으니까요."

그에게 말해주고 싶었다.

무슨 일이 있었는지는 모르겠지만, 웃는 건 죄가 아니라고.

그러니까, 이제는 오늘처럼 좀 더 웃어도 된다고.

chapter 20

나한테 와주기만 해

재하가 온유를 재우는 동안, 은안은 마당에 있는 평상에 앉아 별을 구경했다.

여기서 보는 하늘은 부산과 달랐다. 시골이라 가로등도 몇 없는 환경이라 별이 매우 잘 보였다. 곧이라도 반짝이는 별들이 지구로 쏟아질 것 같았다. 그때, 고개를 들고 별자리를 찾아보던 은안의 귀에 재하의 목소리가 닿았다.

"뭐 해요."

"아, 별 구경이요."

은안이 하늘을 바라보던 고개를 내려 재하를 바라봤다. 그가 은안의 옆으로 와 앉았다. 두 사람은 한참을 아무 말 하지 않고 하늘을 보며 시골 밤의 분위기를 오롯이 느꼈다.

잠시 후, 재하가 입을 열었다.

"고마워요."

"뭐가요?"

"오늘 온유랑 나랑 여기 와준 거."

"아니에요, 당연히……."

그의 감사 인사에, 은안이 고개를 저으며 대답하던 그 순간.

"아!"

은안의 머리로 커다란 화살이 관통하듯 커다란 고통이 찾아왔다. 머리는 깨질 듯 아파왔고, 심장은 바늘로 콕콕 찌르는 것 같았다. 그리고 빛의 잔상처럼 비슷한 장면이 눈앞으로 지나갔다.

—아까 안아준 거요. 정말, 고마워요.

—아니야, 당연히 그랬어야 했어.

"하아."

뭐지 이 기억은?

너무 빠르게 스쳐간 탓에, 붙잡아두진 못했지만. 은안은 확신했다. 단 한 번도 찾아온 적 없던 잃어버린 기억의 조각이, 처음으로 제게 찾아왔다고. 기억의 한 조각은 많은 것들을 일깨웠다.

존재하지 않는 기억으로 인해 적막 속에서 떨었던 차갑던 감각을. 이유 없이 눈물이 흐르던 그 답답함을.

은안이 평정을 찾으려 두 손으로 주먹을 꽉 쥐었다. 하지만 이겨낼 수 없었다. 아직은 극복하려는 용기보다, 두려움이 더 큰 것일까.

"하아, 하……."

"은안 씨, 괜찮아요? 갑자기 왜 그래요?"

은안이 고통스러워하는 모습을 보던 재하가 그녀의 어깨를 조심히 그러쥐고 제 쪽으로 돌렸다. 은안이 힘없이 떨어져 있던 고개를 들어 재하를 바라봤다. 그의 걱정스러운 시선을 받자, 저도 모르게 오른쪽 뺨에서 눈물이 흘렀다.

"모르겠어요, 갑자기 눈물이……."

"은안 씨."

은안이 눈물을 닦아내던 그때, 그가 그녀를 끌어당겨 제 품안에 가득 안았다.

"울지 마요."

울지 말라는 위로 어린 목소리와 그의 체온이 은안을 진정시켰다. 그는 은안의 떨림이 완전히 잦아들 때까지 그녀를 토닥였다.

"……이제, 괜찮아요."

진정된 은안이 그의 품에서 빠져나왔다. 창백하던 은안의 얼굴에 어느새 혈색이 돌아와 있었다. 아직 걱정스러운 표정을 지우지 못한 재하가 조심스레 입을 열었다.

"갑자기 왜 그런 건지 물어도 돼요?"

그의 질문에, 은안이 잠시 멈칫했다가 고개를 끄덕였다. 온유에게서 그의 비밀 하나를 들어서 그런 걸까. 제 비밀도 하나쯤은 얘기해도 될 거 같았다.

은안이 살짝 메마른 입술을 떼며 과거를 상기했다.

"사실, 4년 전쯤에 큰 교통사고로 기억 일부를 잃었어요."

"……."

"그 기억이 엄청나게 고통스러웠나 봐요. 가끔 이렇게 반응해요. 몸이랑 감정이."

"그럼, 방금은……."

"맞아요, 순간 뭐가 잔상처럼 지나갔어요. 그래서 그랬어요."

정면을 응시한 은안이 담담하게 고개를 끄덕였다. 은안의 얘기를 들은 재하가 조심스레 물었다. 어쩌면, 저와 관련된 기억이 떠오른 것일까. 조금의 기대와 함께.

"……기억이 난 거예요, 그럼?"

"아니요. 사실, 기억이 떠오른 거 자체가 처음이라, 많이 혼란스러워요. 그동안, 기억 같은 거 찾고 싶지 않다고 아등바등 했었거든요."

조용한 배경 속, 그간의 감정이 담긴 은안의 말 하나하나가 그에게 와 박혔다.

"근데, 이렇게 갑자기 뭐가 떠오를 줄은 몰랐어요. 뭐, 찾기 싫었던 기억이라도, 돌아오겠다면 받아 들여야겠죠?"

은안이 부러 씩씩하게 말하자, 재하가 걱정스러운 목소리로 물었다.

"많이, 아팠어요?"

은안이 고개를 돌려 걱정 어린 그의 눈망울을 물끄러미 바라봤다. 은은한 조명 같은 별빛과 달빛 아래, 걱정으로 가득 찬 그의 눈망울 속의 제가 너무나 선명히 보였다.

쿵쿵.

그리고 재하의 눈망울 안에 제가 그득히 들어차 있다는 사실을 자각한 순간, 은안은 제 심장이 제어 불능이 된 것을 깨달았다.

그때, 순간적으로 하나의 의문이 은안의 머리를 스쳤다. 자신을 안 지 얼마나 됐다고, 이 남자는 제게 이런 다정한 눈빛을 하는 걸까.

왜 깊은 감정에 물든 얼굴을 하는 걸까. 결국 내내 속에서 꿈틀대던 속마음이 의도치 않게 툭 튀어나왔다.

"재하 씨, 원래 그렇게 아무한테나 친절하고, 친해지려고 해요?"

부정할 여지없이 그에게 느끼는 끌림. 제가 느끼는 그 감정을 그도 느끼길 바라면서.

"아니면 나한테만…… 그런 거예요?"

"아니요."

걱정으로 물들었던 재하의 얼굴이, 어느새 진지한 표정으로 변해 있었다. 은안이 꿀꺽 침을 삼켰다.

그의 눈빛이, 또 저를 집어삼킬 듯 위험하게 빛나고 있었다. 지난번, 그런 눈빛으로 보지 말라고 한 뒤로 또. 그때는 '안 돼요.'라는 말로 그의 눈빛을 차단했는데 이번에는 멈출 수 없을 거 같았다. 그가 은안 쪽으로 조금 상체를 숙이며 말을 이었다.

"아무한테나 친절하지도 않고, 아무하고나 친해지려고 하는 성격, 아니에요."

"그럼……."

"은안 씨라서, 친해지고 싶으니까. 잘해주고 싶으니까."

은안은 적막을 채워주는 찌르르 울리는 풀벌레 소리가 있어서 다행이라 생각했다. 그렇지 않으면, 세차게 뛰는 심장 소리가 그의 귀에 다 들릴 것 같았으니까.

"답이 됐어요?"

은안이 천천히 고개를 끄덕였다.

이내 급히 정신을 차린 은안이 고개를 저었다.

"아니, 하나 더 물어볼 게 있어요."

이 질문을 하게 되면 갈림길에 있는 제 마음이 확실하게 방향을 틀 거라는 걸 잘 알았지만, 그를 향한 마음과 제 마음이 일방통행이 되기 위해서는 꼭 알아야 했다.

"재하 씨, 아내한테 가진 감정이…… 미련이에요, 미안함이에요?"

한번 내달리기 시작한 솔직한 마음은 브레이크가 고장 난 자동차와 같았다. 부서지든, 운이 좋게 세워지든 이미 멈출 수가 없었다.

"나한테 잘해주고 싶다는 거. 만약 내가 생각한 의미가 맞다면, 알아야겠어요."

은안이 재하의 눈을 집요하게 좇으며 물었다.

"재하 씨가 떠난 아내에게 가진 감정을."

솔직함을 긁어모아 겨우 질문을 끝맺긴 했는데, 긴장감으로 은안의 온몸이 빳빳해졌다.

"……감정이요?"

재하는 순간적으로 당혹감에 휩싸였다.

현재의 은안이, 과거의 본인에 대한 감정을 묻는 거나 다름없었다. 물론 그녀는 그게 본인이라는 것을 모르는 채 질문을 한 거겠지만, 재하도 지금만큼은 은안처럼 분리해서 생각하기로 했다. 과거의 그녀와 지금의 그녀를. 그래야 그녀에게 헷갈림을 주지 않을 테니까. 재하가 천천히 입술을 달싹였다.

"전, 아내를 정말 사랑했어요."

아내를 사랑했다는 그의 말에, 은안의 마음 끝이 쓰게 물들었다. 그리고 괜한 질문을 했나 싶은 무렵, 그가 다시 입을 열었다.

"그런데 아내가 떠나야만 했을 때 깨달았어요. 사랑하면 보내줄 줄도 알아야 한다는 말, 진부하지만 맞는 말이더라구요."

"……."

"지금까지 미련이 단 한 톨도 없었다고 하면 거짓말이겠죠. 그런데, 그 사람이 떠나고 차차 시간이 지나면서 또 다른 걸 깨달았어요. 과거를 보내줄 줄도 알아야 한다는 걸."

어느새 세차게 울던 풀벌레들도, 그들의 말에 귀를 기울이는 건지 조용해졌다. 열기로 일렁이는 눈을 한 그가 오른쪽 팔을 올려 은안의 얼굴을 가볍게 감쌌다.

"내가 과거를 완벽히 보내고."

"……."

"지금, 내 모든 신경이 눈앞의 은안 씨한테 반응하고 있다고 하면."

홍조가 띤 그녀의 뺨이 그의 커다란 손에 가려졌다.

"믿어줄래요?"

'과거의 너를 보내고, 지금의 너랑 다시 시작하고 싶어.'라는 그의 속마음까지는 알 리 없는 은안이 홀린 듯 고개를 끄덕였다. 그리고 천천히 움직이던 그녀의 고개가 멈춘 순간. 재하의 시선이 그녀의 도톰한 입술로 향했다.

이윽고 그의 얼굴이 천천히 은안의 얼굴로 가까워졌다. 온몸에 닿는 밤공기는 서늘한데, 서로의 입술에 닿는 숨결만큼은 세상 그 어떤 것보다 뜨거웠다.

그렇게 그들의 입술이 닿기 1초 전.

"아빠! 으헝!"

문을 벌컥 연 온유가 눈물범벅으로 재하를 불렀다.

두 사람은 서로에게서 급히 떨어졌다. 그들을 감싼 뜨겁고 얇은 한 장의 막이, 순식간에 걷어졌다. 현실로 돌아온 두 사람은 온유에게로 달려갔다.

잠에서 깨어난 아이는 방에 아무도 없는 것을 깨닫고 울음을 터트리며 밖으로 나왔다. 낯선 잠자리라 그런지, 한번 터진 울음은 쉽게 잦아들지 않았다. 온유가 울음을 그치지 못하자, 은안이 아이를 향해 팔을 벌렸다.

"온유야, 엄마한테 올래?"

부드러운 그녀의 목소리에 잠시 울음을 멈춘 아이가 고개를 끄덕이며 은안에게 안겼다. 재하에게서 온유를 받아 든 은안이 말했다.

“재하 씨는 내일 운전해야 하니까, 먼저 눈 좀 붙여요.”

잠시 후, 은안의 품에 안겨 자장가를 들은 온유는 생각보다 오랜 시간 보채지 않고 잠이 들었다. 잠든 온유를 보던 은안은 신기한 기분이 들었다. 제가 배 아파 낳은 자식도 아닌데, 이렇게 단시간에 정이 갈 수가 있다는 사실이. 정이 가서 눈에 콩깍지가 씐 건지 모르겠지만.

“입은 나랑 비슷한 거 같기도 하네.”

입매가 유독 저와 닮은 것처럼 느껴졌다. 온유의 옆에 나란히 누운 은안은 왠지 모르게 몽글몽글해지는 기분을 느끼며 눈을 감았다.

결혼과 가정을 꾸리는 것에 대해서 딱히 생각해본 적이 없었다. 그런데 온유를 보고 있으면, 서로가 서로에게 울타리가 되어줄 가족이 생기는 것도 나쁘지 않을 것 같았다. 잠자리가 낯선데도, 은안은 그날 좋은 꿈을 꿨다.

이튿날 아침, 어제 먼저 잠들었던 재하가 은안보다 일찍 눈을 떴다. 새벽에 잠시 깼을 때는 은안과 제 사이에 온유가 있었는데, 어딜 간 건지 보이지 않았다.

그리고 잠결에 은안이 몸을 움직인 건지 제 가까이 와 있었다. 재하가 상황 파악을 하던 사이, 문이 벌컥 열렸다.

"아빠……!"

"쉿!"

방 밖의 툇마루에서 놀던 온유가 방으로 들어왔다. 아이가 큰 목소리를 내려 하자, 재하가 검지로 입을 가린 뒤 자고 있는 은안을 가리켰다. 고개를 끄덕인 온유가 재하에게로 쪼르르 다가와 속삭였다.

"아빠, 온유 여기 밖에 거실에서 삐용해도 돼?"

장난감 자동차를 한 손에 든 온유가 물었다. 툇마루를 거실이라 칭하는 아이 덕분에 재하가 웃음을 터트렸다.

"알았어. 대신 아빠가 온유 볼 수 있게 문 앞에 앉아 있어."

허락을 맡은 아이는 살금살금 밖으로 빠져나갔다. 문 앞에서 열심히 노는 아이의 인영을 확인한 그가 은안에게로 시선을 돌렸다. 그녀는 여전히 깊은 잠에 빠져 있었다.

제 품에 들어올 듯 말 듯한 그녀를 보고 있으니, 경주에서 처음 같이 잠들었을 때가 떠올랐다. 제가 자는 줄 알고 제 코를 톡 건드리던 그녀의 손길이 아직 생생했다.

옛 생각에, 그의 입매에 저절로 짙은 호선이 걸렸다. 그때의 은안은 귀여웠는데, 지금의 그녀는 조금 더 성숙한 분위기가 풍겼다. 하지만 분위기만 바뀌었을 뿐 은안은 예전과 똑같았다. 여전히 마음이 여렸고, 착했다. 그리고 변하지 않은 게 하나 더 있었다.

저를 향한 그녀의 마음. 어젯밤 대화로 인해 어렴풋이 짐작할 수 있었다. 은안의 마음에 여전히 제 자리가 있다는 것을.

그리고 그녀가 지척까지 다가간 제 얼굴을 피하지 않는 순간, 짐작은 어느 정도의 확신이 되었다.

"느려도 좋으니까, 나한테 와주기만 해. 나는 그거면 돼."

사랑스러운 눈길로 은안을 바라보던 그가 조용히 읊조렸다.

잠시 후, 재하와 마주하고 있던 은안이 눈을 떴다. 눈을 뜨자마자 재하의 얼굴을 마주하게 된 은안이 놀란 듯 그를 바라봤다.

'어제는 분명 저기 멀리 떨어진 곳에서 잠든 거 같은데, 어쩌다 여기까지 온 거지?'

눈을 뜨자마자 보이는 재하의 얼굴에 은안이 열심히 머리를 굴리는 사이, 그가 인사를 건넸다.

"잘 잤어요?"

어제는 온유가 울어서 정신이 없었는데, 잠에서 깨자마자 느른한 웃음을 띤 그를 마주하니 어제 일이 떠올랐다.

입술이 닿을 듯 말 듯 그와 가까워진 그 순간이. 게다가 아침부터 이렇게 가까이 그의 얼굴을 마주하니 가슴이 두근대 부정맥이라도 올 거 같았다. 가슴을 부여잡은 은안이 우렁찬 목소리와 함께 자리에서 벌떡 일어났다.

"머, 먼저 씻을게요! 빨리 가야죠! 부산!"

거의 달리듯 욕실 안으로 들어온 그녀가 참았던 숨을 뱉어냈다.

"후우."

긴장은 어느 정도 풀렸는데, 심장이 꾹꾹 눌리는 느낌과 함께 기시감이 은안의 전신을 감쌌다.

'내가 이런 영화를 본 적이 있었던가. 왜 이렇게 익숙하지.'

이상하게 익숙한 느낌에, 은안이 미간을 살포시 접었다.

시골집과 아침에 일어나자마자 보이는 남자의 얼굴. 딱히 특별할 것 없는 조합이었다. 고전 영화에서 자주 나오는 장면이기도 했고. 은안은 지금의 이 익숙한 느낌이 아무것도 아니라 생각하며 가볍게 넘겼다.

카센터에 연락해 차를 수리한 세 사람은 다시 부산으로 돌아가고 있었다. 뻥 뚫린 고속도로 위, 어제만 해도 노래를 부르던 은안과 온유는 어느새 깊이 잠이 들어 있었다.

그는 은안을 데려다주며 어젯밤에 못다 한 얘기를 해야겠다고 생각했다. 룸 미러로 온유를 흘긋 살핀 재하가 가끔 일 때문에 여의치 않을 때 온유를 돌봐주는 순천 이모에게 연락했다. 아무래도, 온유가 있는 곳에서 할 대화는 아니었으니까.

전화로 사정을 설명한 재하는 순천 이모에게 온유를 2시간 정도 맡기기로 했다. 그 후, 열심히 밟은 덕분일까, 얼마 지나지 않아 부산으로 들어가는 톨게이트를 지나고 순천 이모의 집에 도착했다.

타이밍이 좋게 온유가 깬 덕분에 즐겁게 인사까지 한 재하는 다시 은안이 잠들어 있는 차에 탔다. 그녀의 집으로 차를 돌리려던 재하는 출발할 때 은안이 이철과 통화를 하던 모습을 떠올렸다.

—아, 네. 알았어요. 부산 도착하면 바로 사무실로 갈게요.

평소에 친분이 있는 안과 의사가 주말에만 시간이 돼 오늘 자문을 해주러 오기로 한다는 것 같았다. 미간을 살짝 좁힌 그가 혼잣말을 중얼거렸다.

“일단, 사무실로 가야겠군.”

얘기는 은안의 일이 얼추 끝난 뒤에 해야 할 것 같았다.

잠시 후, 그의 세단이 은안의 사무실 주차장에 도착했다. 주차 후 시동을 끄자마자 은안의 휴대폰이 요란스럽게 울렸다. 단박에 잠에서 깬 그녀는 비몽사몽한 목소리로 전화를 받았다.

“여보세요? 아, 민혁 씨. 지금 도착한 거 같아요.”

그리고 조용한 차 안, 수화기 너머의 목소리와 은안의 입에서 나오는 '민혁 씨'라는 호칭에 재하는 그대로 얼어붙고 말았다. 분명, 오늘 만날 사람이 안과 의사라고 했다.

[네, 저 지금 이철 씨랑 사무실에 올라와 있어요.]

그리고 조용한 차 안, 수화기 너머의 목소리는 제가 아는 제 친구 주민혁의 목소리였다. 은안이 다른 사람도 아닌 민혁과 연락을 하고 지냈었다니. 조금 전까지 행복의 고점에 있었던 그의 눈이, 혼란스러움으로 물들고 있었다.

재하의 머리가 새하얀 백지장이 된 사이, 통화를 마무리한 은안이 굳어 있는 그에게로 눈길을 돌렸다.

“재하 씨?”

달칵—.

안전벨트를 풀려던 채로 얼어 있는 그를 본 은안이 대신 버튼을 눌렀다. 그를 감싸고 있던 안전벨트가 스르륵 하는 소리와 함께 풀리고, 재하가 천천히 고개를 돌려 은안과 눈을 마주했다. 어느새 잠에서 완전히 깨어난 은안의 눈빛이 반짝이고 있었다.

그가 잠시 멍한 상태로 은안을 바라봤다. 4년간의 그녀의 시간이 어땠는지, 다 알 수는 없었다.

그저 제가 없었다는 것만 확실히 알 뿐. 제게서 완벽히 사라졌던 그녀가, 민혁의 시간에는 있었다고 생각하니 온몸의 피가 빠져나가는 것 같았다. 멍해진 그를 보던 은안이 손을 휘적휘적하며 그에게 물었다.

"재하 씨, 얼굴이 안 좋은데 괜찮아요?"

"아, 괜찮아요."

정신을 차린 그가 고개를 끄덕였다.

"어디 아파요?"

"아니에요. 혹시, 위에 올라가서 물 한 잔 마셔도 될까요?"

그가 말을 돌리며 사무실에 들러도 되냐고 물었다. 정말 은안에게 전화를 한 사람이 민혁이 맞는지 확인하고 싶었다.

"그럼요, 올라가서 조금 쉬다 가요."

은안이 고개를 끄덕인 뒤, 뒷좌석을 확인했다. 당연히 온유가 있을 것이라 생각하고 같이 올라가려고 했는데, 아이가 없었다.

"어? 온유는……."

"온유는 잠시 다른 분한테 맡겼어요. 은안 씨 데려다주려고요."

어젯밤에 못다 한 얘기도 하고.

마지막 말은 애써 삼켰다. 어차피 지금 올라간대도, 어젯밤 얘기를 단둘이 할 수 있는 상황은 아닐 거 같았기에.

"아, 그렇구나……."

왠지 모르게 아쉬움이 묻어나는 얼굴을 한 은안이 고개를 주억이며 차에서 내렸다. 재하도 뒤따라 차에서 내리며 마음을 가다듬었다. 두 사람은 아무 말도 하지 않고 엘리베이터를 타고 사무실로 올라갔다.

엘리베이터에서 내려 사무실로 들어선 두 사람을 가장 먼저 반기는 건 이철이었다.

"어?! 남 선생님이 여긴 어떻게?"

은안과 같이 들어온 재하를 본 이철이 놀란 듯 입을 벌렸다.

"아, 우연히 잠깐 만났는데 차라도 한 잔 드리려고요."

온유의 이야기도, 예천에서 하룻밤을 새우고 왔다는 얘기도 은안은 아예 입에 담지 않았다. 오지랖이 넓은 이철이 이것저것 온종일 물을 게 뻔해서였다. 다행히, 이철은 그저 재하가 온 게 신나는 건지 더는 아무것도 묻지 않았다.

"어유, 잘 오셨어요. 남 선생님. 자고로 사람은 많을수록 좋죠!"

"어, 그리고 보니까 민혁 씨는요?"

"아, 잠시 화장실 가셨어요."

사무실을 둘러보던 은안이 민혁이 없는 걸 눈치채고 물었다. 민혁을 찾는 은안을 보던 재하가 긴장감에 주먹을 그러쥔 그 순간, 사무실의 문이 열리고, 민혁이 들어왔다.

"은안 씨!"

오랜만이라 반가운 목소리로 은안을 부르며 들어온 민혁은 곧 놀란 표정으로 변했다.

"재하…… 너?"

재하의 얼굴을 봤기 때문이었다.

"오랜만이다. 주민혁."

인사하는 재하의 얼굴은 미세하게 일그러져 있었다. 터져 나오려는 감정을 최대한 억누르고 짓밟은 상태였기에, 그 정도였다. 모든 상황을 다 알고 있는 민혁만 알아차릴 정도의 미세한 일그러짐. 이철과 은안은 두 사람 사이의 미묘한 기류는 눈치채지 못한 채, 서로를 아는 듯한 두 사람의 관계에 놀랐다.

"어어? 두 분이 아는 사이세요? 대박!"

이철의 호들갑에, 민혁과 재하의 맞닿아 있던 시선이 흩어졌다.

"아, 네. 어릴 때부터 친구였는데, 여기서 만나게 될 줄은 몰랐네요."

살짝 날카로워진 목소리를 한 재하가 말했다. '여기서 만나게 될 줄은 몰랐네요.'라는 목소리에 은근히 힘이 들어가 있었다. 이철과 은안에게는 평범한 인사치레로 들렸겠지만, 민혁에게는 이렇게 들렸다.

어떻게 네가 여기 있느냐고. 네가 이러면 안 되는 거 아니냐고.

"그러게요."

얼굴에서 미안함과 당황스러움을 애써 지운 민혁이 차분한 목소리로 대답했다. 두 사람 사이에, 마치 폭풍 전야 같은 고요함이 내려앉았다.

주말인데 사무실에 있기 싫다는 핑계로, 이철이 세 사람을 끌고 근처의 카페로 왔다. 이철과 민혁의 일에 대한 얘기가 마무리되자, 어느새 얘기의 흐름은 일이 아닌 잡담으로 흘렀다.

"두 분, 그럼 엄청 친하시겠네요? 요즘 같은 세상에 초, 중, 고 동창이 어디 흔해요?"

이철의 말에, 재하가 살짝 표정을 굳히며 말했다.

"저는 친한 줄 알았는데, 민혁이는 아니었나 봐요. 그동안 연락도 없고."

분명, 장난인 것 같으면서도 말에 뼈가 있었다. 재하의 말에 민혁이 옅은 한숨을 뱉으며 대답했다.

"연락 안 한 건 피차일반 같은데."

민혁의 대답에, 순간적으로 테이블이 얼어붙었다. 이철과 은안은 그제야 이상한 기류를 느꼈다. 두 사람은 오랜만에 만난 동창이라고 하기에는 심히 날이 서 있었다. 잠시 적막이 흐르고, 은안이 자리에서 벌떡 일어났다.

"우, 우리 음료 한 잔씩 더 마실까요? 갑자기 목이 마르네요. 다들 아이스 아메리카노 괜찮으시죠?"

세 사람이 고개를 끄덕이자 은안이 쪼르르 카운터로 달려갔다. 은안이 주문을 하는 사이, 난감한 분위기에 혼자 내던져진 이철이 입을 열었다. 마치 왼쪽에는 호랑이가, 오른쪽에는 사자가 있는 느낌이었지만 용기를 내 농담을 던졌다.

"하하하, 두 분 뭐 학창 시절에 라이벌, 그런 거였나? 두 분 다 공부도 꽤나 잘하셨을 거 같은데."

라이벌은 무슨, 두 사람은 누구보다 친했다. 성적도 사이좋게 전교 1, 2등을 나눠 가졌고. 두 사람이 입을 굳게 다물고 있자, 이철이 이번에는 다른 식으로 접근했다.

"아아, 뭐 성적 라이벌이 아니면 외모로 맞짱 좀 뜨셨나? 어우, 두 분 다 인기가 어마어마하셨겠는데요?"

이철의 호들갑에 실소가 터질 법도 한데, 두 사람은 여전히 서로를 응시하며 입을 꾹 다물고 있었다. 하지만 이철은 지치지 않고 또 다른 접근을 시도했다. 이번에는 명탐정처럼 턱을 손으로 그러쥐며 물었다.

"그것도 아니면, 음…… 한 여자를 두고 싸우기라도 하셨나?"

내내 꿈쩍도 않던 두 사람의 눈이 동시에 살짝 흔들렸다. 이철이 생각하는 것처럼 한 여자를 두고 싸운 건 아니었지만, 한 여자 때문에 분위기가 이렇게 된 건 맞았으니까. 결국, 민혁이 입을 열어 부정했다.

"그런 거 아니에요, 이철 씨. 그냥, 오랜만이라 장난 좀 친 거예요."

얼굴에는 장난기가 하나도 없었지만, 민혁은 장난이라며 이 분위기를 무마했다.

그때, 아메리카노를 주문했던 은안이 곧장 음료를 받아 들고 테이블로 걸어왔다. 그리고 은안의 쟁반을 받아 들기 위해 두 남자가 동시에 일어났다.

"무겁죠?"

"이리 줘요."

"아……."

고작 아메리카노 4잔에 두 장정이 일어나는 모습을 보고, 이철이 코를 쓱 훑었다. 이제까지는 한 여자를 두고 다툰 적이 없을지 몰라도, 앞으로는 생길 수 있을 거 같았다.

은안을 보는 두 사람의 눈빛이 각별하다는 게 보였기 때문이었다. 이철이 마치 드라마 속 삼각관계를 보듯 그들을 흥미롭게 바라보는 동안, 은안은 당혹감에 휩싸였다. 민혁과 재하의 이런 날 선 모습은 처음이었다. 뭐랄까, 두 사람 사이에 보이지 않는 스파크가 튀는 느낌이랄까.

아무래도 제가 불을 끄는 소방관이 되어야 할 것 같았다.

탁—.

은안이 싱긋 웃으며 쟁반을 내려놨다.

"하나도 안 무거워요. 그러니까, 두 분 다 앉아요."

머쓱해진 두 남자가 자리에 앉자, 은안도 제자리를 찾아 앉았다. 주로 이철이 주도하는 대화가 이어지고, 세 사람은 말을 덧붙이거나 주로 고개를 끄덕이기만 했다. 은안은 내내 재하의 얼굴을 흘끔거렸다. 어쩐지, 얼굴이 계속 안 좋아 보이는 게 신경이 쓰였다.

한참 동안 대화를 나누던 중, 이철의 여자 친구에게 전화가 왔고, 이철이 여자 친구를 보러 가야겠다고 하며 자리가 마무리되는 분위기가 형성됐다. 은안은 잠시 화장실에 다녀오겠다며 자리를 떴고, 이철은 여자 친구에게 줄 케이크를 사겠다며 카운터로 갔다.

재하와 민혁은 카페 밖으로 나와 나란히 정면을 응시하며 서 있었다. 두 사람만 남으니, 첨예한 분위기가 더욱 고조되었다. 그때, 재하가 입을 열었다.

"언제부터야."

"……."

"은안이, 부산에 있는 거 알게 된 거."

민혁이 저를 속일 거라는 생각은 한 번도 해본 적이 없어서인지, 재하는 더욱 배신감을 느꼈다.

"하, 아니다. 어떻게 알게 됐냐고 묻는 게 먼저인가."

재하의 원망 어린 눈빛에, 늘 서글서글하던 민혁의 인상도 굳어질 대로 굳어져 있었다.

"재하야."

재하가 천천히 고개를 돌려 민혁의 얼굴을 바라봤다.

"맨날 서글서글 웃던 놈이, 나한테 이렇게 독할 줄은 몰랐네. 어떻게, 아무 말도 안 할 수가 있어."

민혁은 아무 말도 할 수 없었다. 처음, 은안이 재하에게서 떠나간 후에 그가 얼마나 힘들어했는지 알고 있었다.

하지만, 그때는 민혁도 은안이 어디에 있는지 모르고 있었다. 그렇게 재하가 힘들어하며 서울을 떠나고 서로 바쁘다는 핑계로 연락하는 게 소홀해졌을 때쯤, 은안의 행방을 알게 된 것이었다.

"어쩔 수 없었어."

지금껏 한 번도 보지 못한 재하의 표정을 마주한 민혁이, 미안한 마음에 시선을 피하며 재하의 물음에 답했다.

"네가 부산으로 떠난 뒤에, 우연히 태수 형을 만났어. 병원 근처 술집에서."

민혁이 4년 전의 일을 떠올렸다.

"내가 태수 형이랑 마주쳤을 때, 형은 이미 완전 만취 상태였어. 은안 씨가 그렇게 되고 나서 은안 씨 가족들도 너만큼이나 지옥이었을 테니까."

과거를 말하는 민혁도, 몰랐던 과거를 마주하게 된 재하도 고통스러운 표정이었다. 비밀을 품고 있던 사람도, 비밀을 아예 모르던 사람만큼이나 답답했을 테니까.

“태수 형이 걱정돼서 잠시 자리에 앉았는데, 그때 실수로 태수 형이 말했어. 은안 씨가 부산에 있다는 거. 다음 날 형이 실수한 거라면서 부탁했어. 너한테는 말하지 말아달라고.”

모든 상황이 이해됐다. 머리로는 이해가 되는데, 비틀린 마음은 쉬이 제자리로 돌아오지 않았다. 재하가 잘게 떨리는 입술을 겨우 달싹였다.

“부산에 있다고는 말 못 해도, 잘 살아가고 있다고.”

“…….”

“그 정도는, 한 번쯤은. 말해줄 수 있었잖아.”

민혁이 차마 재하를 보지 못하겠다는 듯, 시선을 내리깔고 입을 열었다.

“말했으면 너, 참을 수 있었겠어? 은안 씨, 애써 찾지 않고 버틸 수 있었겠냐고.”

‘버틸 수 있었겠냐고.’ 이 말에, 조금 전까지 뜨거워졌던 재하의 머리가 차게 식었다. 그때의 저는 바람만 불어도 바스러질 거 같은 상태였다.

은안의 소식을 들었다면, 이성이 끊어져 진태와의 약속을 깨고 그녀를 찾았을지도 몰랐다.

“그때의 은안 씨한테는 널 보지 않는 게 최선이라는 거, 너도 알고 있었잖아. 그래서 은안 씨 아버지 결정에 따른 거고.”

재하가 희미해졌던 과거의 기억을 훑었다. 그래. 그때의 제겐 알 자격이 없었다. 은안이 어디 있는 건지. 잘 살고는 있는 건지. 세상 사람들 모두가 은안을 볼 수 있어도, 저만은 안 됐다. 저라는 사람은, 은안에게 고통 그 자체였으니까.

은안과 재회 후의 모든 시간이 너무 꿈같아서, 너무 달아서 잊고 있었다. 제가 그녀에게 가시 같은 존재였다는 것을. 기억을 잃은 공간에 박힌 가시는 계속 은안을 아프게 했을 것이다.

하지만 그는 그 시간에 영영 머물러 있을 생각이 없었다. 더는 그녀의 인생에 가시 같은 존재로 남고 싶지도 않았고.

“그래, 맞아. 그땐 그게 최선이었겠지.”

은안을 만나게 된 지금. 저의 마음이 은안에게로 향하고, 또 은안의 마음의 방향이 미약하게나마 제 쪽으로 향해 있다면.

“그리고 지금은, 지금에 맞는 최선을 다해볼 생각이야.”

그때, 인기척 없이 그들의 옆으로 온 은안이 물었다.

“무슨 최선을 다해요?”

은안의 물음에 두 사람의 몸이 그대로 굳었다. 문 열리는 소리가 나지 않아 그녀가 옆으로 온 걸 모르고 있었다. 그때, 은안이 대답 없는 두 사람의 앞으로 걸어왔다.

재하의 동공에 혼란스러운 빛이 비쳤다. 어디서부터 어디까지 얘기를 들었을까. 이렇게 기억을 찾게 할 생각은 없었는데. 여러 가지 생각이 그의 머릿속에 나부낀 그때.

가까이 다가온 은안이 조금 전보다 크게 미간을 찡그리며 손을 머리 쪽으로 올렸다. 그리고 그녀의 손가락이 머리카락을 헤집고 들어가 귀에 딱 맞게 꽂힌 블루투스 이어폰을 빼냈다.

"두 분, 오랜만에 만나서 할 말이 많은가 봐요? 뭐에 최선을 다한다는 거예요?"

재하와 민혁이 당황스러운 표정으로 눈을 맞췄다. 은안은 앞의 대화 내용을 듣지 못했다는 듯 평온한 얼굴로 말을 이었다.

"뭐, 동창끼리 회포라도 푸는 거예요?"

다행히, 은안은 그들이 무슨 대화를 했는지 궁금해하지 않았다.

"저희도 이제 갈까요? 이철 씨는 먼저 갔어요. 인사 전해달래요."

"먼저 갔다고요?"

은안은 문소리도 없이 옆에 나타나 있었고, 이철은 아예 흔적도 없이 사라졌다. 이 동네 사람들은 뭐 축지법이라도 쓰는 건가. 정신이 없다 보니 실없는 생각마저 들었다.

재하의 물음에 은안이 나머지 한쪽의 블루투스 이어폰을 빼면서 답했다.

"아, 뒤쪽에도 문이 있거든요. 저도 그쪽에서 통화하느라 늦었는데, 너무 오래 기다렸죠?"

"아니에요, 은안 씨."

멍해진 재하 대신, 민혁이 재빠르게 대답했다. 그리고 재하를 툭 치며 안심하라는 듯 시선을 한 번 보냈다. 다행히 은안은 이어폰 덕분에 대화를 듣지 못한 거 같았다.

머리카락 속에 쏙 감춰져 있던 흰색의 알맹이에, 재하는 온몸의 긴장이 풀렸다. 조금 전까지 최선을 다하겠다는 호기로운 기세 또한 증발해버렸다.

은안이 기억을 찾아야 한다고 생각하면서도, 막상 진짜 저와 민혁의 대화를 듣고 기억을 찾을 수도 있다고 생각하니 손이 떨렸다. 만약 은안에게 과거를 털어놓더라도, 이렇게 다른 사람과의 대화를 통해 알리고 싶진 않았으니까.

그리고 사실, 아직 그녀가 기억을 찾게 될 순간에 대해 깊게 생각해본 적이 없었다. 늘 은안과 만나기만 하면 좋겠다는 소원을 빌었다. 그리고 간절한 소원이 이루어진 게 너무 좋아서, 잊고 있었다. 제가 그녀에게 어떤 존재였는지.

조금 전, 잠깐이나마 은안이 기억을 찾았다고 생각한 순간, 덜컥 두려움이 일었다. 기억을 찾은 은안이 다시 제게서 떠나버릴까 봐. 기억과 함께 그 상처들이 돌아오면 다시 도망이라도 가버릴까 봐.

온유와 은안을 위해서 그녀가 기억을 찾아야 한다는 걸 알지만, 본능처럼 치고 올라오는 불안함은 어쩔 수 없었다. 처음부터 다시 시작하면 된다는 생각은 어쩌면 지극히 자기중심적인 생각일지도 몰랐다.

모든 걸 다 기억해낸 은안은 그러고 싶지 않을 수도 있었으니까. 잠시나마 희망으로 밝아졌던 재하의 세상이, 순식간에 다시 암전이라도 된 듯 어두워졌다.

민혁은 다른 사람과 약속이 있다며 먼저 자리를 떠났다. 재하와 은안은 다시 회사 사무실 주차장으로 돌아와 차를 탔다. 어딘가 무거워 보이기도 하고 생각이 많아 보이는 그의 표정에, 은안은 눈치만 살폈다.

재하가 굳이 온유를 맡기고 저를 데려다주겠다고 따라온 것을 어젯밤 못다 한 얘기를 하자는 것으로 해석했다. 그런데 그는 어제와 다른 사람이 된 듯 아무 말도 없었다. 골몰한 표정으로 입을 꽉 다문 채 운전만 했다.

대체 이 남자는 무슨 생각인 걸까. 왜 아무 말도 없는 거지. 어제와 오늘의 마음이 조금 다른 걸까. 내내 머릿속에 물음표를 띄웠지만, 딱히 그럴 듯한 대답은 나오지 않았다. 생각의 바다에 잠긴 그때, 또 다른 속마음이 불쑥 올라왔다.

'너, 언제 이렇게까지 마음이 커졌니.'

은안이 시선을 살짝 틀어 그를 눈에 담은 순간, 얼마 전 옥순과 나눴던 대화가 떠올랐다.

응급실에서 온유를 마주쳤던 그날, 은안은 옥순이 좋아하는 빵을 사 그녀의 집으로 향했다.

"옥순 씨, 드세요."

"어이구, 한 명의 이웃사촌이 열 자식보다 낫네, 나아."

고맙다는 인사를 투박하게 한 옥순이 빵을 받아 들었다. 그 때, 주머니에 넣어둔 휴대폰에 진동이 울렸다.

고마워하지 않아도 된다고 했지만,
오늘 고마웠습니다.
인사는 제대로 하고 싶어서요.

문자를 확인한 은안의 얼굴에 저도 모르게 은은한 미소가 번졌다. 그때, 옥순의 질문이 은안의 명치에 훅 꽂혔다.

"누구고? 뭐, 애인이라도 되는갑제."

"아, 아니에요."

"그렇게 밝은 얼굴, 여기 오고서는 처음 보는 얼굴인데."

"그래요?"

내 얼굴이 그렇게 우중충했었나. 은안이 제 뺨을 만지며 지난날을 되돌아봤다.

"그, 민혁이라는 총각이가?"

'민혁'이라는 이름에 은안이 강하게 손사래를 쳤다.

"아, 아니에요!"

티를 내진 않았지만, 은안은 어렴풋이 눈치채고 있었다. 민혁이 저를 여자로 본다는 것을. 그는 가족을 제외한 그녀의 주변 사람 중 유일하게 제가 기억을 잃은 상태라는 것을 아는 사람이었고 한때는 제 주치의였으며, 지금은 저의 좋은 친구였다.

하지만 딱 거기까지였다. 4년간 저를 꾸준히 찾아준 민혁이지만, 친구라는 그 선을 넘을 수는 없었다. 은안의 얼굴을 가만히 바라보던 옥순이 빨개진 귀 끝을 보며 슬며시 웃음을 머금었다.

"참, 남녀 사이라는 게 얄궂다. 평생을 함께해도 사랑할 수 없는 사람도 있고."

"……."

"잠깐을 함께해도 잊히지 않는 사람이 있거든."

옥순의 말에, 은안의 머릿속에 단번에 재하가 떠올랐다. 분명 오늘 처음 만나 함께 있었던 시간을 긁어모아도 채 반나절이 되지 않을 그 남자가.

그때, 왠지 모르게 따사로운 옥순의 목소리가 은안의 귓가에 감겼다.

"마음 가는 대로 해봐라. 인생은 한 번이니까."

"아니에요, 그런 거."

은안은 아니라며 고개를 저었지만, 이미 두 뺨은 발그레해져 있었다.

옥순과 나눴던 대화를 떠올리다 보니, 어느새 차가 은안의 집 앞에 멈추었다. 은안이 긴장되는 듯 손을 꼼지락댔다.

'그래, 이왕 칼 뺀 거, 무는 못 썰어도 당근은 썰어야지.'

어제, 온유와 재하와 함께 시간을 보낸 은안은 여러 가지 생각을 했다.

만난 시간이 짧지만 강렬히 당기는 이 관계를, 폭우에 불어난 강처럼 짧은 시간 안에 불어난 제 마음을 어떻게 하면 좋을지. 그렇게 처음에는 엉성하게 엉키던 생각들이, 이내 튼튼한 밧줄처럼 엮였다.

그가 좋아져버린 만큼 모든 걸 감당할 수 있을 것 같았다. 그리고 '모든 걸' 안에는 온유도 포함되어 있었다. 이상하게 저를 끌어당기는 아이를, 정말 제 아이처럼 받아 들일 수 있을 것만 같았다.

누가 보면 이 짧은 시간에 충동적으로 그런 생각을 하겠냐고 하겠지만, 제가 되어보지 않은 사람들은 모를 것이다. 가만히 있어도 자석처럼 이끌리는 이 마음이 어떤지.

생각에 잠겼던 은안이 호흡을 가다듬고 다시 입을 열려던 그때, 재하의 휴대폰이 울렸다. 블루투스로 휴대폰과 자동차가 연결된 덕택에, 내비게이션 화면에 커다랗게 '할아버지'라는 발신인이 보였다.

결국 은안은 호기롭게 '우리 오늘부터, 1일이에요?'라고 뱉으려던 꽤 유치한 질문 대신…….

"전화, 받아요."

전화를 받으라는 말을 할 수밖에 없었다. 그는 은안의 손짓에 전화를 받았다.

"여보세요?"

재하는 다른 대꾸를 하지 않은 채, 수화기 너머의 얘기를 가만히 듣고만 있었다. 그는 아무런 미동도 하지 않았지만, 표정은 점점 심각해지고 있었다. 이윽고, 전화를 끊은 그가 조용히 읊조리듯 말했다.

"서울로 올라가봐야 할 거 같아요."

"갑자기요?"

"할머니가, 쓰러지셨다고 하네요."

chapter 21

봄날의 크리스마스

은안과 재하는 순천 이모의 집으로 바삐 달려갔다.

재하의 할아버지인 상훈은, 친구들과 중국 여행을 떠나 있었다. 그사이 혼자 집에 있던 자옥의 혈압이 올라 코피를 흘리며 쓰러졌다는 것이다.

병원에 무사히 입원했고, 큰 문제는 없다고 했지만 걱정이 된 상훈이 재하에게 연락하지 말라는 자옥의 말을 무시하고 그에게 전화를 한 것이었다.

상훈과 통화를 마무리한 재하는 곧장 순천 이모에게 전화해 내일까지 온유를 맡아줄 수 있느냐고 물었다. 하지만, 내일 오전에 중요한 일이 있다는 얘기에 다른 사람을 찾기 위해 연락처를 뒤졌다. 신호가 멈춘 사이, 은안이 휴대폰을 쥔 채 바르르 떠는 그의 손을 꼭 잡으며 말했다.

"재하 씨, 내가 봐줄게요. 온유."

"은안 씨가요?"

은안이 긍정의 눈빛을 보내자, 재하가 한숨과 함께 고개를 끄덕였다. 사실 연락처를 뒤적였지만, 급하게 부탁할 사람이 없었기 때문이었다. 재하의 눈가에 미세한 경련이 일어난 것을 본 은안이 같이 마음을 졸였다.

"재하 씨, 할머님 괜찮을 거예요."

은안이 조심스레 말하며 재하의 한쪽 손을 꼭 잡아주었다. 강한 불안은 전염이 된다는데, 다행히 이번만큼은 그의 불안이 은안에게로 옮겨가지 않았다.

오히려 은안의 안정감이 재하에게 번져 불안하게 뛰던 그의 심장이 조금은 진정되었다.

순천 이모 집에 들러 온유를 데리고 온 재하는 은안의 집으로 두 사람을 데려다주었다. 다행히 순천 이모 집에 온유의 짐이 있어 하루 정도는 은안의 집에서 자는 데 무리가 없었다.

"아빠 내일 와?"

"응, 내일 올게."

"내일 꼭 와, 아빠."

온유가 태어난 후로 두 사람이 떨어져서 지내본 적이 거의 없었기에, 두 사람의 인사는 애틋했다. 재하는 미안한 표정으로 아이의 볼에 입을 맞췄다.

온유가 눈에 밟혔지만, 서울까지 데리고 갈 수는 없는 노릇이었다. 굽혔던 무릎을 펴 일어난 재하가 이번엔 은안과 눈을 맞췄다. 할 얘기가 많은데, 일단 모든 걸 덮어둔 두 사람 사이의 눈빛에 여러 감정이 일렁였다. 하지만 두 사람 다 별다른 말은 하지 않았다.

"온유, 잘 부탁해요."

"걱정 말고 다녀와요. 내가 잘 데리고 있을게요."

은안의 인사를 끝으로, 그가 차에 올라타 그곳을 떠났다. 차가 완전히 시야에서 사라지자, 온유는 그제야 참았던 눈물을 터트렸다.

"흐아아아앙."

아빠가 떠난 자리를 보며 서럽게 우는 아이에게, 은안은 회유를 시도했다.

"온유야, 울지 마. 우리 들어가서 사탕 먹을까?"

아이가 도리질하자, 은안은 다른 카드를 내밀었다.

"그럼, 온유가 좋아하는 건 뭘까? 엄마가 다 사줄게."

은안의 말에, 아이는 잠시 닭똥 같은 눈물을 닦아내며 작게 말했다.

"……킨."

"응?"

"치킨."

아빠가 간 건 슬프지만, 또 다른 기회를 놓치지 않는 온유가 귀여워 은안은 저도 모르게 웃음을 터트렸다.

"그럼, 들어가서 치킨 먹자."

온유는 제 아빠의 차가 있던 자리를 다시 한 번 쓱 훑은 뒤 은안의 손을 잡고 현관으로 들어섰다.

다섯 살 인생, 아빠와 처음으로 떨어져 지내는 밤은 온유에게 꽤나 큰 시련이었다. 하지만, 그와 동시에 엄마와 단둘이 하룻밤을 보내보는 역사적인 순간이기도 했다.

늦은 저녁, 서울에 도착한 재하는 곧장 자옥이 입원한 병실로 향했다. 재하가 떠난 뒤부터 고혈압이 생겼던 자옥은 치료를 받아오고 있었다.

고혈압 환자에게 코피가 나는 일은 종종 있는 일이었다. 나이가 있어 간단하게 넘길 수 없는 게 문제였지만.

"하아……."

재하가 자옥의 곁으로 와 앉아 한숨을 내쉬었다. 그때, 작은 인기척에 잠에서 깬 자옥이 눈을 부스스 떴다.

"재하……?"

부산에 있어야 할 제 손주가 눈앞에 있자, 자옥은 무거운 몸을 일으켰다.

"누워 계세요. 할머니."

재하가 그런 자옥을 저지했다. 몸에 느껴지는 생생한 손길에, 자옥은 지금 상황이 꿈이 아닌 현실이라는 것을 깨달았다.

"김 선생님이 뭐래요? 혈관 쪽은 괜찮대요?"

"그래, 별거 아닌데. 네 할아버지가 괜히 연락해서."

"뭐가 별게 아니에요."

재하가 살짝 미간을 찌푸리며 대답했다.

"무리하시지 말라니까."

속상한 마음에 다정스러운 말은 나오지 않았지만, 그의 말투에는 걱정이 잔뜩 배어 있었다. 자옥은 모든 걸 내려놓은 듯한 표정으로 입을 열었다.

"재하야. 이제 그만 서울로 올라오는 게 어때?"

힘없이 읊조리듯 말하는 자옥의 모습에, 그는 엄청난 불효를 저지르는 듯한 기분이 들었다. 하지만 은안을 만난 지금, 자옥의 말처럼 당장 서울로 올 수는 없었다.

"안 될 거 같아요."

"뭐?"

"은안이를 찾았거든요. 부산에서."

생각지도 못했던 얘기에 자옥이 자리에서 벌떡 일어났다. 그리고 내내 축 처져 있던 그녀의 얼굴이, '은안'이라는 이름에 놀라움으로 당겨졌다.

"뭐?"

자옥이 큰 소리를 냈지만, 재하는 차분히 그간의 상황을 설명했다. 은안을 우연히 만난 것, 온유가 은안을 엄마로 알아본 것. 그럼에도 아직 은안이 기억을 찾지 못한 것까지.

얘기를 듣던 자옥의 표정은 마치 롤러코스터를 탄 사람처럼 이리저리 널뛰었다. 그리고 오늘도 은안에게 온유를 맡기고 왔다는 얘기를 들은 자옥의 눈에 눈물이 글썽였다.

“됐다, 됐어.”

자옥이 재하의 손을 꼭 쥐었다. 오늘따라, 자옥의 눈에 재하가 그 옛날의 아이처럼 보였다. 4년, 결코 짧지 않은 시간. 은안에게 저질렀던 죗값이 아직 남아 있다면 그 남은 몫은 제게, 이 늙은이에게 오길 바랐다. 그리고 은안도 재하도 이제는 다시 제자리를 찾아가길 바랐다.

“재하야, 이제는 너도 숨 좀 쉬고 살아. 응?”

“그럴게요.”

그날 저녁, 자옥은 재하의 손을 잡고 한참을 울었다.

온유에게 저녁을 먹이고 말끔히 씻겨 재운 뒤 조심스럽게 방 밖으로 나온 은안은 거실에 도착해서야 한숨을 크게 내뱉고 늘어지듯 소파에 몸을 파묻었다.

“하아.”

기본적으로 온유가 말을 잘 들어, 크게 힘들 것이 없는데도 왠지 모르게 에너지를 많이 쓴 기분이었다.

“육아, 장난 아니네.”

몇 시간을 돌봤을 뿐인데, 아이를 혼자 키우는 재하가 새삼 대단하게 느껴졌다.

“대단해, 정말…….”

혼잣말을 읊조리던 은안은, 그에게 전화하기 위해 휴대폰을 집어 들었다.

온유가 잘 있다는 말도 하고, 또 오늘은 정신이 없어서 차에서 하려던 얘기를 꺼낼 분위기는 아니니, 엇비슷한 예고라도 해야겠다 싶었다. 통화 버튼을 누르고, 신호음이 얼마 가지 않아 기다리던 목소리가 들려왔다.

[여보세요?]

“어, 나예요. 서울은 잘 갔어요?”

안부를 묻기 위해 전화 통화를 하는 건 처음이라, 왠지 모르게 긴장이 되어 은안의 목소리가 살짝 떨렸다.

[네, 잘 도착했어요.]

“할머니는 괜찮으시구요?”

[다행히 괜찮아요. 걱정해줘서 고마워요.]

살짝 가라앉은 목소리에, 은안은 일부러 더 밝은 목소리를 내기 위해 애썼다.

“아 참, 온유는 잠들었어요. 밥도 잘 먹고. 목욕도 하고.”

[고생했어요. 나 없는데 울지는 않았어요?]

“네.”

재하가 떠날 때, 잠깐 울긴 했지만 은안은 그 사실을 비밀로 해주리라 마음먹었다. 그 생각과 함께 은안이 대화 주제를 바꿨다.

“아, 그리고 온유가 저한테 운동회에 같이 가달라고 부탁했어요.”

은안의 말에, 잊고 있었던 유치원 행사 일정이 재하의 머리를 스쳐갔다.

“아무래도, 그동안 가족 행사에 좀 상심했던 거 같더라구요. 다른 친구들은 다 엄마가 올 거라고 얘기하는 걸 보니까.”

[아…….]

재하는 저도 모르게 낮은 탄식을 내뱉었다. 제게는 그런 말을 한 번도 한 적 없었는데, 은안에게 솔직히 제 심정을 밝힌 온유를 생각하니 미안하고 또 미안했다.

하지만, 온유의 운동회에 오겠다고 말하는 은안의 밝은 목소리를 들으니 자옥을 살핀다고 잠시 잊고 있었던 감정이 스멀스멀 올라왔다.

4년 전, 은안은 저와 관련된 모든 것들을 철저히 머리에서 지워버렸다. 그렇게나 애지중지하던 배 속 아이마저도. 이것만 봐도 그녀가 얼마나 힘겨웠던 건지 알 수 있었다.

만약 그녀의 본능이 영영 기억을 묻어두고 살고 싶어 하는데, 제가 억지로 끄집어내는 중인 거라면, 저는 여기서 멈춰야 하는 걸까?

하지만 죽어도 놓고 싶지 않았다. 다시 만난 그녀를. 시름이 깊어지던 그때, 잠시 말을 잃은 재하를 이상하게 생각한 은안이 조심스레 물었다.

“저…… 미안하게 생각하지 않아도 돼요.”

은안은 재하가 이런 대외적인 행사까지 와달라고 하는 게 미안해 아무런 말도 꺼내지 못한다고 생각했다.

"이미 온유랑 약속도 했고."

수화기 너머에서 조심스러우면서도 따듯한 목소리가 흘렀다.

"내가 저번에도 그랬잖아요. 온유 슬퍼하는 모습, 내가 보기 싫다고."

온유가 슬퍼하는 모습이 보기 싫다는 그녀의 말에, 재하의 심장이 덜컥 내려앉았다. 그 순간, 재하는 내내 고민했던 질문의 답을 자연히 찾았다.

이미 은안은 온유에게 끌리고 있었다. 저는 그것을 막을 요량이 없었고. 그녀는 기억을 찾아야 했고, 찾을 수밖에 없었다. 그리고 필연적으로 찾아올 아픔과 원망은 다 제게 쏟아지길 바랐다. 제가 해줄 수 있는 건 그것뿐이었다. 생각을 갈무리한 재하가 조심스레 입을 뗐다.

[그래요, 같이 가요. 운동회.]

"그리고, 그날……. 나 재하 씨한테 할 말 있어요. 끝나고 시간 내줄래요?"

[알겠어요.]

다른 생각에 파묻혀버린 그는, 은안이 하려는 말이 예천에서의 끝맺지 못한 이야기라는 걸 전혀 눈치채지 못했다.

며칠 후, 한빛 유치원.

운동회 당일. 날씨도 어린이들의 간절한 마음을 읽었는지

황사도 구름도 하나 없는 맑은 하늘을 자랑했다.

이곳저곳에서 반별로 자리를 배정해주고, 부모들이 준비해 온 돗자리를 깔고 음식과 간식들을 내려놓았다.

아이들만큼이나 휴가를 쓰고 온 부모님들도 설레어 보였다. 들썩들썩한 분위기 속, 재하도 구석 자리 한쪽에 돗자리를 깔고 자리를 잡았다. 재하는 시무룩하게 앉아 있는 아이의 머리를 쓰다듬으며 말했다.

"온유야, 엄마가 갑자기 일이 바빠서 못 온대."

"아니야, 온유랑 약속해써!"

홱 돌아앉으며 정문으로 시선을 고정한 아이의 행동에, 재하가 이마를 짚었다. 은안에게 온유를 맡겼던 다음 날, 은안이 운동회 날짜를 물었다.

—근데 온유한테 못 들었는데 운동회 날짜는 언제예요?

—다음 주 목요일이에요.

—다음 주 목요일이요? 아. 그날 중요한 미팅 있는데…….

—괜찮아요. 어쩔 수 없죠, 온유한테는 내가 잘 설명할게요.

은안의 부담을 덜어주기 위해 괜찮다고 말을 하긴 했는데, 사실 온유가 큰 상심을 하긴 했다. 내내 저기압이던 온유는 마지막까지 포기하지 않고 엄마가 올 거라며 뚫어져라 정문을 바라봤다.

하지만 운동회 시작 시간이 임박해 올 때까지 은안은 나타나지 않았고, 온유의 입꼬리는 점점 더 내려가고 있었다. 재하는 애초에 은안이 올 거라는 기대가 없었기에, 자리를 정리하며 싸 온 간식들을 내놓고 있었다.

그때, 온유가 큰소리로 외쳤다.

"엄마!"

아이의 외침에 재하가 재빨리 고개를 돌렸다. 은안이 위아래로 운동회와 아주 잘 어울리는 트레이닝 복 세트를 입고 정문을 통과하고 있었다.

이내 온유의 외침에 두 사람이 앉아 있는 자리를 바로 찾은 은안이 그들에게로 달려왔다. 돗자리 앞에 멈춰선 은안이 가쁜 숨을 내쉬며 말했다.

"하아. 아직, 늦은 거 아니죠?"

재하는 온유만큼이나 기뻐하며 대답했다.

"전혀요."

재하의 대답과 동시에, 운동회 시작을 알리는 힘찬 트럼펫 소리가 흘러나왔다. 서로를 보며 웃던 그때, 그들의 돗자리로 온유의 친구가 달려왔다.

"야! 남온유! 나 진짜 재밌는 거 들고 와써! 우리 자리 와봐라!"

"아빠! 나 잠깐 태준이랑 놀러 가따 올게!"

은안이 오자 안심이 된 건지, 친구와 놀고 오겠다는 온유의 말에 둘은 웃으며 아이를 보내주었다. 아이가 멀어지자 은안이 입을 열었다.

"다행히 미팅이 미뤄진 거 있죠? 다행이에요. 오늘 못 왔으면 미안해서 온유 얼굴 못 봤을 거 같아요."

"정말 고마워요. 와줘서."

재하의 인사를 들은 은안이 고개를 돌려 운동장을 훑었다. 단란해 보이는 가족들의 모습에, 왠지 모르게 가슴이 찡했다. 가족 행사 때마다, 이 모습을 봤어야 할 아이의 모습이 그려지자 머리가 따끔해져왔다.

"내가 온유 진짜 엄마는 아니지만, 오늘만큼은 진짜 엄마처럼 한번 해볼게요. 나중에, 온유가 이날을 떠올려도 슬프지 않게."

진짜 엄마는 아니지만.

재하에게는 이 말이 유독 슬프게 들렸다. 당장이라도 은안에게 말해주고 싶었다.

네가 온유의 엄마라고. 다른 사람도 아니고 당신이라고. 목 끝까지 차오른 말은 결국 입술을 넘지 못하고 재하를 괴롭혔다. 은안이 아프더라도 하루라도 빨리 말해주는 것이 정답일까. 그녀가 조금이나마 덜 아프게 기억을 찾을 수 있는 방법은 뭘까.

도대체 우리는 어떻게 해야 아무런 대가 없이 행복해질 수 있는 걸까. 마치 당길 대로 당겨 팽팽해진 고무줄처럼, 그의 생각들이 끝과 끝 지점에 도달해 있었다.

하지만 아무리 고민해봐도 답은 쉽게 나오지 않았다. 아픔과 기억을 찾는 것. 이건 떼어놓을 수 없는 일이 되어버렸으니까.

분명 은안이 이 운동장에 나타날 때까지만 해도 온 세상이 찬란한 색깔로 빛났는데, 지금은 다시 현실로 돌아온 듯 온 세상이 흑백으로 가라앉았다. 그때, 은안이 조금 전보다 낮은 목소리로 말했다.

"근데, 얘기하다 보니까 조금 걱정되네요."

"뭐가요?"

"그냥요. 조금 전에 진짜 엄마는 아니시만, 이라고 말할 때, 문득 그런 생각이 드는 거예요."

어느새, 은안도 현실을 가득 머금은 얼굴로 입을 열었다.

"만약 온유 진짜 엄마가 나타나면 어쩌지. 그럼 온유가 엄청 혼란스러울 텐데, 하구요."

"……."

"지금까지는 좋은 게 좋은 거라고 생각했는데. 갑자기, 온유를 속이고 계속 엄마인 척해도 되는 건가 싶어서요."

왠지 모르게 혼란스러워 보이는 은안의 표정에, 재하가 단호하게 대답했다.

"혼란스러워할 일 없을 거예요."

적어도 은안이 걱정하는 종류의 일은 일어나지 않을 것이다. 은안이 미안해하는 사람은 은안 본인이었으니까.

어차피 온유의 엄마는 과거에도, 현재도, 그리고 미래에도 은안 한 사람뿐일 것이다.

내내 굳어 있던 표정에 힘을 푼 재하가 은은한 미소를 띠며 말했다.

"그냥 오늘 하루는 우리 같이 아무 생각 하지 말고 즐겨요."

하지만 오늘만큼은 그런 것들을 걱정하고 싶지 않았다. 그녀는 온유의 엄마로, 저는 온유의 아빠로 이 시간을 온전히 즐겼으면 했다. 입매를 늘어트린 재하가 은안의 눈을 오롯이 맞추며 얘기했다.

"이 유치원 운동회, 꽤 재밌거든요."

근거도 없이 걱정하지 말라는 얘기를 하는 그가 조금 이상하다고 생각했지만, 이내 그의 미소에 모든 생각이 지워졌다. 그의 말처럼, 오늘 하루는 아무 생각 없이 운동회를 즐기는 데 집중해야 할 것 같았다.

여러 가지의 게임을 한 후 점심을 먹기 전, 은안과 온유는 편의점으로 왔다. 두 사람은 음료수와 커피, 그리고 과자 몇 봉지를 바구니에 담았다. 초콜릿 과자 하나를 쥔 온유가 반짝이는 눈으로 은안을 올려다봤다.

"엄마, 이것도 먹어도 돼요?"

"그럼!"

은안이 고개를 끄덕이며 땀에 젖은 아이의 머리를 쓸어 넘겨주었다. 그때, 편의점으로 들어온 한 아이가 온유를 부르며 달려왔다.

"어? 남온유!"

"하준아!"

온유가 반갑게 인사를 건네자, 은안은 같은 반 친구구나 하면서 두 아이를 예쁘게 바라보았다. 하지만 그 웃음도 잠시, 온유의 앞에 선 아이가 입을 열었다.

"뭐야? 너 가짜 엄마 데려온 거야? 너 원래 엄마 없잖아!"

독한 말이 필터를 거치지 않고 온유를 향했다. 때때로, 말은 빛보다 빨랐으며, 물보다 흩어짐의 속도가 더해 주워 담을 수 없었다.

저 아이가 추후에 사과를 한다고 해도, 온유가 이 순간 받은 상처는 영원할 것이다. 놀란 은안이 온유를 살폈다.

아이의 눈빛이 형언할 수 없는 감정으로 섞여 촉촉이 젖어 갔다. 결국, 아슬아슬하게 맺혀 있던 울음이 한 번 터지자 주체가 되지 않았다.

"흑흑. 아니야, 우리 엄마야! 진짜 엄마야!"

"거짓말! 너 엄마 없다고 선생님들이 말하는 거 들어써!"

앞의 아이는 5살이라고는 생각할 수 없을 만큼 또렷하게 말했다. 온유의 마음에 박힐 가시를 생각하니, 은안의 심장이 아려왔다. 금세 얼굴이 딱딱하게 굳어버린 은안이 아이를 내려다보며 엄하게 말했다.

"하준아? 친구한테 그렇게 말하면 안 돼."

"왜요? 이건 사실이잖아요. 우리 엄마가 사실을 말하는 건 중요하다고 해써요!"

"사실이라는 무기로 사람의 아픈 곳을 찌르는 거, 아주 못된 짓이야."

더욱더 굳어지는 은안의 표정에서 무서움을 느낀 건지, 아이는 점점 더 움츠러들었다. 그리고 그 순간, 편의점의 문이 열렸다.

"당신 뭐예요!"

아이와 똑 닮은 엄마가 들어왔다.

"당신이 뭐데 내 아들한테 훈계질이냐고!"

다짜고짜 삿대질하는 상대방 덕분에, 참고 참았던 은안의 분노가 터졌다.

방금 전 무례함은 그나마 아이여서 참았던 것일 뿐.

"저기요."

어른에게까지 이 무례함을 참아줄 이유는 없었다. 은안이 강하게 눈을 뜨고 목소리를 낮게 깔았는데도 상대방은 큰소리를 냈다.

"사과해요! 내 아들한테 사과하라고!"

"사과는 그쪽이랑 그쪽 아들이 하셔야죠."

그 순간, 눈빛을 바꾼 은안이 낮은 목소리로 읊조렸다.

"내 아들한테."

은안도 지지 않고 맞받아쳤다.

"그쪽 아들이 우리 아들한테 엄마가 없니 뭐니."

은안의 날카로운 눈매가 온유 옆의 아이를 향했다.

"아주 무례하게 굴었어요."

제 아들이 그런 말을 했을 것이라고는 상상도 하지 못한 것인지 여자의 얼굴이 굳어졌다. 은안이 여자의 앞으로 성큼 다가서서 귓속말을 속삭였다.

"자식 교육 똑바로 시키세요."

또박또박 한마디 한마디를 속삭인 은안이 뒤로 물러나 다시 온유의 손을 잡았다.

고사리 같은 아이의 손을 부드럽게 움켜쥔 은안이 가벼운 발걸음을 움직였다. 발걸음을 떼던 은안이 순간 우두커니 멈췄다. 그리고 뒤를 돌아 굳어 있는 아이에게 말했다.

"하준아, 아줌마 온유 진짜 엄마 맞아."

"……."

"아줌마가 바빠서 그동안 온유 옆에 못 있어 준 거야."

은안은 뒷일은 생각지 않고 제가 온유의 엄마라고 확실히 못 박아버렸다. 평생 책임이라도 질 것처럼. 하지만 지금 이 순간, 현실적인 상황은 고려 대상이 아니었다.

누군가는 그렇게 말한다. 거짓말의 색은 선의와 악의가 없이 모두 검은색이라고. 하지만, 은안은 그렇지 않다고 믿었다. 그 순간, 제 입에 담긴 그 거짓말은 그 어떤 진실보다도 순백색이었으니까.

그리고 그 백색의 거짓말로 인해 은안을 보는 아이의 눈빛은 5년의 인생 중 가장 반짝반짝 빛이 났다.

"가자, 온유야."

은안은 온유의 손을 잡고 계산을 한 뒤 편의점 밖으로 나왔다. 잠시 후, 유치원으로 돌아가던 온유가 은안에게 물었다.

"근데, 엄마……. 진짜 온유 엄마 맞죠?"

아이의 질문에 은안의 동공이 세차게 흔들렸다. 아마, 친구의 '가짜 엄마'라는 말이 아이 마음속의 불안감을 건드린 것 같았다.

갑자기 나타난 엄마니, 갑자기 사라질 수도 있다고 생각하는 걸까.

편의점에서 나와 몇 발자국을 나아갔던 은안이 걸음을 멈추고 쪼그려 앉아 온유의 눈을 바라봤다. 온유가 울먹이는 목소리로 입을 열었다.

"성생님드리 하는 말 드러써요. 온유는 엄마가 없눈 거라고."

"온유야……."

"그은데."

아이의 호수같이 맑고 큰 눈이, 은안을 향했다.

"이제 이러케 왔자나여, 엄마가."

온유의 말에, 은안은 숨이 막혔다.

엄마를 기다리던 아이의 감정을 감히 가늠조차 할 수가 없었다. 억지로 용을 쓰지 않으면 눈물이 터질 듯 아슬아슬한 감정이 이어졌다.

너무나 굳게 저를 진짜 엄마로 믿고 있는 아이에게 언젠가는 제가 진짜가 아니라고 말해야 할 텐데, 그때 온유의 얼굴을 어떻게 봐야 할지 벌써 막막한 기분이 들었다.

하지만 지금은 아이가 상처를 받을까 봐 진실을 말할 수도 없었다. 그렇게 거짓말도 진실도 말하지 못한 은안이 아무 말 없이 온유를 꼭 안아주었다. 그저 제 품이 조금이나마 아이에게 안정을 주길 바라며 은안은 아이를 안은 팔에 더 힘을 주었다.

편의점에 다녀온 후, 은안과 온유는 맞잡은 두 손을 꼭 잡고 놓지 않았다. 재하는 어쩐지 편의점을 다녀오기 전보다 두 사람이 더 친해진 것 같다고 생각했다. 두 사람을 보며 웃던 재하가 집에서 싸 온 도시락을 꺼냈다.

"혹시나 해서 넉넉하게 싸 왔는데, 은안 씨가 와서 다행이네요."

익숙한 손길로 도시락을 여는 그의 모습에 놀라워하던 은안은 그 속의 내용물을 보고서는 입을 다물지 못했다.

"이걸…… 다 재하 씨가 싼 거라고요?"

가지런한 김밥과 정갈한 모양의 샌드위치, 거기에 크래미가 잔뜩 올라간 유부초밥까지. 음식들이 아름다운 자태를 뽐내고 있었다.

"네, 제가 쌌어요."

"아니, 이걸 언제……."

"아이를 키우려니까, 요리를 배우지 않고는 안 되더라고요."

"아."

재하의 한 마디에, 은안은 그가 짊어졌을 무거운 무게를 느꼈다. 아빠로서 엄마의 역할까지 해야 했을 그 무게를.

"온유한테 미안한 게 많아요, 제가."

씁쓸한 미소를 머금은 재하의 얼굴을 본 은안은 순간적으로 그를 안아주고 싶다고 생각했다. 그리고 이렇게 아이를 똑

소리 나게 키운 그에게 정말 수고했다고 말해주고 싶었다.

"엄마, 아빠. 언제 먹어요?"

서로를 바라보던 묘한 시선을 떼지 않던 두 사람이 온유의 말에 빠르게 고개를 돌렸다.

"아, 아 먹어야지! 먹자!"

은안이 웃으며 급히 젓가락을 집어 들어 온유의 입에 김밥을 넣어주었다. 오물오물 햄스터처럼 볼을 부풀리며 김밥을 씹는 아이의 모습에 은안이 미소를 지었다. 그때, 미소를 머금은 은안의 앞으로 유부초밥 하나가 들이밀어졌다.

"먹어요, 그래도 맛이 없진 않을 테니까."

"아. 제가 먹을게요."

"지금, 손 거두기 되게 민망한 타이밍인데."

그의 장난스러운 말에, 결국 은안이 입을 작게 벌렸다. 곧 새콤달콤한 유부와 마요네즈에 버무려져 부드러운 크래미가 입 안으로 들어왔다. 유부초밥을 씹자 탱탱한 밥알들이 입 안에서 헤엄쳤다. 맛을 본 은안의 눈이 동그랗게 커졌다.

"맛있어요!"

그것을 본 온유가 뿌듯하다는 듯 의기양양하게 물었다.

"우리 아빠 음식 맛이가 있죠?"

온유는 재하가 만든 음식이 아니고서는 입에 잘 대지 않았다. 이유식부터 첫 식사까지. 무엇하나 허투루 준비한 게 없었다. 그는 온유가 먹는 거라면 하나하나 정성을 다해 만들었다.

은안이 임신을 했을 때 '최고의 아빠가 되려면 요리를 잘해야 하지 않을까?'라고 의문하듯 던졌던 다짐을 그는 완벽히도 이루어냈다. 재하는 은안이 돌아올 때까지, 아이를 잘 키우겠다고 매일매일 다짐했었다.

그래서 그녀가 돌아오는 순간이 온다면, 자랑스레 말하고 싶었다. 그래도 제가 이만큼 온유를 키워냈고, 우리 아들이 이렇게 잘 자라줬다고. 기억을 찾지 못한 채로 보여주게 될 줄은 꿈에도 몰랐지만.

"진짜 맛있다. 그치 온유야?"

"마시써요!"

재하는 제가 만든 음식을 아주 잘 먹는 은안과 온유를 바라보기만 해도 배가 불렀다. 그리고 행복했다. 감히 인생을 살면서 가장 행복한 순간이라고 할 수 있을 만큼.

점심을 먹고는 줄다리기와 박 터트리기 등의 게임이 진행됐다. 온유는 은안의 손을 잡고 이리저리 돌아다니며 게임에 참여했다. 엄마와 아빠를 양옆에 낀 아이의 얼굴에는 티 없는 맑음이 서려 있었다.

1시간 후, 대부분의 행사 순서가 끝난 뒤 자리를 정리하던 세 사람에게로 한 남자가 다가왔다.

"사진 찍어드릴까요?"

유치원이나 초등학교 행사에 오는 출장 사진 기사였다.

"한 장에 만 원입니다!"

인상이 좋은 백발의 사진 기사는 허허, 하고 너털웃음을 흘리며 말했다. 오늘 하루 은안에게 신세 진 것이 많은 재하가 망설이자, 그녀가 대답했다.

"찍어주세요."

"아이고, 사모님이 뭘 좀 아시네! 사진밖에 남는 게 없어요!"

"예쁘게 찍어주세요!"

"그럼, 내가 경력이 50년이야! 그리고 이렇게 예쁜 가족은 거의 없었어요. 잘 나올 테니 포즈 잡아봐요."

영업성 멘트인지, 아니면 진심인지 모를 기분 좋은 말에 은안과 재하가 웃음을 지었다. 왼쪽에 은안이, 그리고 오른쪽에 재하가, 그리고 그 중간에 온유가 앉았다.

"우와! 아빠 이거 액자 해서 오뉴 방에 거러줘!"

은안과 사진을 찍는다는 게 신나는 건지 온유는 유독 은안의 쪽으로 달라붙었다. 뷰파인더로 가족을 보던 사진 기사는 크흠, 소리를 내며 뭔가가 마음에 들지 않는다는 듯 고개를 들었다.

"저기, 두 분 싸우셨어? 왜 그렇게 멀찍이 떨어져 있어요? 아이를 앞쪽 중간에 두고 두 분이 붙어주세요!"

셋이 찍는 사진이 처음이라 어떻게 포즈를 취해야 할지 고민하던 중이었는데, 졸지에 두 사람은 싸운 부부가 되어버렸다. 은안이 재하의 팔을 들어 제 어깨 위로 살짝 올렸다.

그녀의 돌발 행동에 재하가 고개를 돌렸다. 은안이 어깨 쪽을 눈짓하며 조용히 속삭였다.

"어깨, 감싸요. 사이좋아 보이게."

은안의 신호를 받은 재하가 길고 탄탄한 팔로 은안의 어깨를 깊게 감쌌다.

중간에 온유를 두고 그의 품에 안기다시피 한 은안은 떨리는 듯 괜히 귀 뒤로 머리를 쓸어 넘겼다.

하지만 마음은 진정되지 않아 은안은 발가락을 오므렸다 펴기를 반복하며 안정을 찾았다. 세 사람이 빈틈없이 딱 붙는 모양새가 되자 사진 기사가 만족스러운 듯 말했다.

"아이고! 이제야 그림이 사네! 좋아요!"

사진 기사는 주름이 가득한 손으로 셔터를 누른 뒤 준비된 인화기로 즉석에서 사진을 뽑아 그들에게 건넸다.

"자, 아이고 잘 나오셨네."

제가 찍었지만 만족스럽다는 듯 사진 기사의 얼굴에 미소가 만연했다. 재하가 값을 지불하자, 사진 기사는 인사와 함께 다른 가족을 향해 떠났다.

은안이 인화된 사진을 빤히 바라봤다. 제게 손을 감고 있는 재하, 그리고 온유의 어깨에 손을 올리고 있는 저. 그리고 저와 그의 허벅지에 자연스레 손을 올리고 있는 온유. ……영락없는 진짜 가족의 모습이었다.

한쪽 가슴에 오므려져 있던 꽃봉오리가 피어나듯, 몽글몽글함이 은안의 마음을 가득 메웠다.

운동회가 끝나고 집으로 돌아가는 길.

“은안 씨, 사무실이 아니라 집으로 가면 되죠?”

재하가 묻자, 은안이 고개를 저었다.

“재하 씨, 그때 한 말 잊었어요? 나 할 말 있다고 그랬잖아요.”

“아.”

은안의 말에, 재하는 서울로 올라갔던 날의 통화가 떠올랐다. 재하가 뒤를 돌아 온유를 확인했다. 피곤했던 건지, 아이는 이미 잠이 들어 있었다. 은안도 뒷좌석으로 시선을 돌려 자는 온유를 확인했다.

“일단, 온유 자니까 재하 씨 집으로 가요. 가서 얘기해요.”

재하는 하는 수 없이 고개를 끄덕였다.

“그럼, 일단 집으로 가죠.”

은안이 할 말이 무엇일지 궁금해하면서도, 재하는 제집으로 가기 위해 차선을 바꿨다. 잠시 후, 멀지 않은 거리에 있는 재하네 아파트에 도착했다. 그리고 그의 집 현관 앞에 선 것은 순식간이었다.

은안이 마른침을 삼켰다. 얘기 좀 하자며 거침없이 말했는데, 막상 집 앞까지 오니 긴장이 되며 심장이 풍선 부풀어 오르듯 빵빵해지는 것 같았다. 하지만 그날 예천에서 마무리 짓지 못한 얘기를 오늘은 꼭 하고 싶었다.

재하가 잠든 온유를 안고 먼저 집 안으로 들어서고, 뒤이어 은안도 조심스레 집 안으로 들어섰다.

불을 켜자 개방감이 좋은 거실이 한눈에 들어왔다. 통유리창 너머로 보이는 오션 뷰 야경은 이곳이 부산이라는 것을 실감케 했다.

"소파에 앉아서 잠시만 기다려요. 온유 눕혀놓고 나올 테니까."

재하의 작은 목소리에, 은안이 고개를 끄덕였다. 그리고 재하가 방으로 들어간 후, 거실을 둘러보던 은안은 거실 TV 옆 장식장으로 발길을 당겼다.

재하와 온유의 사진이 놓여 있는 곳이었다. 이윽고 은안의 시선이 한 사진 앞에서 멈췄다. 이제 막 돌쯤 되어 보이는 아이의 사진에 글씨가 적혀 있었다.

아빠랑 온유 둘만의 하루. 태어나줘서 고마워, 아들.

"귀여워라."

온유와 재하의 옛 모습을 한참이나 바라보던 은안은 다시 소파로 와 앉았다.

온유의 엄마는 도대체 언제 떠난 걸까. 아이가 태어나고 1년이 채 되기 전에 떠난 건가.

과거 사진을 보니, 자연히 그의 아내였다는 사람도, 또 그 안에 얽힌 이야기도 궁금해졌다.

머릿속으로 이런저런 생각을 하면서도, 오랜만의 격한 야외 활동 때문인지 피곤함이 몰려와 느릿하게 눈을 깜빡였다. 그 와중에도 궁금증은 멈추지 않았다.

'솔직하게 물어볼까? 궁금하다고. 아니다, 실례가 되려나?'

"아니야, 묻지 말자. 혹시 아픈 기억이면, 괜히 미안하잖아."

어느새 깜빡이던 눈꺼풀을 아예 닫아버린 은안이 중얼거리며 저도 모르게 잠들어버렸다.

은안이 잠든 지 10분 정도가 흐르고, 그제야 재하가 방문을 열고 나왔다. 그리고 오래 기다렸을 은안에게 사과를 하며 걸어오다 덜컥 걸음을 멈췄다.

"미안해요. 온유가 살짝 깨서 잠투정을 부……."

은안이 소파에 기대어 곤히 잠들어 있었기 때문이었다. 말갛게 잠든 그녀의 얼굴을 보던 재하가 피식, 웃음을 흘렸다. 잠들어 있는 얼굴에 평안이 깃들어 있었다. 만약 기억을 찾는다면 은안이 다시 이런 표정을 지을 수 있을까 걱정됐다.

한참을 멀리서 은안을 바라보던 재하가 조심스레 그녀에게 다가가 상체를 숙였다. 그리고 은안의 얼굴이 가까워진 순간, 재하가 저도 모르게 고해 성사 하듯 입을 열었다. 여러 감정이 잔뜩 실린 목소리가 어쩐지 무겁게 느껴졌다.

"은안아."

꽤 깊게 잠든 건지 은안은 그의 목소리에도 아무런 미동도 하지 않았다. 그 모습에 안심한 재하는 말을 이어나갔다.

"내가, 너한테 용서받을 수 있을까."

"……."

"그런 방법이 있으면, 나한테 알려줄래?"

재하의 말이 끝맺어지자, 속눈썹을 파르르 떨던 은안이 조심스럽게 눈꺼풀을 밀어 올렸다. 눈을 뜬 은안이 터질 것 같은 심장을 겨우 진정시키며 떨리는 목소리로 그에게 반문했다.

"재하 씨가 왜……, 나한테 용서를 빌어요? 대체 왜……."

이미 재하가 방에서 나왔을 때부터 잠에서 깨어나 있었던 은안의 목소리가, 그 어느 때보다 또렷했다.

일부러 자는 척을 하려 했던 건 아니었다. 그저 일어났다고 말할 타이밍을 놓쳤고, 그사이 재하가 제 이름을 다정하게 불렀다. 거기까지는 별문제가 없었다.

하지만 그의 입에서 '용서'라는 단어가 나왔고, 은안은 더는 자는 척을 할 수 없었다. 그렇게 눈을 뜨고 재하의 얼굴을 마주한 순간, 은안은 본능적으로 깨달았다. 그가 말하는 '용서'가 잃어버린 제 과거와 연관이 있을 거라는 걸. 사고 후, 제 과거를 아는 사람들은 가족들뿐이었다.

가족들은 강경한 제 의지 때문에 과거에 대해 말하지 않았고, 찾으라고 강요하지도 않았다. 다만, 진태도 태수도 은진도 이따금씩 그냥 더는 제가 아프지 않았으면 좋겠다고 말했다. 또 어느 날은 술에 취했던 진태가 전화를 해서 이렇게 말했다.

—은안아, 아빠가 미안해. 아빠를 미워한대도, 그건 아빠의 어쩔 수 없는 선택이었어.

지금까지 그렇게나 찾기 싫어하던 기억이었는데, 그의 말 한

마디에 당장이라도 판도라의 상자를 열고 싶어졌다. 그럼 그에게 속절없이 끌리던 이유도 찾을 수 있을 거 같았으니까. 금방이라도 울 것 같이 그렁그렁한 눈을 한 은인이 조심스레 입술을 달싹였다.

"재하 씨, 우리……, 원래 아는 사이였어요?"

은안의 동공이 부옇게 흐려졌다. 그리고 심장의 통증이, 자꾸만 강해지고 있었다.

"말해봐요."

그와 저는 어떤 식으로 연결이 되었던 사이인 걸까? 설마, 내 사고와 연관이 있는 걸까? 머릿속 생각이 깊고 깊은 우주의 심연처럼 끝나지 않고 이어졌다.

그대로 굳어버린 재하는 아무 말도 하지 못한 채 가만히 은안의 얼굴을 바라봤다. 물 흐르듯 나와버린 제 속마음이 이렇게 그녀에게 닿을 줄은 몰랐다.

재하는 제게 초능력이 있다면 시간을 5분만 앞으로 다시 당기고 싶었다. 하지만 그런 게 가능할 리 없었고, 저는 일말의 마음의 준비도 없이 맞닥뜨린 이 상황을 해결해야 했다. 재하가 은안에게로 숙였던 상체를 천천히 들어 올리며 입술을 달싹였다.

"……따라와요. 보여줄 게 있어요."

저는 더 피할 곳이 없었고, 은안의 물음에 답을 해줘야 했다. 재하가 등을 돌려 발걸음을 떼자 은인도 더는 아무 말도 덧붙이지 않고 그를 따라나섰다. 두 사람의 발길이 멈춘 곳은 집의 가장 구석에 위치한 부엌 옆의 방문 앞.

달칵—.

재하가 떨리는 손으로 문고리를 돌렸다. 창문이 없는 방이라, 빛 하나 들어오지 않아 깜깜했다. 재하가 불을 켜기도 전, 어둠에 익숙해진 은안의 눈이 희미한 형체를 인식했다. 그리고 은안은 곧 이 방의 용도가 무엇인지 알게 됐다.

"사진……?"

희미했던 액자들의 실루엣이 은안의 눈 안에서 정확히 자리를 잡았다. 그때, 재하가 형광등 스위치를 눌렀다. 환한 빛이 방 안에 들어차자마자, 실루엣으로 보이던 액자 속 사진이 은안의 눈에 선명히 각인되었다.

그녀는 마치 세찬 파도를 맞은 듯 비틀거리며 사진 앞으로 걸어갔다. 눈으로 보고도 믿을 수 없는 사진이, 방 곳곳에 놓여 있었기 때문에.

"이건……."

커다란 액자 안, 그와 제가 웨딩드레스와 턱시도를 입고 있었다. 그리 행복하지 않은 표정의 두 남녀의 모습에 은안의 입술이 작게 벌어졌다.

그리고 옆으로 눈을 돌리자, 이번엔 스튜디오에서 찍은 것으로 보이는 사진이 커다랗게 자리 잡고 있었다.

웨딩 사진과 달리 환히 웃고 있는 모습이, 그 누구보다 행복해 보였다. 뻣뻣해진 손가락을 들어 올린 은안이 사진 속 여자를 쓰다듬었다.

"……나잖아."

액자 겉면의 유리가 차가워서인지, 아니면 믿을 수 없는 상황에 놓여서인지는 모르겠지만 온몸의 솜털이 쭈뼛하게 곤두섰다.

—엄마!

저를 부르던 온유의 목소리가 은안의 귓전을 뜨겁게 울렸다. 눈물 한 방울이 톡 하고 떨어지며 재하와 온유를 만난 뒤의 모든 상황이 주마등처럼 스쳐 지나갔다.

재하와 처음 만났던 응급실에서 그에게 안기듯 부딪쳤을 때 심장이 조여왔던 일, 예전의 민박집에 갔을 때 기억이 떠오를 듯하면서 머리가 아프던 일.

생각해보니, 그에게서 과거의 조각이 하나씩 나올 때마다 이미 본능은 신호를 보내고 있었다. 그가 제가 사랑했던 사람이라고. 네가 머리로는 잊어도 마음으로는 잊지 못한 사람이라고. 그에게 강하게 끌렸던 제 모습에, 은안이 허탈한 미소를 뱉었다.

온유가 확신하듯 저를 '엄마'라 부른 것도 이상했다. 처음 온유를 만났을 때, 엄마에 대한 갈증으로 아이가 비슷한 나이대의 저를 '엄마'라고 불렀다고 생각했다. 그래서 대수롭지 않게 여겼었다. 게다가 사진 속 과거의 저와 현재의 저는 서로 다른 사람인 것처럼 상이한 분위기를 풍겼다. 그랬기에 온유가 자신을 보자마자 엄마임을 알아챘을 거라고는 생각지도 못했다.

하지만 부모가 자식에게 자성을 느끼듯 자식도 부모에게 강한 끌림을 느끼기 마련이었다. 온유는 내내 제 사진을 보며 자라왔고, 엄마의 사진을 끊임없이 보던 다섯 살 아이의 눈은 그 어떤 어른의 눈보다 정확했다. 혼란스러운 눈을 한 은안이 혼잣말을 읊조렸다.

"내가, 진짜 온유 엄마야……."

모든 퍼즐 조각이 머리에 끼워 맞춰진 은안의 얼굴이 잔뜩 일그러졌다.

그리고 섬광처럼 스쳐가던 기억이 얼룩덜룩하게 번져 은안의 머리를 가득 채웠다. 곧 교통사고 이후 처음 느껴보는 종류의 통증이 머리를 강타했다.

"아아악!"

은안은 고통에 비명을 질렀다.

"은안아!"

재하가 고통에 몸서리치는 그녀를 안았다. 깨질 듯 아픈 머릿속에서 많은 기억들이 뒤엉켰다. 쓰라린 감각들이 은안의 온몸 구석구석을 지배했다.

"하아, 하아."

목을 비트는 듯한 고통이 찾아오자, 은안이 거칠게 숨을 내쉬었다. 어쩌면 목을 비트는 것은 점점 올라오는 기억들일지도 몰랐다.

거친 통증이 몇 번이고 그녀의 온몸을 휩쓸기를 몇 번. 기억하지 않으려 아등바등하던 세월이 허무할 정도로, 순식간에 모조리 기억나버렸다. 그를 사랑하게 된 순간부터 차에 부딪치기 직전 아이만큼은 살려달라고 빌던 그 순간까지.

제게 드리워지는 차의 헤드라이트를 마주하고 배를 감싸면서 아이를 지키려고 할 때, 억지로 붙잡고 있던 그에 대한 믿음이 단번에 무너졌었던 것 같다.

왜 지금 당신은 내 옆에 없는 거냐고, 우리 찰떡이는 어떻게 하냐고 그를 원망했다. 은안은 밀려오는 당시의 기억에, 심장이 타는 것만 같았다.

"하아."

툭, 툭, 툭.

은안은 차마 소리도 내지 못한 채 입을 틀어막고 굵은 눈물을 흘렸다.

오늘에서야 알았다. 너무 고통스러운 슬픔에는 오히려 울음소리가 나오지 않는다는 걸. 은안이 주먹을 쥐고 재하의 가슴팍을 강하게 밀어내 그의 품 안에서 빠져나왔다.

잊고 살았던 4년의 시간이 무색하게, 기억들이 순식간에 제자리를 찾았다. 머리로는 이해했다. 당시, 괴로워하는 저를 보던 가족들이 이 모든 사실을 숨기고 저를 부산으로 보내 그에게서 숨겨버린 걸.

모든 게 겁이 나 기억을 찾지 않겠다고 우겨댔던 건 저였다. 무서운 악몽들이 찾아올 때마다 머리를 쥐어뜯고 손에 잡히는 물건들을 모조리 집어 던진 것도 저였다.

은진과 태수가 때때로 기억을 찾지 않아도 되겠냐는 말을 했을 때 기억 따위 찾기 싫다며, 치를 떨던 것도 자신이었다. 그럼에도, 모든 상황이 야속하게 느껴지기만 했다.

제가 배 속에 있던 온유를 그렇게 아꼈던 걸 알면서도, 아무것도 말해 주지 않은 모두에게 속은 기분이 들어 원망스러웠다.

"어떻게 그럴 수가 있어. 흐흑. 어떻게! 그래도 말해줬어야지!"

제 의지와 상관없이 마음대로 날뛰는 원망의 마음까진 어쩌지 못했다. 심장의 모든 면을 누군가 바늘로 콕콕 찌르기라도 하는 것처럼 따끔거렸다.

그를 많이 사랑했었던 마음. 그리고 그 마음이 완전히 부서졌던 당시의 통증. 마지막으로 제 아이 곁을 지키지 못했다는 죄책감이 온몸을 감쌌다.

배신감, 미안함, 분노, 허탈함.

모든 게 어수선하게 섞여 은안의 세상을 어지럽혔다. 은안이 낮게 깔았던 시선을 들어 그와 눈을 맞추며 떨리는 입을 열었다.

"왜, 바로 말하지 않았어요. 왜!"

은안의 뺨에 눈물이 쉼 없이 흘렀다. 재하가 그런 그녀의 눈물을 닦아주려다 멈칫했다. 차마 그녀에게 닿을 수 없었다.

그녀를 다치게 한 것도. 그녀에게 믿음을 주지 못한 것도. 어쩌면, 온유를 잊었던 시간을 아파할 그녀를 알면서도 먼저 찾지 못한 것도. 그녀가 아파하는 이유가 그 무엇이건…… 그건 제 탓이었으니.

그때, 은안이 천천히 입술을 달싹였다. 닦아내지 못한 눈물들이 그녀의 뺨을 흥건히 적셨다.

"어떻게, 이래요."

가련히 떨리는 그녀의 목소리에 재하의 눈시울이 뜨거워졌다.

"어떻게, 어떻게!"

은안이 같은 말을 반복하며 제 가슴을 퍽퍽, 내리쳤다. 마음 같아서는 제 온몸을 부숴버리고 싶었다.

저를 '엄마'라고 부를 때, 햇살을 받은 호수처럼 반짝이던 아이의 눈동자가 떠올랐다.

"어떻게…… 우리 찰떡이를, 내가……."

퍽, 퍽.

"왜, 왜 못 알아본 거야! 왜!"

처음엔 밖으로 향하던 원망의 화살이, 지금은 스스로에게로 향했다. 아무리 기억을 잃었다지만 제 아이를 한눈에 알아보지 못한 죄책감에, 은안이 다시 가슴을 쳤다.

스스로를 벼랑 끝으로 몰고 가는 은안을 보다 못한 재하가 가슴을 치던 그녀의 손을 낚아챘다.

"차라리 날 때려. 날 원망하고, 날 미워해."

헝클어진 머리카락 사이로 드러난 그녀의 물기 어린 붉은 눈망울이 그를 향했다.

"당신 마음에 있는 미운 감정 한 톨까지도, 다 나한테만 쏟아내."

그에게 손목을 잡힌 은안이 잠시 울음을 멈추고 바르르 떨었다. 그러고는 재하에게 조금 전보다 더욱 강한 눈빛을 쏘았다.

"……난 당신도, 나도 절대 용서 못 해요."

그녀의 말에 재하의 눈빛이 혼돈으로 일렁였다. 그녀가 저를 용서하지 않는 이 장면. 수만 번도 더 시뮬레이션해본 상황이었지만 현실과 상상의 괴리는 꽤 컸다.

그렇게 상상을 하고 마음의 준비를 했건만, 막상 그녀의 입에서 나온 말을 온전히 받아 들이는 건.

……너무나도 아팠다.

애증으로 맞물린 그들의 시선이 강하게 맞붙었다. 사랑과 증오. 눈빛에서 흐른 두 사람의 각각의 감정이 공중에서 싸우듯 타들어갔다.

하지만 두 감정 모두 만만치 않게 뜨거워 승패는 쉬이 나지 않았고, 결국 은안이 먼저 시선을 아래로 내리깔았다. 그리고는 눈물을 꾹꾹 닦아내며 허탈한 표정으로 말했다.

"내가 오늘 당신한테 하려고 했던 말이, 뭔 줄 알아요?"

눈물을 닦아낸 얼굴에, 다시 서러움이 왈칵 번졌다.

"난 당신을 좋아하고 있다고. 당신도 같은 마음 맞냐고."

그리고 그 서러움은 곧 원통함으로 변했다.

"예천에서 당신이 나한테 입 맞추려고 했을 때, 내 심장이 터질 것 같았다고. 그리고 진짜 온유 엄마가 되어줄 수 있을 거 같았다고."

은안은 바보가 된 기분이었다.

“하, 그렇게 말하려고 했는데…….”

그렇게 아파서 기억을 덮어놓은 주제에, 또 속절없이 그에게 미칠 듯 반응했던 스스로가 너무 싫었다.

“기억을 잃고도 다시 당신한테 설레 하는 날 보면서 얼마나 우스웠어요?”

은안이 힘없이 스르륵 주저앉았다.

“언제까지, 아무 말도 안 하고 날 바보로 만들 셈이었어요?”

참을 수 없는 통증이 독처럼 전신으로 퍼져나갔다. 분명 지금까지는 온유를 혼자 키운 그가 안쓰럽다고 생각했었다. 지금도 마음 한편에 그 감정이 고스란히 남아 있었다.

하지만 기억이 돌아오고 감춰졌던 제 상처를 마주하자, 그런 것들은 한 칸 뒤로 밀려났다. 지금은 재하에 대한 원망이 더 클 뿐이었다.

쏟아지는 은안의 원망에, 애처로운 표정을 한 재하가 꿇어앉아 그녀와 눈을 맞추고 겨우 입을 열었다.

“당신이 우습다고 생각한 적 단 한 번도 없어.”

귀하고 또 귀한 그녀의 마음을, 어떻게 그런 식으로 치부할 수 있었을까.

“다, 내 잘못이야. 4년 전의 일들도, 지금 일들도 일부러 속인 건 아니야. 정말.”

그저, 당신이 조금 덜 아프게 기억을 찾았으면 해서 다짜고짜 말하지 못했다고. 서서히 기억이 돌아오면 조금 나을까 싶어서, 다시 당신한테 차근차근 다가가고 싶었다고…….

하지만 수많은 변명은 세상 밖으로 나오지 못했다.

"거짓말."

증오로 사무친 감정이, 은안의 눈빛에서 일렁였다. 덧없이 흘렀던 시간들을 잊은 듯, 그들은 4년 전 그때로 돌아왔다. 미워할 수밖에 없었고, 미안해할 수밖에 없었던 그때로.

그때, 팽팽한 분위기 사이로 온유의 목소리가 뚫고 들어왔다.

"아빠…… 엄마……?"

온유가 눈을 비비며 방 안으로 걸어 들어왔다. 그때, 은안이 온유를 와락 안았다.

"찰떡아!"

자그마한 아이를 다시 안은 은안의 눈에서 눈물이 다시 흐르기 시작했다. 격렬한 포옹에, 아이가 의문 가득한 얼굴로 눈을 끔뻑이며 물었다.

"엄마, 왜 그래여?"

물음표가 가득한 표정을 한 온유에게 재하는 은안이 우는 이유를 설명했다.

"……온유야, 엄마가 슬픈 일이 있었대."

"엄마, 우르지 마요!"

은안을 위로하듯 등을 토닥이는 아이의 모습에 재하가 천천히 눈을 감았다 떴다.

이미 은안을 엄마로 알고 있지만, 온유에게 한 번 더 확실히 말할 필요가 있었다. 엄마는 이제 진짜 온유의 곁으로 돌아왔다고. 엄마를 기다린 4년, 아이에게는 마침표가 필요했다.

눈에서는 금방이라도 눈물이 흐를 듯 애처로웠지만, 재하는 온 힘을 다해 입매를 끌어올렸다.

"온유야."

"응?"

"아빠가 했던 말 기억해?"

은안의 품에서 살짝 빠져나와 그와 눈을 맞춘 온유가 천천히 고개를 끄덕였다.

"엄마가 언젠가는 돌아올 거라고. 우리 온유는 엄마가 없는 게 아니라고 했던 거."

아이가 다시 고개를 끄덕였다.

온유에게서 시선을 뗀 재하가 은안에게로 그 시선을 옮겼다. 말은 하지 않았지만, 텔레파시라도 통한 듯 은안은 그의 의중을 읽어냈다. 아이에게 돌아왔다고, 이젠 다시 떠나지 않을 거라고 말할 타이밍이었다.

은안이 고개를 끄덕이며 온유에게 말했다.

"이제, 엄마는 온유를 절대 떠나지 않을 거야."

은연중에 확신을 가지지 못한 불안감이 해소가 된 건지, 온유가 반색하며 물었다.

"엄마, 진짜 아무 데도 안 가요?"

은안은 투명한 액체가 넘실대는 눈으로 온유를 오롯이 바라보았다.

"흑. 응, 절대 안 가. 엄마가 어딜 가, 널 두고."

은안의 잇새로 울음이 터져 나오자, 온유가 그녀의 품에 안겼다.

"우르지 마요……."

아이의 고사리손이 홍건한 그녀의 뺨을 스쳤다.

"엄마……."

재하는 온유에게 늘 '엄마는 언젠간 돌아올 거야.'라는 말을 했다. 하지만, 온유는 작년 크리스마스 이후로 제 아빠의 거짓말을 믿지 않기로 했다. 어린이날에도, 제 생일에도, 그리고 크리스마스에도 엄마를 달라는 소원을 빌었지만 아무도 들어주지 않았으니까.

하지만 늘 산타 할아버지께 빌었던 '엄마를 돌려주세요.'라는 소원은 결국 이루어졌다. 눈발이 흩날리는 겨울이 아닌, 유채꽃이 필 때쯤의 뒤늦은 봄에.

온유는 엄마가 왜 뒤늦게 나타났는지, 또 왜 이렇게 우는 건지 아무것도 묻지 않았다. 그저 산타 할아버지가 뒤늦게 제 소원을 들어줬다고 생각했다. 선물에 의문을 가지는 아이는 이 세상에 없을 테니까. 온유도 평범한 아이들처럼 그저 지금 이 상황, 이 선물에 감사할 뿐이었다.

"찰떡아…… 아니, 온유야."

자꾸만 주체되지 않는 감정들이 한 번에 터져 나왔다. 지난 4년간, 기억과 함께 묻어뒀던 감정들은 이미 은안이 감당할 수 없을 만큼 불어나 있었다.

은안이 사과와 함께 다시 온유를 끌어안자, 아이의 체온이 고스란히 그녀에게로 전해졌다.

"엄마가 미안해. 너무 늦게 와서 미안해."

4년 전에 이렇게 널 안았어야 했는데.

네 눈을 바라보고 사랑한다고, 엄마가 지켜주겠다고 말했어야 했는데. 미안해, 우리 아가.

은안은 그렇게 한참이나 온유를 안은 채 놓아주지 않았다. 그리고 온유도 말없이 은안의 등을 꼭 안아줄 뿐이었다. 진정한 재회의 순간이었다.

온유와 은안은 자연스레 침실로 같이 들어갔다. 서로를 그리워한 만큼 둘만의 시간이 필요해서였다. 그렇게 재하는 홀로 거실에 남았다. 소파에 앉아 있던 재하가 한숨과 함께 머리를 거칠게 헝클어트렸다.

"하아."

목 끝에서 신물이 올라오는 것 같았다. 모든 게 예상처럼 되지 않듯이, 은안이 기억을 찾는 순간도 그랬다. 너무나 갑작스러웠고, 준비되지 않은 채 모든 게 일어났다.

온유를 보며 미안해하는 은안에게도, 엄마를 찾고 너무나 좋아하는 온유에게도 미안한 마음뿐이었다.

찰칵—.

그때, 온유의 방에서 나온 은안이 성큼 그의 앞에 섰다. 조금 전까지 가득했던 눈물은 어느새 멎어 있었다. 하지만 여전히 원망이 그득한 눈이었다.

은안의 원망이 마치 따끔한 가시처럼 재하에게 콕콕 박혔다. 재하가 소파에서 일어나 그녀의 앞에 섰다.

"미안해……. 은안아."

"미안하다는 말이 다 무슨 소용이에요. 시간을 되돌릴 수도 없는데."

은안이 고개를 떨어트리며, 읊조리듯 말했다.

"그래도…… 날 찾았어야지. 어떻게 해서든 찾았어야지! 지구 반대편에 있더라도, 찾아냈어야지."

"……."

"그리고 말해줬어야지. 온유가 태어났다고. 그러니까, 아프고 힘들어도 모든 기억을 찾아야 한다고."

온몸에 힘이 빠진 듯한 그녀를 보자, 재하는 차라리 조금 전처럼 은안이 저를 때리기라도 하면 좋겠다고 생각했다. 그렇게 해서라도 은안의 울분이 0.01%라도 풀린다면 밤새도록, 아니 평생이라도 맞아줄 수 있었다.

하지만 은안도, 재하도 알았다. 그깟 주먹 따위는 마음을 풀어낼 수도, 시간을 돌릴 수도 없다는 걸. 애석하게도, 후회되는 지난 시간을 되돌릴 방법은 이 세상에 존재하지 않았다.

결국 다리에 힘이 풀린 은안이 바닥으로 힘없이 주저앉으며 말했다.

"당신을 믿었던 모든 시간들이 너무 후회돼."

은안의 원망 어린 눈빛이 재하의 얼굴에 닿았다. 변명이라도 한 법했는데, 그는 그러지 못했다.

"그날, 그렇게 갔으면 안 됐어, 당신은."

무슨 이유건, 그날 그녀를 혼자 두고 간 것은 명백한 제 잘못이었으니.

chapter 22

우리는 딱 거기까지

재하에게 감정을 쏟아낸 은안의 머릿속에 가장 먼저 생각난 건 진태였다. 저를 꼭꼭 숨겼던 제 아빠에게 묻고 싶었다. 정말 이게 최선이었냐고. 아무리 제가 괴로워하고 원하지 않았다 한들, 기억을 찾아주지 않는 게 맞았던 거냐고.

그렇게 은안은 첫 KTX를 타고 올라와 곧장 분당 집으로 향했다. 두 사람은 그렇게 서로의 얼굴을 마주 보고 앉았다.

전화로 모든 이야기를 전해 들은 진태는 헝클어진 은안의 얼굴을 응시할 뿐, 아무런 말도 하지 않았다. 올라오는 기차 안에서도 얼마나 운 건지, 은안의 두 눈이 퉁퉁 부어 있었다. 하지만 눈빛만큼은 단단하게 굳어 있었다.

파도처럼 밀려든 4년 전의 기억들이 몸을 덮쳤지만, 무너질 수 없었다. 아니, 무너지면 안 됐다. 이제야 기억을 찾고 온유를 찾았으니까, 최고로 강한 엄마가 되어야 했다. 긴 정적을 깨고, 은안이 말라버린 입술을 조심스레 뗐다.

"아빠, 왜 숨긴 거예요? 제 기억들."

은안의 물음에 진태의 뒷목이 긴장으로 뻐근해졌다. 여러 감정이 섞인 덩어리가 진태의 심장을, 그리고 온몸을 눌렀다. 하지만, 이내 표정을 숨겼다. 기억을 찾아주지 않겠다고 마음을 먹었을 때, 제 딸에게 악당이 되어도 좋다고 생각했었다.

하지만 원망 어린 딸의 얼굴을 마주하니, 미안함과 걱정 그리고 죄책감이 들어찼다.

그러나 진태는 최대한 담담하게 운을 뗐다.

“네 아이가 세상의 빛을 본 날. 내 딸은, 끝이 어딘지도 모르는 어둠 속에 빠졌어.”

진태의 차분한 목소리에, 내내 단단하던 은안의 눈빛이 잔잔한 호수의 물결처럼 흔들리기 시작했다.

“내 딸은 며칠이나 잠에서 깨어나지 못하고 그 어둠 속에서 누워 있었어.”

그날을 떠올리는 것만으로도 고통스럽다는 듯 진태의 이맛살이 깊게 패였다.

“그리고 일어났을 땐. 내 딸이 모든 기억을 지웠더구나. 얼마나 고통스러웠으면…….”

기억을 지웠더구나.

이 말에, 은안의 미간이 좁혀졌다. 얼핏, 표정에 원망의 감정이 섞여 있는 것도 같았다.

하지만 은안의 원망은 제 아빠를 향한 것이 아니었다. 제 자신을 향한 것이었다. 아이를 잊었다는 사실을 되새길 때마다 스스로에게 원망이 솟구쳤다. 아무리 재하가 미웠다지만, 그래서 그에 대한 기억을 지웠다지만, 온유는 잊으면 안 되는 것이었다.

어느새 은안의 두 뺨에 눈물이 흘렀다. 어젯밤, 그렇게 눈물을 흘리고 온몸의 수분이 빠져나가는 것만 같았는데 아이를 위한 눈물은 아직도 남아 있었다.

수분이 없다면 온몸의 피라도 다 증발시킬 것처럼 눈물은 끊이질 않았다.

"그래도, 그러면 안 되셨어요. 찰떡이한테 너무 잔인하잖아요……."

울먹임을 머금은 그녀의 목소리에, 진태가 고개를 떨어트렸다. 기억을 찾아주지 않겠다던 그 다짐은, 그에게도 쉽지 않았다.

하지만 재하에 대한 거부로 마음의 문을 닫아버린 제 딸의 마음의 문을 억지로 열 수 없었다.

온갖 방법을 동원해 마음을 긁어대면, 문은 열리겠지만 그 과정에서 그 면면에는 또 상처가 생길 게 분명했으니. 물론 어떤 선택을 한대도 상처였겠지만, 그때는 그게 최선이라 여겼다. 과거를 되짚던 진태의 눈에도 어느새 눈물이 고였다.

4년 전에도 지금도, 진태가 아빠로서 할 수 있는 말은 하나뿐이었다.

"은안아, 미안해, 미안하다."

미안하다고. 아빠가 되어서 널 지키지 못했다고.

하지만 4년 전, 산산조각 나기 직전의 유리 같았던 너에게 억지로 기억을 찾아주면 모든 게 깨져버릴까 봐, 그래서 훗날 네게 원망을 들을 걸 알면서도 기억을 찾아줄 수 없었다고. 변명 어린 말들을 끝내 뱉어내지 못한 진태가 고개를 숙였다.

하지만, 이 말은 꼭 해주고 싶었다. 은안에게 변명으로 들릴지라도.

"그렇지만, 너한테 찰떡이가 소중하고 아픈 것처럼. 이 아빠한텐 네가 그래."

흠뻑 젖은 목소리를 한 진태가 은안의 곁으로 와 앉았다.

"찰떡이한테는 미안하지만 나는…… 손주보다 네가 먼저야. 네가 남 서방 때문에 힘들었던 그 시간들도, 혼란스러워했던 그날의 기억들도 찾지 않길 바랐어."

은안이 고개를 들어 진태를 바라보았다. 오랜만에 본 제 아빠의 얼굴엔 전보다 더 많은 주름이, 전보다 훨씬 더 많이 세어버린 흰머리가 눈에 띄었다. 제 아빠도 이런 엄청난 사실을 숨기고, 마음이 편했을 리가 없었다.

아마 지난 4년은 모두에게 지옥이었을 것이다. 막상 아빠의 얼굴을 마주하고, 저를 위해서 그랬다는 얘기를 들으니 더는 원망할 수가 없었다. 제가 온유를 생각하는 마음이, 아빠가 저를 생각하는 마음과 같은 거라면, 결국엔 아빠를 이해할 수밖에 없었다.

"흑. 아빠."

기억을 찾고 온유를 품에 안았을 때 느꼈다. 저는 이 아이를 위해서 뭐든 할 수 있을 거 같다고. 만약 온유가 이런 상황에 놓였더라면, 저도 부모로서 이런 이기적인 선택을 했을 것이다.

게다가 당시에 온유와 재하의 존재를 억지로 알게 됐다 해도, 지금과 같은 마음으로 받아 들였다고는 장담할 수 없었다. 그때의 저는 세상의 제일 어두운 곳에서 허우적거리고 있었으니까. 은안이 하염없이 눈물을 흘리던 그때, 진태의 물기 어린 진심이 은안을 향했다.

"미안하다, 은안아. 아빠가 너무 이기적이었어. 그냥 내 딸이 더 이상 울지 않았으면 했어."

"……아빠."

은안이 고개를 저으며 진태를 끌어안았다. 많은 말을 하진 않았지만, 이해한다는 듯 제 아빠의 등을 쓸어내렸다. 부모라는 단어가, 완벽을 뜻하진 않았다.

부모도 부모이기 전에 인간일 뿐이니까. 모든 사람은 이면에 이기심을 감추고 산다. 진태처럼 완벽해 보이는 부모일지라도, 이기적으로 변할 수 있었다.

그것이 제 자식을 위하는 길이라면. 때로는 그 이기심이 자식의 마음을 조금 아프게 할지언정, 그 본질에 아이에 대한 사랑이 있다는 건 변하지 않는다. 우리 모두가 서로에게 상처를 주고, 상처를 받고 살아간다. 이 세상에 완벽한 부모도, 완벽한 자식도 없으므로.

제 딸에게 기억을 찾아주지 못해 사과하는 진태도, 온유를 기억하지 못해 죄책감에 휩싸인 은안도. 지금만큼은, 그저 지극히 평범하고 완벽하지 못한 부모이자 자식일 뿐이었다.

진태와 얘기를 끝낸 은안이 곧바로 부산으로 돌아와 재하의 집 앞까지 왔다. 온유에게 떠나지 않을 거라고 약속했으니, 아이가 잠에서 깨어난 뒤 바로 얼굴을 보여주고 싶었다.

완벽한 엄마가 될 수는 없겠지만, 최선을 다하는 엄마라도 되고 싶었다.

그런데 막상 집 앞까지 와서는 현관 앞에서 서성였다. 재하를 어떻게 대해야 할지, 아직 갈피를 잡지 못했기 때문이었다. 제겐 그가 조금 미운 사람일지언정, 아이에게는 최고의 아빠였다. 제가 없던 내내 아이를 혼자 저렇게 잘 키워냈으니까.

그리고 기억을 다시 찾기 전, 그에게 설레던 순간들이 너무나 선연했다. 기억을 잃고도, 그에게 반응하던 제 본능이 참 싫었다.

"후우."

은안이 한숨을 쉬며 애써 구석구석 새겨져 있던 그에게 설레던 감정들을 털어냈다. 그러고는 혼잣말을 읊조렸다.

"그냥, 엄마 아빠로만. 그렇게 지내자고 말하자."

은안의 혼잣말이 끝맺어진 순간, 굳게 닫혀 있던 현관문이 열리며 재하가 모습을 드러냈다. 그는 애처롭지만 단호한 목소리로 말했다.

"난, 당신이랑 온유 엄마 아빠만 할 생각 없어."

내내 현관에서 그녀를 기다리던 그는 기척을 인지하자마자

문 앞으로 바짝 붙어 섰고, 은안의 목소리에 벌컥 문을 열었다. 저는 엄마 아빠로만 지내자는 말에 동의할 생각이 없었으니까. 재하의 선언에 은안의 눈이 가늘게 떨렸다.

하지만 이내 평정을 되찾았다. 제 아빠에게 4년 전에 관한 일은 전부 들었다. 결국 그가 저를 두고 간 것도, 제가 순간적으로 혼란스러워 한 것도 모두 오해일 뿐이었다. 하지만, 아직 풀리지 않은 정체불명의 감정 덩어리가 마음 곳곳에 남아 있었다.

자르려 해도 자를 수 없고, 붙이려 해도 붙일 수 없는 게 사람 마음이었기에. 은안이 조심스레 입을 뗐다.

"4년 전 그때는, 순간적으로 내가 당신을 믿지 못했어요."

4년 전, 하유라의 덫에 걸려 허우적거리던 그때, 사실 제가 정말 묻고 싶었던 건 상황에 관한 얘기들이 아니었다.

"그날 병원을 나서면서 생각했어요. 정말 내 손에 쥐어진 이혼 서류가 오해일까? 오해이면 다행이지만, 그렇지 않은 거면 나랑 찰떡이는 어떻게 해야 하는 걸까 하고."

"……."

"그리고 우습게도 마지막에는 당신이 정말 날 사랑하긴 한 걸까, 라는 생각이 들었어요."

만약 사고가 나지 않고 그를 마주했다면 은안이 물었을 질문은, '이 이혼 서류가 진짜예요?'라는 말이 아닌, '날 정말 사랑해요?'였을 것이다.

"차에 치여서 정신을 잃기 직전에 그런 생각이 들었어요."

그때의 기억이 고통스러운지 은안이 눈을 질끈 감았다.

"난 이제 너무 지쳤다고."

그와 하룻밤을 보내고, 아이를 갖게 되고, 마음을 나누면서 행복했지만, 한편으로는 내내 불안감이 생겼었다.

혹시나 그의 마음이 온전한 게 아닐까 봐. 언젠가 예전처럼 차가웠던 순간으로 돌아갈 때가 오기라도 할까 봐. 바보 같은 걱정이라고 스스로를 채근했지만, 당시의 저는 그 마음을 완전히 버리지는 못했었던 것 같다.

그래서 하유라의 작은 흠집 내기에도 하릴없이 무너질 수밖에 없었던 거다.

기억을 지워버린 건, 단순히 이간질로 인한 충격 때문만은 아니었다. 3년간 쌓인 차가운 결혼 생활의 기억들은 그 짧은 5개월의 기억들로 모조리 상쇄되기가 힘들었던 거다. 은안은 이제야 깨달았다. 문제는 하유라도, 그도 아닌 결국 제 마음이었음을.

"내가 옥상에서 당신한테 처음으로 위로를 받던 날, 당신은 내 인생에서 가장 고마운 사람이 됐었는데."

"……."

"사고가 나던 그날은 내 인생에서 가장 지우고 싶은 사람이 됐어요."

괜찮다고 여겼던 시간들은 차곡차곡 상처로 남아 있었다. 힘들었던 3년의 결혼 생활 속, 보이지 않던 곳에서 곪아 있던 상처들은 그날 사고와 함께 터져 나왔다.

그래서 우리 사이에, 아니 내 마음에 남은 건 사랑에 대한 지침과 당신과 온유를 잊었던 미안함뿐일 것 같다고. 그 위에 사랑을 덧대긴 어려울 거 같다고.

은안은 재하의 눈을 또렷이 바라보며 말을 끝맺었다. 시간이 많이 흘렀지만 멈춰 있던 은안의 마음은 4년 전 그날에서 고작 하루가 흘렀을 뿐, 아무것도 정리된 게 없었다. 그녀의 말을 모두 들은 재하가 고통이 깃든 얼굴로 입을 뗐다.

"은안아, 난 널……."

하지만, 은안은 그 말을 듣지 않겠다는 듯 말을 끊었다.

"아무 말도 하지 말아요."

"……."

"당신이 무슨 말을 해도, 내 마음은 안 변하니까."

은안은 '남재하'라는 남자와 '온유 아빠'라는 사람을 분리하기 위해 노력했다.

"어쨌든, 지금 가장 중요한 건 온유예요. 나는 오늘부터 온유 엄마로서 할 수 있는 모든 일은 다 할 거예요."

지금은 무엇보다 아이의 비어 있던 시간을 채워주는 게 중요하다고 생각했다.

"당신은 온유 아빠로서 여전히 나한테 고맙고 미안한 사람이에요. 그리고 난 온유 엄마로서 평생 미안해하면서 살 거고."

한 마디 한 마디가 입에서 어렵게 뱉어내졌다.

"하지만, 우리는……."

은안이 잠시 뜸을 들이다 말을 이어갔다.

"온유 엄마, 아빠로. 우리는 딱 거기까지."

"……."

"거기까지만 해요."

불안하고 아팠던 과거를 되뇌는 그녀의 목소리에 아픔이 잔뜩 머금어져 있었다. 미안함, 고마움. 그 이상을 줄 수 없다는 그녀의 말이 귓가를 자꾸만 맴돌았다.

은안을 잃은 뒤, 매일 밤 예전으로 돌아가고 싶다고 생각했다. 하지만, 과거로 인해 고통스러워하는 그녀를 마주하고서야 깨달았다. 그 생각이 틀렸다는 걸. 그녀와 저는 과거로 돌아가는 게 아니라, 새로운 미래를 만들어야 했다.

그렇다고 두려움에 웅크린 그녀를 억지로 당길 생각은 없었다. 만약 옛날의 기억들이 두려움을 만들고, 그 두려움이 은안의 본능에 발목을 잡는 것이라면, 은안의 본능을 움켜쥔 두려움을 제가 잘라내고, 그녀 스스로 다시 제 곁으로 오게 하고 싶었다. 내내 은안의 이야기를 듣던 그가 입을 열었다.

"기다릴게. 당신 마음이 다시 돌아설 때까지."

뜨겁게 내려앉은 재하의 눈빛에, 은안의 마음이 울렁였다. 그의 애절한 목소리에 은안의 심장 소리가 귓가에 아로새겨졌다. 얼마 전 병원에서 부딪혔던 '남재하'라는 남자에게는 마음을 열어버렸지만, 제 남편이었던 남자에게는 다시 마음을 줄 수 없었다.

애정과 두려움. 그녀의 마음속에서 공존하는 두 개의 감정이 치열한 전쟁을 치렀다. 마음은 소란스러웠지만, 은안은 표정 하나 바뀌지 않고 맞받아쳤다.

"마음대로 해요. 기다리는 건 당신 자유니까."

무감한 목소리에 멍해진 재하를 지나쳐 은안이 집 안으로 들어섰다.

재하를 등지자, 조금 전까지 무표정하던 은안의 얼굴이 고통을 머금고 미세하게 일그러져 있었다.

몇 시간 후, 은안과 재하 그리고 온유는 집 근처의 키즈 카페로 왔다. 은안이 기억을 찾은 뒤 다소 어색해진 분위기였지만, 아랫집 주현이네와 미리 잡아둔 약속이라 깰 수 없었다. 무엇보다 온유가 엄청나게 기다리고 있던 시간이기도 했고.

"허허, 커피 좀 드세요."

주현 아빠가 커피 4잔을 받아 와 어색하게 테이블 위로 뒀다. 아이들은 이미 노느라 정신이 없었고, 부모들은 자리에 앉아 아이들을 바라봤다.

갑자기 나타난 온유의 엄마에, 주현 아빠와 엄마는 어색한 듯 눈알을 굴렸다. 재하는 은안이 외국에 나가 있다가 얼마 전에 들어왔다고 말했지만, 이웃사촌 눈에는 뻔히 보이는 거짓말이었다. 하지만 고맙게도 아무것도 묻지 않았다.

그렇게, 어색하던 네 사람은 아이들의 얘기로 금세 어색함을 타파했다. 잠시 후, 온유와 주현이 뛰어와 각자 아빠 엄마를 흔들어댔다.

"아빠, 엄마, 가티 놀아요!!"

"엄마, 아빠! 가티 놀자!"

자기들끼리 노는 것에 흥미가 떨어진 건지, 두 아이는 엄마 아빠의 손을 이끌었다. 결국 네 부모는 아이들을 따라나섰다.

무한한 아이들의 체력을 감당하기란, 쉬운 일이 아니었다. 아이들은 물 만난 물고기처럼 물총도 쏘고 썰매도 타고 또 자동차도 타며 열심히 놀았다.

그렇게 1시간가량 활동적인 놀이를 다 같이 하고, 그나마 정적인 활동을 할 수 있는 편백나무 블록 놀이터로 들어왔다. 그때, 들어오자마자 주현 아빠가 제 아들을 넘어뜨리고 아내까지 넘어뜨린 뒤 본인도 털썩 누워버렸다. 그리고 두 사람을 꽉 껴안으며 앓는 소리를 냈다.

"아이고, 죽겠네. 이 사람들아, 나는 지쳤어, 지쳤어."

주현 아빠의 능청에, 주현 엄마와 주현이 까르르 웃음을 터트렸다. 그 모습을 빤히 보던 온유가 재하와 은안의 옷깃을 잡아당겼다.

"왜? 온유야."

은안이 웃으며 누웠다.

"우리도 누워요!"

"누, 눕자고?"

온유가 고개를 끄덕였다. 은안이 아이의 말 그대로 블록 위에 누웠다. 그러자 온유가 재하를 잡아당겼다.

"아빠도 누워!"

곤란해하던 재하도 아이의 말에 옆에 조심스레 누웠다. 그렇게 나란히 누운 모양이 된 상태에서, 잠시의 정적이 흘렀다. 가장 먼저 눕자고 했던 온유가 자리에서 벌떡 일어났다.

"아, 이거 재미없따. 그냥 포크레인 하자, 포크레인!"

그리고는 널브러져 있던 자동차를 손에 쥐고 편백 블록을 퍼 담기 시작했다. 아이의 입술이 약간의 불만으로 조금 비죽대고 있었다.

키즈 카페에서 나온 세 사람은 집으로 돌아왔다.

말이 많은 편인 온유는 집으로 돌아오는 내내 아무 말도 하지 않았다. 은안과 재하는 그제야 뭐가 잘못됐다는 걸 깨달았다. 온유는 볼을 빵빵하게 부풀리며 제 놀이방으로 들어가 나오지 않았다.

은안이 그런 아이를 달래기 위해 방으로 들어가려 하자, 재하가 그녀를 가로막았다.

"온유는, 화나는 일이나 토라질 일 있으면 달래주는 거보다 혼자 있는 걸 좋아해."

"아."

그런 사실까지는 몰랐던 은안이 낮은 소리를 냈다.

"그리고, 자기 생각이 정리되면 와서 말해줄 거야."

"……그렇구나."

은안이 고개를 끄덕이며 읊조렸다. 아무래도 몰랐던 것들을 알아가려면, 두 배로 노력해야 할 것 같았다.

결국, 두 사람은 온유가 스스로 나와서 화가 난 이유를 말해줄 때까지 거실에서 기다렸다. 온유는 20분 정도가 흐르고서야 방 밖으로 걸어 나왔다.

자못 근엄한 표정을 한 아이의 얼굴에, 은안과 재하는 긴장된 얼굴로 자세를 고쳐 앉았다. 은안과 재하의 앞에 선 온유는 드디어 입을 열었다.

"엄마랑 아빠, 싸워써어?"

생각지도 못한 말이 아이의 입에서 튀어나오자, 두 사람이 고개를 홱 돌려 눈을 마주쳤다. 그리고 다시 온유에게로 시선을 돌리며 고개를 저었다.

"그런 거, 아니야. 온유야."

재하가 차분한 목소리로 부정했다. 하지만, 온유가 카랑카랑한 목소리로 되받아쳤다.

"거짓말. 거짓말이야! 아빠랑 엄마는 갑자기 사이 안 좋아졌자나. 주현이 엄마 아빠처럼 이러케 안아주지도 않고!"

아이가 빠르게 말을 뱉어냈다. 예전에서와 달리 어색하게 굴던 게, 티가 났던 모양이었다. 옆에 주현이 엄마 아빠가 있어 더 비교되어 티가 났고.

"선생님이, 친하게 안 지내면 경찰 아저씨가 잡아간대써!"

"온유야, 엄마랑 아빠 싸운 거 아니야. 엄마 아빠 친해!"

은안도 고개를 저었지만, 온유는 꼼짝도 하지 않았다. 아이에게도 눈이 있었다. 어전히 어색해 보이는 두 사람의 거짓말에 넘어갈 리 없었다.

결국, 온유는 두 사람에게 극약 처방을 내렸다.

"엄마, 아빠. 온유 따라와 바."

아이가 등을 돌려 종종걸음으로 두 사람을 이끌었다. 온유의 발걸음이 멈춘 곳은 이 집에서 가장 면적이 좁은 드레스룸.

"드러와요!"

마치 숨겨야만 하는 사실을 들켜 당황한 사람처럼 두 사람은 순순히 아이의 말을 따랐다. 방으로 들어오래서 들어왔고, 앉으래서 앉았다.

그러더니 이제는 위에서 엄마 아빠를 내려다보며 근엄한 표정으로 벌을 주듯 말했다.

"싸워쓰니까 여기에서 화해해여! 온유가 조금 있다가 다시 올 거야."

단편적인 모습만 본다면, 생떼를 부리는 것 같았지만 재하와 은안은 아무 말도 할 수 없었다. 싸운 건 아니지만 어색하게 군 것은 사실이었고, 그게 아이에게 상처가 될 수 있다는 사실은 생각지도 못했으니까.

순식간에 벌어진 일에 은안이 당황한 듯 물었다.

"어떻게…… 해요?"

하지만 재하는 이미 해탈했다는 듯 굳게 닫힌 문을 바라보며 말했다.

"온유 말이 맞으니까, 말한 것처럼 벌 받아야지."

"하아."

은안이 옅은 한숨과 함께 고개를 주억였다. 화해하라는 온유의 말에도, 방 안에는 정적이 한참이나 감돌았다.

다만, 방이 워낙 좁아 움찔거릴 때마다 어깨가 스쳤고, 서로의 숨소리가 너무나 잘 들렸다. 은안은 저도 모르게 식은땀이 손에 배어나는 걸 느끼며 방문을 흘끗 바라봤다.

'언제쯤 열어줄까.'

시간이 지날수록 긴장감이 짙어지고 있었고, 그저 아이가 빨리 문을 열어주기만을 바랐다. 은안이 계속해서 방문을 바라보던 그때, 재하가 고개를 돌리며 물었다.

"그렇게 빨리 나가고 싶어?"

"다, 당연하죠."

문에서 시선을 떼며 시선을 재하 쪽으로 돌린 은안이 당황한 듯 말을 더듬었다. 그의 얼굴이 너무 가까운 탓이었다.

빨리 나가고 싶다는 그녀의 대답에, 재하가 은안 쪽으로 좀 더 고개를 당겼다.

안 그래도 가까운 얼굴 사이가 좁혀지고, 의지와 상관없이 은안의 귓불이 순식간에 발갛게 물들었다. 이윽고, 그가 은안의 눈을 오롯이 바라보며 다시 한 번 입을 열었다.

"난 싫은데, 빨리 나가기."

중저음의 목소리에 은안의 눈이 동그랗게 커지고 심장이 요동치기 시작했다. 그의 목소리가 마치 느리게 감기는 테이프처럼 은안의 귀에서 늘어졌다.

그를 외면하고 싶은데, 머리의 생각보다 마음의 반응이 빨랐다. 이미 가빠진 심장 박동이 온몸으로 퍼져나가고 있었다. 얼어버린 은안을 지그시 내려다보던 재하가 다시 입을 열었다.

"평생 갇혀 있어도 좋을 거 같아. 당신이랑."

말도 안 되는 이야기를 너무 진지하게 하는 그의 모습에, 은안은 한마디를 하려다가 멈칫했다.

그의 눈빛이 너무 깊어서, 마치 촘촘한 거미줄에 걸린 것처럼 옴짝달싹할 수 없었기 때문이었다.

"이렇게 평생 여기 같이 있을래?"

조금 전과 달리 약간 장난기가 섞인 재하의 목소리에 은안은 긴장이 탁, 풀리고 말았다. 내내 굳어 있던 은안의 입술이 드디어 작게 달싹였다.

"하, 말도 안 되는 소리 하지 마요."

"왜 말이 안 돼?"

그의 되물음에 은안이 어이가 없다는 듯 입을 열었다.

"몰라서 물어요?"

"응. 모르겠어. 왜 말이 안 되는 건지."

그의 말꼬리 잡기에, 결국 은안의 마음 한쪽에서 뾰족한 뿔이 툭 튀어나왔다. 내내 차분함을 유지하던 은안의 얼굴이 일

그러졌다.

"이미 깨진 관계예요, 우린. 온유를 키워준 건 고맙게 생각하지만, 당신한테 원망이 한 톨도 없다면 거짓말이고……."

잠시 숨을 고르는 사이, 갑자기 흥분해 감정을 쏘아댄 거 같아 머쓱해진 은안이 차분하게 다른 핑계를 덧붙였다.

"그리고 생각의 방도 아니고, 이 좁은 방에 무슨."

저를 밀어내는 은안의 말과 행동에도, 재하의 입가에는 옅은 미소가 서려 있었다.

"그럼, 넓은 곳에 같이 갇혀 있는 건 괜찮아?"

"말장난하지 마요. 재미없으니까."

은안이 눈을 살짝 치켜뜨며 말했다. 재하에게 약간의 위협을 주려 한 건데, 전혀 먹히지 않는 것 같았다.

"아니, 계속하려고. 이게 당신을 화나게 할 수 있는 유일한 방법이면."

여전히 은은한 미소와 함께 이상한 말을 하는 걸 보면.

은안은 순간 제가 말을 잘못 들은 줄 알고 가볍게 고개를 털었다.

"뭐라고요?"

그리고 장난스러워진 분위기에 잠시 방심한 사이, 묵직한 목소리가 다시 훅 마음을 뚫고 들어왔다.

"당신이 나한테 화를 냈으면 좋겠어."

다시 진지함을 가득 머금은 그의 목소리에, 은안은 잠시 멍해졌다.

"그럴 수 있었겠다, 오해였으니까, 더 미워하지는 않겠다. 그러니까 온유 엄마 아빠로 지내자 이런 거 말고."

진태와 이야기를 나누며 4년 전의 이야기를 전해 들은 은안은 더 이상 그에게 화를 낼 수 없었다. 그가 저를 두고 간 것도 하유라의 함정 때문이었고, 교통사고도 우연이었다.

하유라의 이간질과 좋지 않은 타이밍이 겹쳐 모든 게 어그러졌을 뿐이었다. 물론 그가 어떻게든 저를 찾지 않은 것에 대한 원망이 미약하게 남아 있었지만, 그 또한 어쩔 수 없었다는 걸 안다. 그렇게 이성적으로 생각했을 때, 그에게 무작정 화를 내고 냉랭하게 대할 상황은 아니었다.

하지만 그렇다고 예전에 가졌던 감정의 불씨를 다시 키우고 싶지도 않았다. 이제 누군가에게 무언가를 기대하고 싶지 않았고, 그로 인한 상처를 받고 싶지 않았으니까. 그가 아무리 제게 상처 주지 않으려고 노력한대도, 살면서 또 그런 일이 생기지 않으리라는 보장은 없었다.

그래서 그와도 아이의 엄마 아빠로서의 경계를 지키며 살아가자 한 것이었다. 지금도 어제처럼 지난 일들은 덮어두고 온유 엄마 아빠로 지내자고 다시 말해야 하는데 입이 떨어지지 않았다.

그가 말했던 것처럼 화내고 싶은 게 제 진심이기라도 한 걸까. 은안이 상념에 빠져 아무 대꾸도 하지 못하던 사이, 재하가 다시 말을 이어갔다.

"그냥 당신이 나라는 사람한테 실망했다고, 그때 왜 그랬냐고 더 화내줬으면 좋겠어."

"……."

"당신이 화를 내야, 내가 빌어볼 수라도 있는데."

그의 말 한마디 한마디가 귀에 들어올 때마다, 명치가 쿡쿡 쑤셨다.

"당신이 선을 긋고 온유 엄마 아빠만 하자고 그러면, 나는 빌어볼 기회조차 없는 거잖아."

늘 단단했던 재하의 목소리가, 그 어느 때보다도 간절했고 애처로웠다.

"지금 당장 용서해달라고 안 해. 그치만, 마음을 아예 닫아버리지만 말아줘."

"……."

"마음에 너무 힘주고 사는 거, 당신한테도 너무 힘들잖아."

금방이라도 무너져 내릴 것 같은 표정을 한 그의 모습에, 은안이 마른침을 삼켰다.

'외면해. 밀어내.'

은안은 수없이 저 스스로에게 외쳤다. 그럴수록 이성은 찾아지는데 이상하게도 숨이 콱콱 막혀왔다. 은안이 주먹을 꽉 쥐며 차분히 입을 열었다.

"재하 씨, 용서 빌 필요 없어요. 그날 일은 정말 단순한 사고였고, 그 사고에 대해서 당신이 용서를 빌 필요는 없는 거니까. 내가 당신한테 엄마 아빠만 하자고 한 건, 용서하고 말고의 문제가 아니에요."

긴말을 끝맺은 은안이 눈을 질끔 감았다 뜬 뒤 어렵게 입술을 달싹이며 가장 깊은 마음속 진심을 툭 뱉어냈다.

"그냥, 내가 당신을 다시 받아 들일 자신이 없어요. 온유 아빠가 아니라, 남자로."

그를 받아 들인대도 고통이겠지만, 계속해서 밀어내는 것도 꽤 고통스러웠다.

"사랑이라는 거, 참 이상해요. 한 번 용기를 내기 시작하면 세상에서 가장 센 엔진이 되는데, 두려워지기 시작하면 세상에서 가장 무거운 추가 되어서 사람을 끌어내리거든요."

비유가 가득한 은안의 말에는 저는 이제 용기가 없으니, 더는 다가오지 말라는 뜻이 내포되어 있었다.

마치 그녀의 주위로 견고한 벽이 처져 있는 것만 같았다. 절대 깨지지 않는 벽이. 하지만 재하는 포기하지 않겠다는 듯 다시 벽을 두드렸다.

"4년 동안, 하루도 후회하지 않은 날이 없었어. 당신을 두고 가지 않았다면, 아니 하유라가 벌인 일들을 조금만 더 빨리 눈치챘다면 조금은 달랐을까, 하고."

"……."

"근데 어느 날 깨달았어. 그런 순간순간에 '만약'이라는 단어를 붙이고 있는 내 모습이 비겁하다는 걸."

어느새 그의 입매가 씁쓸한 웃음을 머금은 채 휘어져 있었다.

"당신이 그깟 가짜 서류를 봐도 흔들리지 않게 내가 더 잘할 걸, 더 사랑한다고 할 걸 하고. 당신을 보내고 내내 후회했어. 결국 내가 당신한테 준 마음이, 그 상황에 질 만큼 부족했던 거 같아서."

과거를 되짚는 그의 말에, 은인은 왠지 모르게 울음이 터질 거 같았다. 사실 아이가 생기고 서로의 마음을 확인하고 난 뒤, 그의 사랑이 부족하다고 생각했던 적은 없었다.

다만 시간에도 무게가 있어서 5개월간 사랑을 받은 기억들보다 3년간 차가웠던 기억들이 더 묵직하게 느껴졌을 뿐이었다. 그래서 그렇게 흔들렸었던 거고. 그건 그의 마음이 아니라, 시간의 문제였다.

다시 돌아간대도 시간의 무게를 거스를 수는 없을 것이다. 그걸 알기에, 그가 가지는 죄책감을 조금이나마 덜어주고 싶었다. 사랑하지 않겠다는 거지, 그가 고통 속에 살아가길 바라는 건 아니었으니까.

"그때 은별이한테 후견인 되려고 준비할 때, 나한테 그 사실을 숨겼잖아요. 그거 때문에 혼자 아주 잠시 당신을 오해했어요. 하유라 씨가 이혼 서류를 건네는데 그 장면들이 스쳐 지나가더라고요."

"……."

"당신이 날 위해서 말 안 한 거 알아요. 내가 신경 쓸까 봐. 하지만 살다 보면 대화의 부재로 인한 오해는 누구에게나 일어나요. 다만, 우리는 타이밍이 좋지 못했던 거지."

해묵은 오해들을 다 얘기하고 있으니, 가슴이 화한 느낌이 들었다. 시원하다고 하기에는 살짝 따끔거리는 거 같기도 하고, 또 따끔거린다고만 하기에는 시원하기도 했다.

"근데 그 좋지 않은 타이밍을 바로잡기에는 너무 늦었잖아요, 우리."

"난 늦었다고 생각하지 않아."

"재하 씨."

은안이 악수를 청하듯 재하의 앞으로 손을 내밀었다.

"우리 이제 옛날 얘기는 되도록 하지 말고 사이좋게 지내요. 온유한테도 그게 좋을 테니까."

은안이 마치 친구 협정이라도 맺자는 듯 내민 손을 재하가 빤히 바라보았다. 이 손을 잡으면, 정말 엄마 아빠만 해야 할 거 같은 느낌이 들어 재하는 쉬이 제 손을 겹치지 못했다.

그때, 온유가 문을 벌컥 열고 들어왔다.

"엄마아 아빠아—."

그새 부루퉁한 표정을 말끔히 지운 온유가 방긋 웃으며 은안과 재하를 불렀다.

"이제 화해해찌이?"

"응, 화해했지. 엄마랑 아빠."

"좋아아! 그럼 서로 꼭 안아주세요!"

마치 본인이 유치원 선생님이 된 것처럼 허리춤에 손을 올린 온유가 두 사람을 향해 눈을 부릅떴다.

아이의 호령 아래 당황한 은안이 이러지도 저러지도 못하는 사이, 재하가 그녀가 내민 손을 잡았다. 그리고 은안이 손을 잡혔다는 걸 인지하기도 전에 그가 제 쪽으로 그녀를 확 끌어당겼다.

어정쩡하게 그의 품 안에 안긴 은안이 어떤 액션을 취하기도 전에, 그가 그녀의 등을 감쌌다.

그의 탄탄한 가슴에 기대게 된 은안의 코끝에 익숙한 향기가 스쳤다. 품에 가볍게 안겼을 뿐인데, 정신이 혼미해졌으며 머리카락에 가려진 귓불이 홧홧하게 달아올랐다.

혼란한 은안의 상태를 알 리 없는 온유가 더 신이 난 듯 화해의 다음 단계를 알려주었다.

“자아, 그다음에는 사랑한다고 해주는 거예요!”

여전히 멍한 은안과 달리 재하는 거침이 없었다. 곧바로 은안의 귓가에 입술을 가까이 가져갔다. 그리고 온유에게 들릴 정도의 적당한 목소리로 화해의 신호를 입에 담았다.

“사랑해.”

그리고 이내 아이에게 들리지 않을 정도의 조용하고 낮은 목소리로 속삭였다.

“당신이 아무리 늦었다고 해도, 난 기다릴 거야. 지금까지 그랬던 것처럼.”

그의 목소리에 은안의 온몸이 순간적으로 빳빳해졌다.

쿵쿵.

그리고 또다시 심장 소리가 귓가에 들릴 정도로 크게 울렸다. 하지만, 제 것인지 그의 것인지 정확히 알 수는 없었다.

어쩌면 두 심장 소리가 뒤섞여 더 크게 들리는 걸지도 몰랐다. 그때, ‘사랑해’라는 말까지 들은 아이가 만족한 듯 고개를 끄덕였다.

"이제 나가자아!"

아이의 목소리가 흘러나온 동시에 은안도 재하의 품에서 빠져나왔다. 하지만, 아직 그의 품에 안겨 있는 듯 따듯함이 온몸에 감돌았다. 소란스러운 마음이 금방이라도 폭발할 것처럼 부글거렸지만, 은안은 그 속내를 들키지 않기 위해 더 문을 꼭꼭 잠그기로 다짐했다.

혼란스러운 제 모습을 들키면, 그가 금방이라도 깊게 파고들 것이고. 그럼 저는 결국 무너질 것 같았으니까.

chapter 23

두려움은 사랑의 그림자일지도 모른다

지난 주말 온유가 주관한 화해의 시간 후, 시간이 흘러 어느새 수요일이 되었다. 매주 수요일이면 주현이네 집과 번갈아서 아이를 봐주었는데, 오늘은 재하의 차례임에도 주현 아빠가 제가 아이를 봐주겠다며 온유를 데려갔다.

저녁 9시, 재하가 소파에 앉아 시계를 바라봤다. 온유도 은안도 없는 집이 썰렁하게 느껴졌다. 은안은 오늘 온유가 집에 없다는 것을 알고 있었다.

―오늘은 내 집에서 잘게요.

오늘 아침, 온유가 보이지 않는 곳에서 작게 말하던 은안의 목소리가 귀를 스쳤다.

서로에게 어색하게 구는 게 아이에게 영향을 줄 수 있다고 인지한 뒤, 저와 은안은 최대한 사이가 좋아 보이게 연기했다. 물론 저는 연기가 아닌 진심이었지만.

방에 갇힌 날 이후로, 은안은 여전히 무감한 태도를 유지했다. 빌어볼 기회라도 달라는 말이 무색하게, 그녀는 오히려 마음의 문을 더 걸어 잠근 것 같았다. 재하는 소파에 몸을 묻으며 답답함을 한숨으로 내뱉었다.

"후우."

만약 은안이 영원히 다시 마음의 문을 열어주지 않으면, 이대로 그녀의 등만 보고 살아야 하는 걸까. 속으로 스스로에게 묻던 재하는 쓰게 웃었다.

"어쩌면 이것도 과분한 걸지도 모르지. 등이라도 볼 수 있는 게."

괴로운 마음에 팔을 들어 올려 이마를 가린 그때, 초인종 소리가 울렸다. 재하가 벌떡 일어나 현관문으로 향했다. 은안이 왔을 리는 없으니, 온유에게 무슨 문제가 있어 주현 아빠가 아이를 데리고 온 거라고 생각했다. 그래도 혹시나 몰라 문밖에 있는 사람의 신원을 확인했다.

"누구세요?"

"나예요."

뜻밖에도, 예상했던 사람이 아닌 낮게 잠긴 은안의 목소리가 들렸다. 재하가 재빠르게 현관문을 열었다. 그리고 문 앞에는 알싸한 알코올 냄새를 풍기며 볼이 발그레해진 은안이 있었다.

"당신…… 술 마셨어?"

"조금요."

은안이 고개를 끄덕이며 집 안으로 들어가기 위해 발걸음을 뗐다. 집 앞에 왔다는 안정감 때문인지, 내내 컨트롤하던 취기가 한 번에 올라와 은안의 몸이 휘청거렸다.

그때 넘어질 뻔한 그녀의 허리를 재하가 잽싸게 휘어 감았다. 재하의 품에 쏙 안겼던 은안은 다시 다리에 힘을 주며 그의 품에서 빠져나왔다.

그러고는 살짝 게슴츠레한 눈으로 그를 뚫어져라 응시했다. 재하는 은안이 많이 취했다고 생각하며, 걱정스러운 말투로 물었다.

"괜찮아?"

하지만 은안은 부정도 긍정도 하지 않은 채 여전히 취기 어린 눈으로 그를 응시했다.

사실 은안이 투자자들과의 미팅에서 술을 마시는 일은 드물었다. 원래 대부분 이철이 도맡아 술을 마셨는데, 오늘은 이철이 몸살 기운이 있다고 해 은안이 술을 대신 마셨다.

술이 약하진 않았지만, 하나도 취하지 않은 사람처럼 보이기 위해 내내 긴장을 유지했다. 하지만 재하의 얼굴을 마주하자마자 그 긴장이 풀려버렸다. 그리고 다정한 목소리에, 왠지 모르게 마음이 저릿해졌다. 마음도 술에 취한 것일까? 아니면 남재하라는 남자 때문일까?

마음이 자꾸만 한쪽으로 기울었다. 그리고 그 삐뚜름하게 기울어진 마음에서, 자꾸만 진심이 흘러내리려 했다. 순간, 며칠 내내 온유 앞에서 그와 나름 다정한 척, 사이가 좋은 척하던 순간들이 파노라마처럼 스쳐 지나갔다.

—당신이 아무리 늦었다고 해도, 난 기다릴 거야. 지금까지

그랬던 것처럼.

그리고 곧바로 속삭이던 그의 고백이 떠올랐다. 며칠 내내 심란했던 마음을 감추기 위해 너무 힘을 준 탓인지, 한 번 긴장이 풀리니 한도 끝도 없이 마음이 물러졌다.

단단히 뿌리내린 마음이 자꾸만 흔들렸다. 엄마 아빠만 하자고 단호히 말한 것과 달리, 자꾸만 속으로 흔들리는 제가 싫었다.

하지만 어쩔 수 없었다. 사랑의 기쁨을 알려준 것도 그였고, 사랑의 두려움을 알려준 사람도 그였다. 양극의 감정이 서로 줄다리기를 하는 건, 어쩌면 제가 제어할 수 있는 부분이 아닐지도 몰랐다.

술기운이 가득한 채로 그를 마주하고 있으니, 여러 감정이 물밀 듯 올라왔다. 은안은 그것을 눌러내리려는 듯 심장 부근을 꾹 눌렀다. 그럼에도 흘러내리는 마음을 막기는 역부족이었던 건지, 은안의 입에서 진심이 흘러나왔다.

"또 아프네, 여기가. 그만 아프고 싶은데."

정적 속, 그녀의 촉촉한 목소리가 공기를 타고 흘렀다. 아프다는 그녀의 말에, 재하는 하늘이 무너지는 것 같았다. 당장이라도 그녀를 아프게 하는 것들을 다 세상에서 내보내고 싶었다.

"왜, 아파."

그의 질문에 미간을 찌푸린 은안이 생각에 빠졌다. 왜 아픈 걸까. 술에 취해 온 신경이 느릿해졌지만, 그녀는 머리를 열심히 굴렀다. 이윽고 깊이 침잠해 있던 이유가, 천천히 수면 위로 드러났다. 은안이 조용한 목소리로 대답했다.

"당신이 기다리겠다고 했으니까."

생각지도 못한 이유에, 재하가 그대로 굳어버렸다. 마음의 준비가 되지 않은 채로, 받아 들인 은안의 진심은 너무 묵직했다. 그 무게가 온몸을 내리눌러 숨쉬기가 버거울 만큼.

"난 안 갈 건데, 당신이 자꾸 기다리겠다고 하면. 내가 신경이 쓰이잖아."

내내 제게 눈길 하나 주지 않았던 그녀가, 제가 신경 쓰인다고 말하고 있었다. 기쁘면서도 한편으로는 어떻게 그 마음을 숨겼을까 싶어 안쓰러운 마음이 들었다. 재하가 그녀의 얼굴을 찬찬히 살폈다.

은안은 표정만 보면 화가 난 것 같기도 했고, 목소리만 들으면 곧 울 것같이 먹먹해 보이기도 했다. 정확한 상태를 가늠할 수는 없지만, 확실한 게 하나 있었다. 내내 숨어 있던 그녀의 진심이, 밖으로 나오고 있다는 것. 그게 원망이든 뭐든 간에 말이다.

"사람 마음 불편하게."

유감없이 제 마음을 다 밝힌 은안이 아주 잠시 후련한 표정을 지었다. 그와 동시에 그나마 힘이 들어가 있던 눈이 반쯤 풀리며, 게슴츠레해졌다. 그런 그녀를 보던 재하가 나지막이 물었다.

"불편해?"

이제 대꾸할 힘조차 없는 건지, 은안이 고개를 느릿하게 끄덕였다. 그런 은안을 물끄러미 바라보던 재하가, 미안하다는 기색을 약간 담아 태연히 대답했다.

"어쩌지, 당신이 편해질 일은 없을 거 같은데."

"네?"

"기다리지 말라고 해도, 기다릴 거거든."

물론, 정작 그의 얘기를 들은 은안은 하나도 태연하지 못했지만.

"당신, 원래 이렇게 못됐어요?"

눈을 흡뜬 은안이 자신을 노려봤다. 역시나, 늘 그렇듯 노려본다고 무섭지는 않았다.

그냥 과도하게 익은 과일을 먹고 멋모르게 취한 토끼 같았다. 분명, 심각한 순간인데 재하는 저도 모르게 웃음을 터트릴 뻔했다. 처음 보는 술에 취한 은안의 모습이 귀여워서. 자꾸만 진심을 툭툭 내뱉는 그녀가 좋아서. '불편하다, 못됐다'라는 말이면 어떤가. 뭐라도 표현해준 것 자체가 그에겐 희망이었다.

그리고 이내 그런 생각이 들었다. 취중 진담을 가감 없이 내뱉는 그녀의 상태를 기회로 보는 건 너무 비겁한 행동일까 하고. 하지만 이내 그런 고민 따위는 집어치웠다.

비겁한 놈이 되는 것보다 제일 두려운 건 은안을 놓치는 거였으니까. 재하는 은안의 취중 진담을 딱 한 번만 이용하기로 했다. 마음을 먹은 그가 거침없이 물었다.

"내가 불편하다는 이유, 단순히 내가 당신을 기다린다고 말해서야? 그게 싫어서?"

내내 재하를 노려보던 은안의 눈이 순식간에 탁, 풀렸다.

"아니면…… 아주 조금이라도 다른 무언가가 남아 있어서, 그런 거야?"

이어지는 그의 말에 그나마 한 꼬집 남아 있던 이성이 눈을 떴다. 아무리 취중 진담이라도, 은안은 마지막 선은 지키는 타입이었다. 말하면 안 되는 것은 절대 말하지 않았다. 술에 취해 필름이 끊긴 상태일지라도.

"나는……."

여전히 당신을 볼 때, 심장이 조금은 뛴다고. 그러고 싶지 않은데 도저히 말을 안 듣는다고.

그러니까, 당신도 더는 날 기다리지 마. 내가 제자리를 찾을 수 있게 당신도 협조해줘.

하마터면 이렇게 말할 뻔했다. 다행히, 절대 말하면 안 되는 것은 다시 잘 숨겼다. 은안이 말을 끊자, 재하가 되물었다.

"정말, 그것뿐이야?"

"……."

조심스레 물었는데, 은안은 아무런 말 없이 고개를 푹 수그렸다.

뭔가가 이상하다는 생각에 재하가 그녀의 이름을 불렀다.

"은안아."

"……."

"은안아?"

저의 부름에도 미동 없는 은안의 모습에, 재하가 설마 하는 마음으로 조심스레 그녀의 얼굴을 살짝 들어 올렸다. 은안의 얼굴을 살짝 들어 올리자 눈을 꼭 감고 있었다.

"잠든 거야, 지금?"

마치 취중 진담을 이용해보려는 것을 못마땅하게 여기기라도 한 듯, 은안은 아주 절묘한 타이밍에 잠들어버렸다. 굳게 내려앉은 그녀의 속눈썹에, 재하가 허탈한 웃음을 터트렸다.

"하, 나도 참."

이런 비겁한 방법은 무언가를 돌파하는 데 도움이 되지 않는다고 신이 깨달음이라도 주는 건가. 결국, 은안의 진심을 끝까지 파고드는 것을 포기한 재하가, 그녀를 아주 가볍게 들어 올렸다.

"그래, 오늘만 날이 아니니까."

"……."

"일단, 자자."

은안을 안아 든 재하가 침실로 들어섰다. 그녀를 조심스레 눕히고 신발을 벗겨 방을 나섰다.

달칵―.

문이 닫히는 소리가 들리고, 포근한 이불 위에 고이 누운 은안이 살짝 눈을 떴다.

"하아."

취중 진담으로 솔직해진 순간, 마지막 방어선을 어렵게 지켜냈다. 입을 열면 또 진심이 흘러 샐 것 같아서 은안은 그냥 눈을 굳게 감아버리는 방법을 택했다.

오늘만 날이 아니라는 그의 말이 신경 쓰였지만, 일단 순간의 고비는 넘겼으니 됐다고 생각하며 더욱 짙어진 취기와 함께 꿈속으로 빨려 들어갔다.

신발장에 신발을 둔 재하가 다시 침실로 들어왔다. 가지런히 정자세로 눕혀놓았던 은안은 어느새 옆으로 돌아누워 더 깊이 잠들어 있었다.

재하는 은안이 깨지 않도록 조심스레 그녀와 마주 보는 방향으로 누웠다. 그 무엇에게도 방해받지 않고 은안과 마주하고 있는 이 순간이 천국에 온 것처럼 평화롭기만 했다.

아무런 눈치도 보지 않고 은안의 얼굴을 한참 바라보던 그도 잠에 떨어지고 말았다. 그렇게 단잠에 빠진 지 몇 시간이 흘렀을까, 재하가 눈을 떴다. 몽혼한 기운이 그를 가득 감쌌지만, 제 앞에 은안이 있다는 사실이 미칠 듯 벅찼다.

재하가 홀린 듯 은안의 볼에 흘러내린 머리카락을 쓸어 올렸다. 그때, 은안의 눈썹결이 한 올 한 올 근육에 따라 파도치기 시작했다.

"……가지 마."

악몽을 꾸는 것일까. 그녀의 미간에 진한 주름이 생겼다. 아픔이 녹아든 그녀의 잠꼬대에 재하의 눈이 흔들렸다.

"재하 씨, 가지 마……."

은안은 계속해서 가지 말라는 말만 되풀이했다. 그리고 그 순간, 은안이 재하의 티셔츠 자락을 꼭 붙잡았다. 그녀가 꾸고 있을 꿈이 마치 영사기를 돌린 것처럼 그의 머릿속에 생생히 번졌다. 영혼을 팔아서라도 시간을 그때로 되돌릴 수 있다면, 은안의 옆을 지켰을 것이다.

"나 여기 있어. 어디 안 가."

하지만 시간을 되돌릴 수 없음을 알기에 그는 꿈속에서라도 그날의 은안이 아프지 않게 떠나지 않겠다는 말만 반복했다. 그는 그녀의 등과 머리를 한참이나 쓰다듬어주었다. 제 온기가 조금이나마 은안에게 전달될 수 있도록.

하지만 쓰다듬어주는 걸로는 안정감을 주기 부족했던 건지, 그녀는 아직 비를 맞은 강아지처럼 바르르 떨고 있었다. 결국 그는 쓰다듬던 손에 힘을 주어 은안을 살짝 당겨 품 안에 안았다.

"가지 말라는 게, 당신 진심이면 얼마나 좋을까?"

자조적인 미소와 함께 잠에 취한 그녀에게 물었다. 대답을 바라고 한 질문은 아니었다. 그런데, 꼭 물음에 대답이라도 하듯 절묘한 타이밍에 애절한 목소리가 흘러나왔다.

"가지 마요."

제 품에서 새어 나오는 가녀린 목소리에, 재하의 가슴이 철렁 내려앉았다. 재하가 은안을 살짝 품 안에서 떼어내자, 어느새 살짝 눈을 뜬 은안이 다시 입을 열었다.

"옆에 있어."

그 순간, 그의 한쪽 머리에서 무언가가 끊기는 소리가 들리는 듯했다. 알려주고 싶었다. 난 이제 네 곁을 절대 떠나지 않을 거고, 지금도 네 옆에 있다고. 잠시 끊어진 이성. 계속해서 바르르 떨리는 은안의 어깨. 저는 더 이상 은안을 가만히 안아주고 있을 수만은 없었다.

재하는 본능적으로 등을 토닥이던 손을 그대로 올려 그녀의 목덜미로 가져갔다. 그리고 은안의 입술에 제 입술을 포갰다. 입술과 입술의 표피가 맞닿자 부드러운 감촉이 고스란히 전해졌다.

일종의 신호였다. 가지 말라는 애원에 대답하는 확실한 신호. 곧 부족했던 온기는 맞닿은 입술과 입술 사이로 전해졌다. 그리고 얼마 지나지 않아 따듯함에 두려움은 잊었지만, 이성이 돌아온 은안이 그를 밀쳐냈다.

"뭐, 뭐 하는 거예요!"

"가지 말라고 하길래."

놀란 은안과 달리 그는 평온했다.

"안 간다고 알려주는 중이었어."

동굴처럼 울리는 그의 목소리에, 은안이 침을 삼켰다.

"내가 언제……!"

"그럼 이건, 뭐야."

재하가 아래로 눈을 깔자, 은안도 그의 시선을 따라갔다.

"아직도 안 놓고 있잖아."

그곳엔 주름이 갈 정도로 그의 티셔츠를 꽉 쥐고 있는 제 손이 있었다. 그 모습에 당황한 은안이 급히 손을 폈다.

"이, 이건……."

그가 공중에서 갈 곳을 잃은 은안의 손에 제 손을 살짝 포갰다.

"괜찮아. 맘껏 잡아도 돼. 그 김에 평생 안 놓으면 더 좋고."

더 이상 저를 사랑할 수 없다는 은안의 말에도 재하는 끄떡하지 않았다. 그녀의 마음이 잠시 멈춘 건 다시 제게 뛰어오르기 위함일 거라고, 스스로 암시를 걸었다.

그래서 그냥 그 자리에서, 그녀를 당기지 않고 얌전히 기다리며 버틸 작정이었다. 하지만 마음과 달리 행동은 그리 되지가 않았다. 자꾸만 그녀에게 저를 한 번만 봐달라고, 기다리고 있다고 말하게 된다.

사실은 저도 인간이라 불안하고 무서웠으니까. 그녀가 정말 '온유 엄마'로만 남을까 봐. 모든 것을 뚫어버릴 듯한 강한 눈빛과 함께 깜빡이 없이 훅 들어오는 그의 모습에, 은안의 입에서 낮은 소리가 흘렀다.

"아니, 재하 씨."

한마디 말보다도 더 진하게 감정을 전달하는 눈빛에, 빨려 들어갈 것만 같았다. 무언가를 갈구하는 남자의 눈빛을 가까이서 받아내려니, 부담스러웠다. 갈구하는 게 제 마음이라는 걸 알아서, 더 그랬다.

감정이 오롯이 드러나는 눈빛은, 마치 거짓으로 감싸진 마음을 겨누는 기관총과도 같았다.

조금만 더 그를 마주하고 있다가는 마음이 흔들리다 못해 와르르 무너질 것 같아, 은안이 침대에서 일어나려 한 그때, 그가 은안이 일어나지 못하게 손을 꼭 붙잡았다. 공중에 떴던 은안의 상체가 다시 침대 위로 떨어졌다. 그리고 동시에 재하가 입을 열었다.

"날 다시 사랑할 수 없다면, 처음부터 다시 시작해."

"……."

"되감기 말고, 리셋 버튼 누르자, 우리."

은안은 괴로운 듯 입술을 살짝 깨물었다.

술은 이미 다 깼는데, 왜 기울어진 마음은 되돌아오지 않는 걸까. 지금 입을 열면, 저도 무슨 말을 하게 될지 모르겠는데.

은안이 언제 터질지 모르는 시한폭탄을 안은 것처럼 불안해하던 중, 기다란 그의 손가락이 그녀의 말캉한 입술에 닿았다.

"깨물지 마. 상처 나잖아."

은안의 아랫입술을 살짝 눌러 느슨하게 만든 그가 파르르 떨리는 그녀의 어깨를 확인하고는 다시 입을 열었다.

"자꾸 그런 표정으로 떨면, 다시 알려주고 싶어지잖아."

재하의 시선은 어느새 은안의 입술에 닿아 있었다.

조용한 침실, 재하의 뜨거운 목소리가 느리게 흩어졌다.

"내가 당신을 떠나지 않을 거라는 거."

그 순간이었다.

띵동—.

깊은 새벽, 초인종 소리가 온 집 안을 울렸다. 깊게 얽혔던 두 사람의 시선이 일순간에 떨어졌다.

"……내가 나가볼게."

방 안을 가득 메웠던 긴장감이 한순간에 빠져나가고, 재하가 침대에서 몸을 일으켜 빠르게 현관으로 향했다.

"누구세요?"

"나야!"

밖에서 주현 아빠의 목소리가 들렸다. 문 밖의 사람이 누군지 확인한 재하가 문을 빠르게 열었다. 이 시간에 주현 아빠가 왔다는 것은 온유에게 무슨 일이 있다는 거였으니까.

"온유가 악몽을 꿨는지 울면서 일어나서 아빠한테 가겠다고 하길래."

다행히 무슨 일이 있는 게 아니라 단순히 악몽을 꿨다는 소리에 재하가 가슴을 쓸어내렸다.

"온유야, 아빠한테 와."

주현 아빠에게 안겨 있던 온유가 재하의 품으로 넘어왔다.

얼마나 울었으면, 아직 코끝이 빨갰다.

"새벽에 미안해요. 주현이도 깬 거 아니에요?"

"아, 괜찮아요. 우리 주현이는 머리만 대면 잠들어서. 아마 여기 올라오는 사이에 벌써 잠들었을 거예요."

"고마워요."

"별말씀을요."

어느덧 육아 동지 4년 차. 많은 말을 하지 않아도, 아빠들끼리는 통하는 게 있었다. 주현 아빠가 짧은 인사와 함께 내려가고, 재하가 온유에게 물었다.

"무서운 꿈 꿨어, 아들?"

아이가 고개를 끄덕였다.

"흐음, 어떻게 해야 우리 온유가 무서운 꿈을 잊어버릴까?"

재하가 땀에 젖은 아이의 머리를 쓸며 말했다. 아이는 아무 말도 하기 싫은지, 재하의 목을 꽉 끌어안을 뿐이었다. 재하는 온유를 안은 팔에 힘을 주고 침실로 자리를 옮겼다.

그에게 안겨 온 온유를 보고 놀란 은안이 성큼 그들에게로 다가갔다.

"온유야."

"온유, 잘래……. 엄마랑 아빠랑."

그래도 집으로 와 엄마 아빠를 보니 많이 안정된 건지, 표정이 많이 풀어져 있었다. 은안이 무슨 일이냐는 표정으로 재하를 올려다봤다.

"악몽을 꿨대."

재하가 속삭이듯 말하자, 은안이 이 상황이 이해가 간다는 듯 고개를 짧게 끄덕였다. 물기 가득한 아이의 얼굴을 보니, 은안도 속상했다.

"무서웠겠다, 온유. 엄마랑 아빠랑 같이 자자. 알았지?"

은안이 다정한 목소리로 말하자, 아이가 고개를 끄덕였다. 결국 그날 밤 두 사람은 어쩔 수 없이 다시 엄마 아빠의 모드로 돌아와야 했다. 하지만 은안은 다행이라고 생각했다. 만약 그 순간 초인종이 울리지 않았으면, 어쩌면 저는…….

후회할 진심을 내뱉었을지도 모르니까.

은안이 술에 취해 들어왔던 날 이후, 아무 일도 없었다는 듯 두 사람은 평범한 일상을 보냈다. 그렇게 며칠이 지나고, 어느새 아이 앞에서 다정한 척하는 연기에도 물이 올랐다.

재하는 그사이에 원래 일했던 병원에서 제의를 받았다. 인력이 너무 부족한데, 다시 돌아와줄 수 있냐고. 원래 서울로 돌아가려 사직한 것이니, 다시 일을 시작하는 것에는 큰 무리가 없었다.

이젠 은안도 함께 온유를 돌보니 오히려 예전보다 나을 터였다. 은안에게 말하니, 흔쾌히 동의했고 온유도 제가 일을 하러 간다니 좋아했다. 온유가 의사 선생님인 아빠가 멋있다며, 늘 자랑스럽게 여기는 것도 이 결정에 한몫을 했다.

그렇게 재하가 다시 처음으로 출근하는 날.

은안은 오늘 재택근무를 하는 날이라, 재하 대신 온유를 등원시키기 위해 일찍이 그의 집으로 왔다. 그러다 아주 작은 문제가 생겼다.

"온유야, 아빠 다녀올게."

"아빠 빠빠이!"

온유가 현관 앞에서 고사리 같은 손을 살랑살랑 흔들자 재하가 무릎을 꿇고 아이의 뺨에 입을 맞췄다. 쪽, 하는 소리가 두어 번 현관을 가득 채우고, 재하가 신발을 신기 위해 등을 돌렸다. 그때, 온유가 소리쳤다.

"잠깐만!"

"……?"

"왜 아빠는 엄마한텐 안 해? 뽑뽀."

아이의 두 눈망울에 의문이 잔뜩 껴 있었다. TV에서도, 동화책에서도, 심지어는 친구들이 가끔 말해주는 다른 집의 풍경에서도 엄마 아빠는 뽀뽀를 하는데, 제 엄마 아빠는 현관에서 배웅 뽀뽀를 하지 않는다는 사실을 깨달은 온유가 말했다.

"원래 오뉴랑 아빠랑 이르케 뽀뽀하면 그다음은 엄만데에?"

순수한 질문이었다. 하지만 은안의 얼굴엔 당황이, 그의 얼굴엔 정염이 내려앉았다. 아이의 시야에서 쉽게 보이지 않는 두 사람의 뜨거운 시선이 공기를 가득 데웠다.

"빤니! 이러다 느저!"

어른들의 미묘한 감정을 알 리 없는 아이가 아빠를 재촉했다. 그 순간, 아이의 성화에 재하는 등을 돌려 성큼 그녀의 앞으로 발걸음을 내디뎠다.

사실 아이 때문이 아닌 지극히 제 사심이 담긴 움직임이었지만. 가까이 다가온 것뿐인데, 거대하게 느껴지는 그의 위용에 은안이 어깨를 웅크러트렸다.

그때, 그가 먼저 입술을 가져간 곳은 입술이 아닌 벚꽃색으로 물든 그녀의 귓바퀴였다.

"엄마, 아빠로 지내자고 한 건 당신이니까."

그의 느른한 목소리엔 사뭇 진지함이 감돌았다.

그 순간이었다.

촉—.

귓바퀴에 머물던 그의 입술이 빠르게 그녀의 부드러운 입술로 옮겨갔다. 지난번 침대에서처럼 입술의 겉면만 닿을 줄 알았는데, 그의 입술이 은안의 아랫입술을 살짝 머금었다. 살짝 벌어진 입술로 뜨거운 숨결이 흘러들었다. 그는 뜨거워진 입술을 살짝 내리눌렀다가 아쉬운 듯 떼어냈다.

"하아."

거의 들리지 않게 한숨을 뱉은 은안의 입술이 유독 붉게 달아올라 있었다. 온몸을 타고 전류가 찌르르 흘렀고, 짧은 시간에 얼마나 긴장했던 건지 손에는 식은땀이 배어났다.

저와 달리, 재하는 정말 연기라도 했다는 듯 평온한 표정으로 등을 돌려 집을 나섰다.

"다녀올게."

"아빠 빠빠이!"

온유도 만족스럽다는 듯 쫄래쫄래 문 앞까지 걸어가 손을 흔들었다. 은안은 멍하니 허공을 응시했다. 입술과 입술이 포개진 순간, 득도하듯 깨달은 것이 있다.

그를 향한 지금의 이 마음을 감추고 부정할 수는 있어도,

절대로 소멸하지는 않을 거 같다고.

첫날이라 일찍 병원으로 출근한 재하가 외래 시작 전, 개인 노트북으로 메일을 확인했다. 메일에 첨부된 영상 파일을 내려받은 재하가 파일을 재생했다.

곧 영상 속에 온유의 모습이 나타났다. 온유를 키우면서, 그는 영상을 틈틈이 찍어뒀었다. 물론 제가 보기 위함도 있었지만, 훗날 돌아올 은안에게 온유는 이랬었다고, 이렇게 커왔다고 보여줄 생각이었다.

은안이 기억을 찾은 뒤, 그는 모은 영상을 하나로 보기 좋게 편집해달라고 업체에 의뢰했다. 드디어 완본을 받았고 오늘 은안에게 보여줄 생각이었다.

영상에 문제가 없음을 확인한 재하가 노트북을 닫았다. 그러고는 의자에 몸을 기대었다.

진료 시작 시각까지는 10분가량이 남아 있었다. 오롯이 혼자 있는 시간이 생기자, 자연스레 귓가에 은안의 목소리가 재생되었다.

—재하 씨, 나는…….

며칠 전, 그녀가 하려던 말은 뭐였을까. 이번에도 제 곁을 내어줄 수 없다는 그런 말? 아니면, 다른 말이었을까?

솔직히, 정말 가늠이 되지 않았다. 제게 곁을 내어주지 않겠다고 말했으면서, 눈은 자꾸 잘게 떨리고 있었으니까. 조금 전, 집을 나서기 전 입을 맞출 때만 해도 그녀는 복잡한 표정을 하고 있었다. 뺨이 이제 막 익으려는 사과처럼 조금 붉어져 있는 거 같기도 했고. 아직 견고한 거 같긴 해도, 어쩌면 조금씩 천천히 균열이 생기고 있는 걸지도 몰랐다.

그래, 그거면 됐다. 그 틈으로 새어 나오는 가느다란 희망이 있다면, 이 상태로 평생을 버틸 수도 있을 거 같았다. 재하는 은안의 입술이 닿았던 제 입술을 매만지며 슬며시 미소를 머금었다.

그날 저녁, 야경이 아주 잘 보이는 해운대의 한 칵테일 바를 통째로 빌린 이철은 지인들을 불러 생일 파티를 열었다. 그리고 손에 선물을 든 은안이 그곳으로 들어섰다. 워낙 붙임성이 좋은 이철이라, 내부는 온 부산 사람들이 다 모이기라도 한 듯 시끌벅적했다. 원래라면 선물을 회사에서 전해줬을 테지만, 은안은 오늘 재택근무를 했고 이철은 이제 막 출장지에서 돌아온 참이었다. 이철이 생일이나 기념일 챙기기에 꽤 진심이라는 것을 알기에, 은안은 재하에게 저녁에 일이 있다고 문자를 보내고 이곳에 참석했다.

"이철 씨, 생일 축하해요."

"어? 대표님! 잘 오셨어요!"

"여기 선물이요."

"역시 우리 대표님! 감사히 잘 쓸게요!"

선물 증정 후, 이철이 준 무알고올 칵테일을 한 모금 들이켠 은안이 시계를 바라보았다. 온유가 저를 기다릴 텐데, 하는 생각이 들자 마음이 조급해졌다.

'그래도 왔으니까, 이거 한 잔만 다 마시고 가자.'

어쨌든, 참석을 했으니 30분 정도는 있어야 할 것 같았다. 그때, 눈치가 빠른 이철이 은안을 흘긋 보더니 말했다.

"왜요, 아들이 기다린대요?"

같이 일을 하는 사람이니, 모든 걸 숨길 수 없었던 은안은 사실은 기억을 잃었었고 아이 아빠와 아이를 최근에 만났다고 얘기했다.

그리고 그 아이 아빠가 재하라는 것까지. 다행히도 그 안에 숨겨진 많은 이야기들에 대해서는 이철도 묻지 않았으며 은안도 하지 않았다. 두 사람 다 너무 사적인 영역까지 파고들지 않아야 비즈니스 관계가 더 오래간다고 믿었기 때문이었다. 그래도 진지하지 않은 선에서, 이철은 종종 장난을 치고는 했다.

뭐 잘생긴 남편이 있어서 좋겠다는 둥, 그런 싱거운 장난을. 오늘도 이철의 눈은 어김없이 장난기로 빛났다.

"아니면, 재하 씨?"

"아……."

재하의 이야기를 꺼내자, 은안의 두 뺨에 미약하게 홍조가 띠었다. 아침의 간지럽던 입맞춤이 생각났기 때문이었다.

오늘 아침, 입을 맞추고 난 뒤 몰려온 감정의 여파 덕분일까. 그의 이름만 들었을 뿐인데, 심장이 급류를 탄 듯 덜컹거렸다.

"그렇게 좋아요? 남편 이름만 들어도 얼굴을 붉힐 만큼?"

이철이 신기하다는 듯 눈을 모으며 제 얼굴을 살피자, 은안이 말을 더듬었다.

"누, 누가 얼굴이 빨개졌다고 그래요?"

"여기, 볼이 지금 불긋한데?"

"술 마셔서 그런 거예요!"

은안이 제 손에 든 칵테일을 들어 보이며 반박했다. 하지만 이철은 우습다는 듯 코웃음 쳤다.

"그거 무알코올이잖아요."

"아, 무알코올……."

이철에게 한 방 먹은 은안이 예쁜 잔에 담긴 은은한 핑크색의 음료를 바라보았다. 차를 가져왔다며 무알코올 음료를 마시겠다고 말한 지 10분도 되지 않았다. 아주 천지 분간 못 하는 바보가 된 기분이었다.

"푸핫, 대표님 알고 이런 모습 처음 보네, 진짜!"

늘 똑 부러지던 은안에게 이런 면이 있었나 싶어 이철은 배를 잡고 웃었다.

"아니, 뭐 사랑에 빠지면 바보가 된다지만 이건 갭이 너무 큰데?"

"사랑에 빠지다니요. 그런 게 아니라……!"

"에이, 뭐가 아니에요. 지금 완전히 그런 표정인데. 완전 설레 하는 표정이잖아요! 남편 얘기 잠깐 했을 뿐인데."

오늘 아침까지만 해도 부정하려 했던 감정을 이철이 콕 집어내서일까. 은안은 비밀을 들킨 사람처럼 순간 얼어붙었다가 조심스레 입을 열었다.

"……내 얼굴이 그래요?"

이철이 고개를 끄덕였다. 그때, 다른 곳에서 이철을 부르는 소리가 들렸다. 이철이 잠시 기다리라는 듯 손짓한 뒤 은안에게로 시선을 고정했다.

"대표님. 요즘 아주 보기 좋아요."

이철이 엄지를 치켜세운 두 손을 볼에 붙이며 말했다.

"따봉 더하기 따봉! 쌍따봉 드릴게요. 지금처럼 웃어요!"

아주 깜찍하다 못해 끔찍한 애교를 선보이는 이철의 모양새에, 은안이 헛웃음을 터트렸다.

"그럼 전 찾는 사람이 많아서 이만."

눈을 찡긋하며 등을 돌려 친구들에게로 떠나는 뒷모습을 보던 은안이 고개를 저었다.

"나, 저 사람이랑 계속 동업해도 되는 거야?"

이철이 시야에서 완전히 사라지고, 은안이 제 뺨을 조심스레 쓸었다.

"그나저나, 아침에도 이런 표정이었나……."

그의 이름만 들어도 이렇게 맥박이 뛰는데, 입을 맞춘 직후에는 어떤 표정이었을지 보지 않아도 뻔했다.

엄마 아빠는 뽀뽀를 하는 거라는 아이의 말. 그리고 엄마 아빠만 하자고 한 건 당신이라며 다가오던 그. 그 순간, 은안은 무언가가 단단히 잘못되었다는 걸 느꼈다. 사실상 그와 남처럼 지내는 건 불가능했다. 온유가 있었으니까. 그래서 가족처럼, 엄마 아빠로만 지내자고 한 거였다.

그렇게 하면 엄마 아빠로서 느끼는 감정과 이성적으로 느끼는 감정을 확연하게 분리할 수 있을 거라고 생각한 제가 바보였다. 가족이라는 관계 자체가 여러 색의 실로 탄탄하게 짠 목도리 같은 존재인데, 그게 어떻게 쉽게 분리가 된다는 말인가.

"하아. 어쩌자고."

은안이 심란한 한숨을 뱉었다.

오늘 아침과 같은 상황이 반복된다면, 저는 어떻게 해야 하는 걸까. 사랑이 무섭다며 그를 밀어내고, 모질게 굴어놓고서는 언행일치가 되지 않는다. 이젠 저도 제가 어쩌고 싶은 건지 모를 지경이었다. 답답한 마음에 은안이 잠시 놓아두었던 투명한 분홍색 액체를 들이켰다. 복잡함이 조금이나마 같이 넘어가길 바라면서.

탁—.

은안이 원 샷 해버린 잔을 상 위에 탁, 놓은 그때. 누군가 뒤에서 은안의 어깨를 톡톡 두드렸다. 뜻밖의 인물에, 은안의 눈이 동그래졌다.

"민혁 씨? 여기 웬일이에요."

"이철 씨가 초대했어요. 해운대 야경이 잘 보이는 곳을 통째로 빌렸다고, 꼭 오라고 하더라구요."

"그래서 서울에서 여기까지 온 거예요?"

민혁이 고개를 끄덕이자 은안이 고개를 저으며 잘게 웃음을 터트렸다.

"진짜 사람 좋아한다니까요, 이철 씨는."

"그래도 같이 있으면 재밌잖아요."

"그건 그래요."

"잠깐 저기 가서 앉을까요?"

민혁이 창가 자리를 가리키며 묻자, 은안이 고개를 끄덕였다. 두 사람은 바다가 내려다보이는 바 테이블에 착석했다. 활짝 열어둔 창 쪽으로 오자 텁텁하던 공기가 시원해졌다.

해운대의 야경은 언제 봐도 왠지 모르게 마음을 시원하게 해주는 힘이 있었다. 반짝이는 야경들에 시선을 빼앗긴 사이, 굵은 빗방울이 한두 방울씩 떨어졌다.

투둑—.

은안이 창밖을 보며 생각했다.

'비가 오네. 차에 우산이 있었던가……?'

창밖에 시선을 고정한 은안을 관조하던 민혁이 조심스레 입을 열었다.

"은안 씨, 참 다행이에요. 아들도 찾고, 사랑하는 사람도 찾았잖아요."

그의 나지막한 목소리에 은안이 고개를 틀었다. 아들을 찾은 건 맞지만, 사랑하는 사람을 찾았다는 얘기에는 고개가 끄덕여지지 않았다. 은안이 아무 대답을 하지 않자, 민혁이 말을 이어갔다.

"사실, 그 사고가 있고 나서 저도 재하가 참 밉더라고요."

어느새 짙어진 빗소리를 배경 삼아, 민혁이 옛날 일들을 주섬주섬 꺼내놓았다.

"은안 씨는 나한테 소중한 친구이자…… 나를 위로해준 사람이었으니까."

민혁의 말에, 옛날 옥상에서의 일이 떠오르며 가슴 한쪽이 욱신거렸다. 재하를 만난 뒤, 또 다른 날 옥상에서 민혁을 만났다. 당시, 부모님을 잃고 힘들어하던 민혁에게 그 위로를 건넬 수 있었던 건 재하에게 용기를 받았기 때문이었다. 그가 준 삶의 기운을 조금 나누어줬을 뿐, 저는 한 게 없는데도 민혁은 늘 저를 친구라는 이름 아래 살뜰히 대해줬다.

"그 위로는 제 게 아니었어요. 난 그냥……."

"그건 중요하지 않아요. 어쨌든 그날 나한테 그런 따듯함을 준 건 은안 씨니까."

"……."

"그래서 난 은안 씨가 진심으로 행복하길 바라요."

어딘가 씁쓸한 은안의 표정에, 민혁의 눈썹이 의문으로 둥글게 휘었다.

"기뻐해야 할 사람이, 왜 그렇게 찝찝한 표정이에요?"

정곡을 찔러버린 은안이, 잠시 멈칫했다가 입을 열었다.

"찝찝한 건 아니고. 그냥……."

"그럼, 아직 재하가 미워요?"

"그건 아니에요!"

은안이 급히 부정했다. 그가 미운 건 아니었다. 솔직히 본능적인 반응으로만 봤을 땐, 좋아하는 것에 더 가까웠다. 하지만 두려움에 휩싸여 자꾸만 감정에 솔직하지 못하게 된다.

그게 얼마나 볼품없어 보이는지 알면서도. 그럼에도, 자꾸 다가오는 그를 애써 밀어내는 게 점점 벅찼다. 저도 제가 어쩌고 싶은 건지, 이제는 확실히 알 수 없었다. 은안이 옅게 한숨을 쉬며 말했다.

"그냥, 어려워요. 나도 내가 무슨 생각을 하는지도 모르겠고."

혼돈에 잠긴 은안을 가만히 보던 민혁이 아득한 표정과 함께 입을 열었다.

"옆에서 보는 나는, 알 거 같은데요? 은안 씨가 무슨 생각하는지."

"네?"

"옛날부터 은안 씨는 한결같았어요."

민혁은 제가 보고 느꼈던 옛날이야기를 시작했다.

4년 전, 태수의 입을 통해 민혁이 은안의 행방을 알게 된 후였다. 은안이 재하와의 기억을 전부 지우긴 했지만, 재하의 친구란 걸 알기 전부터 알던 사이기에 민혁은 기억하고 있었다. 그 사실을 알게 된 민혁은 종종 서울에서 내려와 은안을 찾았다.

가족 외의 사람과 만나는 것이 어느 정도 환기가 될 것 같아 진태도 은안과 민혁의 만남을 허락했다. 민혁은 병원에 방문해 종종 은안과 담소를 나누거나 산책을 했다.

재하와 서류상으로는 남남이 된 은안이었다. 그래서 그녀가 욕심이 나지 않았다고 하면 거짓말이겠지만, 아프고 기억을 잃은 사람을 어떻게 해볼 만큼 양심이 없진 않았다.

그저 이번 생에는 이렇게 가끔 대화를 나눌 수 있는 친구면 된다고 생각했다. 그렇게 은안의 병원을 방문한 시 몇 달이 지났을까. 그녀의 사고에 받았던 충격과 재하에 대한 분노를 걷고 보니 이 상황이 잔인하다는 생각이 스쳤다.

그래서 진태에게 '그래도, 은안 씨가 재하와 아이를 만나게 해주는 게 맞지 않을까요?'라고 말하려 했다. 오랜만에 병원을 방문한 그날, 그 모습을 보기 전까진. 그날, 진태는 급한 일이 생겨 하루 동안 부산을 떠나야 했다. 마침 민혁이 온 날이었기에, 진태는 양해를 구하고 그에게 하룻밤만 은안의 보호자 역할을 해달라고 부탁했다.

흔쾌히 부탁을 수락한 밤, 민혁은 병실 구석에 앉아 책을 읽고 있었고, 은안은 멍하니 창밖을 바라보고 있었다. 병실 안에는 가끔 종이가 사락거리는 소리만 들렸다.

한창 몰두하던 민혁이 고개를 들어 잠시 은안을 확인했을 때, 은안은 소리 없이 눈물을 흘리고 있었다. 민혁이 놀란 표정으로 급히 침대로 다가왔다.

“은안 씨, 왜 울어요?”

“아, 그냥요. 밤만 되면 가끔 이렇게 눈물이…….”

눈물을 훔친 은안이 말을 이어갔다.

“사실, 어두운 게 무서워요. 머리로는 무서워하지 않아도 된다는 걸 아는데.”

“…….”

“마음은 저 어둠이, 나를 전부 다 삼킬 거 같아서 숨이 막혀요.”

낮에는 봄바람 같은 웃음을 머금을 줄도 알던 은안은 밤이 되자 급격히 어둠에 잠식되었다.

“가끔 이렇게 의지랑 상관없이 눈물이 나면, 옛날에 내가 잃었던 기억이 뭘까 생각하거든요.”

“…….”

“근데, 그 생각만 하면 여기가 막 아파요.”

은안이 가슴을 움켜쥐며 말했다.

“그래서, 내가 잃은 기억들이 궁금하다가도 다시 찾지 않겠다고 다짐해요. 너무너무 아파서. 지금도 이렇게 아픈데, 기억을 찾으면 더 아플 거 같아서.”

그 순간, 민혁은 망치로 머리를 맞은 듯 멍하니 은안을 바라보았다. 기억을 잃은 은안에게, 재하는 여전히 이름 모를 아픔의 무게로 남아 있었다. 떨쳐낼 수도 없이 아주 무겁게. 은안의 가족들이 왜 재하를 굳이 찾아주려 하지 않는지 알 것 같았다. 민혁이 걱정스러운 눈빛을 하자, 은안이 눈물을 닦으며 괜찮다는 듯 말했다.

"하. 민혁 씨 앞에서 이렇게 우는 모습 보여주기 싫었는데, 미안해요."

은안이 씩씩한 가면을 쓰자, 민혁은 위로를 건넬 수가 없었다. 제가 어쭙잖은 위로를 건네는 게 그녀에게 딱히 위로가 될 거 같지 않아서였다.

결국 자리로 돌아온 민혁은 다시 책으로 시선을 고정했다. 저를 살피는 걸 알면 은안이 부담스러워할 터였다. 눈을 책에 두긴 했지만, 은안의 우는 모습이 어른거려 활자가 머리를 둥둥 떠다녔다.

그때, 이어서 읽어야 할 부분보다 한참 뒤의 한 구절이 그의 눈에 선명히 들어왔다.

어쩌면, 두려움은 사랑의 그림자일지도 모른다. 사랑이 커지는 만큼, 그 그림자는 사랑의 크기의 몇 배로 불어나 우리를 괴롭히니까. 하지만, 너무 두려워할 필요도 없다. 그럼에도 그림자는 사라지고, 온전히 사랑만 남는 날은 꼭 오게 되어 있을 테니.

글을 다 읽은 민혁은 고개를 들어 은안을 보며 생각했다. 어쩌면 은안이 재하를 잊은 지금, 그녀를 찌르는 두려움의 크기는 재하를 향한 사랑의 크기와 같다고. 그래서 그를 사랑했던 만큼 지독하게 힘든 거라고.

한편으로는 재하도 안쓰러웠다. 너무 큰 사랑. 그것을 받을 땐 행복하겠지만, 반대로 지금 같은 상황에서는 그만큼의 두꺼운 벽이 되어 있었으니까. 두 사람 사이에 자리 잡은 사랑이란 감정은, 정확히 반으로 나누어져 한 사람에게는 두려움이, 한 사람에게는 벌이 되었다.

하지만 그럼에도 한 가지만은 확실했다. 두려움이건, 아픔이건 그건 모두 사랑이 없으면 생기지도 않을 감정이라는 걸. 기억을 잃은 은안이 고통에 몸부림치는 이 밤. 어쩌면 아직 은안이 재하를 사랑하고 있을지도 모르겠다는 생각이 들었다.

민혁의 이야기를 전해 들은 은안의 눈이 투명한 눈물로 그렁했다.

"내가 본 은안 씨는, 기억을 잃었을 때도 지금도 재하를 많이 사랑해요."

민혁의 말을 들은 순간, 아슬아슬하게 버티고 있던 은안의 마음이 와르르 무너졌다.

"내 생각엔, 은안 씨가 느끼던 두려움의 크기는……."

잠시 뜸을 들이는 말 사이로 빗소리가 휘몰아쳤다.

"재하한테 느끼던 사랑의 크기랑 같은 거 같아요."

민혁의 말에, 은안의 눈에서 눈물이 독, 하고 떨어졌다.

그래, 이제 인정해야 했다. 저는 그를 미워할 수도, 아니 미워한 적도 없었다. 기억을 잃고 그가 있던 과거를 찾기 싫어하는 그 순간마저도. 두려움 속에서 사랑은 마치 잔향처럼 희미하게 남아 있었다.

금방이라도 큰 울음을 터트릴 것 같은 은안의 얼굴을 보던 민혁이 다시 입을 열었다.

"그러니까, 이제 실체 없는 그림자 따위 보이지 않는 곳으로 가요."

민혁은 지금까지 보여준 미소 중 가장 밝은 미소를 지으며 말했다. 은안은 고개를 돌려 그를 바라봤다.

"고마워요, 민혁 씨."

제 마음을 다시 일깨워준 그에게 고맙고 미안했다. 민혁이 한 번도 제게 남자로 다가오려 한 적은 없었지만 은안은 알고 있었다. 민혁이 제게 품은 마음을. 세상에 완벽히 감출 수 있는 건 없었으니까.

그때, 민혁이 은안의 짙어진 눈을 모르는 척하며 능청스레 말했다.

"나, 곧 영국으로 떠나요. 영국의 병원이랑 연구 교류가 있거든요."

"이렇게 갑자기요?"

"재하한테 미안하다고 전해줘요. 돌아오면 술이나 한잔하자고."

순간, 은안이 그를 가볍게 안아주었다. 위로와 끝인사, 그 어디쯤에 있는 포옹이었다.

"고마워요, 그리고 미안해요. 나도 민혁 씨가 행복했으면 좋겠어요."

은안이 그의 등을 두어 번 토닥였다.

"영국 조심해서 다녀와요."

그녀의 마지막 인사와 함께, 한 남자의 길었던 숨은 짝사랑도 끝이 났다.

chapter 24

고마워, 돌아와줘서

민혁과 헤어진 뒤 은안도 곧장 집으로 가려 했으나, 뜻밖에도 협력사가 될 회사의 대표가 생일 파티에 나타나 발목이 붙잡혔다. 사업에 관련된 대화를 하니, 도저히 얘기를 끊고 나설 수가 없었다. 재하도, 온유도 보고 싶어 미칠 것 같은 은안이 초조한 듯 눈을 굴리던 그때.

Rrrr—.

은안은 중요한 전화라며 칵테일 바의 중심에서 벗어나 구석진 곳으로 향했다.

재하 씨

휴대폰 화면에 뜬 익숙한 이름에 은안이 파르르 눈을 떨었다. 평소와 같이 전화가 온 것뿐인데, 그를 받아 들이는 제 마음이 달라져서일까. 심장이 북처럼 둥둥 울렸다.

은안이 떨리는 마음을 애써 가다듬으며 전화를 받았다.

"여보세요?"

그런데 뜻밖에도, 수화기 너머에서 들리는 목소리의 주인공은 재하가 아닌 온유였다.

"흐이잉 엄마……. 아빠가 아파요! 몸이 뜨거어……."

아빠의 몸이 불덩이 같다는 말에, 은안의 얼굴이 사색이 되었다. 무슨 정신인지도 모르게 급히 양해를 구한 은안은 칵테일 바를 나와 집으로 향했다.

집으로 들어서자 종종 온유를 봐주는 순천 이모가 와 있었다. 몸살감기 기운이 올라온 것을 인지한 재하가 미리 전화를 했다고 했다. 그때, 익숙하게 온유의 짐 가방을 챙긴 순천 이모가 은안에게 말을 걸었다.

"남 교수님이 이렇게 가끔 몸살감기가 오실 때면 제가 온유를 집으로 데려가서 재웠어요. 감기가 옮을까 봐."

"아……."

"사모님이 계시는데도, 습관적으로 저한테 전화하셨나 봐요. 아프실 때마다 제가 온유를 데려갔었거든요."

"……."

"에휴, 보통은 계절 바뀌실 때만 주기적으로 아프신데, 이번엔 무슨 일이신지 비를 홀딱 맞으셨더라고요."

'주기적으로', 이 단어에 은안의 미간이 살짝 구겨졌다.

"주기적으로 아프다고요?"

그는 건강한 사람이었다. 결혼 생활 내내 피곤함에 파묻힌 모습은 봤어도 주기적으로 몸살을 앓지는 않았다. 주기적으로 앓았다는 말에, 그의 지난 4년이 모두 압축된 것만 같았다. 지난 4년, 제가 아팠던 만큼 그도 아팠던 걸까.

두려움이 걷히자, 깊숙이 숨겨졌던 것들이 보이기 시작했다. 그때, 상념에 잠긴 은안을 깨운 건 순천 이모의 목소리였다.

"오늘은 제가 온유 데려갈 테니까, 교수님 돌봐드리세요."

"아, 네. 그럼 부탁 좀 드릴게요."

은안은 찌릿한 마음을 겨우 진정시키며 일단 온유를 배웅하기 위해 현관으로 향했다. 순천 이모의 손을 꼭 잡은 온유는 아빠 걱정을 하면서도 씩씩하게 말했다.

"엄마, 아빠 호오 잘해조! 온유 내일 올게요오……."

은안은 억지로 웃으며 아이의 머리를 쓰다듬었다.

"걱정 마. 엄마가 내일 온유 데리러 갈게. 아빠 열심히 간호해서 낫게 한 다음에."

온유와 순천 이모가 나가고, 은안은 곧장 안방으로 향했다. 그리고 침대에 누워 거친 숨을 내뱉는 그의 이마에 손을 댔다. 해열제를 먹었다고 했는데도, 아직 약발이 들지 않은 건지 이마가 뜨거웠다. 은안은 미지근한 물에 적신 수건으로 그의 얼굴과 팔다리를 닦아주었다.

은안의 정성이 통한 것인지, 몇 시간이 지나자 재하의 체온이 서서히 내려갔다.

"후…… 한 번 더 갈아주자."

한시름을 놓은 은안이 물수건을 다시 적시려 걸터앉은 침대에서 일어난 그때.

타악—.

어느새 잠에서 깨어난 재하가 뜨거운 손으로 손목을 그러쥐었다. 그대로 다시 침대로 내려앉은 은안이 그를 향해 등을 돌렸다. 묘하게 가라앉은 표정을 한 재하가 낮게 긁히는 목소리로 물었다.

"여긴, 언제 왔어."

손목에서 느껴지는 열감 때문일까, 그가 제 손목을 쥐고 있다는 게 너무 여실히 느껴져 긴장이 몰려왔다.

아파서 그런 건지, 그의 표정이 평소와는 다르게 조금 굳어 보였다. 하지만, 은안은 그의 감정적인 상태보다 몸 상태를 살피기 바빴다.

"괜……찮아요? 당신 열난다고 온유한테 전화가 와서……."

"괜찮아. 열은 다 내려간 거 같아."

재하의 대답에, 은안이 가슴을 쓸어내렸다.

"하, 다행이에요."

"여긴 어떻게 왔어. 오늘 이철 씨 생일 파티라며."

"아, 금방 왔어요. 어차피 그런 자리 오래 있는 거 별로라."

그녀의 대답에 재하는 허탈한 웃음을 머금었다. '정말 별로였던 거 맞아?'라는 말이 목 끝까지 올라왔지만, 그는 입을 꾹 다물었다.

사실, 이철이 저를 초대했지만 정중히 거절한 터였다. 온유를 봐야 하니 은안과 저 둘 다 이철의 생일 파티에 갈 수는 없었다. 그렇게 집에서 온유와 은안을 기다리던 중, 비가 온다는 날씨 예보를 확인한 재하는 은안이 걱정되기 시작했다. 생일 파티에 갔으니 술을 마실 텐데, 오다가 빗길에 넘어지기라도 하면 어쩌나, 길을 잃기라도 하면 어쩌나, 하는 그런 걱정이.

결국 재하는 온유를 잠시 주현의 집에 맡기고 은안이 있던 해운대의 칵테일 바로 찾아갔었다. 넓게 트인 창 덕분에 먼 곳에서도 가게 내부가 훤히 보였다. 약간 떨어진 곳에서 창가에 있는 민혁과 은안을 보고 가게로 들어가려던 재하는 걸음을 우뚝 멈췄다.

은안이 다정한 손길로 민혁을 안고 토닥이고 있었기 때문에. 아직까지 생생한 그 장면이 그를 아프게 파고들었다. 순간 두려웠다. 혹시나 저를 외면하는 게, 혹여나 민혁 때문일까 봐. 제가 없던 4년의 세월. 그들에게 어떤 일들이 있었는지 모르기에, 두려움은 더 커져갔다.

그때, 상념에 빠진 재하를 보던 은안이 걱정스럽다는 듯 물었다.

"무슨 일 있어요? 당신 표정이……."

"아니야. 아무 일도 없어."

겉으로는 아무렇지 않은 척했지만, 사실 그는 이렇게 묻고 싶었다. 우리의 옆에 있겠다고 한 건 정말 온유 때문만이냐고. 나는 네 마음속에 아주 조금의 자리도 차지할 수 없냐고.

엄마 아빠만 하자던 그녀의 말이 저를 막기 위한 방패가 아닌, 깊숙한 진심이라면. 저는 어떻게 해야 하는 걸까. 가정만으로도 깊은 늪에서 허우적거리는 것처럼 숨이 턱 막혀왔다.

결국 재하는 끝내 아무것도 물을 수 없었다. 그때, 내내 표정이 좋지 않은 그를 보던 은안이 예고 없이 그의 이마에 손바닥을 얹었다.

"재하 씨, 나 좀 봐요. 아직 열이 덜 떨어진 거 같아요, 당신."

이마에 얹어진 부드러운 손바닥의 감촉에, 재하가 그녀의 손목을 빠르게 낚아챈 뒤 한쪽 입매를 옅게 올렸다.

은안이 저를 걱정하는데, 왜 이렇게 마음이 비틀리는 걸까.

그는 이내 그 이유를 깨달았다. 이렇게 걱정스러운 눈빛을 하면, 저는 또 착각하게 될 테니까. 바스러지는 희망을 놓지 못하고 어떻게든 그녀를 잡기 위해 손을 움켜쥘 테니까.

하지만 은안은 이 또한 온유 아빠로서 저를 걱정하는 것이다. 그 사실을 되뇌니, 마음이 내려앉았다.

"괜찮아. 그러니까, 걱정 그만하고 그만 가봐."

"안 돼요, 아직 미열이 남아 있는 거 같아요. 누워요, 물수건 올려줄게요."

불과 몇 시간 전, 은안이 민혁을 안고 있는 걸 보고서는 우산도 떨어트린 채 우두커니 서서 비를 맞았다. 제 몸을 젖어들게 하는 빗방울이 차가운 줄도 모르고.

그런데 지금은 제 거절에도 단호한 은안의 어투에, 속에서 뜨거운 무언가가 끓어올랐다. 눈앞에서 오롯이 저를 걱정하는 그녀를 보니 시야가 뱅글뱅글 돌았다. 열은 다 내렸는데, 아직 고열에 시달리는 사람처럼 머리가 멍한 것도 같았다.

분명 조금 전까지 판도라의 상자를 열지 않겠다고 다짐했었다. 하지만 늘 그렇듯 은안이 얽힌 다짐은, 엉성한 모래성처럼 쉽게도 무너졌다. 진실이 무엇인지 알고 싶은 건, 인간의 원초적인 본능이었다. 그게 제게 이로운 것이든, 이롭지 않은 것이든 말이다. 결국, 재하는 은안에게 물었다.

"이건…… 온유 아빠라서야?"

"……네?"

"지금, 이렇게 내 옆에 있어 주는 거. 걱정하는 거."

"……."

"온유 아빠라서냐고."

내내 부드럽던 것과 달리 저를 잡아먹을 듯한 눈빛에, 은안의 심장이 쿵, 발밑으로 떨어졌다. 분명 온유와 아빠를 낫게 하겠다는 약속을 한 건 맞았다. 하지만, 온유 아빠라서 간호를 하는 거냐고 물으면 그렇다고 대답할 수가 없었다.

그가 걱정됐다. 아프다는 소리에 세상이 캄캄해졌고, 집으로 돌아와 앓는 그를 보자 콧잔등이 시큰거렸다. 지금 자신이 그를 걱정하는 건, 온유 아빠라서가 아니었다. 제가 사랑하는 사람이기 때문에. 그가 다른 누구도 아닌, 남재하라는 남자이기 때문이었다.

하지만 내내 꽉 막혀 있던 진심이 격류처럼 몰아친 탓일까,

은안은 쉬이 마음에 맴도는 말을 뱉지 못했다. 은안의 마음을 알 턱이 없는 재하는 아무런 대답이 없는 것을 긍정의 대답으로 받아 들였다. 여러 감정이 마치 폭발하기 직전의 화산처럼 터질 것 같았지만, 그는 그것들을 꾹 눌러냈다.

"가봐도 돼. 몸은 이제 괜찮아. 온유 엄마로서의 호의는 여기까지."

"……."

"여기까지만 받을게."

은안은 가보라는 그의 말에도 꼼짝하지 않고, 그의 이름을 불렀다.

"재하 씨."

가녀린 목소리와 섬섬히 빛나는 눈빛을 마주한 재하는 직감했다. 더는 넘실거리는 제 마음을 꾹 누를 수 없을 거라는 걸. 그래서 이번에는 그가 통보했다.

"지금 내가 잡은 손목. 뿌리치고 나가지 않으면, 내가 당신한테 무슨 짓을 할지 몰라."

어느새 분노와 치기가 어려 있던 그의 눈빛에 뜨거운 물기가 서렸다.

"3초 줄게. 내 인내심이 그렇게 길지가 못하거든."

은안은 그런 그의 눈빛을 피하지 않았다. 찰나의 순간, 뜨거운 적요가 그들을 내리눌렀다. 그리고 이내 그가 숫자를 세기 시작했다.

"하나."

은안의 머릿속엔 많은 생각이 뒤엉켰지만.

"둘."

그를 피하지 않았다. 말로만 내뱉지 못했을 뿐, 그를 향한 마음을 이제 확실히 깨달았으니까.

"셋."

셋을 센 그가 단숨에 은안의 손목을 끌어당겨 침대로 눕힌 뒤 두 팔 아래로 가뒀다. 순식간에 쓰러진 은안의 머리칼이 새하얀 시트 위로 보기 좋게 흐트러졌고, 그는 그런 그녀의 뺨을 조심스레 어루만졌다. 침대 위의 모든 공기가 사라진 듯, 은안은 숨을 쉴 수가 없었다. 은안을 내려다보던 재하에게서 중저음의 쇳소리가 섞인 목소리가 새어 나왔다.

"내가 그랬잖아."

"……."

"당신이 나가지 않으면 내가 무슨 짓을 할지 모른다고."

말을 끝낸 그의 입술이 그녀의 입술로 내려앉았다. 순식간에 입술 사이를 파고들어 온 그가 입 안을 엉망으로 헤집었다. 4년 동안 인내가 바닥나버린 남자의 키스는 거칠었다. 그가 빈틈 따위는 주지 않겠다는 듯 폭발적으로 그녀를 가르고 들어가자, 은안의 거친 숨이 약하게 흩어져 나왔다.

하지만 은안은 그를 거부하지 않았다. 그의 호흡을 따라가며 그에게 모든 걸 맡겼다. 곳곳을 건드리는 그의 뜨거운 감각은 은안의 모든 것을 무너트렸다.

그와 맞부딪히는 모든 곳이 너무 달아서 온몸이 녹을 것만 같았다. 벌어진 입술 사이로 오가는 숨결에는 짙고 짙었던 그리움이 가득 묻어났다. 아프지만 뜨거운, 그래서 기다릴 수밖에 없었던 시간.

"흐으……."

입술과 입술 사이에 틈이 생길 때마다 은안은 야릇한 숨을 내쉬었다. 물기 어린 소리가 얼마나 이어졌을까. 그의 손이 셔츠를 파고들어 은안의 매끈한 허리를 스쳤을 때.

Rrrrrr—.

재하의 휴대폰이 울렸다. 입을 맞추던 두 사람의 시선이 자연스레 침대 옆 협탁으로 향했다.

순천 이모

액정에 뜬 이름에 겹쳐졌던 두 사람의 몸이 떼어졌다. 미간을 좁혔던 재하가 얕은 한숨을 뱉어낸 뒤 전화기를 들었다.

"여보세요?"

침대에서 일어난 그가 창가로 가 전화를 받았다. 뒤에서 그의 뒷모습을 보던 은안은 두 손으로 제 입을 틀어막았다.

심장이 떨리다 못해 통증이 느껴졌다. 이대로 있다가는 호흡 곤란이라도 올 것 같아 은안은 흐트러진 옷매무새를 정리할 틈도 없이 도망치듯 방을 나섰다.

타닥—.

정신없이 거실로 뛰쳐나온 은안은 몽혼한 정신으로 아무 방으로 들어가 문을 꼭 닫았다. 그 방에 계속 있다가는, 심장이 터질 것만 같았다.

"하아, 하아……."

거친 숨을 내쉰 은안이 방문에 기대어 미끄러지듯 주저앉았다. 그와 입을 맞추던 순간 한 번 더 깨달았다. 저는 그를 미워한 적이 한 번도 없다는 걸. 누구보다 그를 그리워하고 있었다는 걸. 바보 같게도, 저는 진짜 제 속마음을 계속 외면해왔다.

"하아……."

이미 민혁과의 대화로 제 마음을 깨닫고 그에게 오늘은 말을 해주려 했었다.

사랑한다고. 난 당신을 미워한 적 없다고.

하지만 '사랑'이라는 단어를 입술에 담기에는 아직 낯설었던 것 같다. 그래서 조금 전 그의 물음에 꿀 먹은 벙어리가 되어버리고 말았다.

대화를 먼저 하기 전에 입부터 맞춰버려 순서가 어긋난 느낌이었지만, 이젠 아무 상관이 없었다. 결승선에 제대로 안착할 수만 있다면, 방법 따위는 어떻게 되든지.

마음을 한결 다듬자, 은안은 제가 들어온 곳이 서재라는 것을 깨달았다. 다리에 힘을 찾은 은안이 자리에서 일어나 서재를 살폈다.

그러고 보니 이 집에 드나든 지 꽤 됐는데, 서재는 거의 들어와본 적이 없었다. 재하의 독립적인 공간이라, 굳이 들어올 생각을 하지 않았었다. 어느새 책상 쪽으로 온 은안에게 노트

하나가 눈에 띄었다.

"이게 뭐지?"

엉망으로 펼쳐져 있는 노트를 집어 든 은안이 그 안에 적힌 글씨를 천천히 읽어나갔다.

> 은안아. 우리 온유는 조금씩 아랫니가 나기 시작했어.
> 갈수록 너랑 나를 반반씩 닮아가. 우리 온유는 내가 지킬게.
> 충분히 네가 괜찮아지는 그때. 그때는 꼭 우리 곁으로 돌아와줘.

그가 기록해둔 일기였다.

> 여보, 어떻게 지내? 난 온유와 또 사계절을 함께 보냈어.
> 엊그제는 온유가 열이 올라서 응급실에 갔다 왔는데,
> 내가 대신 아프고 싶더라.

글씨를 읽어 내려가던 은안의 눈에 투명한 눈물이 고였다.

> 그래도 나 점점 단단한 아빠가 되는 거 같아.
> 그 무게가 무겁지만, 잘 짊어져보려고.
> 오늘은 크리스마스야. 온유도 나도 네가 보고 싶어, 은안아.

그의 시간이 압축된 일기에, 은안의 눈빛이 이리저리 나부꼈다.

> 만약 이 터널이 끝나지 않는다면, 난 어떻게 살아가야 할까?
> 은안아, 나 혼자서 온유를 잘 키울 자신이 없어.
> 우리한테는 네가 필요해.

글씨를 읽어 내려가던 은안의 눈에 눈물이 한가득 고였다. 그리고 마지막 구절에 다다라서 그녀의 입술이 달싹였다.

네가 날 알아보지 못해도 좋으니까. 딱 한 번만, 한 번만.

"보고…… 싶어."

마지막 문장의 끄트머리를 소리 내서 읽은 은안의 입에서 울음이 터져 나왔다. 저를 그리워한 재하의 절절한 마음이 너무 날것으로 제게 닿았기 때문에.

"흑……."

뭐가 두려워서, 이렇게 저를 그리워하며 기다린 사람을 또 기다리게 만들었던 걸까. 미안함이 물밀 듯 밀려와 은안의 온몸을 적셨다. 툭, 툭, 일기장으로 떨어지는 눈물이 그의 글씨와 만나자 잉크가 진하게 번졌다.

그때…….

달칵—.

방문이 열리고 재하가 들어왔다. 전화를 끊고, 방에서 사라진 은안을 찾으러 집 곳곳을 돌아다니던 그가 마지막으로 찾은 종착지는 서재였다.

울고 있는 은안의 얼굴을 확인한 그가, 시선을 살짝 내렸다. 은안의 손에는 제 일기장이 있었다. 은안에게 보여주고 싶지 않았던 물건이 그녀의 손에 있자, 재하는 당황해 그녀의 곁으로 바짝 다가가 일기장을 낚아챘다.

보여주고 싶지 않았던 감정의 밑바닥을 들킨 그의 눈빛이 여과 없이 동요하고 있었다.

은안이 본 일기는, 그녀에게 보여주고자 쓴 것이 아니었다. 덜어내지 못한 가장 무거운 감정들을 옮겨놓은 것이었다.

은안이 제 곁으로 돌아온대도, 힘들었던 과거를 일일이 다 읊고 싶다고 생각해본 적은 없었다. 그럼 은안은 또 죄책감을 가질 테니까. 이건 저 혼자 짊어져야 할 무게였다.

은안이 서재에 들어가지 않는다고 생각하고 일기를 아무렇게나 펼쳐뒀던 건 제 실수였다. 예기치 못한 상황에 재하는 미간을 좁히며 횡설수설 입을 열었다.

"당신이 이 방에 들어올 줄 모르고 난 그냥……."

그를 바라보던 은안의 입 안이 쓰게 물들었다. 이런 상황에서도 저를 먼저 생각하는 그의 모습에 명치께가 아릿했다.

그는 이렇게 계속 감정을 가두며 살아왔을까? 누구에게도 속내를 내비치지 못한 채로.

생각만으로도 마음이 시렸다. 이젠 그의 그 아픈 시간들을 끝내주고만 싶었다. 은안이 살얼음이 낀 호수를 걷듯 조심스럽게 걸음을 뗐다. 이윽고 재하의 앞에 서서 그의 목을 살포시 끌어안았다.

"재하 씨."

그리고 조심스레 입을 열었다. 그가 그렇게나 기다리고 듣고 싶었을 그 말을 해주기 위해서.

"난 당신 한 번도 미워한 적 없어."

우리의 사랑이 너무 얄궂고 지독하지만, 그걸 선택한 건 나니까.

"그리고 사랑하지 않은 적도 없어."

만약 다시 당신을 처음 만났던 그날의 옥상으로 돌아간다 해도, 난 똑같이 당신을 사랑할 수밖에 없을 테니까.

"그리고 당신이랑 함께했던 시간들, 한 번도 후회한 적 없어요. 후회했다던 말 다 거짓말이야."

그녀가 목에 두른 팔을 풀어 그에게서 살짝 떨어져 나와 그를 정면으로 마주했다. 짙고 짙던 감정의 환각에서 빠져나온 그가 오롯이 그녀와 눈을 맞췄다. 은안이 그의 뺨을 어루만지며 말했다.

"그러니까, 당신도 이제 스스로를 용서해줘요."

아릿한 아픔이 어려 있는 은안의 섬세한 손길에 그의 속눈썹이 미세하게 흔들렸다. 그의 물기 어린 눈가를 한 번 쓱 닦은 은안이 까치발을 들어 그에게 먼저 입술을 포갰다. 그의 아랫입술을 살짝 빨아들인 은안이 서툴게 그의 입술을 벌려 숨결을 밀어 넣었다. 은안의 키스는 일종의 신호였다. 당신을 용서했다는 신호. 그리고 당신이 날 기다렸던 만큼, 나도 당신을 기다렸다는 신호.

입술에서 입술로 전해진 속마음이 곧 그의 심장에 닿았다. 그리고 신호가 온전히 도착한 그 순간, 순식간에 입술 속 흐름이 뒤집어졌다.

그는 기다렸다는 듯 은안의 입술을 거칠게 삼켰다. 4년 전의 배려 어리고 느릿한 입맞춤과는 차원이 달랐다. 그답지 않게 급하고 애절했다. 마치 은안이 사라져버리기라도 할까 봐 그는 그녀를 강하게 옭아맸다.

"하아."

은안의 목 안쪽에서 나른한 숨이 터지자, 재하가 잠시 은안을 놓아주었다. 은안의 입술이 그의 흔적으로 붉게 흐무러져 있었다. 불긋해진 입술을 엄지로 조심스레 쓸어준 재하는 은안을 번쩍 안아 들어 책상 위로 앉혔다.

책상이 높아 은안이 쑥 올라오자 두 사람의 시선이 수평이 되었다. 마치 하늘을 선연하게 물들인 노을처럼, 그의 눈빛에는 보이지 않는 붉은빛이 내려앉아 있었다. 그 두 눈으로 온전히 은안을 바라보던 그가 조용히 말했다.

"한 번만 더, 말해줘."

"……."

"용서했다고."

어울리지 않게 아이처럼 보채는 그의 모습에 은안의 입가가 살짝 말려 올라갔다. 그를 빤히 바라보던 은안이 다시 그의 목을 휘어 감으며 그의 귓바퀴에 입술을 가져다 댔다. 지금은 용서한다는 말보단, 이 말을 하고 싶었다.

"사랑해요."

뜻밖의 사랑 고백에 놀란 듯 그가 은안의 팔에서 빠져나왔다. 구름 위에 서 있는 것처럼 비현실적이게만 느껴지는 순간이었다. 듣고 있으면서도 믿지 못하겠다는 표정에 은안이 다시 작고 붉은 입술을 달싹였다.

"재하 씨, 내가 사랑…… 흡!"

하지만 은안의 두 번째 사랑 고백은 미처 세상 밖으로 온전히 나오지 못하고 그의 입속으로 거칠게 삼켜졌다. 한참이나 은안의 여린 숨결을 모조리 집어삼키던 그가 입술을 뗀 뒤 그녀의 목덜미를 살짝 물었다.

자극을 이기지 못하고 입에서는 야릇한 소리가, 목에는 붉은 꽃잎이 피어올랐다. 뜨거워진 방 안 공기에 두 사람은 연신 거친 숨을 몰아쉬었다. 그가 흐트러진 은안의 머리칼을 귀 뒤로 살짝 넘기며 물었다.

"침대로 갈까?"

조심스러우면서도 뜨거운 물음에 은안이 살포시 고개를 위아래로 끄덕였다. 은안의 허락이 떨어지자마자 그는 그녀를 번쩍 들어 올렸다. 순식간에 공중으로 몸이 뜬 은안은 자연스레 그의 허리에 다리를 감았다.

모든 감정을 내려놓고 서로에게만 집중하게 된 그들 사이엔 조금의 머뭇거림도 없었다. 서재에서 침실로 가는 동안에도 그들의 입술은 서로를 탐하기 바빴다. 침실로 도착해 은안을 눕힌 재하가 위에서 그녀를 내려다봤다. 서로의 눈빛이 그 어느 때보다 따듯하게 서로를 감싸고 있었다. 그때, 급작스레 무언가가 생각난 은안이 붉게 부풀어 오른 입술을 달싹였다.

"아, 조금 전에 전화는……."

"아빠 아직도 많이 아프냐고, 걱정된다고 전화한 거야. 우리 아들이.”

은안의 물음을 마저 다 들을 여유가 없다는 듯 그는 매혹적인 입술로 답을 뱉어냈다. 아빠를 걱정할 아이의 모습에, 은안이 미간을 좁혔다.

“아무래도 안 되겠어요, 지금이라도 데려올…….”

“괜찮아, 아빠 다 나았다고 하니깐, 내일 데리러 오라던데?”

“……네?”

“사실, 온유가 순천 이모 집에 가는 걸 좋아해. 그 집에 12살 형이 있거든. 온유가 가고 싶대도 민폐라 자주 못 가게 했지만.”

“아…….”

“근데, 내가 다 나았다고 했으니까, 걱정 없이 형이랑 놀 거야.”

은안이 묻지 않은 것까지 착실히 답한 그는 그 어느 때보다 말이 빨랐다.

“풉.”

그런 그를 보던 은안이 실소를 터트렸고, 그의 눈썹이 삐죽해졌다.

“왜 웃어?”

난 심각한데. 미칠 것 같은데.

뒤따라오는 말을 겨우 삼킨 그가 그녀를 뚫어져라 바라봤다.

“그냥, 재하 씨가 이렇게 다급하게 말하는 건 처음이라…… 웃겨서요.”

“맞는데, 다급한 거.”

웃음기 가득한 그녀의 얼굴과 달리, 재하의 얼굴에는 진지함이 가득 차 있었다.

"4년을 기다렸으니까."

진지하다 못해 심각한 그의 목소리에, 은안도 더는 웃을 수가 없었다. 그만큼이나 저도 기다렸던 순간이었다. 그보다는 조금 덜 조급했지만.

"은안아."

그의 부드러운 목소리가 마음을 녹였고, 뜨거운 눈빛이 몸을 달궜다.

"하던 거, 마저 해도 돼?"

찌푸린 미간을 풀지 않는 그의 모습이 어딘가 모르게 색정이 가득해 보여 심장이 요동치듯 울렸다. 은안이 그의 목덜미에 손을 두르며 입술을 달싹였다.

"해요. 이번엔 안 끊을 테니까."

예전의 은안이었다면 상상도 못 할 과감한 멘트에 그의 미간이 탁, 하고 풀림과 동시에 입에 짙은 호선이 그려졌다. 그의 입술이 은안의 이마로 내려앉았다가 떼어졌다.

"당신은 상상도 못 할 거야."

그러고는 다시 콧잔등에 입을 맞췄다.

"내가 당신을 얼마나 사랑하는지."

그는 얼굴 곳곳에 입을 맞출 때마다 은안의 셔츠 단추를 하나씩 풀어냈다. 곧 셔츠의 단추가 모두 풀어지고, 도자기 같은 그녀의 피부가 그의 시야에 가득 찼다. 재하가 은안의 움푹 파인 쇄골을 손으로 쓱 훑었다. 그리고 마치 부드러운 봄바람에 흐드러진 벚꽃 잎이 세상에 흩뿌려지듯 그녀에게 그의 입술이 내려앉았다.

“하아, 재하 씨…….”

감정에는 거칠 게 없었지만, 막상 이런 상황에 놓이니 모든 게 처음인 것처럼 마음 한쪽이 떨려 주체가 되지 않았다. 마지막이 될 줄 알았던 첫날밤은, 정말 마지막일 거라 생각해서 그렇게 먼저 입을 맞출 용기가 났었던 거였다.

그런 그녀의 마음을 충분히 알아챘다는 듯 그가 붉어진 그녀의 뺨을 조심히 쓸었다.

“아프면 말해, 싫어도 말하고.”

그의 차분한 목소리가 은안에게 내려앉았다.

“오늘만 날은 아니니까.”

참겠다는 뉘앙스가 다분한 말과 달리, 그의 눈빛에는 정염이 그득했다. 은안이 고개를 저었다. 조금 떨릴 뿐이지, 그를 받아 들이기 싫은 건 아니었으니까. 다시 마음을 다잡은 그녀가 말했다.

“오늘이 날이에요. 온유도 없는 거…….”

결국 그녀의 말은 다시 그의 입속으로 삼켜졌다. 생경한 감각에, 은안의 입에서는 정제되지 않은 날것의 소리가 자꾸만 튀어나왔다. 온몸을 스치는 전율에 그녀의 몸이 완만하게 휘어졌다. 곧 옷가지를 침대 밑으로 떨어뜨린 두 사람이 오롯이 서로만 바라봤다. 그가 입을 열었다.

"은안아."

애정이 다분한 목소리에 자연스레 그녀의 눈에 눈물이 가득 찼다.

"사랑해."

"……."

"사랑하고 있어."

"나도요."

결국, 감정의 홍수는 두 사람의 이성을 무너트렸다. 그들은 날이 샐 때까지 몇 번이고 세상의 온 공감각이 뒤틀리는 감각을 느끼며 서로를 취했다.

먼동이 트는 새벽, 제 곁에서 곤히 잠든 은안을 보던 재하가 보고 있으면서도 믿기지 않는다는 듯 그녀의 눈썹을 한 번, 코를 한 번, 입술을 한 번씩 쓸었다. 이게 꿈이라면 영원히 깨고 싶지 않을 정도로 황홀했다.

하지만 곧 지금 이것이 꿈이 아니라 현실이라는 걸 알려주듯 은안의 속눈썹이 파르르 떨렸다. 은안의 입술이 잠꼬대하듯 오물거리자, 그가 귀엽다는 듯 이마에 입을 맞췄다.

"은안아."

아직 잠에 푹 취한 건지, 그녀는 아무런 대답도 없었다.

"고마워, 돌아와줘서."

모든 건 돌고 돌아 결국 제자리를 찾는다. 사람도, 감정도 그게 무엇이든 서로를 끌어당기는 힘만 있다면.

그렇게 그는 은안의 얼굴을 빤히 바라봤다. 어젯밤, 몇 번이고 그녀를 집어삼킨 탓일까. 은안은 일어날 기미가 보이지 않았다. 덕분에 재하는 한참이나 그녀의 자는 얼굴을 감상할 수 있었다.

그렇게 몇 시간이 흘렀을까. 은안이 부스스 눈을 떴다. 시야를 가득 채우는 그의 얼굴에 은안이 눈을 끔뻑이며 물었다.

"뭐 해요?"

"당신 보고 있었어."

여전히 그녀에게서 눈을 떼지 못한 그가 은안의 머리칼을 단정히 정리해주며 대답했다.

"못 봤던 만큼 채우려면, 하루 종일 당신만 보고 있어야 할 거 같아."

능청스러운 사랑꾼의 등장에, 은안이 나쁘지 않다는 듯 웃었다. 그러더니, 무언가 번뜩 떠올랐다는 듯 눈을 동그랗게 떴다.

"아 참, 어제 내가 얼마나 놀랐는지 알아요? 온유가 울면서 전화를 했는데……! 비는 왜 맞은 거예요? 어린애도 아니고."

재하의 가슴을 한 번 탁, 소리 나게 친 은안이 약하게 그를 흘겨봤다. 저를 때린 그녀의 손목을 그러쥔 재하가 웃음기를 지운 얼굴로 물었다.

"나 묻고 싶은 게 있어."

"뭔데요?"

순간적으로 깊어진 그의 눈빛에, 은안의 온몸이 긴장으로 들어찼다. 그가 한 치의 흔들림 없이 은안을 바라보며 말했다.

"어제…… 사실은 당신이 민혁이를 안고 있는 걸 봤어."

저와 그녀 사이의 감정은 밤새도록 살갗 곳곳을 파고들 정도로 진하게 확인했기에, 은안의 마음을 의심하지 않았다. 하지만 그렇다고 그 장면에 대한 궁금증까지 모조리 사라지는 건 아니었다. 직설적인 물음에, 은안의 동공이 당황스러움으로 부풀어 올랐다.

"어제…… 왔었어요? 칵테일 바."

은안의 떨리는 목소리에, 그는 솔직히 고개를 끄덕였다. 이젠 그녀 앞에서 어떤 감정과 상황도 숨기고 싶지 않았다. 그게 아주 유치하고 작은 불씨의 씨앗일지라도.

"사실, 어제 민혁 씨가 찾아와서 일깨워줬어요. 내가 당신을 얼마나 사랑하는지."

그의 눈이 의문으로 가늘어지자 은안이 다시 입을 열었다.

"4년 전에 민혁 씨가 병원으로 찾아왔을 때, 난 한창 기억을 찾고 싶지 않다고 떼를 쓰고 있었어요. 무섭고 두렵다고. 아마, 당신을 마주하는 게 그때의 나한테는 무서운 일이었던 것 같아요."

사뭇 진지해진 은안의 입에서는 과거가 물 흐르듯 부드럽게 흘러나왔다.

"처음 결혼을 할 때만 해도 당신을 향한 내 마음이 무적인 줄 알았는데, 사고가 났던 순간 그게 아니라는 걸 깨달았어요."

지금껏 한 번도 말하지 못했던 감정을 입에 담자, 그녀의 얼굴이 점점 더 물기로 흐려졌다.

"난 사실 결혼하고 3년 동안 당신의 눈빛에 많이 아팠고, 당신의 말에 많이 다쳤었던 거 같아요."

사실, 사랑이라는 감정 앞에 강한 사람은 없다. 강한 척을 하는 사람만 있을 뿐. 그리고 저도 누구보다 강한 사람이 아닌, 강한 척하는 사람이었다. 감정에 하릴없이 무너져보니 깨달을 수 있었다.

강한 사랑은 없다고. 그러니까 제 마음을 잘 들여다보고 보듬어줘야 한다고. 원래 사랑이라는 건 예민하고 또 예민해서 좋은 자극도 나쁜 자극도 더 크게 받아 들이는 법이니까. 제 스스로 사랑의 정의를 내린 은안이 살포시 웃은 뒤 마음을 다 털어내며 말을 이어갔다.

"당신을 너무 사랑해서, 당신이 나한테 다가와줬을 때 더 좋았고."

잠시 말을 끊은 은안이 입매를 올리며 웃었다.

"당신이 나한테 상처를 줬을 때 더 많이 아팠어요."

"……."

"그래도, 그것마저 당신이 다 낫게 해줬으니까. 괜찮아요."

은안의 표정은 그 어느 때보다 밝았다. 마치 이젠 정말로 그것들을 다 극복했다고 하듯이. 은안의 고백에, 그가 어쩔 줄 몰라 하는 표정으로 그녀를 바라봤다.

"미안해."

그때, 어른거리는 눈으로 재하를 보던 은안이 손을 들어 그의 뺨을 쓸며 다시 입을 열었다. 그에게 이 말은 꼭 해주고 싶었다.

"민혁 씨가 그러더라고요. 사랑과 두려움의 크기는 같다고."

"……."

"내가 두려움에 당신을 밀어냈던 것만큼, 당신을 사랑했던 거예요."

강한 부정은 강한 긍정이라는 말이 있듯, 제 마음 또한 그를 밀어낸 것만큼 사실은 당기고 싶어 했다. 바보같이 그걸 머리로 계속 부정했고, 너무 늦게 깨달았다.

"그러니까, 이제는 진짜로 떨어지지 말아요. 아프지도 말고. 당신도 나도 그리고 우리 온유도."

그를 바라보는 은안의 눈이 반짝반짝 빛났다. 사랑을 얘기하는 은안의 눈은 마치 흐린 하늘 속에서도 보이는 별과 같았다. 두 사람은 그렇게 한참 동안 서로를 응시했다. 마치 기나긴 여정을 끝낸 여행자들처럼. 안온하고 평화로운 표정으로.

깊이 잠들었던 두 사람 중 먼저 눈을 뜬 건, 재하였다. 그는 곤히 잠든 은안의 머리칼을 조용히 쓰다듬으며 그녀가 깨어나길 기다렸다.

기다림이 2시간쯤 이어진 뒤에야, 은안이 스르륵 눈을 떴다.

"언제 깼어요……?"

재하는 은안의 잠긴 목소리마저 귀엽게 느껴져 이마에 가볍게 입을 맞춘 뒤 말했다.

"조금 전에."

그의 나긋한 목소리에, 은안이 그의 품을 파고든 뒤 고개를 올렸다. 서로의 눈에 자성이라도 있는 건지, 두 사람의 시선이 강하게 맞붙었다.

그렇게 한참을 서로만 바라보다 보니 어느덧 창밖에서 강한 햇살이 들어오기 시작했다. 햇살에 눈을 찌푸린 은안이 이불을 걷으며 먼저 침대에서 일어났다.

"온유 데리러 가야죠."

은안을 따라 일어난 재하가 침대에서 벗어나려는 그녀의 허리를 포박했다. 그러고는 은안의 가느다란 목덜미에 얼굴을 파묻을 듯 가까이 다가가 나른한 목소리로 말했다.

"아직, 잘걸?"

은안이 움찔했다. 목덜미에 닿는 뜨거움이 숨결인지, 어젯밤 저를 집어삼킨 입술인지 분간이 되지 않았다.

촉—.

하지만 쓸데없는 추측은 할 필요 없다는 듯, 이번에는 재하가 정확히 목덜미에 입을 맞췄다.

"아……."

은안의 입에서 의지와 상관없이 낮은 소리가 새어 나왔다. 아침이라 맑던 정신은 입맞춤 한 번에 안개가 낀 것처럼 흐릿해졌다. 한시도 저를 놓치지 않으려던 그의 집요한 눈빛이, 제 눈에 눈물이 맺힐 때까지 저를 놓아주지 않던 순간들이 떠오르며 정신을 흩트리고 있었다.

은안은 손발 끝이 저릿저릿하고, 온몸에 오소소 소름이 돋는 걸 느꼈다. 하지만 이내 마음을 가다듬었다. 어제, 온유를 데리러 가겠다는 약속을 했는데 시간을 지체할 수는 없었다.

"아침인데, 일어났을 거……."

은안이 고개를 돌리며 허리에 감긴 재하의 손을 떼어내려 한 그때.

쪽―.

이번에는 입술에 도장을 찍은 덕분에, 은안은 말을 끝맺지 못했다.

"아직 안 일어났다니까."

그리고 떼어내려 했던 재하의 팔은, 은안의 가는 허리를 더 욱더 깊게 안았다. 그의 단언에, 은안이 물었다.

"아니, 그걸 어떻게 알아요."

"알아. 순천 이모 집 가면, 형이 있다고 했잖아."

어젯밤에도, 오늘도 순천 이모 집의 12살 형은 재하의 방패막이가 되어주었다.

"그 형이랑 있으면, 온유가 노느라 흥분해서 잘 시간을 놓치거든."

그는 온유가 일어나지 않았을 거라는 말을 조목조목 뒷받침하기 시작했다.

"그래서 온유가 아침 늦게까지 자. 집에 있을 때랑은 다르게."

"……진짜예요?"

의심스럽다는 듯 은안의 눈썹이 굼실거리자, 재하가 다시 한 번 말했다.

"진짜야. 다른 건 몰라도, 이것만큼은 확실해."

재하의 또랑또랑한 눈빛에 은안이 못 말린다는 듯 픽, 웃음을 터트렸다.

자잘한 웃음소리가 가시자, 재하가 은안의 두 뺨을 조심스레 감싸며 가까이 다가갔다. 그러더니 은안의 동그란 이마에 제 이마를 맞대었다. 콧잔등이 스치고 입술과 입술의 간격이 닿을 듯 말 듯했다. 그 상태로 그가 속삭였다.

"그러니까."

은안은 이미 얼굴이 잔뜩 붉어진 채 떨리는 눈으로 그를 응시할 뿐이었다.

"조금 더 누워 있다가, 가도 된다는 뜻이야."

말을 끝낸 그가 살짝 벌어진 은안의 입술 틈을 파고들었다. 금세 깊어진 입술 사이로 물기 어린 소리가 피어올랐다.

그는 다정하게 구석구석을 쓸어 올리다가도 모든 걸 삼켜버릴 듯 거칠었다. 그럼에도 부족하다는 듯 그녀를 놓아주지 않았다. 두 사람의 상체가 침대 위로 넘어가는 동시에, 입술도 잠시 떨어졌다.

하지만, 그는 다시 은안의 목에 가볍게 키스했다.

은안은 키스 이상은 곤란하다는 듯, 살짝 그의 가슴을 밀어냈다.

"하아, 온유 데리러……."

"온유는 아직 잔다니까."

재하가 조금 전보다 훨씬 갈급해진 목소리를 뱉자, 은안이 항복하고 말았다. 결국 침대에 몸을 맡긴 두 사람은 온몸이 녹진해질 때까지 서로를 놓아주지 않았다.

은안과 재하는 거의 점심시간이 되어서야 순천 이모 집에 도착했다. 온유는 엄마 아빠를 보자마자 잽싸게 달려왔다.

"엄마아! 아빠아!"

"온유야, 잘 있었어?"

"네에. 형아랑 재밌게 노라써요!"

온유를 배웅하기 위해 나온 순천 이모에게 은안이 꾸벅 고개를 숙이며 감사 인사를 건넸다.

"감사해요, 이모."

"어유, 별말씀을. 원래 제가 하던 일인걸요. 저희 아들도 온유 오는 거 좋아하구요."

순천 이모가 손사래를 치며 말했다.

"앞으로도 두 분, 바쁘실 때 종종 저희 집에 맡기세요."

"부탁 좀 드릴게요, 그럼. 이 사람도 일하고 있고, 저도 다시 병원으로 들어가서요. 종종 부탁드릴 거 같아요."

재하가 싱긋 미소 지으며 말하자, 순천 이모는 한쪽 눈을 찡긋하며 능청스레 입을 열었다.

"어우, 그럴 때 말고 뭐 둘이 있고 싶을 때도 맡겨요."

어른들만 알아들을 수 있는 농담에, 은안의 뺨에는 옅게 홍조가 감돌았고 재하는 작게 웃음을 터트렸다.

"네, 감사합니다."

그리고 진심을 담은 인사를 건네는 것도 잊지 않았다.

"이제 집에 가자, 온유야."

"응!"

순천 이모에게 마지막 인사를 건넨 뒤, 세 사람이 탄 차가 출발했다. 집으로 가는 길, 온유가 아직 홍분이 가라앉지 않은 얼굴로 소리쳤다.

"아빠아! 온유도 방 만들어주세요. 나도 형아처럼 혼자 잘래!"

뜻밖의 부탁에 두 사람이 눈을 동그랗게 떴다. 그리고 재하가 확인하듯 물었다.

"온유 혼자 잘 수 있겠어?"

"응!"

6살쯤 되면 방을 만들어주려고 하긴 했었는데, 이렇게 빨리 요구하다니. 혼자만의 공간을 가진 형이 아무래도 많이 멋있어 보인 듯했다. 재하가 조수석에 앉은 은안 쪽으로 흘긋 시선을 옮기며 대답했다.

"그래, 알았어. 아빠가 온유 방 만들어줄게."

아들이 벌써 다 커버린 것 같아 아쉬웠지만, 은안과 둘이서만 잘 수 있다는 건 또 다른 기쁨이었다.

세 사람은 밖에서 저녁을 먹고 공원에서 온유가 좋아하는 비눗방울 놀이를 잔뜩 즐긴 뒤 집으로 돌아왔다. 온유를 먼저 재운 뒤, 두 사람은 샤워를 위해 각각 방과 거실의 욕실로 들어갔다. 은안이 샤워를 마치고 거실로 나오자, 이미 소파에 앉아 있던 그가 기다렸다는 듯 제 옆자리를 톡톡 쳤다.

"같이 마실래?"

테이블 위에는 간단한 안주와 맥주가 차려져 있었다. 은안이 고개를 끄덕인 뒤 그의 옆자리로 가 앉았다. 이윽고 두 사람은 차가운 맥주를 한 모금 들이켰다. 시원한 맥주를 내려놓은 재하가 은안 쪽으로 시선을 돌려 말했다.

"육퇴라고 하더라고, 이런 시간을."

육아에 시달리던 지난날, 왜 부모들이 아이를 재우고 맥주를 마시는 게 삶의 낙이라고 하는 건지 깨달았다. 오롯이 저를 위하는 시간, 그나마 저를 들여다보고 위로할 수 있는 시간이었다. 오늘 하루, 잘하지는 못했지만 그래도 열심히 했다고 다독여주고 다시 용기를 얻을 수 있는 시간.

혼자서 이런 소소한 시간을 보낼 때도 은안이 그립기는 매 한가지였다.

"당신이랑 꼭 이렇게 같이 맥주 마시고 싶었어. 육아 퇴근하고."

행복이 촘촘히 들어찬 그의 목소리에, 은안이 조심스레 눈을 내리깔았다. 어느새 표면에 물기가 가득 맺힌 맥주를 테이블에 내려놓은 은안이 나지막이 말했다.

"많이, 외로웠죠?"

은안이 그의 손을 꼭 잡아주었다.

"아니. 당신이 보고 싶긴 했지만, 외롭지는 않았어."

정면을 응시하던 재하가 고개를 돌려 은안을 바라봤다.

"당신이 온유를 남겨주고 갔으니까."

오늘부터 혼자 자고 싶다며, 놀이방에 이불을 깔고 자는 엉뚱한 우리 아들. 웃을 때 말려 올라가는 입매가 당신과 닮아 예쁜 우리 아들. 엄마가 보고 싶어도, 내가 슬퍼할까 봐 꾹 참던 우리 아들.

"온유가 있어서, 버틸 수 있었어."

은안이 제게서 사라지고, 온유마저 없었다면 어떻게 살아갔을까. 만약이라는 말을 붙여봐도, 쉽게 그 장면이 떠오르지 않았다. 은안이 떠나야 했을 때, 온 세상의 색이 지워지고 눈앞이 온통 회색빛이 되었다.

하지만, 온유가 다시 제 세상의 색을 채워주었다. 온유를 키우는 게 힘들지 않았다면 거짓말이겠지만, 아이는 그보다 큰 기쁨을 제게 주었다. 재하가 제 손 위에 겹쳐진 은안의 손을 들어 올려 입을 맞추었다. 그러고는 갑자기 무언가 생각났다는 듯 자리에서 벌떡 일어났다.

"보여줄 게 있어."

잠깐만 기다리라는 말을 남긴 그가 방으로 들어가더니 노트북을 들고 나왔다. 재하가 다시 은안의 옆으로 와 앉으며 말했다.

"혹시나, 언젠가 당신이 돌아오면 보여주려고 기록해둔 영상들이야."

재하가 편집을 의뢰했던 영상 합본을 재생시켰다.

"직접 보는 것만은 못 하겠지만, 사진보다는 영상이 나을 거 같아서 차곡차곡 기록해뒀어."

왠지 모르게 눈가가 시큰해진 은안이 울음을 꾹 참았다. 영상을 보니 비어버렸던 시간을 어떻게든 채워주려 노력해왔던 그의 마음이 느껴졌기 때문이다.

"우리 아들이 엄청 예뻤어. 지금도 예쁘지만."

부드러운 목소리에, 영상을 보기도 전에 은안의 뺨으로 눈물이 흘러내렸다.

"당신이랑 나를 반씩 닮아서, 그래서 이렇게 예쁜가 봐."

곧 노트북 가득 아기 시절 온유의 영상이 띄워졌다. 앙다문 입술과 또랑또랑한 눈망울, 그리고 아빠의 손을 움켜쥔 손가락까지. 어디 하나 사랑스럽지 않은 구석이 없었다.

그 모습만으로도 은안은 눈물이 차올랐다. 슬퍼서가 아니라 기뻐서, 예뻐서. 이렇게라도 온유의 지나버린 시간을 볼 수 있는 것만으로도 감사해서.

영상을 보는 내내 은안의 눈에서 눈물이 멈추지 않자, 재하는 다정한 손길로 그녀의 뺨을 쓸었다. 그때, 영상 속에서 짜증 섞인 온유의 목소리가 들려왔다.

[빠빠! 빠빠! 으으아아빠!]

장난감이 마음대로 제어되지 않자 신경질을 내는 모습에, 은안은 흘리던 눈물을 잠시 멈추고 영상에 집중했다.

그때, 손에 들고 있던 카메라가 테이블 같은 곳에 놓이는 소리가 났다. 곧이어 바로 재하가 화면 안으로 등장해 온유에게 장난감을 다시 조작해 쥐여주었다. 그러고는 아이를 번쩍 안아 들어 화면 앞으로 왔다.

[아들, 엄마한테 웃는 모습 보여줘야지? 활짝 웃어보세요!]

은안은 두 손으로 입을 틀어막고 새어 나오는 울음을 간신히 막았다. 제 눈에는 보였다. 온유에게는 웃으라고 하지만, 진심으로 웃지 못하는 재하가. 자신의 슬픔을 감춘 그는, 아이를 위해 힘겹게 웃고 있었다. 제 빈자리를 메꾸려 얼마나 고군분투했을까.

그 생각만 하면 가슴이 미어지는 것 같았다. 마치 고장 난 수도꼭지처럼, 감정이 멋대로 흘렀다. 영상에는 온유가 첫걸음을 떼는 모습, 이제 막 말하기 시작한 모습, 처음 어린이집 등원을 하는 모습들이 담겨 있었다.

이어서 가장 최근으로 보이는 영상이 눈앞에 펼쳐졌다. 푸르른 잔디밭에서 온유가 뛰어노는 모습. 아마 은안이 나타나기 바로 직전의 모습인 듯했다. 멀리서 온유를 찍던 재하의 목소리가 화면에 담겼다.

[은안아. 정말 많이 컸다, 온유. 네가 빨리 돌아와서 온유를 봤으면 좋겠어.]

4년이라는 시간이 지난 그의 목소리에는, 아픔보다는 담담함이 서려 있었다. 그게 더 은안을 아프게 만들었다. 고통에 익숙해졌다는 건, 결코 아프지 않은 게 아니었다. 찔린 곳을 또 찔리고 또 찔리면, 그저 감각이 없어질 뿐이니까.

"흑, 당신 정말……. 왜 이렇게 날 울려요."

"……."

"흑…… 흑, 나 당신이랑 우리 온유한테 미안해서 어떡해요."

재하는 서럽게 우는 은안을 끌어당겨 품 안에 가득 안았다. 그러고는 그녀의 뒷머리를 조심스레 쓰다듬어주었다. '괜찮아'라는 말이 그의 품 안에 다 녹아 있는 듯했다.

"히끅, 흑……."

심한 울음은 어느새 딸꾹질이 되어 그녀를 괴롭혔다. 그는 은안을 달래듯 등을 토닥이며 입을 열었다.

"은안아, 지나간 시간은 어쩔 수 없어. 내가 널 몰라봤던 시간도, 네가 온유를 기억하지 못했던 시간도."

"……히끅."

"그러니까, 지금부터 남들보다 두 배, 아니 열 배로 열심히 노력하자."

"힛끅."

딸꾹질이 대답이라도 되는 것처럼 은안은 그의 말이 끝날 때마다 요상한 소리를 내뿜었다. 그가 부스스 웃으며 은안을 품에서 떼어내고 두 손으로 얼굴을 조심스레 감싸 안았다.

"지나간 시간을 잡을 수는 없지만, 남은 시간은 더 꽉꽉 채울 기회가 남았잖아, 우리한테."

마음을 감싸 안아주는 그의 말에 은안이 고개를 끄덕였다.

"히이잇끅—."

그리고 동시에 딸꾹질로도 대답했다. 세상에서 가장 요란한 딸꾹질 뽑기 대회에 나가면 우승도 노려볼 만한 소리였다.

"하하하."

결국 참던 웃음을 터트린 재하가 은안의 입술에 입을 맞췄다.

쪽—.

"가, 갑자기 뽀뽀는 왜…… 히끅, 해요!"

분위기와 맞지 않는 발랄한 소리에, 은안이 눈을 크게 떴다.

"내가 딸꾹질 멈추는 법을 잘 아는데."

"……네?"

"한번 해볼래?"

어느새 칠흑 같은 그의 눈에, 열기가 들어서 있었다. 순식간에 뒤집힌 분위기에 은안이 마른침을 삼켰다. 긴장되는 와중에도, 딸꾹질은 멈추지 않았다.

"히끅."

그가 씩 웃으며 은안의 얼굴 쪽으로 제 얼굴을 당겼다. 어느새 두 얼굴은 숨결이 느껴질 정도로 가까워졌다.

"해보자, 내 방법이 잘 먹히는지 아닌지."

결국, 재하의 입술이 은안의 입술을 완전히 막아버렸다. 딸꾹질 같은 건 새어 나올 틈도 없이 아주 깊고 짙게.

chapter 25

족쇄를 채워야 해

은안과 재하가 서로의 마음을 확인하고도 2주일이라는 시간이 흘렀다. 그리 길지 않은 시간이었지만, 세 가족 사이에는 많은 일이 있었다.

일단, 재하는 빠른 추진력으로 집의 일부분 인테리어를 바꾸기 위해 공사를 시작했다. 가장 크게 바꿀 건, 남는 방을 온유의 방으로 꾸며주는 것과 재하가 혼자 쓰던 침실을 은안과 함께 쓸 침실로 바꾸는 것. 거기에 발코니와 서재도 은안이 활용할 수 있는 공간으로 바꾸기로 했다.

은안은 바꾸지 않아도 된다고 했지만, 재하는 아무리 봐도 너무 칙칙하다며 바꾸고 싶다고 고집을 부렸다. 은안은 못 말린다며 결국 고개를 끄덕였다. 공사를 하는 동안 재하와 온유는 은안의 집에 머물렀다. 은안이 살던 집은 천천히 매도하기로 하고, 일단은 당장 필요한 짐들만 옮기기로 한 터였다.

그리고 오늘은 은안의 집에 묵는 마지막 날이었다.

짐을 대강 정리한 재하가 잠시 쉬기 위해 소파에 앉았다. 은안은 온유와 둘이 데이트를 하고 싶다며 점심때쯤 집 밖을 나섰다. 혼자서 괜찮겠냐고 물었는데, 한사코 괜찮다며 온유와 다정히 손을 잡고 나가버렸다. 두 사람이 잘 지내는 모습이 좋긴 한데, 왠지 모르게 서운한 기분이 들기도 했다.

"나도 끼워주지."

결국 마음에 있던 유치한 소리가 입 밖으로 흘러나왔다. 이런 거에 연연하지 않는 사람이었는데, 괜히 외로웠다. 그때, 외로움을 달래주려는 건지 휴대폰 벨 소리가 우렁차게 울렸다. 재하는 혹시 은안일까 싶어 재빠르게 전화를 받았다.

"여보세요?"

[재하야!]

하지만, 은안일 거라는 예상과 달리, 자옥의 목소리가 들렸다.

"네, 할머니."

[다음 주 주말에 오는 거 맞지?]

자옥이 상기된 목소리로 물었다.

인테리어 공사가 시작되었을 즈음, 은안은 자옥과 상훈을 찾아뵈어야 하지 않겠냐며 넌지시 말을 꺼냈었다. 재하는 은안의 말에 동의했고, 다음 주 주말에 서울로 가기로 했다.

은안은 늘 제게 다정했던 자옥에게 남다른 정이 있었다. 돌아온 기억들에는 자옥과의 기억들도 있을 터. 하루빨리 자옥에게 얼굴을 비추고 싶어 한 은안이었지만, 서울에 갈 시간을 바로 내는 게 여의치 않아 다음 주 주말에 방문하기로 했다.

일정이 정해지고 나니 더 애가 타는지 자옥은 종종 재하에게 전화해 '그때 정말 오는 거 맞지?'라는 질문을 했다.

"네, 맞아요. 그렇게 좋으세요?"

[그럼, 좋다마다. 이게 꿈인가 싶어서 자꾸 너한테 전화하게 되네.]

제 할머니답지 않게 애달파 하는 모습에 재하는 슬며시 웃음을 머금었다. 은안과 제가 모든 오해를 풀었다고 전했을 때 저만큼이나 좋아한 자옥이니, 이런 반응도 이해는 되었다.

"걱정 마세요. 천재지변이 일어나지 않는 한, 꼭 서울 갈 테니까."

[예끼! 말하는 꼬락서니하고는. 천재지변이 왜 일어나? 일어나길!]

자옥은 서울에 오지 못할 티끌만큼의 가능성도 생각하고 싶지 않다는 듯 약한 노성을 뱉었다.

"진정하세요, 말이 그렇다는 거지."

[큼.]

재하의 말에 급히 현실을 자각한 자옥이 헛기침을 내뱉었다. 그 뒤로 잠깐 뜸을 들이던 재하가 조심스레 말했다.

"아, 그리고 장인어른도 뵐까 해요. 이번에 올라가면."

[그럼, 당연히 그래야지.]

제 딸을 위한다는 명목으로 재하와 온유를 떼어놓았지만, 진태의 속은 얼마나 또 다들어갔겠나. 어쩔 수 없이 천륜을 끊어내고 진태는 더한 지옥에서 살았을 터였다. 어렴풋이 알 것 같은 진태의 마음에, 자옥이 부드러운 목소리로 말을 이어 갔다.

[사돈도 온유가 얼마나 보고 싶겠어.]

"그럼요. 많이 보고 싶으셨을 거예요. 얼른 보여드려야죠."

[그래. 그럼 주말에 보자꾸나.]

부디 진태가 더는 본인을 갉아먹는 죄책감 속에 살지 않길, 자옥은 간절히 바랐다.

재하를 집에 두고 온유와 둘이 나온 은안은 한 공방을 찾았다. 제가 뭐만 하려고 하면 그가 가로막고 일을 빼앗아가버려 온유라도 제가 보는 게 좋겠다는 생각으로 집을 나섰다. 짐 정리 하랴, 온유를 돌보랴 바쁜 그를 위한 배려였다. 물론, 아들과 둘이 데이트를 하고 싶었던 마음도 있었다.

은안은 온유와 둘이서 점심을 먹고 후식까지 먹은 뒤 한 도자기 공방에 방문했다. 부산에서 일을 시작하고 난 뒤, 종종 취미로 도자기를 빚었다. 흙을 만지고 있으면 마음이 차분해졌고, 잡생각도 나지 않았기 때문이었다.

최근에는 갈 겨를이 없어서 잊고 있었는데, 집을 나서는 순간 갑자기 생각이 났다. 급히 선생님께 연락했는데, 다행히도 예약된 일정이 없어 당일 수업이 가능하다는 대답을 들었다. 그때, 온유가 왕방울만 한 눈으로 공방 입구를 요리조리 살피며 물었다.

"엄마 여기 어디예요오?"

은안이 기분 좋은 미소와 함께 아이와 눈을 맞췄다.

"여기는 도자기 공방이야. 음, 온유가 밥 먹는 그릇도 만들 수 있고, 온유가 물 마시는 컵도 만들 수 있어."

"우와아!"

"온유야, 우리, 아빠한테 선물할까?"

"선무울?"

"응, 엄마랑 온유랑 같이 컵 만들어서 아빠한테 선물하는 거야."

재하의 집으로 들어가기로 하고, 모든 걸 제게 맞추려는 그에게 미안한 마음이 들었다. 하지만 그는 뭐든 해주고 싶다며 미안해하지 말라고 했다. 그래도 은안은 제 나름대로 마음을 표현할 방법을 고민했다. 그러다 나온 결론이 선물이었다. 하지만, 거기서부터 다시 고민이 시작되었다.

그는 물질적인 것에는 딱히 욕심도, 또 가지려고 하면 딱히 가질 수 없는 것도 없었다. 그런데 공방 앞에 오자마자 불현듯 좋은 아이디어가 떠올랐다. 이곳에서 온유와 직접 무언가를 만들어 선물하는 것.

'직접 만든 선물이면 의미도 있고, 살 수도 없는 거라 괜찮겠다.'

"내일 집으로 돌아가면, 아빠한테 짠! 하고 보여줄까? 그때까지는 비밀로 하고."

"네에! 좋아요!"

온유가 신나는 듯 높은 목소리로 대답했다.

다음 날, 세 가족은 일찌감치 이사 준비를 마쳤다.

어제 공사 마무리 후 입주 청소까지 마쳤으니, 은안의 간단한 짐들만 차로 옮기면 됐다. 온유는 재하의 차를 타고, 은안은 제 차를 끌고 집으로 향했다.

오늘부터 제 방이 생긴다는 사실에 설레 하던 온유 때문에 은안과 재하의 기분도 같이 고양되어 있었다.

어느덧 집에 도착한 은안이 주차를 마치고 어제 온유와 함께 만든 컵을 제 가방에 넣었다. 소소한 선물이지만, 새집에 잘 어울릴 것 같았다.

"이걸로 오늘 밤에 건배라도 해야겠네."

은안이 잘게 웃으며 집으로 가는 발걸음을 재촉했다. 엘리베이터를 타고 현관에 도착한 은안은 이제는 익숙해진 재하의 집 비밀번호를 눌렀다.

"이제는, 우리 집이지."

순간 그의 집이라는 생각을 하던 은안이 고개를 저으며 제 생각을 정정했다. 앞으로 어디에 살든, 온유와 그가 있는 곳이 제집일 것이다.

은안이 집으로 들어서자마자 가방을 내려놓고 온유의 방으로 향했다.

"엄마 왔다!"

미리 도착해 있던 재하와 온유는 서로를 끌어안으며 새 침대에 누워 있었다.

은안은 온유의 방을 보며 감탄을 금치 못했다.

"우와……!"

미리 재하에게 컨셉 사진을 받아보긴 했는데, 실제로 시공이 완료된 방은 그것보다도 더 근사했다.

옅은 파란색 계열의 벽지에, 솜사탕 같은 구름 모빌이 둥둥 떠 있었다. 또 벽 곳곳에는 온유가 좋아하는 만화 영화 캐릭터 포스터가 붙여져 있었다. 그리고 한쪽에는 공부를 위한 책상이, 또 다른 쪽에는 보기만 해도 포근한 침대가 있었다.

방을 쭉 둘러본 은안의 시선이, 침대에서 뭉그적대는 두 남자에게로 옮겨갔다. 은안은 초승달같이 눈을 휘어 올리며 살짝 침대 끝에 걸터앉았다.

"고생했어요, 재하 씨…… 으앗!"

"당신도 누워봐."

은안이 그에게 고생했다고 말하는 동시에, 그가 은안을 끌어당겨 침대로 눕혔다. 은안이 쓰러지며 침대가 출렁거리자, 온유는 놀이 기구라도 탄 것처럼 까르르거렸다. 아이 침대 치고 넓은 탓에, 세 사람이 누워도 그리 좁지는 않았다.

재하의 등에 매달려 있던 온유가 꼬물꼬물한 몸짓으로 재하의 몸을 산처럼 타고 넘어왔다. 그리고 은안과 재하의 중간에 자리 잡은 아이는 저를 안아달라며 채근했다.

은안과 함께 살게 된 뒤, 온유는 부쩍 어리광이 늘었다. 온유가 이제야 제 나이처럼 행동하자, 두 사람은 기꺼이 아이의 어리광을 받아 주었다.

"엄마아, 아빠아. 꼭 안아봐. 온유."

귀여운 목소리에, 은안과 재하의 시선이 공중에서 얽혀들었다. 그러고는 동시에 웃음을 터트리며 아이를 꼭 안아주었다.

"알았어. 안아줄게, 우리 아들."

서로에게 옮겨진 체온을 느끼는 이 순간, 행복에 사무친 은안과 재하의 가슴은 녹녹하게 젖어 들어갔다. 창밖의 계절도, 집 안의 계절도 의심할 여지없이 따듯한 봄이었다.

한참을 온유의 방에서 놀던 세 사람은 저녁 시간이 되어서야 주섬주섬 밖으로 나왔다.

이사한 날은 짜장면이라는 은안의 주장에, 짜장면과 탕수육을 배달시켰다. 식탁 앞에 둘러앉은 뒤 식사를 시작하려던 그때.

"아, 맞다. 잠시만요!"

은안이 자리에서 일어나 거실로 향했다. 은안이 무엇을 가져오려는지 눈치챈 온유는 눈을 반짝이고 있었고, 재하는 얼굴에 물음표를 잔뜩 띄우고 있었다. 곧 은안이 상자를 들고

와 식탁에 내려놓았다.

"이게 뭐야?"

"어, 온유랑 내가 준비한 선물이에요."

은안이 쑥스럽다는 듯 목덜미를 긁적였다.

"아빠! 빨리 푸러봐!"

온유는 발을 동동 구르며 소리쳤다. 재하는 여전히 뭐가 뭔지 전혀 모르겠다는 듯한 표정으로 포장을 풀었다.

그리고 포장에 감춰져 있던 선물을 확인한 재하의 낯빛이 놀라움으로 물들었다. 상자 안에는 곰돌이 모양의 머그컵이 들어 있었다. 아빠 곰, 엄마 곰, 애기 곰, 세 개의 머그컵이.

"이게…… 뭐야? 직접 만든 거야?"

"웅!"

온유는 우렁찬 대답을, 은안은 조용히 고개를 끄덕이며 설명을 덧붙였다.

"당신한테, 뭐라도 선물하고 싶은데……. 다른 건 도무지 생각이 안 나서요. 직접 만들었어요, 온유랑 나랑."

재하가 사랑스럽다는 듯 컵과 은안, 그리고 온유를 번갈아 보았다.

"귀엽네."

입가에 내려앉은 미소는 지워질 줄 몰랐다.

"우리 건배애! 하자아!"

따듯한 공기 사이로, 온유의 맑은 목소리가 솟아나고, 세 가족은 곰돌이 컵에 콜라를 가득 채워 잔을 맞부딪혔다.

저녁을 먹은 온유는 피곤했는지 금세 곯아떨어졌고, 은안과 재하는 샤워를 한 뒤 발코니 벤치에 나란히 앉아 맥주를 마시는 시간을 가졌다. 늠름한 아빠 곰 컵에 담긴 맥주를 한 모금 들이켠 그는 자꾸만 피식피식 웃음을 터트렸다.

"어제 나만 빼고 나간 게 이 컵 때문이었어?"

은안이 고개를 끄덕였다.

"내가 뭐 좀 하려고 하면 당신이 못 하게 하고, 온유도 자꾸 당신이 다 돌보려고 하니까 뭐라도 일 덜어주고 싶어서 나간 거예요. 당신 좀 쉬었으면 해서. 그 김에 공방도 간 거고……."

은안이 주절주절 긴 설명을 하자, 재하가 옆에 있던 그녀의 상체를 번쩍 들어 올려 제 무릎 위로 앉혔다.

"기특하네."

눈 깜짝할 새에 그의 허벅지에 안착한 은안이 얼떨떨한 듯 대답했다.

"네……. 당신 요즘 집 공사하는 거 확인하랴, 온유 돌보랴…… 힘들었을 거 같아서."

재하가 중얼거리듯 말하는 은안의 얼굴 가까이로 다가갔다. 콧잔등과 콧잔등이 맞물리며 미지근한 감촉이 와 닿았다.

"근데 여보. 선물은 고마운데……."

속삭이듯 말하는 목소리가, 다정하면서도 위험하게 느껴졌다.

"당신이 잘못 짚은 게 하나 있어."

마치 결박당하듯 그에게 얽매인 시선에, 은안은 빳빳이 굳어버리고 말았다. 어느새 은안의 뺨에 손을 얹은 재하가 엄지로 부드럽게 살결을 쓸었다. 분위기가 노곤해지자, 재하와 닿아 있는 곳곳이 홧홧하게 느껴졌다. 어정쩡한 자세 덕에 그의 가슴에 얹어진 은안의 손이 어느새 긴장으로 바르르 떨리고 있었다.

은안은 떨림을 말아 넣으며 겨우 목소리를 냈다.

"뭔……데요?"

긴장한 은안의 모습에 픽, 웃은 재하가 무엇이 문제인지 친절이 짚어주겠다는 듯 차분히 입을 열었다.

"어제 오후 내내 당신이 내 눈앞에 없어서, 미치는 줄 알았거든."

"……."

"그러니까, 이제 나만 빼고 어디 가지 마."

"……."

"내 인생에, 선물은 딱 하나면 되거든."

열기 어린 눈이, 마치 은안이 선물이라고 말하는 듯했다.

너만 있으면 된다고, 다른 건 다 필요 없다고. 그러니까, 한시도 내 눈앞에서 멀어지지 마.

눈빛만으로도 재하의 모든 심정이 전달되는 듯했다. 투정 아닌 투정을 부리는 그의 모습이 생경해 은안이 눈만 깜빡이자, 재하가 귀엽다는 듯 입을 맞춰 왔다.

눈치가 없는 벌을 주겠다는 듯 그는 은안의 아랫입술을 살짝 깨물며 틈을 만들었다. 아직 피지 못한 꽃봉오리 같던 입술이 톡, 하고 벌어졌다. 따끔한 감각이 채 인식되기도 전에 그는 부드러움을 한껏 머금고 은안의 영역을 침범했다.

어제 은안이 눈에 보이지 않았던 만큼, 갈증이 일었던 차였다. 그는 그 갈증을 모조리 채우려는 듯 오랫동안 은안을 삼키고 또 삼켰다.

몇 번이고 그에게 빨려 들어가던 은안은, 밭은 숨을 내쉬며 그에게서 떨어졌다.

"하아, 이제 그만…… 숨차요."

그가 서운하다는 듯 은안의 꽃잎 같은 입술을 쓸어주며 말했다.

"그럼 약속해."

"뭘……요?"

"나만 두고 어디 가지 마. 어젠, 집 지키는 강아지가 된 기분이었거든."

'집 지키는 강아지'라는 말에, 은안이 작게 웃음을 터트렸다.

"알았어요. 다신 안 두고 갈 테니까, 걱정 마요."

은안은 그와 손가락까지 걸고서야 그의 토라짐을 완전히 풀어줄 수 있었다.

다음 날, 온유를 등원시킨 뒤 출근한 은안은 노트북에 시선을 고정하고 열심히 서류를 작성 중이었다. 은안이 끙, 소리를 내며 관자놀이를 매만지는데, 이철이 그녀를 불렀다.

"대표님!"

"……네?"

집중하느라 뒤늦게 이철의 목소리를 인식한 은안이 미어캣처럼 고개를 쭉 들었다. 이철이 커피를 들고 은안의 책상으로 다가왔다.

"커피 좀 드시고 하세요."

"아, 고마워요."

"어쩐지 요즘 살이 빠진 거 같아서, 아메리카노 말고 달달한 걸로 사 왔어요."

휘핑크림이 잔뜩 얹어진 커피를 내려놓은 이철이 익살스럽게 말했다.

"갑자기 육아하려니까, 힘드시죠? 일도 해야 하고, 육아도 해야 하고."

"아…… 뭐. 괜찮아요. 온유가 워낙 말을 잘 들어서."

"에이, 힘든 척 안 해도 다 알아요. 저희 사촌 누나도 아들 키우면서 얼마나 살이 빠지던지 안쓰럽더라니까요."

은안이 이철의 눈을 피하며 빨대로 휘핑크림을 퍼먹었다.

'과연 육아 때문에 살이 빠진 걸까요?'

이 말이 목 끝을 간질였지만, 은안은 휘핑크림을 목으로 퍼넣어 말이 나오지 못하게 했다.

육아는 힘들지 않았다. 온유는 아들치고 얌전했고, 그나마도 재하가 거의 모든 것을 했기 때문에 정말 힘쓸 일이 없었다. 그렇게 비축해둔 힘은 다른 곳에 쓰였다. 그가 거의 매일 밤마다 저를 집어삼킬 듯 구는 덧에, 아무리 많이 먹어도 살이 찔 틈이 없었다.

4년 만에 같은 침대를 쓰게 된 그의 욕망은 마치 화수분처럼 끊임이 없었다.

온유가 제 방을 만들어달라고 하지 않았으면 어쨌을까, 할 정도로 말이다. 이어지는 의식의 흐름에 괜히 양 볼이 뜨끈해지는 것 같아, 은안이 귀 뒤에 꽂힌 머리칼을 내렸다. 하지만 여전히 눈치 없는 이철은 너털웃음을 뱉으며 제 2세 계획까지 읊고 있었다.

“아하하하, 전 결혼하면 딸을 낳아야겠어요.”

“이철 씨 닮은 딸이면…… 음.”

“어? 너무해요, 대표님.”

“아무래도, 이철 씨 여자 친구를 닮는 편이 낫겠네요.”

은안이 이철을 놀려준 뒤, 다시 노트북으로 고개를 돌렸다. 이내 서운한 기색을 감춘 이철이, 다시 은안을 불렀다.

“대표님, 이번 주 금요일에 서울 간댔죠?”

“네.”

요즘 은안과 이철은 함께할 프로그래머를 찾아 나서는 중이었다. 얼마 전, 투자 유치를 성공적으로 받았으니 이제 실질적인 일들을 헤쳐나가야 했다.

“우와, 이제 진짜 우리가 회사를 차렸다는 게 실감 나네요.”

"그러게요."

"마음에 드는 프로그래머 찾기가 하늘의 별 따기네요. 결국 서울까지 가야 하고."

"괜찮아요. 어차피 주말에 서울 가기로 했거든요."

"그래요?"

"네. 부모님도 뵙고, 재하 씨 할머님 할아버님도 뵙기로 했어요."

은안이 싱긋 웃었다. 입꼬리는 옅게 올라가 있었지만, 그 안에는 많은 감정이 녹아 있었다. 그간 아파하던 재하를 봐야 했을 자옥을 생각하니 마음이 저리기도 하고, 한편으로는 저를 미워해도 할 말이 없을 거 같다는 생각이 들었다. 어찌 됐건 자옥에게 자신은 제 자식을 아프게 한 사람이지 않은가.

하지만, 얼마 전 자옥과의 통화에서 은안은 제 걱정이 자신의 큰 착각이라는 걸 깨달았다.

—할머니, 죄송해요……. 제가 너무 늦었죠.

—뭐가 죄송해. 난 네가 돌아온 것만으로도 좋아. 은안아, 마음 쓰지 마렴.

4년 전과 다를 것 없이 저를 부드럽게 품어주는 자옥의 목소리만 생각하면, 눈물이 왈칵 차오를 것 같았다. 콧잔등이 시큰거리던 중, 다행히 이철이 적절히 맥을 끊어주었다.

"아아, 맞다! 인터뷰 시간 다 됐네요. 가요! 대표님!"

고개를 끄덕인 은안은 급히 가방을 챙겨 이철과 사무실을 나섰다.

오늘 이철과 은안이 만나기로 한 사람은 UI 디자이너였다. 이철의 지인에게 경력이 많은 사람을 소개를 받은 터라, 면접 느낌의 질의응답보다는 가벼운 이야기가 주로 이어졌다. 시간이 가는 줄도 모르고 자리가 이어지던 중, 면접자는 뒤의 약속이 있다는 말과 함께 떠났다. 이철과 은안은 조금 더 이야기하기 위해 음료를 한 잔 더 시켰다. 음료가 제조되는 사이, 은안이 화장실로 향하며 시간을 확인했다.

면접자의 편의에 맞춘다고 사무실에서 먼 해운대까지 온 터였다. 또 어쩌다 보니 재하의 병원 근처 카페로 오게 되었고, 이철과 대화를 마무리 지으면 얼추 그의 퇴근 시간과 맞을 거 같았다. 화장실에서 손을 씻던 은안이 혼잣말을 읊조렸다.

"몰래 찾아갈까. 퇴근길에."

이런 깜짝 선물은 괜찮을 거 같은데.

—깜짝 이벤트 그런 것도 좋지만, 다음부터는 나 빼놓고 다니지 마.

저와 온유가 손수 만든 선물도 좋지만, 눈앞에서 사라지지 말라는 그의 말이 머리를 스치자 자꾸만 부스스 웃음이 새어 나왔다. 연애를 한 번도 해보지 않았지만, 만약 연애하면 이런 기분일까 싶었다.

보통의 커플들은 서로를 알아가다 사귀게 된 뒤 사랑을 키워나가고 그러다 싸우기도 하다가 결혼까지 골인하지만, 저는 이른 나이에 연애 없이 결혼부터 했고, 멀리멀리 돌아 그와 마음을 맞췄다.

보통의 연인과 날리 저와 그는 기승전결이 거꾸로 되어서 그런지 지금이 꼭 기승전결의 '기'처럼 느껴졌다. 얼굴만 마주쳐도 얼굴이 붉어지며 가슴이 콩닥콩닥 뛰고, 안 보이면 온종일 보고 싶고. 딱 연애 초반의 증상들이었다.

좀 주책인 거 같긴 해도, 이런 기분을 느끼는 게 나쁘지 않았다. 그새 손을 다 씻은 은안이 옆으로 자리를 옮겨 핸드 타월을 뽑아 손을 닦던 그때, 두 명의 여자가 화장실 안으로 들어왔다. 두 사람은 도란도란 대화를 나누며 은안이 서 있는 맞은편 파우더 존 거울로 얼굴 상태를 체크했다.

"어쩜, 남 교수님은 오늘도 멋있으셔?"

"그러니까. 다시 돌아오셔서 다행이야."

"으이그, 그렇게 좋냐?"

두 사람의 얘기를 듣던 은안의 귀가 쫑긋하게 섰다. 원래 남의 얘기에 기민하게 반응하는 타입은 아닌데, 제 뒤에 있는 여자들의 대화 주체가 꼭 제가 아는 사람 같았다.

"그럼. 그만두고 서울 가신다고 했을 때, 심장이 쿵 하더라."

"짝사랑도 병이다 병. 아들도 있으신 분한테."

"뭐, 싱글 대디인 게 대수야? 골키퍼만 없으면 되지."

"하긴, 이혼하신 지 4년쯤 되신 거 아니야? 서울에 있는 선배한테 예전에 들었었는데."

"나 말고도 남 교수님 좋아하는 사람 꽤 있을걸? 인기 많으서. 웬만한 싱글보다 나으시잖아. 뭔가…… 원숙미도 있으시고."

수줍어하는 여자의 목소리가 화장실 가득 울려 퍼졌다.

'남 교수님'이라는 호칭과 다시 돌아왔다는 말, 싱글 대디라는 설명까지. 아무래도 두 여자가 말하는 남자가, 제 남편이라는 생각이 꿈틀꿈틀 올라왔다. 게다가 여기는 그의 병원 근처였다. 아지랑이처럼 일렁이던 의심은 확신으로 점차 굳혀져갔다. 은안은 공연히 물기도 없는 손을 계속해서 닦았다. 저들에게 당신이 말하는 그 남자가, 내 남편이라고 말해야 하나 말아야 하나 고민하며. 하지만 은안이 결심을 굳히기 전, 대화를 나누던 사람들은 화장실을 떠났다.

달칵—.

화장실 문이 닫히는 소리가 나고서야, 은안이 고개를 홱 돌렸다. 그러고는 입술을 툭 내밀며 읊조렸다.

"뭐야……."

제 남자가 인기가 많으면 기분이 좋아야 하는데, 무언가가 비틀린 듯 속이 부글부글 끓었다. 연애 경험이 전무한 은안은 전혀 몰랐다. 연애 초, '질투'라는 감정이 얼마나 사람을 유치하게 만드는지.

화장실에서 나온 은안은 일이 있다며 먼저 가겠다는 이철을 보내고, 자꾸만 뿔이 나는 마음을 달래며 재하에게 문자를 보냈다.

기다리고 있어요. 병원 근처 카페예요.
같이 퇴근해요.

알았어. 금방 갈게.

혼자 재하를 기다리는 동안, 은안은 골몰히 생각에 빠져 있었다.

조금 전, 화장실에서 들었던 이야기가 온 신경을 지배하고 있었다. 인기가 아주 많다는 말이 자꾸만 귓가에 자동 재생되었다. 물론 저와 재하가 재결합하게 된 지 얼마 되지 않았고, 그가 병원으로 돌아간 것도 최근의 일이었다. 그러니 갑자기 주변 사람들에게 '저 재결합 했어요.'라고 떠들고 다니는 것도 이상하긴 했다. 이런저런 생각을 해보면, 사람들이 아직도 그가 혼자라고 생각하는 게 무리는 아니었다.

"그래도, 이건…… 아니야."

어느새 은안의 눈에서 보이지 않는 불꽃이 피어오르고 있었다.

"자연스럽게 유부남 티가 나게 만들어야겠어……."

"오래 기다렸어?"

중얼거리던 은안의 목소리는 재하의 말소리에 묻혀버리고 말았다.

"재하 씨?"

초점 없이 허공을 응시하던 은안이 고개를 바짝 들었다. 눈앞에는 애 아빠임에도 인기가 치솟는 제 남편이 있었다. 은안이 입술을 살짝 삐죽이며 물었다.

"뛰어왔어요?"

그는 이상한 낌새를 눈치채지 못한 건지, 단정한 입매를 한껏 끌어올리며 대답했다.

"응, 빨리 보고 싶어서."

은안이 정말 많이 보고 싶었던 건지, 그는 평소보다도 크게 미소 지었다. 순간, 은안의 심장이 고장 난 듯 빨리 뛰기 시작했다.

'이렇게 웃는 건, 좀 반칙인데.'

조금 전, 바짝 타오르던 은안의 귀여운 질투심은 그의 미소에 햇빛 아래의 얼음처럼 금세 녹아 없어지고 말았다.

결국, 은안은 잠시 모든 걸 잊고 그의 손을 꼭 잡고 집으로 돌아갔다.

그날 저녁, 집으로 돌아와 혼자 침대에 앉아 있던 은안이 휴대폰을 뚫어져라 바라보고 있었다. 작은 직사각형의 화면 안에는 반지 디자인 샘플이 가득했다. 은안은 마음에 드는 게 없다는 듯 계속해서 스크롤을 내렸다.

"이건 너무 화려한데……."

은안은 집으로 돌아오는 내내 그가 유부남인 걸 공표할 가장 자연스러운 방법을 생각해냈다. 그의 네 번째 손가락에 족쇄처럼 반지를 끼워주는 것. 그에게는 이전에 끼던 반지가 남아 있는지 모르겠지만, 제 반지는 4년 전 사고로 없어졌다.

그러니 아예 새로운 반지를 사서 나눠 끼는 게 좋을 거 같다는 생각이었다.

사실, 집으로 오는 길에 카페에서 그의 병원 동료들로 추측되는 사람들의 대화를 들었다는 말을 그에게 하려다 말았다. 그 이야기를 하면 자연스레 질투 어린 불퉁한 제 마음이 쑥 튀어나올 것 같아서였다.

질투라는 감정은 연기처럼 피어오르는데, 은안은 그 감정 위에 애써 물을 뿌렸다. 유치해 보이고 싶지 않았고, 옹졸해 보이고 싶지 않았다.

그저, 반지만 조용히 끼워주면 끝날 일이었다. 여러 생각과 함께 한참을 스크롤과 씨름하던 은안은 결국 마음에 꼭 드는 디자인을 찾아냈다.

"이게 좋겠다."

의기양양하게 화면을 캡처한 은안이 휴대폰을 내려놓았다. 내일 매장이 열자마자 반지를 사서 그에게 끼워줄 생각을 하자, 그제야 숨통이 조금 트이는 기분이었다.

다음 날, 회사로 출근한 은안은 급한 일을 처리한 뒤 반지를 사기 위해 근처의 백화점으로 향했다.

하지만 은안이 어제 찾은 반지는 인기가 많은 제품이라 예약을 걸어도 일주일 뒤에나 받아볼 수 있다고 했다.

왜 제 눈에 예뻐 보이는 건 남의 눈에도 예뻐 보이는 건지.

은안은 다른 제품들을 둘러봤지만, 다른 디자인은 마음에 들지 않아 결국 빈손으로 매장을 나섰다. 반지 때문에 허망해져서일까, 다시 질투가 스멀스멀 피어올랐다. 애써 반지 생각을 하며 참았는데, 괜히 마음이 초조했다.

인기 많으셔. 인기 많으셔. 인기 많으셔.

어제, 카페 화장실에서 들었던 소리가 몇 번이고 메아리처럼 귓가에 울려 퍼졌다. 물론 그가 다른 사람에게 마음을 줄 일이 없다는 건 알고 있다. 하지만, 이 감정은 그런 차원의 문제라기보다는…….

누군가가 그를 보며 설레 하는 것조차 싫은, 그런 기분. 그저 그를 집 안에만 두고 싶은 기분이었다.

"하아……."

은안은 돌연 심각해졌다.

'내가 이렇게 유치한 사람이었나?'

고작 이런 일에 이만큼 심각해하는 모습을 누군가가 본다면, 비웃을 터였다. 하지만, 이 또한 당사자가 되어보지 않으면 모르는 감정이었다.

"안 되겠다."

어느덧 차에 올라타 백화점 주차장을 빠져나오던 은안은 사무실이 아닌 다른 곳으로 차를 돌렸다.

"다른 매장으로 가봐야겠어."

은안은 오늘 그의 네 번째 손가락에 반지를 꼭 끼우겠다는 결연한 의지와 함께 세차게 차를 몰았다. 저녁 늦게까지 부산 시내 곳곳의 백화점을 다 돌아다녔지만, 은안은 제가 원하던 제품을 찾지 못하고 집으로 돌아왔다.

마지막 매장에서는 그냥 다른 반지를 살까, 라는 생각도 했지만 이렇게 돌아다닌 게 억울해서라도 그 반지를 꼭 사야겠다는 생각이 들었다.

은안은 침대에 기대어 천장을 바라보았다.

"하아, 일주일 언제 기다리지. 빨리 족쇄를 채워야 해……."

그래야 다른 사람들이 유부남인 줄 알 텐데.

달칵—.

푸념의 끄트머리가 문이 열리는 소리에 의해 잘렸다. 그리고 온유를 재우고 방으로 온 재하가 문 앞에 서서 물었다.

"뭘 채운다고?"

그의 물음에 은안이 저도 모르게 이불을 꽉 움켜쥐었다. 들키기 싫은 유치한 감정 질투. 그 감정이 그에게 발각되기 일보 직전이었다.

어느새 곁으로 다가온 재하의 물음에 은안이 바짝 얼어버렸다.

'족쇄요, 족쇄……'

속마음이 삐져나올 수 없게 은안은 입술을 한껏 오므렸다. 임기응변에 강해지고 싶은데, 저는 그렇지 못했다. 그렇다고 이 옹졸해 보이는 감정을 쿨하게 털어놓지도 못하겠고. 은안이 이러지도 저러지도 못하며 눈을 굴리자, 재하는 더 이상하다는 듯 눈썹을 꿈틀거렸다.

"뭐야, 궁금하게?"

"아아."

은안이 갑자기 기지개를 켜며 약한 신음을 흘렸다.

"요즘, 일이 너무 바빠서 체력, 체력을 좀 채워야겠다고요."

기지개를 켠 은안이 몸을 부르르 털며 어색하게 웃어 보이자, 여전히 의문스러운 표정을 한 재하가 그녀의 곁으로 와서 앉았다.

"피곤해?"

그의 물음에 은안이 고개를 끄덕이며 이불 속으로 쏙 빨려 들어가듯 누웠다.

"이제, 그만 자요."

재하가 다른 말을 더 붙이지 못하게, 은안은 눈을 꼭 감아 버렸다. 그런 은안에게 재하는 더는 말을 붙이지 못했다.

그래도 피곤하다는 말이 거짓말은 아니었던지, 포근한 이불 속에 파묻힌 은안은 그렁그렁 숨소리를 내며 금세 꿈속으로 빠져들었다. 곤히 잠든 은안을 보던 재하가 피식 웃었다. 은안이 한 말을 못 들어서 되물은 것이 아니었다. 하지만, '족쇄'라는 단어가 이질적으로 느껴져 물은 것이었다.

일상에서 자주 쓰이는 단어가 아니니까. 그런데 은안은 딴청을 피우며 거짓말했다. 괜히 사람 궁금해지게.

"족쇄……."

대체 어디에 족쇄를 채우겠다는 거지?

팔짱을 낀 채 열심히 머리를 굴려봐도, 답이 나올 리 없었다. 은안이 말하는 족쇄는 신짜 족쇄가 아니라 반지였으니까.

며칠 후, 아침. 은안과 온유는 재하가 차려낸 아침을 먹고 있었다. 뒷정리를 끝내고 앉은 재하가 입을 열었다.

"오늘 오후에 서울 가지?"

"네, 면접 볼 사람이 오늘 저녁에만 시간이 된다고 해서요. 오늘은 면접 보고 호텔에서 묵고, 당신이랑 온유 올라오면 같이 성북동으로 가면 될 것 같아요."

오늘은 금요일이었고, 이번 주 주말은 온 가족이 서울로 올라가기로 한 날이었다. 은안은 회사 일 때문에 오늘 먼저 서울로 가기로 이야기가 되어 있었다.

"우아아아, 함모니! 하라부지!"

자옥과 상훈을 오랜만에 만난다는 생각에, 온유도 신나는 듯 함성을 질렀다.

증손자를 만날 때마다 세상을 다 줄 듯 구니, 온유도 두 사람을 좋아하지 않을 수 없었다. 그 모습을 보던 재하가 아이의 통통한 볼 옆에 묻은 밥풀을 떼어주며 다정히 말했다.

"온유야, 이번에 서울 가면 외할아버지도 만날 거야."

"외하라버지……?"

온유에게 할아버지라고는 성북동의 증조할아버지뿐이었기에, 재하가 하는 말이 무엇인지 잘 모르겠다는 듯 눈을 동그랗게 떴다. 아이의 의문 어린 표정에, 재하는 좀 더 풀어서 설명했다.

"외할아버지는 엄마의 아빠야."

"엄마의 아빠……?"

"응. 엄마의 아빠를 외할아버지라고 하는 거야."

"아아, 외하라버지!"

온유가 이제야 알겠다는 듯 고개를 끄덕였다.

"온유 외할아버지 보면, 공손하고 씩씩하게 잘 할 수 있지?"

"응!"

내내 실감 나지 않던 만남이 코앞으로 다가오자, 은안은 이상하게 심장 한쪽이 찌릿했다.

며칠 전, 제 아빠에게 성북동에 갔다가 분당으로 가겠다는 전화를 했을 때, 묘하게 가라앉은 목소리가 빠르게 귓가를 스쳐 갔다.

—내가, 온유를 볼 자격이 있는지 모르겠구나.

—그런 말씀 마세요, 아빠. 아빠 손자를 아빠가 안 보면, 누가 봐요. 온유 앞에서도 그렇게 축 처지시면 안 돼요. 아셨죠?

진태는 자신이 딸에게는 최선을 다한 아빠였으나, 손주에게는 결코 그렇지 않다고 생각했다. 모든 상황이 정리됐지만, 진태의 가슴에 얹어진 돌덩이 같은 죄책감은 쉬이 무게가 줄지 않았다. 은안도 그 심정을 잘 알기에, 더욱더 가볍고 산뜻한 목소리로 말했다. 단번에 그 무게를 줄이기는 쉽지 않겠지만, 시간이 지나면 아무리 무거운 돌도 비와 바람에 깎이듯, 죄책감도 반드시 그렇게 될 것이라고 믿으며.

"헤헤, 외하라버지이!"

또 한 명의 할아버지가 생기는 게 신나는지, 온유는 밥을 먹으며 연신 외할아버지를 외쳐댔다. 은안은 그 모습에 은은한 웃음을 머금었다. 아마, 제 아빠도 저 사랑스러운 모습을 본다면 분명 손주에 대한 죄책감보다 사랑이 더 커질 거라 믿어 의심치 않았다.

chapter 26

당신, 질투해?

은안은 점심시간에 맞추어 지난번 면접을 봤던 면접자와 계약서를 쓰기 위해 지난번과 같은 카페로 향했다. 근로 계약서를 쓴 뒤, 부산역으로 가서 서울행 기차를 탈 생각이었다. 날씨도 좋고, 계약서 작성도 원만하게 흘러갔다. 계약서를 다 쓴 직원이 자리를 떠나고, 은안이 손목시계를 확인했다.

"아직 시간이 좀 남았네. 뭐라도 먹고 갈까……?"

기차 시간까지는 아직 여유가 있었다. 게다가 계약서를 쓰면서 이런저런 대화를 나누다 보니 이야기가 길어져 허기가 졌다. 은안은 가방에서 지갑을 꺼내어 카운터로 가 새로운 음료와 샌드위치를 시켰다.

메뉴는 생각보다 빨리 나왔고, 은안은 순조롭게 배를 채웠다. 그렇게 샌드위치가 반쯤 배 속으로 들어갔을 때쯤, 카운터를 등지고 있던 은안의 귓가에 익숙한 목소리가 들렸다.

"교수니임! 감사해요, 잘 마시겠습니다!"

지난번 화장실에서 들었던 것과 같은 여자의 목소리였다.

약간의 차이가 있다면, 그때는 수줍음을 머금고 있었지만, 오늘은 어딘가 모르게 격양되어 있다는 것. 은안의 눈이 천천히 가늘어졌다.

'설마, 저 교수님이 제 남편일까……?'

마음속으로 여러 번 '설마'를 외친 은안이 슬며시 고개를 돌렸다. 그리고 불안한 예감은 역시나 딱 맞아떨어졌다.

여자의 옆에 서 있는 건, 다름 아닌 제 남편.

재하를 확인한 은안이 손에 있던 샌드위치를 쟁반 위에 올리고 상체를 쭉 뺐다. 두 사람의 대화를 듣기 위해서였다.

"교수님, 정말 좋은 분이신 거 같아요."

"네?"

"아까요, 응급실에서 보호자한테 어쩜 그렇게 다정하세요?"

"보통, 그런 건 다정한 것보다 친절한 거라고 하죠. 의사라면 당연히 환자랑 보호자한테 친절해야 하고."

동료 의사의 의도와 달리 적당히 선을 긋는 모습에 은안이 잘하고 있다는 듯 고개를 끄덕였다. 하지만, 이어지는 동료 의사의 말에 은안의 눈이 살짝 샐그러졌다.

"어머, 그게 친절이면 자기 여자한테는 엄청 더 다정하시겠어요!"

누가 들어도 은근슬쩍 추파를 던지는 모습이었다. 은근히 노골적인 목소리에, 은안이 더 이상 가만있지 못하고 자리에서 벌떡 일어나 성큼성큼 재하의 쪽으로 다가가며 외쳤다.

"여보!"

역시 족쇄를 빨리 채웠어야 하는데. 그냥 아무 디자인이나 살 걸 그랬어.

약간의 후회와 함께 또각또각 선명한 발소리를 내며 두 사람 앞으로 다가간 은안은 보란 듯 팔짱을 끼며 자연스레 재하의 옆에 섰다. 재하의 동료로 보이는 여자가 놀란 듯 눈을 크게 뜨자, 은안은 생긋 웃으며 팔짱을 낀 팔에 조금 더 힘을 줬다.

은안이 갑자기 불쑥 나타나자, 재하가 놀란 듯 물었다.

"은안아, 여긴 웬일이야?"

무뚝뚝하던 그의 표정이 은안을 마주하자마자 삽시간에 부드러워졌다.

그리고 이 모든 상황을 눈에 담은 동료 의사는 놀란 듯 말없이 입을 벙긋거렸다. 동료 의사는 제가 '다정'의 정의를 잘못 알고 있었단 걸 깨달았다. 평소 재하의 모습도 나름 다정하다고 생각했는데, 그건 그저 예의일 뿐이었다. 은안을 보는 눈빛에는 예의가 아닌, 사랑이 담긴 다정함이 묻어 있었다.

그때, 은안이 꾸벅 고개를 숙이며 인사를 건넸다.

"안녕하세요. 남 교수님 아내, 유은안입니다."

"아, 안녕하세요. 남 교수님 밑에 있는 박연경입니다……."

멍하게 있던 박 선생이 인사를 받았다.

"저, 근데 남 교수님 이혼……하셨다고 하지 않으셨어요……?"

그녀는 유부남에게 한껏 설렜다는 것에 충격을 받은 듯, 정신을 반쯤 놓고 필터를 거치지 않은 질문을 내뱉었다. 그녀의 물음에, 은안이 이혼한 적 없다고 말을 하려던 찰나, 냉랭한 재하의 목소리가 조금 더 빠르게 치고 나왔다.

"헤어진 저 없습니다."

물론 서류상으로 이혼했었지만, 재하는 4년 내내 은안과 헤어졌다고 생각한 적 없었다. 마음 한쪽에는 다시 은안이 돌아올 거라는 실낱같은 희망이 자리 잡고 있었으니까.

그래서일까. 재하는 사람들이 저를 이혼남으로 본다는 사실을 전혀 인지하지 못하고 있었다. 역시 은안이 관련된 일이라면, 늘 어딘가 나사가 하나 빠지게 되는 재하였다.

이혼한 건 맞지만, 헤어진 적은 없다.

지금 이 순간, 재하는 스스로가 모순적이라는 걸 전혀 모르고 있었다.

"그, 그렇군요……."

단호한 재하의 태도에, 박 선생은 창백하게 질려서는 고개를 끄덕였다.

'분명 이혼했다고 들었는데, 사람들도 다 그렇게 알고 있는데!'

당사자가 아니라니 수긍할 수밖에 없었다. 게다가, 이리저리 알음알음 그에게 관심 있다며 소문낸 제 모습이 스쳐 지나가자 머리가 아찔해졌다. 서로를 바라보는 눈에서 꿀이 떨어지는 부부 사이에서 얼른 벗어나고 싶을 뿐이었다.

"그…… 제가 급한 일이 생각나서요! 먼저 가보겠습니다!"

꾸벅 고개를 숙인 박 선생은 시켜놓은 음료도 찾지 않은 채

자리를 벗어났다. 멀어져가는 박 선생의 뒤를 바라보던 은안이 그제야 팔짱을 슬쩍 풀었다. 그러고는 재하를 슬쩍 올려다보며, 눈을 살짝 흘겼다.

"근무 시간에, 여자 선생님이랑 단둘이서 카페도 오고."

"……."

"……참, 좋네요."

좋다고 말하는 목소리에는 까슬까슬한 가시가 돋쳐 있었다. 이런 질투가 섞인 목소리는 그동안 은안에게서 한 번도 나온 적 없는 목소리였다.

재하는 눈을 깔아 은안의 얼굴을 샅샅이 살폈다. 뽀얀 두 뺨은 살짝 부풀어 있었고, 입술은 도도록하게 튀어나와 있었다. 그를 살피던 재하가 조심스레 생각했다.

'질투……하는 건가?'

무릇 연인의 질투는 상대의 기분을 좋게 만들지만, 재하에게는 더 남달랐다.

연인 사이의 질투는, 평화로운 사랑을 할 때 자라는 아주 작고 귀여운 꽃 같은 감정이라고 생각했으니까. 4년 전, 서로를 향한 마음은 컸지만, 은안은 불안해했고 저는 그 마음을 다 헤아리지 못했다.

그리고 다시 만난 뒤에는 깊게 숨은 은안의 마음과 숨바꼭질을 해야만 했다. 그렇게 돌고 돈 끝에 이제야 온전히 서로를 바라볼 수 있었다. 질투할 겨를조차 없었던 긴 시간 끝에 작고 소중한 꽃 같은 감정이 피었으니, 그 감정을 귀하게 여기지 않을 수 없었다.

그는 은안이 처음으로 질투하는 모습을 본 이 순간을, 죽을 때까지 잊지 못할 것 같다고 생각했다. 기분 좋은 웃음을 머금은 그가 은안의 뺨을 살짝 어루만지며 물었다.

"당신, 질투해?"

"……."

은안은 아무 말도 하지 않았지만, 재하는 알고 있었다. 이런 상황에서는 무응답이 응답이라는 걸. 그녀의 얼굴은 심각한데, 자꾸만 웃음이 스몄다.

"맞네, 질투."

"아니에요."

"맞는 거 같은데?"

"아니라……!"

다시 부정하려던 은안은 말을 하다 말고 멈췄다. 저는 거짓말에 재능이 없었다. 인정할 건 인정해야 했다. 이러나저러나 쿨하지 못한 거, 솔직하기라도 한 게 조금이나마 더 나아 보일 것 같았다.

"그래요. 질투 맞아요."

은안이 고개를 홱 돌리며 말했다.

"빨리 족쇄를 채웠어야 했는데……."

고개를 돌린 은안이 작게 웅얼거렸다.

'족쇄'라는 말에 재하의 눈썹이 꿈틀거렸다. 며칠 전 밤, 족쇄를 채워야 한다던 그녀의 목소리가 스쳤다. 족쇄를 채워야 하는 주체가 저일 거라는 건 상상도 못 했지만.

"족쇄?"

"그래요, 족쇄."

그의 되물음에, 은안이 다시 재하 쪽으로 고개를 돌렸다.

"엊그제 이 카페에 왔을 때, 박 선생님이 말하는 걸 우연히 들었어요. 당신이 인기……가 많다고."

한번 봇물이 터지자, 은안은 모든 걸 거침없이 말하기 시작했다.

"당신이 나 없이 오래 있었으니까, 사람들은 당연히 싱글인 줄 알 거고. 당신이 굳이 또다시 전 아내랑 재결합했다고 먼저 나서서 말하는 거도 이상하니까……."

"……."

"족……이 아니라 반지 사서 끼워주려고 했죠. 그럼 자연스레 짝이 있다는 걸 알 테니까. 근데, 어제 부산 백화점 온 매장을 돌아다녔는데, 반지는 없다고 하고……. 당신은 어제보다 오늘이 더 잘생긴 거 같고……."

이리저리 상황이 따라주지 않았던 어제의 일을 되뇌는 목소리에 자잘한 짜증이 섞여 있었다. 이리저리 말을 늘어놓던 은안이 마지막으로 이 모든 말을 압축했다.

"난 그냥, 당신이 인기 많은 게 싫다구요!"

그리고 재하는 아기 새처럼 바르르 떨며 말하는 은안이 귀여워 당장이라도 입 맞추고 싶다는 충동에 휩쓸렸다.

물론, 공공장소라 입을 맞추고 싶다는 충동을 진짜로 실행

하지는 못했다. 재하는 은안을 빤히 바라봤다. 약하게 씨근덕거리는 은안의 모습이 사랑스러워 입가에 자꾸만 웃음이 피어올랐다.

“왜, 웃어요. 인기 많은 게 그렇게 좋아요?”

“아니, 그게 아니라…….”

“됐어요. 나, 가야 해요. 이러다 기차 놓치겠어요.”

카페 벽에 걸린 시계를 흘긋 본 은안이 재하에게서 등을 돌려 제 테이블로 걸어갔다. 탁탁거리는 신발 소리에는 여전히 불같은 질투가 스며 있었다.

“은안아.”

재하가 은안을 부르며 그녀를 뒤따라갔다. 이 질투를 만끽할 만큼 했으니 이제 은안의 기분을 풀어줄 차례였다. 어느새 자리 정리를 마치고 가방까지 둘러멘 은안은 마치 복어처럼 볼을 부풀린 채 여전히 그를 노려봤다.

“내일까지 연락, 하지 마요.”

그러더니 그를 지나쳐 카운터에 쟁반을 준 뒤, 카페를 빠져나갔다. 재하는 재빠르게 제 시야에서 멀어지는 은안의 뒷모습을 멍하니 바라봤다.

연락 금지라니, 잠깐 웃은 거에 비해 너무 가혹한 처사였다.

은안이 완전히 제 눈에서 사라지고서야 재하는 멀뚱히 혼잣말을 읊조렸다.

“너무…… 즐겼나?”

잠깐의 즐거움을 위해 너무 큰 걸 희생당한 기분이었다.

서울로 향하는 기차에 탑승한 은안이 시트에 깊게 몸을 묻었다.

—당신, 질투해?

자꾸만 뇌리를 울리는 목소리에, 은안이 두 손으로 머리를 감쌌다. 그냥 질투 맞다고만 하면 될 걸, 뭘 그렇게 구구절절 설명했는지.

"족쇄를 채워야겠다고 말한 건, 최악인데."

시트에 젖혔던 몸을 벌떡 일으킨 은안이 중얼거렸다.

족쇄라니……. 그가 무슨 동물도 아니고.

"미쳤어, 진짜."

제가 원래 이런 사람이었던가 싶을 정도로, 조금 전 '족쇄'를 입에 담던 스스로가 낯설게 느껴졌다. 예전에 한 TV 프로그램에서 '연애를 하면 내가, 내가 아닌 거 같아요.'라는 말을 들었었는데 그게 이런 의미였나 싶었다. 땅을 헤집고 들어가 꼭꼭 숨어서 1년 내내 잔 뒤 내년에 나오고 싶은 심정이었다.

"재하 씨가 뭐라고 생각하겠어."

모든 일이 벌어지고 나니, 사사로이 굴었던 게 후회되었다. 이미 제 남편이었다. 그리고 결코 그를 의심한 건 아니었다. 그냥, 뭔가 모를 짜증이 솟구쳤을 뿐.

내일까지 연락하지 말라고 한 건 좀 도를 넘은 거 같기도 해서 은안이 휴대폰을 집어 들었다. 제가 먼저 연락을 할 심산이었다.

하지만, 메시지 창으로 들어간 순간, 은안의 머리에 짜증이 최대치로 솟구쳤던 포인트가 번뜩 떠올랐다.

"그래도, 거기서 그렇게 웃지 말지……."

저는 나름 심각한데, 그가 그렇게 웃고 있으니 더 짜증이 났던 거다. 인기가 많은 걸 즐기기라도 하는 것처럼 흐뭇한 표정이라니.

"좋아할 수는 있어도, 내 앞에서 그렇게 티 내면 안…… 되지."

흐뭇하게 휘어지는 그의 눈꼬리를 생각하니, 머릿속이 물을 팔팔 끓이는 것처럼 부글거렸다. 결국 은안은 메시지 창에서 나간 뒤 휴대폰을 가방 속에 쏙 넣어버렸다.

이미 질투의 감정은 세상 밖으로 나왔고, 짜증도 낼 만큼 냈다. 이미 옹졸하고 이상한 사람이 됐으니, 그냥 그런 사람으로 남는 것도 나쁘지 않은 것 같았다. 괜히 참아서 스트레스를 키우는 것보다는.

그에게 연락하지 않기로 마음을 굳힌 은안은 스르륵 눈을 감았다. 시끄러운 기차 안에서 곧 잠이 든 은안은 그에게 정말로 큰 족쇄를 채우는 꿈을 꾸었다.

퇴근 후, 재하는 빠르게 백화점으로 차를 몰았다.

원래 오늘은 직접 온유를 하원시키는 날이었지만, 부득이한 사정이 생겼다고 순천 이모께 부탁했다. 원래 온유를 맡아주는 날이 아니었기에 죄송한 마음이었지만, 지금은 그것보다 은안의 마음을 풀어주는 게 먼저였다.

다행히 며칠 전 은안이 떨어트린 백화점 주차권을 봤던 덕에, 그녀가 방문했던 백화점을 찾는 건 그리 어렵지 않았다. 이제 중요한 건 은안이 원하는 반지가 있는 매장을 찾는 것. 주얼리 매장이 즐비한 층에 당도한 재하가 첫 번째 매장으로 빠르게 들어갔다.

“저기, 뭐 좀 여쭤보겠습니다.”

“네, 고객님.”

그는 휴대폰에 담긴 은안의 사진을 보여주며 물었다.

“혹시, 이 여성분이 여기 와서 반지, 사려고 하지 않았습니까……? 품절되어서 못 샀다고 돌아갔을 텐데.”

“어…….”

직원은 골똘히 생각하다가 고개를 저었다.

“아니요, 안 오신 거 같아요. 물건이 품절됐다고 돌아가신 분도 없구요.”

약간 긴장했던 재하는 단호한 직원의 어투에 살짝 한숨을 뱉었다. 은안이 원하는 게 뭔지 알기 위해서는 이 백화점 안의 주얼리 매장을 다 돌아야 할 기세였다. 인사와 함께 매장을 나온 재하는 옆 매장, 옆옆 매장으로 향했다.

하지만 모두들 은안이 온 적 없다며 고개를 내저었다. 그리고 정확히 7번째 매장에 들르고서야 은안이 원하던 반지가 무엇인지 알 수 있었다.

"아, 이 고객님! 얼마 전에 오셨었어요! 찾던 제품이 없다고 많이 상심하고 가셔서 기억에 남네요."

직원이 은안을 알아보며 화색을 띠었다.

"어제 그 고객이 제 아내인데, 원했던 제품이 뭔지 알려주실 수 있을까요?"

로맨틱한 눈을 한 재하의 말에, 점원은 한 편의 로맨스 영화라도 보는 듯 눈을 반짝이며 고개를 끄덕였다.

"그럼요, 그럼요! 보여드리겠습니다."

"네."

살짝 고양되었던 직원이 뒤를 돌아 제품 카탈로그를 꺼내다 말고 다시 정자세로 돌아왔다. 재하는 뭐가 문제냐는 듯 고개를 갸웃거렸다.

"저……, 근데 이 제품이 인기가 많아서, 전국적으로 재고가 남아 있는 매장이 몇 없을 텐데……. 부산에는 아예 없고요."

직원의 곤란한 낯빛에도, 재하는 개의치 않았다. 그래도 대한민국 안에 있다는 말 아닌가. 무려 연락까지 금지한 은안의 화를 풀어주기 위해서라면, 우주까지 가서 별을 따 오래도 따 올 텐데, 그 정도야 아무것도 아니었다.

"괜찮습니다. 어떤 물건인지만 보여주세요."

그의 흔들림 없는 목소리에, 직원은 고개를 끄덕이며 그에게 은안이 찾던 물건을 알려주었다.

은안이 원하는 반지를 알게 된 재하는 그 길로 전국의 매장에 전화를 돌리기 시작했다. 다행히 운이 좋게 세 번째 전화 만에 반지의 유무를 확인할 수 있었다.

서울의 한 매장에 반지가 있다는 걸 확인한 재하는 곧바로 자옥의 수행 비서에게 부탁했다. 제가 알려주는 매장으로 가 반지를 구매해달라고. 다행히 매장 문이 닫히기 전 반지를 아슬아슬하게 구매했다는 연락을 받았다.

그 길로 온유를 데리고 짐을 챙겨 서울로 향했다. 주말에 할머니 할아버지를 만나러 간다고 말했던 걸 기억한 온유가 물었다.

"아빠아, 내일 가는 거 아니어써?"

"응, 그런데 하루 일찍 가려고."

"왜요?"

"음…… 아빠가 엄마를 조금 화나게 했는데. 미안해, 하고 꼭 안아주려고. 선물도 주고."

재하가 온유의 눈높이에 맞춰 다정히 설명했다.

"어어? 아빠아, 엄마 화나게 하면 안 되지이."

화나게 했다는 말에 온유가 한껏 시무룩해졌다.

"엄마가 화나서, 또 가면 안 되는데에……."

걱정스러운 온유의 말에, 재하가 잠시 멈칫했다. 보통의 아이들이라면, 엄마가 살짝 화났다는 말에 이런 걱정을 하지 않을 텐데. 온유는 지금껏 겪어온 상황이 평범한 아이들과 달랐다. 말조심을 해야 하는데, 실언해버리다니. 마음이 착잡해진 재하가 다시 조심스레 입을 뗐다.

"온유야, 아빠가 미안해. 근데, 엄마는 절대 온유랑 아빠 안 떠나."

"……."

"온유도 엄마도 아빠도 화가 나고 슬플 때가 있을 수는 있지만, 그게 우리 가족이 떨어질 이유가 되진 않아. 알겠지? 그건, 그냥 지나가는 거거든."

뒷좌석에서 제 아빠의 말을 곰곰이 곱씹던 온유는 찬찬히 고개를 끄덕이며 물었다.

"비행기처럼 슝?"

아이다운 비유에, 재하가 웃으며 고개를 끄덕였다.

"맞아. 비행기처럼 슝."

감정은 비행기처럼 날고 날아 이곳저곳을 유랑하겠지만, 미우나 고우나 가족은 떨어지지 않는다. 그게, 가족이니까.

재하의 말뜻을 이해한 온유는 어느새 생글생글 웃고 있었다.

그런 온유를 룸 미러로 흘긋 확인한 재하가 짐짓 진지한 목소리로 운을 뗐다.

"온유야 아빠가 부탁이 있는데, 들어줄래?"

"말만 해, 아빠!"

"온유, 할머니랑 할아버지랑 하룻밤 잘 수 있지? 아빠가, 엄마 화 좀 풀어줘야 할 거 같은데."

"응!"

그의 부탁에, 아이가 크게 고개를 끄덕였다.

면접자와 자리를 가진 후 호텔 객실로 들어온 은안은 폭신한 침대에 몸을 푹 묻었다. 그러고는 팔을 쭉 뻗어 휴대폰을 확인했다. 휴대폰은 마치 바람 하나 없는 잔잔한 호수처럼 고요했다. 지금, 이 순간만큼은 그저 시계 기능을 위한 기계 같았다.

"진짜 연락 안 하네."

그에게 연락을 하지 말라고 했는데, 왜 막상 아무 연락도 오지 않으니까 또 짜증이 나는 건지. 이랬다저랬다, 제 안에 내재한 자아가 두 개쯤 되는 것 같았다.

"하나, 둘, 셋, 넷, 다섯!"

은안이 눈을 부릅뜨며 주문을 외우듯 숫자를 셌지만, 역시나 휴대폰은 잠잠했다. 몇 번 더 다섯까지 숫자를 세던 은안이 이내 휴대폰을 살짝 던져버리며 침대에서 일어났다.

"배고프네."

배를 살살 어루만지던 은안은 오지도 않을 연락을 신경 쓰느니, 밥을 먹는 게 이득이라는 생각이 들었다.

여기 호텔 로비에 있는 중식당의 멘보샤가 아주 맛있다는 얘기를 언뜻 들은 적이 있었다. 서울에 오는 일이 많지 않으니, 그 식당에 가야겠다는 생각을 한 은안은 거침없이 방을 나서서 1층으로 내려갔다.

늦은 시간이라 그런지 식당은 비교적 한산했다.

"몇 분이세요?"

"아, 혼자예요."

"아, 1인은……."

직원이 혼자인 은안을 곤란하게 바라보던 그때, 뒤에서 누군가 은안을 불렀다.

"혹시…… 은안 씨?"

고개를 돌린 은안이 제 이름을 부른 사람을 확인하고서 반가운 듯 활짝 웃었다.

"기태 씨?"

"은안 씨. 와, 못 알아볼 뻔했어요. 얼굴 엄청나게 좋아졌네요?"

칭찬에 미소를 띤 은안이 주변을 살피고 기태에게 물었다.

"혹시, 혼자 왔어요?"

"네, 여행 왔는데 여기 중식당이 유명하다고 해서 먹어보려고요."

"저도 혼잔데 같이 먹을까요?"

"그러죠!"

기태가 제안을 받아 들이자, 은안은 직원에게 다시 확인했다.

"두 사람은 괜찮죠?"

"네, 안내해드리겠습니다."

오랜만에 만난 두 사람은 안부를 물으며 식당 안으로 천천히 들어갔다.

온유를 자옥에게 맡긴 재하는 은안이 묵는 호텔을 찾았다. 다행히도, 은안의 호텔을 제가 예약해준 덕분에 반지를 사는 것처럼 시행착오를 거치지 않을 수 있었다.

"후우."

주머니 속의 반지 케이스를 한 번 꽉 쥐었다 놓은 재하가 떨리는 마음으로 벨을 눌렀다.

딩동.

잠이라도 든 건지, 방 안에서는 아무런 기척도 없었다.

딩동.

다시 벨을 눌렀지만, 여전히 아무런 응답이 없었다.

이쯤 되면, 잠이 든 게 아니라 방에 없는 거다, 판단을 내린 그가 은안에게 전화를 걸었다. 하지만, 전화도 받지 않았다.

"아직 체크인을 안 한 건가."

미간을 살짝 좁힌 그가, 객실을 벗어났다. 어쩌면, 주변 식당에서 밥을 먹고 있는지도 몰랐다. 면접을 본다고 했으니, 따로 밥을 먹을 시간이 없었을 테니까.

은안이 객실에 없자 마음이 급해진 그가 은안을 찾기 위해 빠르게 엘리베이터로 향했다.

"아하하, 진짜요?"

"그럼요. 한 선생님 첫 연애를 하더니 세상이 핑크빛으로 보인대요."

"참, 다들 잘 지내는 거 같아서 좋네요."

기태와 대화를 나누는 은안의 얼굴에 웃음이 방울방울 지어 있었다.

"은안 씨도 잘 지내는 거 같아서 다행이네요."

"기태 씨랑 병원분들 덕분이죠."

"에이, 저희는 뭐……, 최선을 다해서 일했을 뿐이죠."

쑥스러움에 손을 젓는 기태에게 은안이 자못 진지하게 말했다.

"최선을 다해서 일해주셔서, 저랑 다른 환자분들이 이렇게 쾌차할 수 있었는걸요."

기태는 은안이 부산의 요양 병원에 있을 때, 은안의 병실을 담당하던 남자 간호사였다. 크지 않은 병원이었지만, 병원 직원들과 환자의 분위기는 화목했다. 덕분에 은안도 빠르게 나을 수 있었고.

"어쨌든, 이렇게 넓은 서울에서 우연히 마주치다니. 진짜 반갑네요. 앞으로 종종 연락하고 지내요."

기태가 대화 주제를 환기하기 위해 다시 입을 뗀 그때, 테이블로 어둡고 짙은 그림자가 번져왔다. 그리고 그보다 더 짙은 목소리가 공기를 흡수해버렸다.

"그건 안 되겠는데요."

익숙한 남자의 목소리에 천천히 고개를 위로 올린 은안이 눈을 크게 떴다. 몇 시간 전 저를 화나게 했던 재하가, 떡하니 제 눈앞에 있었다.

"당신이 왜 여기 있어요?"

은안이 눈을 굴리며 '부산에 있어야 할 사람이 왜 이 시간에 서울에 와 있어요?'라는 표정으로 재하를 보았다.

하지만, 재하는 은안의 말에 대답지 않고 그녀의 앞에 앉아 있는 기태를 빤히 바라보다 인사를 건넸다.

호텔 밖으로 나가 주변의 식당을 둘러보려 로비로 내려와 발길을 옮기던 찰나, 눈에 익숙한 은안의 뒷모습이 들어왔다. 로비의 식당이 통유리로 되어 있어 안이 잘 보이는 덕분이었다. 재하는 그 길로 곧장 식당 안으로 들어와 은안이 있는 테이블로 향했다.

"안녕하십니까. 은안이 남편 남재하입니다."

예의를 차린 말투와 달리 눈빛에는 날이 서 있었다.

"아, 안녕하세요. 저는…… 그 은안 씨랑 아는 사이……."

어딘가 모르게 고압적인 재하의 태도에 기태가 말을 더듬는 사이, 은안이 대신 그를 소개했다.

"이쪽은 한기태 씨에요. 제가 부산 병원에 있을 때, 담당 간호사셨어요. 제가 도움을 많이 받았고요."

도움을 많이 받았다는 은안의 설명에 날 서 있던 그의 눈빛이 살짝 부드러워졌다.

"아, 앉으시죠. 아직 식사 시작한 지 얼마 안 됐거든요."

재하가 은안의 앞에 놓인 음식을 흘긋 살폈다. 아직 양이 많이 남아 있는 걸 보니, 은안이 배를 제대로 채우지 못했을 거 같아 기태의 말대로 앉기로 했다. 그가 은안의 옆에 앉자 기태는 직원을 불러 음식을 추가로 주문했고, 은안은 재하의 옆구리를 쿡 찌르며 속삭였다.

"어떻게 온 거예요?"

"기차 타고."

"그걸 묻는 게 아니잖아요!"

그의 대답에 은안이 어이가 없다는 듯 눈을 치켜떴다.

"온유는요?"

"성북동에 맡기고 왔어."

"아니, 내일 온다고 해놓고, 왜 오늘……!"

은안이 온유의 걱정을 하며 입술을 잘근거리던 사이, 재하가 조용히 물었다.

"왜 오늘 온 건지 궁금해?"

"아니요."

은안이 옆으로 돌렸던 고개를 다시 정면으로 홱 돌리며 말했다. 그러자, 재하가 은안의 귓가로 가까이 다가와 속삭였다.

"궁금해하는 게 좋을걸? 엄청난 이유거든."

능청이 묻어 있는 목소리가 마음에 들지 않는다는 듯 은안이 그의 허벅지를 살짝 내려쳤다. 그 순간, 주문을 마친 기태와 눈이 마주쳤다.

투덕거리는 모습도 솔로인 기태의 눈에는 그저 알콩달콩하게만 보였던 건지, 그는 부러운 듯 그들을 바라봤다.

"큼."

은안이 민망한 듯 살짝 헛기침하며 시선을 돌렸다.

"두 분이 사이가 많이 좋으신가 봐요."

"뭐, 그런 편이죠."

재하가 입매를 말아 올리며 대답했다.

"하긴, 저도 은안 씨 같은 여자 친구나 아내 있으면 사이좋게 지낼 거 같아요."

기태의 말에, 은안이 다시 눈을 동그랗게 뜨며 말했다.

"기태 씨 인기 많지 않아요? 난 그렇게 알고 있었는데."

"네? 어디서 그런 말을 들으셨어요?"

"환자들끼리도 알음알음 다 아는 통로가 있어요! 예전에 박선생님이 기태 씨 좋아했었잖아요."

"그……래요? 처음 듣는 얘기인데. 전 제가 영 인기가 없다고 생각했거든요."

기태가 뒤통수를 긁적이자, 다시 은안의 칭찬 폭격이 이어졌다.

"에이, 기태 씨처럼 좋은 사람이 어디 있다고."

"은안 씨한테 그런 얘기 들으니까 쑥스럽네요."

훈훈한 두 사람의 대화가 한마디씩 테이블 위로 쌓일 때마다, 재하의 미간이 단계적으로 좁혀졌다.

은안이 아플 때 도움을 줬던 분이지만, 지금은 그저 밖에서 만난 사이일 뿐이었고 환자와 간호사가 아닌 인간 대 인간으로 마주한 남자가, 은안과 웃는 얼굴로 말을 주고받는 건 썩 유쾌하지 않았다.

하지만, 재하는 퐁퐁 솟는 질투심을 억눌렀다. 은안에게 큰 도움이 됐다는 고마운 사람에게, 그런 감정을 내비칠 수는 없었기 때문이었다.

하지만, 숨긴다고 해서 그 감정이 사라지는 건 아니었다. 재하는 구겨진 미간을 다시 단정히 풀며 억지로 미소를 장착했다.

"음식 식겠다. 빨리 먹어."

재하가 할 수 있는 건 딱 한 가지였다.

"이것도 먹고, 어. 저것도 맛있어 보이네."

그저, 이 자리가 빨리 끝날 수 있게 하는 것. 그것뿐이었다.

"후우……."

위를 최대 용량까지 써버린 은안이 연신 큰 한숨을 내쉬었다. 별생각 없이 그가 주는 대로 받아먹었더니, 평소보다 밥을 많이 먹어버리고 말았다.

"배불러?"

그가 다정하게 묻자, 은안이 멍하니 고개를 끄덕였다.

"다행이네."

기태와 헤어진 후, 자연스레 은안의 손을 낚아채 깍지를 낀 재하가 아무 일도 없었다는 듯 말했다. 그의 평화로운 목소리에, 그제야 이전의 상황들이 생각난 은안이 손을 비틀어 빼 버렸다.

"여긴 어떻게 온 거예요?"

"기차 타고 왔다니까."

"장난치지 말고!"

은안의 목소리가 한 옥타브 높아지자, 그제야 재하가 다시 입을 열었다.

"연락, 하지 말라며. 그래서 찾아왔지."

"……."

"알잖아. 나 말 잘 듣는 남편인 거."

그의 말을 잠자코 듣던 은안이 토라진 투로 말했다.

"성북동으로 돌아가요. 난 오늘 인기 많은 남편이랑 얘기하고 싶지 않거든요."

"그건 안 되겠는데. 할머니한테 오늘 당신이랑 같이 있겠다고 말했거든."

"그럼 다른 방 잡아요."

"그럴 수는 없지."

"왜요?"

"낭비잖아."

"당신은 진짜……!"

창을 든 은안과 방패를 쥔 재하의 대화가 이어졌다. 그리고 결국 창은 강력한 방패의 한 방에 무참히 찌그러지고 말았다.

"사실, 다 핑계고 그냥 보고 싶어서."

"……."

"그래서 왔는데. 웃어주면 안 돼?"

어느새 큰 꼬리를 살랑거리는 대형견이 된 그가 웃으며 말하자, 은안의 마음이 속절없이 녹아내렸다. 그리고 그 순간 득도하듯 깨달았다.

저에게만 이런 웃음을 보여주는 남자를 두고 질투할 필요가 없다는 걸. 그야말로 미소 한 방에 초월적인 진리를 얻은 셈이었다.

"……알았어요. 그럼, 가지 마요."

이번에는 은안이 먼저 손을 잡았다.

"그리고, 맥주 마셔요. 화해주로."

"우리 싸운 적 없는데. 당신이 질투한 거지."

그의 똑바른 지적에, 은안이 입을 삐죽였다.

"……그냥. 화해주라고 해요."

그녀의 귀여운 모습에 재하의 입가에 미소가 비죽 튀어나왔다.

"알겠어. 당신이 그렇다면 그런 거지."

실없는 대화에, 결국 웃음이 터진 두 사람은 푸스스 웃음을 흘리며 두 손을 꼭 잡고 편의점으로 향했다.

호텔 밖의 편의점에 도착하자마자 은안에게 전화가 오는 바람에, 재하 혼자 편의점 안으로 들어갔다. 은안은 사뭇 진지한 표정으로 전화를 받고 있었다. 덕분에 누군가가 저를 바라보고 있다는 것조차 인식하지 못했다.

"네, 이철 씨. 그럼 그렇게 정리해서 메일 보낼게요."

은안의 통화가 마무리되자, 두 남자가 기다렸다는 듯 은안에게로 다가섰다.

"저기요."

통화를 마무리한 은안은 모르는 사람의 부름에 당황한 듯 표정을 굳혔다. 언뜻 봐도 저보다 어려 보이는 남자들이 무엇을 할지, 전개가 뻔히 예상되었다.

"저기, 마음에 들어서 그런데…… 번호 좀 주시면 안 될까요?"

수줍은 표정으로 휴대폰을 내미는 남자를 보던 은안이 말했다.

"저…… 제가 결혼을 해서요."

"에이, 거짓말."

번호를 물어보는 남자 옆에 있던 친구가 고개를 저으며 장난스러운 목소리로 말했다.

"전혀 결혼한 사람처럼 안 보이는데. 거절하려고 거짓말하시는 거죠?"

"아니에요, 아들도 있어요. 5살짜리 아들."

은안의 거절에도 남자들은 치근덕거림을 멈추지 않았다.

"제 친구 진짜 괜찮은 놈이에요! 의대생이에요! 의사 될 거라니까?"

의대생이라는 말에 은안이 약간의 비웃음을 머금으며 생각했다.

'얘들아, 내 남편은, 의사야.'

하지만, 이내 차분히 표정을 가다듬었다.

"저, 죄송한데 진짜 결혼했어요. 남편도 저기 안에 편의점에 지금……."

"에이, 반지도 안 끼고 계시는데 결혼은 무슨!"

은안이 제 손을 흘긋 내려다봤다. 족쇄가 필요한 건, 그뿐만이 아니었나 보다. 지금 이 순간, 품절로 인해 사지 못한 반지가 눈앞에 어른거렸다. 잔상처럼 스치는 반지를 털어내려 눈을 질끈 감았다 뜬 은안이 다시 말했다.

"진짜예요. 곧 남편 나올 거니까, 이만 가주세요."

"에이, 그러지 말고 번호……."

은안이 등을 돌려 자리를 벗어나려 하자, 남자가 허락 없이 그녀의 손목을 낚아채며 다시 번호를 달라 재촉하던 그때.

"뭐야."

한 손에 맥주가 가득 든 봉지를 든 재하가 나타나 은안의 손목을 쥔 남자의 손을 거칠게 떼어냈다.

그러고는 은안을 제 등 뒤로 숨겼다. 남자 둘은 진짜 남편으로 보이는 듯한 재하의 등장에, 놀란 듯 말을 더듬었다.

"지, 진짜 남편……?"

은안과 재하를 번갈아 보던 두 남자의 안색은 점점 파리하게 질려갔다. 재하의 표정이 살벌했기 때문이었다. 맥주가 든 검은색 봉지마저 위험해 보일 정도였다.

"그, 저……."

두 남자가 죄송하다는 말을 하려던 찰나, 재하의 입매가 비틀리듯 열렸다.

"사람 말뜻도 못 알아듣는 머저리들이 어떻게 의사가 되겠다는 거지?"

곧 차가운 목소리가 그들을 찔렀다.

혼자 들어갔던 편의점에서 나오자마자, 두 남자에게 둘러싸인 은안의 모습을 본 재하는 이성의 끈이 끊어지는 걸 느꼈다.

조금 전, 다른 남자와 웃으며 대화하는 그녀를 보면서도 겨우 참아냈다. 그마저도 은안이 있던 병원의 간호사여서 인내심이 생겼던 것이었다. 그런데 모르는 남자들에게 둘러싸인 은안이라니. 참을 이유가 없었다. 참고 싶지도 않았고.

은안이 제가 인기가 많다는 얘기에 질투했지만, 아마 지금 제 마음에는 비하지 못할 것이다. 질투도 사랑의 일종인데, 제가 더 은안을 사랑한다고 믿어 의심치 않았으니까.

은안에게 치근덕대는 두 남자를 눈으로 쓱 훑은 그는 긴말을 덧붙이지 않았다.

"당장 눈앞에서 사라져주면 좋겠는데."

"죄, 죄송합니다!"

재하의 묵직한 분위기에 잔뜩 쪼그라든 두 남자는 줄행랑 치듯 자리를 벗어났다. 저 멀리 사라지는 남자들의 뒷모습을 보던 은안이 그제야 한숨을 뱉어냈다.

"휴, 당신이 때맞게 나와서 다행이에요. 얼마나 막무가내인지……."

"가자."

남자들이 갔음에도 딱딱해진 재하의 얼굴은 풀릴 줄 몰랐다. 그는 은안의 말에 대꾸하지 않고 그녀의 손을 그러쥔 채 호텔 안으로 향했다. 은안은 재하의 이런 모습은 처음이라 아무런 말도 하지 못하고 그의 손길에 이끌려갔다.

그의 보폭에 맞추어 걷다 보니, 금방 숨이 찼지만, 덕분에 객실 앞까지 빠르게 도착했다.

걸어오는 내내 한마디도 않던 그가 처음으로 입술을 뗐다.

"문, 열어."

여전히 어딘가 뒤틀린 표정에, 은안의 머리 위로 물음표가 띄워졌다.

'설마, 아까 그 남자들 때문에 화……난 건가?'

저처럼 질투라도 하는 것인가 싶어 그를 흘긋 살폈지만, 질투라고 하기에는 표정이 너무 살벌했다.

'아니면, 미래의 후배들이, 너무 머저리처럼 굴어서……?'

의사로서, 막 나가는 후배들의 행실을 보고 화가 날 수도 있겠다는 생각이 스쳤다. 그런 생각을 하면서 은안은 자연스레 주머니 속에 있던 카드키를 꺼내 방문을 열었다.

달칵—.

문을 열고 들어서 카드키를 키홀더에 꽂자, 깜깜하던 방 안의 모든 불이 켜졌다.

탕—. 타당—.

그와 동시에 재하의 손에 들려 있던 맥주 캔들이 바닥으로 나뒹구는 소리가 귓전을 때렸다. 카드키를 꽂느라 그를 등지고 있던 은안의 몸이 재하의 손길에 의해 순식간에 앞으로 돌려졌다.

"재하 씨…… 흡!"

그리고 익숙하게 겹쳐진 입술에 숨결을 모두 내어주고 말았다. 그에게 빨려 들어가면서도, 그의 무게를 이기지 못한 은안의 몸은 조금씩 뒤로 밀리고 있었다.

결국 좁은 현관 벽에 은안의 등이 닿았다. 재하는 오갈 곳 없는 은안을 더욱 거칠게 집어삼켰다. 그렇게 틈을 내어주지 않는 재하와 조금이라도 틈을 찾아내려는 은안의 술래잡기가 이어졌다.

하지만, 결국 틈을 찾아낸 은안이 겨우 재하에게서 떨어져 나왔다.

"하아, 하아……."

달아오른 숨을 연신 내뱉는 은안을 보던 재하는 다시 은안에게로 바짝 다가섰다. 우람한 몸이 다가오자, 은안은 마치 겁

먹은 초식 동물처럼 슬쩍 눈을 내리깔았다.

하지만, 이내 제 턱을 살짝 들어 올리는 재하 덕분에, 은안은 오롯이 그를 마주할 수밖에 없었다.

그의 눈이 제 얼굴을 구석구석 집요하게 훑어 내리자, 왠지 모르게 얼굴이 달아오르는 것 같아 은안이 고개를 돌렸다. 그러자 그는 기회를 잡았다는 듯 은안의 귓바퀴에 짧게 입을 맞췄다.

그러고는 입술을 귓바퀴에서 떼어내지 않은 채, 위험한 목소리로 읊조렸다.

"족쇄가 필요한 사람은 내가 아니라 당신이었어."

귓가에서 맴도는 뜨거운 감촉에 머리가 뱅글뱅글 도는 탓일까, 은안은 말을 더듬었다.

"그, 그게 무슨 소리예요……."

"당신이 다른 남자랑 눈만 마주치는데도 이렇게 화가 날 줄 몰랐거든, 내가."

은안이 고개를 올려 은은하게 미쳐 있는 그의 눈빛을 마주했다. 늘 짙게 잠겨 있던 눈빛에 오늘따라 뜨거운 불꽃이 일렁이는 거 같다면 착각일까.

은안이 침을 꼴깍 삼키는 사이, 그는 차분한 목소리로 말을 이어갔다.

"아니다. 정정할게. 화가 나는 정도가 아니라, 미치겠더라고."

"……."

"나도, 질투 나. 당신이 다른 남자랑 눈만 마주쳐도."

'질투'라는 확실한 단어에, 마치 놀이 기구를 타듯 뱅글뱅글 돌던 은안의 정신이 제자리로 돌아왔다. 그리고 그제야 모든 상황이 이해되었다.

화났던 그의 표정, 방에 들어오자마자 뜨겁게 퍼붓는 키스, 그리고 제 허리를 감싸고 놓아주지 않는 단단한 팔까지. 그는, 저처럼 질투하고 있었던 것이었다. 아주 격하게.

쪽—.

놀란 듯 두 눈을 크게 뜨고 저를 올려다보는 은안의 둥근 눈에 짧게 입 맞춘 재하가 사과했다.

"놀려서 미안해. 당신이 질투하는 거."

"……."

"그게 너무 귀여워서, 그래서 조금 놀린 건데. 이게 이렇게 화나는 건 줄 몰랐네."

조금 전 상황을 생각하며 눈썹을 살포시 세우는 재하의 모습에, 은안이 뾰로통한 목소리로 말했다.

"역지사지라더니. 이제 알겠어요?"

"응. 격하게 알겠어. 족쇄의 필요성도 뼈가 시릴 정도로 깨달았고."

"아, 족쇄……."

은안이 다시 시무룩해졌다. 또다시 잔상처럼 눈앞에 반지가 스쳐간 때문이었다. 물욕이 딱히 강한 편은 아니었는데, 질투라는 감정 덕분인지 욕심이 엔진을 달고 고속 도로를 질주하듯 달렸다.

그때, 은안에게 밀착해 있던 재하가 한 발자국 뒤로 물러서 재킷 안주머니에 손을 넣었다.

재하의 온기가 몸에서 떨어져 나가자, 은안은 상념에서 빠져나와 그의 움직임에 집중했다. 곧 재킷의 안주머니에서 그의 손이 쑥 나왔다. 들어갈 때와 달리, 가죽으로 된 남색 케이스를 들고서.

안주머니에서 나온 물건을 확인한 은안의 눈가가 미세하게 떨렸다.

"설마……."

언뜻 봐도 반지 케이스 같은 모양새에, 심장이 쿵쿵거렸다. 게다가, 케이스에는 제가 갖고 싶어 하던 브랜드의 로고가 새겨져 있었다.

재하가 살짝 웃으며 다시 은안의 앞으로 다가왔다.

"설마가, 맞을걸."

"……."

"내가 기대하라고 했잖아."

부드러운 목소리로 다시 한 번 기대감을 심어준 재하는 반지 케이스를 은안의 눈높이에 맞춰 올린 뒤 개봉했다.

"이거 맞지? 당신이 찾던 거."

케이스의 뚜껑이 열리자, 은안은 놀란 듯 두 손으로 입을 틀어막으며 고개를 끄덕였다.

작은 정사각형의 케이스 안, 제가 애타게 찾던 디자인의 반지가 가지런히 담겨 있었다. 그에게 어떤 걸 가지고 싶은지, 일언반구도 하지 않았다.

그런데 그는 제 마음을 샅샅이 탐험하기라도 한 듯, 제가 원하던 디자인의 반지를 내밀었다. 은안은 오로라라도 본 듯, 황홀한 표정으로 반지를 뚫어져라 바라보았다.

단순히 반짝이는 보석이 예뻐서 넋을 놓고 보는 게 아니었다. 반지에는 저를 생각하는 그의 마음이, 노력이, 그리고 사랑이 함께 들어 있었다.

오로라는 운이 좋아야 생애 한 번 볼까 말까라던데. 누군가의 진정한 사랑을 느끼는 순간은 하늘의 오로라를 본 순간만큼이나, 아니 그보다도 더 기적 같은 순간이었다.

그가 저를 정말로 많이 사랑하고 있다는 걸 확인받으니, 온몸의 세포 하나하나마저 달아오르는 기분이었다. 은안이 기분 좋게 시선을 들며 물었다.

"이거……, 구하기 힘들었을 텐데 어떻게 구했어요? 아니, 어떻게 알았어요? 내가 원하던 게 이 디자인이라는걸."

"그냥. 방법이 다 있어."

재하는 일일이 매장을 돌아다니며, 은안이 들른 매장을 찾아냈다는 것을 말하지 않았다. 방법이 중요한 게 아니라, 마음이 중요한 거니까.

재하가 싱긋 웃자, 은안도 티 없이 행복한 웃음을 머금으며 손을 내밀었다. 재하는 기다렸다는 듯 은안의 네 번째 손가락에 반지를 끼워주었다. 주인을 찾아간 반지는, 케이스에 있을 때보다도 더 영롱하게 빛났다.

손을 이리저리 돌리며 반지를 살피던 은안은 싱긋 웃으며 손바닥을 내밀었다.

"줘요. 나도 끼워줄게요."

만족스러움이 한껏 묻어 있는 목소리에, 재하가 고개를 끄덕이며 은안에게 케이스를 넘겼다. 은안도 반지를 빼내어 그의 네 번째 손가락에 끼워주었다. 그의 손에 끼워진 반지를 보던 은안이 생글생글 웃으며 중얼거렸다.

"예쁘다."

은안은 예쁘단 말과 함께 반지가 끼워진 그의 손을 잡아 올려 제 시선에 정면으로 고정시켰다. 그리고 다시 장난스럽게 말했다.

"미리 채웠어야 하는데. 족쇄."

며칠간 마음고생 아닌 마음고생을 했던 순간들이 스쳐 지나가자 은안의 눈썹이 저절로 억울하게 팔자로 휘어졌다. 그것을 본 재하가 어깨를 까딱였다.

"안 채운다고 해서, 어디 도망가지는 않아. 어차피 당신 거잖아, 난."

재하의 말에, 은안은 기분이 좋으면서도 솜털이 바짝 서는 걸 느꼈다. 이제는 다정함을 넘어 닭살스러운 말도 곧잘 하는 그였다. 재하의 닭살 멘트에, 은안은 좋으면서도 괜히 놀려주고 싶은 마음이 피어올랐다.

'나라고 못 할 거 없지.'

재하가 저를 놀렸던 걸 생각한 은안이, 능청스레 그를 놀렸다.

"당신, 언제부터 이렇게 닭살스러워졌어요? 살짝 느끼한 거 같기도 하고……."

당황하길 바랐던 은안의 바람과 달리, 재하는 한쪽 입매를 말아 올리며 은안에게로 상체를 천천히 기울였다.

어느새 가까이 다가온 그의 얼굴에, 장난스럽던 은안의 두 뺨에 금세 자잘한 홍조가 올라왔다. 재하는 오히려 한술 더 떠 그녀를 역으로 놀렸다.

"진짜 닭살스럽고 느끼한 게, 뭔지 보여줘?"

느른한 목소리를 뱉어내던 입술이 어느새 은안의 가느다란 목선으로 향했다.

쪽—.

피할 새도 없이 가볍게 입을 맞춘 그가 속삭였다.

"말이 아니라, 몸으로."

말을 끝낸 동시에 은안을 번쩍 안아 든 재하가 신발을 벗고 객실 안으로 성큼성큼 걸어 들어갔다.

순간적으로 몸이 붕 뜨자 당황한 은안이 놀라 그의 목을 감싸 안으며 말했다.

"잠, 잠깐만요. 나도 신발 좀 벗고……."

현관에 한참 서 있었던 탓에, 신발을 벗지 않은 상태였다. 하지만, 재하는 개의치 않고 발걸음을 계속해서 옮기며 말했다.

"내가 벗겨줄게. 신발 말고, 다른 것도 전부 다."

"하, 진짜 당신……."

아무래도, 족쇄를 채우더니 더 뻔뻔해진 것 같기도 한데.

엉뚱한 생각을 하던 은안은 스스로 신발 벗기를 포기하고 그의 품에 얌전히 안겨 침실로 들어갔다.

서로에게 족쇄를 채운 밤, 방 안은 곳곳에 설탕을 뿌리기라도 한 듯 달큰함이 피어올랐다.

chapter 27

행복이라는 건 우리에게 오게 되어 있으니까

이튿날 은안과 재하는 아침 일찍 성북동으로 향했다.

집 앞에 차가 다다르고, 은안은 창밖의 익숙한 풍경을 물끄러미 바라보았다. 몇 년 만이지만, 성북동 집의 외관은 세월의 흔적이 전혀 느껴지지 않았다.

익숙한 공간에 다시 와 있는 지금 이 순간, 어느새 훌쩍 지나버린 4년 후의 시간 속에 있는 게 아니라, 그저 온유가 제 배 속에 있던 그때의 그 시간 속으로 다시 온 것만 같았다.

그저 아주 긴 악몽을 꾸다 일어난 것만 같은 느낌. 아무렇지 않을 거라고 생각하진 않았지만, 막상 이곳에 오니 이상한 감정들이 자꾸 울컥 차올랐다. 그때, 아무 미동도 하지 않는 은안을 보던 재하가 조심스레 물었다.

"괜찮아?"

집 근처로 들어오면서부터 은안이 급격히 긴장하는 게 느껴졌다. 아무래도 오랜만에 자옥과 상훈을 만날 생각을 하니 저절로 떨리는 듯했다.

주차 후, 시동을 끈 재하가 미세하게 떨리는 은안의 손을 살짝 잡아주었다. 그러자 은안이 약하게 고개를 주억이며 입을 열었다.

"난, 괜찮아요. 그냥…… 할머니, 할아버지한테 죄송해서요."

제 아픔을 어느 정도 씻어내고 나니, 그제야 주변 사람들의 마음이, 그리고 그간 느꼈을 고통이 보였다.

"내가 그렇게 떠나버리고 얼마나 힘드셨을까. 그리고 힘들어하는 당신을 보며 또 얼마나 마음을 졸이셨을까. 그런 생각이 들어서요."

특히, 자옥이 저를 정말 친자식처럼 아껴줬기에, 은안의 마음은 더욱 무거웠다. 타인의 마음은 안개가 자욱이 낀 길과 같아서, 아무리 무언가를 보려 해도 확실히 그 본연의 형체가 무엇인지 알 수 없었다.

아무리 제 잘못이 아니라지만, 너무 힘들어서 저를 조금이나마 원망하지 않았을까. 저를 티끌만큼이나마 미워하지 않았을까. 그런 생각이 자꾸만 들었다. 물론 제게 그런 감정을 티 내실 분들이 아니라는 걸 잘 알지만, 상상은 터질 듯이 부풀어갔다.

그때, 잠자코 은안의 말을 듣던 그가 나직이 말했다.

"할머니는."

재하 또한, 어떠한 감성이 복받친 것인지 잠시 말을 끊었다가 이어갔다.

"강한 분이야. 내가 힘들어할 때도, 할머니가 지지대가 되어 주셨어. 힘드셨겠지만, 나랑 온유를 위해서라도 더 강해지려고 하셨어."

"……."

"그러니까, 당신도 나도 좀 더 강해지자. 미안한 마음에 잠식되기엔, 남은 시간이 너무 아깝잖아."

묵묵한 목소리로 저를 달래는 말에, 은안이 고개를 끄덕이며 애써 웃었다. 감정을 다시 가다듬은 두 사람은, 차에서 내려 익숙한 집 안으로 들어갔다.

4년 만에 거니는 정원도, 밖의 전경만큼이나 그대로였다. 정원 곳곳에 꼿꼿이 서 있는 푸르른 소나무. 한쪽에 위치한 벤치. 늘 잘 관리되어 있던 소담한 화단까지. 은안은 찬찬히 정원을 살피며 발길을 옮겼다.

어느새 정원의 끝에 위치한 집 현관에 도착한 은안은 숨을 크게 들이켰다. 차 안에서 어느 정도 진정을 시켰지만, 막상 집 안에 들어간다고 하니 다시 이런저런 마음들이 파도처럼 밀려왔다.

"들어갈까?"

재하는 은안이 준비될 때까지 충분히 기다리겠다는 듯 손을 문고리로 가져가지 않고 그녀를 바라봤다.

긴장되는 듯 눈을 몇 번 깜빡인 은안은 고개를 끄덕였다. 신호를 받은 재하가 문을 열자, 은안은 열린 문을 통과해 집 안으로 들어섰다. 한 발자국 두 발자국 걸음을 옮길 때마다, 집 안쪽에서 들려오는 온유의 목소리와 자옥과 상훈의 목소리가 선명히 귀로 흘러들었다.

은안과 재하는 거실을 지나쳐 자옥이 손수 놀이방으로 꾸며둔 작은 방으로 향했다. 열려 있는 문 앞으로, 두 사람이 우뚝 멈춰 섰다. 인기척 없이 다가온 두 사람을 먼저 발견한 건 온유였다.

"엄마아! 아빠아!"

하루 떨어져 있었을 뿐인데, 뭐가 그리 반가운지 온유는 내복 차림으로 도도도 달려와 재하를 향해 안아달라는 듯 팔을 벌렸다.

"잘 있었어?"

"응, 아빠!"

재하가 온유를 번쩍 안아 올렸다. 두 사람이 재회의 인사를 나누는 사이, 은안은 방 안에 있던 자옥과 상훈과 눈을 맞췄다. 그러고는 떨어지지 않을 것 같던 입술을 겨우 움직였다.

"할머니, 할아버지."

앉아 있던 자옥과 상훈이 자리에서 천천히 일어나 은안의 앞으로 다가왔다.

"저, 돌아왔어요."

그리고 은안은 4년 만에 자옥과 상훈에게 돌아왔다는 인사를 건넬 수 있었다.

상훈과 재하와 온유는 정원으로 공놀이를 하러 나가고, 은안과 자옥 두 사람만 거실 테이블에 나란히 앉아 있었다. 무겁지도 가볍지도 않은 정적이 공기를 에워쌌다.

몇 번 통화하긴 했지만, 직접 얼굴을 보니 두 사람 모두 쉬이 말이 나오지 않았다.

하지만, 곧 자옥이 그 정적을 깼다.

"몸은, 괜찮고?"

"네. 이제 완전 멀쩡해요."

"다행이다……. 다행이야."

자옥이 연신 가슴을 쓸어내리며 혼잣말인지, 은안에게 건네는 말인지 모를 떨리는 목소리를 뱉어냈다. 제 가슴을 쓸어내리던 손을 떼어낸 자옥은 은안의 손 위로 제 손을 포갰다.

은안의 눈에 몇 년 전보다 더 주름지고 많이 마른 자옥의 손이 들어왔다. 말라버린 손을 응시하던 은안의 귓가로, 재하의 목소리가 한 줄기 섬광처럼 빠르게 스쳐갔다.

—할머니는 강한 분이야.

제가 아는 자옥은, 그의 말처럼 강한 사람이었다. 그런데 왜 자꾸, 이 손을 보고 있자니 그 누구보다도 유약해 보일까. 세월의 흔적이 느껴지는 자옥의 손에, 마음이 쿡쿡 쑤시는 통증이 몰려와 은안이 겨우 고개를 들었다.

하지만 고개를 들어 자옥의 얼굴을 마주하자, 마음이 갈가리 찢어지는 고통이 이어서 은안을 강타했다. 저를 바라보는 자옥의 눈에, 투명한 눈물이 가득 맺혀 있었기에.

"아가. 은안아."

"……네, 할머니."

바르르 떨며 울음을 삼키는 은안의 목소리에, 자옥의 눈가에 가득 고여 있던 눈물은 결국 흘러넘치고 말았다. 4년간, 손주와 증손주의 버팀목이 되어주기 위해 강한 척하던 자옥의 마음이 은안을 보자마자 뭉그러지고 말았다.

"잘 왔다. 정말, 잘 왔어."

은안의 손을 잡고, 목소리를 들으니 이제야 정말 모든 게 제자리로 돌아왔다는 생각에 안도의 눈물이 자꾸만 흘러 자옥의 뺨을 적셨다. 자옥의 눈물에는, 그간 괜찮은 척하며 쌓인 아픔이 짙게 배어 있었다.

자옥의 눈물은 은안에게까지 번져갔다. 두 사람은 서로의 손을 맞잡고 한참이나 아무 말 없이 서로를 바라보며 눈물을 흘렸다. 한참을 운 은안이 눈가를 꾹꾹 누르며 입을 열었다.

"할머니. 흑."

하지만, 말소리는 울음에 먹히고 말았다.

자옥은 한 손으로 은안의 등을 토닥이며 웃어 보였다.

말하지 않아도, 네 마음 다 알아. 그러니까, 아무 말 하지 말렴. 자옥의 눈빛이 그렇게 말하고 있었다. 그리고 자옥의 눈빛을 읽어낸 은안의 울음은 더욱 거세졌다.

"흑, 흐윽."

밑 빠진 독처럼 은안의 눈에서 울음이 그치지 않자, 자옥은 옛날이야기를 해주는 이야기꾼처럼 운을 뗐다.

"이 할미는 말이야. 재하가 부모 없이 혼자 남았을 때 결심했어. 우리 손주한테 꼭 좋은 짝을 찾아줘야겠다고."

과거를 회상하는 자옥의 목소리는 왠지 모르게 홀가분해 보였다.

"내가 아무리 노력해도, 끝까지 재하랑 같이 있어 주지는 못할 테니 말이야."

은안은 여전히 굵은 눈물만 뚝뚝 흘리며 자옥의 말을 경청했다.

"그런데 어느 날, 은안이 네가 우리 인생으로, 재하 인생으로 들어왔어."

은안의 첫인상은 꼭 조용한 시골길에 소복이 쌓인 눈 같았다. 보고 있기만 해도 가슴이 몽글몽글해지고 따듯해졌다. 그때 느꼈다.

아, 이 아이라면 제 손주 옆에 둬도 좋겠구나. 이 아이라면 훗날 제가 눈을 감을 때, 이 세상에 미련을 두지 않을 수 있겠구나, 하고.

자옥이 연신 은안의 손을 쓰다듬으며 다정한 목소리로 말을 이었다.

"우리 집에 처음 올 때만 해도 예쁘게 웃던 네 얼굴에서 웃음이 점점 사라질 때마다 미안하더구나."

"……."

"재하 옆에 널 두는 게, 내 욕심은 아닐까. 아무리 내 아들이 부탁했다지만, 너도 누군가의 귀한 딸인데 이렇게 홀대받는 게 맞는 건가. 그렇게 생각했어."

재하의 무관심으로 말라가는 화초 같아지는 은안을 보며 회의가 들기도 했다. 하지만, 은안은 말없이 재하의 옆을 지켰다. 괜찮다며, 재하가 마음의 문을 열 때까지 기다리겠다고 말하던 모습이 눈에 선했다.

"그런 말 하지 마세요. 할머니. 그건 제가 원해서, 재하 씨를 사랑해서, 그런 거예요."

은안의 마음은 여전히 순수했다. 그때와 달라진 것이 없었다. 자옥은 가슴이 저릿해지는 걸 느꼈다.

본인이 더 아파놓고서는 제 앞에 와서 미안하다는 듯 어깨를 둥글게 말고 고개를 숙인 이 아이가. 눈물을 뚝뚝 흘리며, 제가 받았던 상처마저 기꺼이 사랑으로 포장하는 이 아이가. 왜 이렇게 아프게 느껴질까.

자옥이 은안의 뺨에 번진 눈물을 닦아주며 말했다.

"알아. 네가 재하를 많이 사랑한다는 거."

"……그런데, 제가 재하 씨를 너무 아프게 했어요. 너무 오래 기다리게 했어요. 죄송해요, 죄송해요……. 할머니."

"뭐가 죄송해. 그런 말 하지 말렴. 은안이 너를 만난 건 우리 모두의 행운이니까."

자옥은 은안을 꼭 안아주었다. 은안의 마음에 아주 약한 얼룩처럼 죄책감이 남아 있는 거라면, 그 미세한 자국마저도 다 씻어내 주고 싶었다.

"사랑이 지나간 자리에, 원망이 남고. 원망이 지나간 자리에 다시 사랑이 왔잖니. 시간이 중요한 게 아니야."

"……."

"제자리로 돌아왔으니까. 그걸로 됐어. 할미는 그걸로 족해."

자옥이 다시 은안을 품에서 떼어내며 시선을 맞췄다.

"너도 재하도 다 똑같은 내 자식이야. 그러니까, 다 잊자. 이 할미도, 밖에 있는 할아버지도 한 번도 은안이 네가 원망스러웠던 적 없어. 응?"

"감사해요. 감사해요, 할머니."

넓은 자옥의 아량에, 은안은 한참을 자옥의 품에 안겨 울었다. 자옥은 저를 만난 게 행운이라고 했지만, 저 또한 재하와 가족들 그리고 온유를 만난 것이 일생에 없을 행운이었다.

서로가 서로의 행운일 수 있다는 게, 마음이 벅찰 정도로 좋았다.

잠시 후, 은안과 자옥이 대화를 나누는 동안 밖에서 공놀이 하던 재하와 온유가 집 안으로 들어왔다.

"은안아."

"엄마!"

두 사람은 들어오자미자 은안을 찾았다. 원래도 판박이 부자였지만, 이제는 행동마저 점점 닮아가고 있었다. 은안은 두 사람의 부름에도 소파에 꼿꼿이 앉아 정면만 바라봤다. 우렁찬 부름에도 돌아봐주지 않는 덕분에, 온유와 재하는 은안의 뒤통수만 마주해야 했다. 이상함을 감지한 두 사람이 빠르게 발길을 당겨 은안의 앞으로 갔다.

"엄마, 우러써요?"

퉁퉁 부은 두 눈에는 아직 물기가 어려 있었다.

"응? 응……."

운 것을 부정하려 했던 은안은, 그냥 고개를 끄덕이며 인정했다. 조금 전보다 시야마저 좁아졌는데, 겉으로 보기에는 얼마나 눈이 부었을까 싶었다.

"히이이 엄마 눈이 붕어 가타! 괜타나여?"

다행인 건 온유가 울음의 이유를 묻지 않았다는 것. 그리고 다행이라고 가슴을 쓸어내릴 새도 없이, 온유는 제게 웃음을 줬다.

"푸헤에."

이상한 소리를 내며 얼굴을 구기는 아주 원초적인 방법으로.

"푸훗."

눈을 까뒤집고 혀를 요란스럽게 내미는 표정이 예고 없이 닥쳐 들어오자, 은안은 실없이 웃음을 터트렸다.

"어어! 엄마 우서써!"

은안의 웃음소리에 덩달아 기분이 좋아진 온유가 까르르 웃으며 은안의 무릎 사이로 엉겨왔다. 그러더니, 다른 표정을 지었다.

"퍕."

은안이 또 웃음을 터트리자, 온유는 재하에게 약 올리듯 말했다.

"아빠는 못하지이? 온유는 이런 거도 한다아! 에벱—."

웃긴 표정을 재하에게도 보여준 온유는 의기양양한 태도였다.

"이제에 온유가 엄마 맨날 웃겨줄 거야!"

재하의 머릿속에, 부쩍 온유의 승부욕이 늘었다는 유치원 선생님의 전언이 스쳐갔다. 이맘때 애들에게 나타날 수 있는 일이라고 말하며 너무 심할 때만 훈육하면 된다고 했는데, 지금껏 집에서는 훈육할 만큼 심한 승부욕을 보인 적이 없었다. 지금 또한 장난일 뿐이지, 딱히 훈육할 상황은 아니었다.

다만, 문제는…….

"아니, 아빠도 할 수 있어. 엄마 웃기기."

5살짜리 아들을 이기고 싶다는 승부욕이 저를 찾아온 것. 재하는 은안을 웃기고 싶다는 욕망이 마음에서 꿈틀대는 걸 느꼈다.

누가 그랬다. 누군가를 울리는 것보다 웃기는 게 힘든 일이라고. 재하는 크게 한숨을 들이켰다.

저의 호기로운 말 때문인지, 눈이 퉁퉁 부은 은안도 기대감이 스민 얼굴로 저를 응시했다. 짧은 시간 내에 재하는 머리를 데굴데굴 굴렸다. 은안을 웃기기 위해서는, 온유와 같은 전략으로 접근해서는 안 됐다.

보여준 적 없는 모습을 보여줘야 웃을 텐데…….

짧은 시간 안에 은안을 어떻게 웃게 할 것인지 방향을 정한 그가 당차게 팔을 들어 올렸다. 그러고는 검지손가락을 제외하고 주먹을 말아 쥔 채 우뚝 솟은 손가락으로 제 볼을 콕 찔렀다. 이제 막 말을 알아듣기 시작한 아이들이 할 법한 '예쁜 짓' 포즈였다.

"애교……, 맞죠?"

믿을 수 없다는 표정을 한 은안이 조심스레 묻자, 재하가 고개를 끄덕이며 기어들어가는 목소리로 말했다.

"맞……을걸."

그리고 남은 팔을 들어 올려 손가락으로 볼을 또 찔렀다. 나름의 마지막 어필이었다.

"푸하하하하!"

3초의 정적 후, 은안의 입에서 큰 웃음이 튀어나왔다.

"하하하하하하하."

이렇게 크게 웃은 적이 있었나 싶을 정도로, 은안은 집 안이 떠나가라 웃었다.

"그렇게, 웃겨……?"

웃으라고 한 행동이긴 한데, 생각보다 너무 크게 웃자 오히려 재하가 당황했다. 은안이 끅끅거리며 고개를 끄덕였다.

"큽, 그냥 진짜 안 어울려서요. 누가 그렇게 어색하게 웃으면서 애교를 부려요?"

"내 표정이 그랬어……?"

평생 해본 적 없던 짓을 하려니, 고장이 난 듯했다.

온유도 자잘한 웃음을 뱉으며 재하의 앞으로 가 시선을 맞춰달라는 듯 손짓했다. 아이의 부름에 재하가 쪼그려 앉았다.

"아빠아 이르케 웃어야지!"

온유가 재하의 입꼬리를 꾹 눌러 위로 올렸다. 아이의 눈에도 표정이 영 어색하긴 했던 모양이었다. 온유의 손길에 의해 입꼬리가 잔뜩 리프팅된 그가 부여 잡힌 입술 사이로 어설픈 발음을 흘렸다.

"오유야, 아바 입 노아줘……."

놓아달라는 말에, 아이는 개구진 웃음과 함께 입 모양을 이상하게 구겨버렸다.

"아빠 눈도 이케 해봐!"

조금 전처럼 눈을 까뒤집은 표정을 시범으로 보여준 온유가 재하를 졸랐다.

"흐엽."

재하는 온유와 비슷한 소리를 내며, 이상한 표정을 따라 했다. 온유는 그게 마음에 드는지 재하에게서 떨어져 나와 다시 정면으로 은안을 보며 섰다.

"엄마아 이거 봐요오!"

그러더니 개다리춤을 추기 시작했다. 은안을 웃기겠다는 전의가 돋보였다. 재하는 열정적인 그 모습에 졌다는 듯, 고개를 절레절레 저으며 아들의 춤사위를 함께 구경했다.

그렇게 은안을 웃기려는 두 남자의 목소리와 은안의 웃음소리가 거실을 가득 메우고, 어느새 방에서 나온 자옥과 정원에서 들어온 상훈이 세 사람을 보며 은은히 미소 짓고 있었다.

절간 같던 집이, 이제야 좀 사람 사는 집 같아졌다고 생각하며.

모두가 잠든 밤, 오랫동안 잠들지 못한 은안이 침대에서 조심스레 일어났다. 재하와 온유와 한 침대에서 자고 있었기에, 소리가 나지 않게 느릿하게 움직여 방을 빠져나왔다.

그렇게 까치발을 들고 살금살금 거실을 지나쳐 집 밖을 나서서 정원에 도착했다. 잠자리가 바뀌어서 그런 건지, 아니면 자꾸만 마음이 벅차올라서 그런 건지 잠이 쉽게 들지 않았다.

은안이 시원한 밤공기를 크게 들이켰다. 이 집에 돌아오니, 옛일들이 주마등처럼 한 번에 스쳤다.

누구에게나 인생은 한 편의 영화라고 하던데, 저 또한 지나쳐온 길을 돌아보니 만만치 않은 인생을 살았구나 싶었다.

"다른 게 있다면 현실은 영화처럼 끝나지 않고 계속 이어지겠지……."

은안이 작게 혼잣말을 중얼거리자, 뒤에서 따듯한 감촉이 느껴졌다.

"아무리 봄이라도 새벽은 쌀쌀해."

이느새 재하가 다가와 은안의 어깨에 담요를 둘러주었다.

"언제 나왔어요?"

"방금."

"나 때문에 깬 거예요?"

은안이 미안하다는 듯 묻자, 뒤에 있던 재하가 앞으로 와 은안의 옆에 앉았다.

"아니. 사실 나도 잠이 안 와서 계속 못 자고 있었어. 오랜만에 오니까, 어색하게 느껴지더라고. 몇십 년을 살았던 집인데도."

재하는 은안의 담요를 동여매주며 말했다.

"그리고 내일 아버님 만나러 갈 생각하니까, 긴장되어서 그런지 잠이 안 오는 거 같기도 하고."

"아……."

그의 말에, 은안이 낮은 목소리를 흘렸다. 제가 자옥을 만나는 게 떨린 것처럼, 그도 떨릴 터였다. 어쩌면 저보다도 더 떨리겠지. 긴장된다는 말에 덩달아 얼굴이 굳은 은안을 보며 그가 살짝 웃었다.

"당신은 왜 이렇게 긴장해."

재하가 은안의 코끝을 손가락으로 살짝 튕기자, 그녀의 표정이 조금 부드러워졌다.

"부부는 일심동체니까……?"

장난에 긴장이 풀어진 은안이 실없는 농담을 던졌다.

재하가 픽, 웃자 은안이 예고 없이 그의 품을 파고들어 허리를 꼭 끌어안았다. 그리고 사근사근한 목소리로 입을 열었다.

"걱정하지 마요. 무서워하지도 말고. 아빠, 온유한테 미안해하고 있어요. 당신한테도 그럴 거고. 옛날에 잠깐 당신을 원망했던 건……. 아빠도 힘들어서 그런 걸 거예요. 그러니까, 옛날 일은 다 잊어요, 우리."

그의 마음 한편에 미약하게 남아 있는 걱정이 무엇인지 알기에, 은안이 그의 등을 쓸어내렸다.

위로하듯 저를 껴안은 은안의 품이 따듯해서, 그녀의 목소리가 제 온몸을 포근하게 감싸주는 거 같아서 신경을 콕콕 찌르던 재하의 걱정이 눈 녹듯 사라졌다. 여전히 걱정되는 듯 제 등을 쓰다듬는 은안에게, 재하가 단단한 목소리로 말했다.

"걱정 안 할게. 무서워하지도 않고."

너를 잃는 일, 제일 무서운 그런 일도 겪어봤는걸. 뒷말을 삼킨 그가 은안의 품에서 떨어져 나와 손을 내밀었다.

"이제, 들어가서 잘까?"

고개를 끄덕인 은안이 제 손을 그의 손에 겹쳤다. 두 손을 꼭 맞잡은 두 사람은 다시 살금살금 침실로 들어갔다.

커다란 창을 통해 은은한 달빛이 들어와 침대를 비추고 있었다. 그리고 그 중앙에서 만세를 하며 잠들어 있는 온유의 잠버릇에 두 사람이 동시에 웃음을 터트렸다.

소리가 나지 않게 한참 웃은 두 사람이 온유를 중간에 두고 다시 침대로 쏙 들어갔다. 그러고는 아이의 배를 토닥여주며 눈을 맞췄다.

깊은 밤, 두 사람 다 아무 말 하지 않았지만, 서로의 눈빛만 봐도 똑같은 생각을 하고 있다는 걸 알 수 있었다. 별거 아닌 것에 스스럼없이 웃을 수 있는 이 순간이, 정말로 행복하다고.

두 사람은 그제야 깊은 잠에 빠져들 수 있었다.

어제 성북동에서 잠을 잔 은안과 재하, 그리고 온유는 오늘 점심에 맞춰 진태의 집에 오기로 했다.

진태는 은안과 재하 그리고 처음 보는 제 손주가 도착할 시간이 가까워지자, 안절부절못하며 집 안을 활보했다. 주방에 들러 음식은 잘되고 있는지, 온유에게 주려고 준비한 선물은 다 잘 있는지. 확인한 후에는 아이에게 활짝 웃어주기 위해 거울 앞에 가서 웃는 연습까지 했다.

현관 옆 거울에서 웃는 연습을 하는 걸 목격한 안성댁이, 못 말린다는 듯 고개를 저었다.

"어휴, 그렇게 긴장되세요?"

진태는 떨려서 대답도 못 하겠다는 듯 가슴에 손을 얹고 고개만 끄덕였다.

"아까 청심환도 드셨으면서 저렇게 떠시기는……."

안성댁이 혀를 끌끌 차며 다시 부엌으로 향했다.

그 뒤로도 진태는 한참이나 거울을 보며 손주에게 보여줄 미소 연습을 했다. 그렇게 입꼬리를 47번째쯤 올렸을 때, 집 안 가득 벨이 울려 퍼졌다.

"자, 잠깐만!"

긴장하고 있던 탓인지, 깜짝 놀란 진태는 대답과 함께 정원 밖의 문을 열어주었다.

정원에서 집 안의 문까지는 약 30초에서 1분. 진태는 마지막으로 심호흡하며 마음을 차분히 했다.

달칵—.

세 사람이 정원을 거쳐 집 앞에 도착한 건지, 문고리 돌리는 소리가 들렸다. 문이 열리는 순간이, 진태의 눈에는 아득한 슬로모션으로 보였다.

문이 모두 열리고 세 가족의 모습이 전부 눈에 담기자, 그제야 느리게 움직이던 세상이 정상적으로 보였다.

"아빠."

"아버님."

은안과 재하가 차례로 인사했다.

그리고 마지막으로…….

"하라……버지?"

아직은 어색한 듯 눈을 끔뻑이던 온유가 세상의 때가 묻지 않은 목소리로 진태에게 인사했다.

진태가 스르륵 무릎을 굽혀 앉아 온유와 눈을 맞췄다.

"왔구나."

제 손주를 보자 진태의 마음에 참을 수 없이 신물이 올라왔다.

"안녕하세요 하라버지. 저는 온유예요. 다섯 살이에요."

야무지게 자기소개를 하는 온유를 보던 진태는, 아이의 뺨을 어루만졌다.

제가 이 아이에게 무슨 짓을 한 걸까.

어떤 선택을 해도 회한이 남을 수밖에 없다는 걸 알면서도, 당시의 저는 제 딸을 최우선으로 생각했다. 만약 그때로 다시 돌아간대도, 저는 제 딸을 위해서 똑같은 선택을 할 것이다. 그건 변함없는데, 왜 저를 보며 예쁘게 웃는 온유를 보니 참을 수 없이 가슴이 아파올까.

웃어주겠다고 연습한 게 무색하게, 진태의 눈에서 눈물이 흘렀다.

"미안하다. 미안해……. 할아버지가 미안하다……."

진태가 온유를 끌어안으며 사과했다. 아이에게서 엄마를 빼앗아간 4년이라는 시간을 다시 줄 순 없겠지만, 지금이라도 미안하다고 말하고 싶었다.

"하라버지, 울지 마세여……."

할아버지가 우는 모습에, 온유가 고사리손으로 뜨거운 눈물을 닦아냈다. 세월을 타 거친 뺨에 말캉한 아이의 손이 닿자, 진태의 마음이 갈려나가는 것만 같았다.

제게 한없이 잔인한 짓을 한 할아버지에게, 이런 따듯한 손길을 내어주는 손자라니. 후회와 후회의 길목에서 한쪽 길을 택할 수밖에 없었던 게, 처음으로 죽을 만큼 원망스러웠다.

"미안하다. 온유야. 미안해……."

"우르지 마세요……."

"이 할아버지가, 잘못했어……."

만약 훗날, 온유가 모든 이야기를 이해할 나이가 될 때까지 살아 있을 수 있다면, 미안하다는 말 뒤에 숨겨진 복잡한 감정들을 다시 말해주며 사과하겠다고 진태는 굳게 마음을 먹었다. 그 모습을 보던 은안이 진태와 온유 곁으로 다가와 두 사람을 꼭 안았다.

"아빠, 괜찮아요. 그만 우세요."

어느새 은안도 눈물을 글썽였다.

아빠의 선택이, 기억을 찾은 직후에는 조금 원망스러웠다. 하지만, 아빠는 부모의 자리에서 저를 위해 최선을 다했을 뿐이었다. 그 마음을 온전히 이해하고서는 작게나마 자리 잡은 티끌 같은 감정마저 지워버렸다.

오롯이 저만 바라보는 부모를 원망할 수 있는 건, 자식만의 특권이었다. 그리고 부모는 그 원망마저, 사랑으로 품어주고는 했다. 하지만, 은안은 태산 같은 마음으로 모든 걸 품어주는 아빠에게, 원망이라는 짐마저 얹어주고 싶지 않았다.

은안은 온유가 들을 수 없게 제 아빠의 귓가로 다가가 작게 속삭였다.

"아빠, 잘못한 거 없어요."

"……."

"온유를 잊고, 온유 곁에 있어 주지 못한 건 제 몫의 아픔이고 제가 감당해야 할 죄예요."

"……."

"그러니까, 이제 제발 홀가분해지세요."

마지막 말을 끝으로, 은안이 진태에게서 떨어져 나와 애써 입매를 끌어올렸다.

서로에게 미안해서 우는 건 오늘이 마지막이었으면 하는 마음이었다.

다행히 온유는 진태가 마음에 든 건지, 애교 어린 목소리로 내내 할아버지를 부르며 뒤를 쫓아다녔다.

"하라버지! 온유 밖에도 구경하고 시픈데에!"

점심 식사를 마친 온유는 집 안을 활보하며 이곳저곳을 구경한 뒤, 정원도 구경하고 싶다며 진태를 졸랐다.

"허허허, 그래 나가보자."

어느새 온유의 애교에 마음이 살살 녹은 진태는 그 어느 때보다 부드러운 표정이었다.

"엄마랑 아빠도 가자아!"

은안과 재하까지 불러낸 온유는 신난다는 듯 정원으로 뛰쳐나갔다.

"온유야! 뛰지 마, 넘어져!"

재하의 걱정에도, 온유는 뭐가 그리 신난 건지 뜀박질을 멈추지 않았다. 그렇게 모든 가족이 정원으로 발걸음을 옮겼다.

진태가 꾸민 정원은, 성북동 정원과는 좀 달랐다.

성북동은 전문가의 손길을 거쳐 한 폭의 그림 같았고, 이곳은 진태의 손때가 곳곳에 묻어나 소박하지만 정겨운 느낌이 있었다.

"하라버지! 이거는 뭐예요오?"

신난 듯 개구리처럼 팔짝팔짝 뛰던 온유가 텃밭 앞에 쪼그리고 앉았다. 텃밭을 보는 건 처음이었기에, 신기한 듯 눈을 굴렸다.

"이건 상추고, 이건 토마토. 음, 그리고 이건 대파야."

진태는 하나하나 차근히 설명해주고, 온유는 그것을 귀담아 들었다. 그 모습을 조금 떨어진 곳에서 바라보던 은안과 재하는 흐뭇한 듯 작게 미소 지었다. 처음 만났음에도 무언가 마음이 통한 건지, 두 사람은 손발이 척척 맞았다.

"은근, 잘 어울리죠? 아빠랑 온유."

"응. 합이 잘 맞네. 보기 좋아."

재하는 뭉클한 목소리로 답했다.

부산에서 은안을 우연히 마주치지 못하고 또 그녀가 기억을 찾지 못했다면, 이런 장면도 보지 못했을 것이다. 만약 그랬다면, 모두 떨어진 곳에서 각자의 애환을 안은 채 살아갔어야 했겠지.

그렇게 생각하니 새삼 그녀를 우연히 마주친 게 참 다행이라는 생각이 들었다.

재하는 문득 차오르는 옛 생각에, 깊이 빠져 있었다.

"재하 씨, 나 온유 그네 밀어주러 갈게요."

"……."

은안의 목소리도 듣지 못할 정도로. 그리고 어느새 진태가 제 옆에 와 있다는 것도 모를 정도로.

재하의 옆에 자리 잡은 진태는 조심스레 입을 뗐다.

"남 서방."

진태의 낮고 굵은 목소리는, 재하를 깊고 깊은 생각에서 단숨에 빠져나오게 하기에 충분했다.

"아버……님? 여긴 언제."

"온유가 그네를 타겠다고 해서, 엄마한테 밀어달라고 하라고 했거든."

진태가 은안과 온유가 있는 곳을 눈짓으로 가리켰다.

"아……."

"장난감만으로는 부족할 거 같아서. 저것도 설치했어."

그네에 대한 얘기를 끝으로 잠시 정적이 내려앉고, 재하가 진태 쪽으로 고개를 돌렸다.

"아버님. 고생 많으셨어요."

"그네? 저건, 별거 아니야. 쉬워."

진태가 손을 젓자, 재하가 뒷말을 덧붙였다.

"그네 말고……. 온유랑 은안이 떼어놓고, 많이 힘드셨을 텐데, 지난 시간들 버텨주신 거요."

"……."

"그리고 감사합니다. 제가 은안이 옆에 다시 설 수 있게 해 주셔서요."

감사하다는 말에, 진태가 잠시 멈칫했다. 잠시 세상이 멈춘 듯 미동도 하지 않던 진태가 뒷짐을 지며 부드러운 목소리로 말했다.

"나한테 감사할 게 있나. 그저, 두 사람이 인연이니 다시 만났을 뿐이지."

그리고 자못 심각해진 표정으로 진태가 말을 이어갔다.

"그리고 내가 자네한테 미안하네. 온유를 저렇게 혼자 키우느라, 얼마나 고생이 많았겠어."

"아닙니다. 온유라도 있어서……. 전 버틸 수 있었어요."

진태가 다 안다는 듯 재하의 어깨를 두드렸다.

"이제, 아무런 걱정 말고 재밌게, 즐겁게, 그렇게만 살아. 은안이랑 온유랑."

진심 어린 그 손길에 많은 감정이 전해지는 듯했다.

"네. 꼭 잘 살게요. 저랑 은안이랑 온유. 세 사람, 꼭 행복하게 살겠습니다."

재하가 확신이 꽉 들어찬 목소리로 대답했다.

각자의 자리에서 각자의 인생을 살아내고 억겁 같은 긴 시간을 버텨줘서, 오늘 같은 날이 있는 거라고. 사는 게 아무리 막막해 보여도 하루하루를 살다 보면 결국 좋은 날도 온다고. 그러니까, 아무리 힘들어도 사는 건, 참 버텨볼 가치가 있는 일이라고, 스스로에게 다시 한 번 말해주고 싶었다.

"아빠! 아빠도 와!! 엄마랑 가티 탈래! 그네 밀어줘!"

그렇게 버티지 않았으면, 오늘 은안과 온유가 저렇게 함께 웃으며 저를 향해 손짓하는 모습도 볼 수 없었을 테니까.

"알았어! 갈게!"

그네에 나란히 앉아 함박웃음을 지으며 빠르게 손짓하는 두 사람을 향해, 재하가 달려갔다.

진태는 온유와 은안에게로 달려가는 재하를 바라보며 너털웃음을 터트렸다.

"허허. 역시, 그네 설치하기를 잘했네."

그네에 옹기종기 모여 웃는 세 사람. 그리고 멀찍이서 그것을 바라보는 진태.

지금 이 순간이, 그들의 인생을 수놓은 많은 프레임 중 가장 완벽한 프레임은 아닐지언정, 가장 아름다운 프레임임은 확실했다.

2개월 후.

"여보세요? 아, 네 이철 씨. 사무실 다 둘러봤어요. 마지막에 본 곳으로 계약하면 될 거 같은데……."

어느새 더워진 날씨에 은안이 손부채질을 하며 차에 올라탔다.

"네, 걱정 마요. 괜찮더라고요. 네, 전화 다시 할게요."

2달 동안 은안은 가족과의 일상을 보내는 한편, 일적으로는 큰 변화를 맞이했다. 부산에서 일을 진행하는 것에 한계를 느끼고 서울에 사무실을 하나 더 얻기로 한 것이었다. 이철과 논의 끝에 제가 서울 사무실을 맡기로 했다.

불론, 그 결정에는 재하의 지지도 한몫했다.

—난, 당신이 나랑 온유한테 발목 잡히는 거 원하지 않아. 주말마다 만나면 돼.

—그래도……. 난 온유랑 만난 지 얼마 안 됐는데…….

—온유, 유치원만 마치고 우리도 당신 옆으로 가면 되지. 앞으로 남은 시간이 더 많아. 그러니까 조급해하지 마. 응?

재하의 배려로 주말부부가 되자, 더욱 마음이 애틋해졌다.

은안은 시동을 켠 뒤, 차를 바로 출발시키지 않고 시트에 몸을 묻었다.

"보고 싶네……."

오늘은 목요일. 아들과 남편을 못 본 지 벌써 나흘째였다.

몸을 벌떡 일으킨 은안이 핸들을 꼭 움켜쥐었다.

"보자……. 오늘내일 대외적인 스케줄은 다 끝낸 거 같은데."

나머지 업무는 재택으로도 충분히 해결할 수 있었다.

핸들을 쥐었다 놓았다 하던 은안이 무언가를 결심한 듯 차를 출발시켰다. 그리고 그 차는 은안의 서울 집이 아닌 부산을 향했다.

휴게소도 들르지 않은 은안은 서프라이즈를 해주겠다는 일

념으로 열심히 운전했다. 그렇게 온유의 유치원 앞에 도착한 은안은 조금 일찍 아이를 하원시켰다.

"엄마아!"

"아들, 잘 있었어?"

고개를 끄덕인 온유는 이내 목요일에 은안이 온 게 이상하다는 듯 물었다.

"엄마아 오늘 오는 날 아닌데에……?"

"우리 온유랑 아빠, 너무 보고 싶어서 달려왔지."

"우아아! 엄마 최고!"

보고 싶었다는 한마디에, 온유가 양 엄지를 치켜세웠다.

Rrrr— Rrrr—.

그때, 전화가 울렸다.

"헉, 아빠다 온유야. 쉬잇……! 아빠 깜짝 놀라게 해줘야 하니까, 엄마 여기 있는 거 알면 안 돼. 알았지?"

은안의 부탁에 온유는 두 손으로 제 입을 틀어막으며 고개를 끄덕였다. 약속을 받은 은안이 떨리는 마음으로 전화를 받았다.

"여보세요?"

[나야. 내일 몇 시에 온다고 했지? 식당 예약하려고.]

"음……. 내일 7시쯤이면 도착할 거 같아요."

[알았어. 그럼 그때 예약해둘게.]

"알았어요. 이만 끊을게요. 내일 봐요."

거짓말하느라 쪼그라든 심장을 부여잡은 은안이 급히 전화를 끊었다.

"온유야, 얼른 집에 가서 기다리다가 아빠 놀라게 해주자!"

"가자아!"

두 사람은 재하를 놀라게 해줄 생각에 즐거워 콧노래를 부르며 집으로 향했다.

한편, 퇴근 후 집으로 가던 재하는 조금 전 은안과의 전화를 곱씹었다.

—알았어요. 이만 끊을게요. 내일 봐요.

어쩐지 전화를 끝맺음하는 게, 평소와는 달랐다. 보고 싶다는 말도 하지 않고, 사랑한다는 말도 해주지 않고. 서운하면서도 걱정이 되었다.

"회사에 무슨 일 있나……?"

내내 은안을 걱정하던 재하는 어느새 집에 도착해 차를 주차하고, 집으로 올라갔다. 그리고 곧 엘리베이터에서 내린 그는 복도에 퍼지는 탄내에 살짝 인상을 찡그렸다.

"음식……을 태운 건가?"

당연히 옆집에서 음식을 하다 태운 줄 알았다. 지금 저희 집에는 아무도 없을 테니까. 얼른 집으로 들어가야겠다고 생각하며 도어 록을 해제한 재하는 눈을 크게 떴다. 탄내의 원인은, 옆집이 아니라 제집인 것 같았다. 놀란 재하는 신발도 벗지 않고 집 안으로 뛰쳐 들어갔다.

매캐한 연기가 새어나오는 부엌으로 달려가던 재하는 소화기가 신발장 안에 있다는 걸 깨달았다.

"아, 소화기……."

다시 발길을 돌리려던 순간, 익숙하면서도 날카로운 목소리가 거실로 울려 퍼졌다.

"온유야! 멀리 떨어져! 얼른!"

은안의 목소리를 들은 그는 소화기를 가지러 가는 것도 잊고 부엌으로 달려갔다.

"무슨 일이야?"

"재, 재하 씨?!"

난리통에 현관문이 열리는 소리도 듣지 못한 건지, 은안은 두 눈을 동그랗게 뜨며 망연한 표정으로 그를 바라봤다.

"자, 잠깐만요!"

정신을 차린 은안이 재빨리 프라이팬을 들고 싱크대로 가 물을 부었다.

치이이익—.

불에 한껏 달궈진 프라이팬이 열을 식히는 소리와 함께, 연기도 조금씩 옅어지고 있었다.

"당신, 내일 오는 거 아니었어?"

재하는 한쪽 눈썹을 꿈틀거리며 물었다.

은안이 그의 물음에 대답하려던 사이, 온유가 대답을 가로챘다.

"서어프라이즈!"

두 손을 바짝 펼치는 쇼맨십도 잊지 않았다.

"시……프라이즈?"

서프라이즈 두 번 했다가는 집도 태워 먹겠는데.

진심을 꿀꺽 삼킨 재하가 뒤통수를 긁적이는 은안에게로 시선을 돌렸다.

"저, 그게…… 시간이 좀 나서 하루 일찍 왔어요. 당신한테 맛있는 거 해주려고 했는데. 시간이 촉박하다 보니까 실수를……."

자초지종을 들은 재하가 재킷을 벗어서 내려놓으며 부엌 안쪽으로 걸어 들어왔다.

"이제, 서프라이즈 하지 마."

"……."

"당신이 오기만 해도 서프라이즈니까."

낯간지러운 말을 아무렇지 않게 한 그는 소매를 걷어붙이고 은안이 하던 재료 손질을 마저 하기 위해 손을 씻었다. 그리고 고개를 돌려 온유를 향해 말했다.

"온유야, 놀고 있어. 엄마랑 아빠랑 밥할 테니까."

"응!"

쪼르르 달려간 온유를 확인한 재하가 다시 고개를 돌렸다.

"같이 해. 그럼 더 빨리 먹을 수 있잖아."

"내가 해주려고 했는데……."

은안이 아쉬운 듯 쫑알거렸다.

그 모습을 흘긋 내려본 재하가 은안에게 말했다. 은안이 저에게 요리해주지 못해 아쉬워하는 표정도, 또 저를 잘 챙겨주지 못해 미안해하는 것도 보고 싶지 않았다. 멀리 떨어져 있는 동안, 은안은 줄곧 미안해하고는 했다.

때로는 무리하기도 했고. 그런 은안을 잘 알기에, 그는 오히려 더 장난스럽게 말했다.

"아마, 이제 당신보다 내가 요리 잘할걸?"

"그건! ……그렇죠."

은안이 살짝 흥분한 듯 반박하려다, 이내 고개를 끄덕였다. 그의 말에 부정할 수 있는 여지가 없었다.

그와 헤어진 지난 4년, 저는 주방을 멀리하고 살았고 그는 저보다 훨씬 주방에 있는 시간이 많았으니까.

"그러니까. 이런 서프라이즈는 이제 안 해도 돼."

"알겠어요."

인정한 건 인정한 거고, 작전이 실패해서 시무룩해지는 건 시무룩해지는 거였다.

이렇게 엉망으로 놀라게 하려던 게 아니었는데…….

은근한 속상함에 요리를 하며 알게 모르게 입술을 삐죽이자, 그가 은안을 귀엽다는 듯 바라봤다.

은안에게 고정했던 시선을 정면으로 돌린 그는 웃음을 참으며 담담히 말했다.

"서프라이즈 실패해서 속상해?"

"……네."

잡념에 잠겨 있던 은안이 고개를 끄덕이며 한 템포 늦게 대답하자, 재하는 발을 당겨 나란히 서 있는 은안의 옆으로 살짝 다가왔다.

"다른 서프라이즈는 언제든 환영이야."

은안이 무슨 말이냐는 듯 고개를 돌리자, 입매에 짙은 호선을 그린 재하의 얼굴이 있었다.

붉은빛으로 어른거리는 그의 눈빛에, 대충 어떤 서프라이즈를 원하는지 알 것 같았다. 알 것 같은데, 그는 굳이 한 번 더 짚어주겠다는 듯 입술을 뗐다.

"뭐, 침대 위에서라든지……."

"……."

"그런 건 언제든 환영이야."

굳이 침대를 강조하는 그의 말에, 은안이 고개를 홱 돌렸다.

"빨리, 할까요? 온유 배고프겠어요."

괜히 발끝이 오그라들며 쑥스러워진 은안이 괜히 불에 잘 익어가는 반찬을 뒤적였다.

재하는 사랑스러운 은안의 행동을 하나하나 눈에 새기면서도 손은 멈추지 않고 무언가를 했다. 그렇게 한동안 말없이 굽고 삶고 끓이는 행위가 이어졌다.

다시 올린 고기의 가스 불을 끈 은안이 접시를 찾기 위해 찬장을 뒤적였다.

위에 있는 큰 접시를 꺼내기 위해 고군분투하는 은안을 본 재하가 그녀의 뒤로 와 훌쩍 팔을 들어 그녀가 원하는 접시를 꺼내주었다.

뒤를 감싸는 단단한 몸체에, 접시를 꺼내려던 은안이 그대로 굳고 말았다.

재하는 접시를 상판에 내려놓고서도 은안에게서 떨어지지 않았다. 은안이 당황해 고개를 돌려 뒤에 있는 그를 바라보며 말했다.

"재하 씨. 잠깐……."

하지만, 이내 당황스러움은 재하의 짙어진 눈빛에 금세 사라졌다.

"보고 싶었어."

재하는 내내 입에 고여 있던 말을 이제야 전했다. 은안이 벌여놓은 일들을 빠르게 수습하느라, 가장 먼저 해야 했을 말들을 깜빡했다.

그리움이 잔뜩 묻어나는 말에, 은안이 작게 웃었다.

"나도요."

그리움을 품은 서로의 마음 끄트머리가 맞닿았다.

재하가 고개를 내려 은안의 입술에 제 입술을 겹쳤다. 그립고 그립던 달콤함. 은안만이 줄 수 있는 것이었다.

입맞춤이 이어질수록, 서로가 서로에게 부드럽게 젖어들어갔다. 서로를 갈망하는 마음이 깊었기 때문일까.

깊지 않은 입맞춤이었지만, 두 사람은 서로에게서 떨어질 줄 몰랐다.

그때, 유치원에서 받은 상을 엄마에게 보여주기 위해 달려

나온 온유는 두 사람이 입을 맞추는 걸 보고서는 씨익 웃더니 방 안으로 들어가버렸다.

4일 만에 맞이한 뜨거운 재회는, 그렇게 무르익어갔다.

시간은 빠르게 흘러 어느덧 여름이 되었다.

온유의 여름 방학에 맞추어 은안도 휴가를 내어 부산으로 내려왔다. 세 사람은 그간 떨어져 있었던 시간을 다 보상받기라도 하려는 듯 딱 붙어 있었다.

같이 밥을 먹고 같이 놀고 같이 잠을 자며 시간을 보냈다. 하루는 아쿠아리움에 가기도 하고, 또 하루는 쇼핑을 가기도 했다.

내일은 부산 기장의 별장으로 가, 1박 2일간 쉬고 올 계획이었다. 자기 전, 세 사람은 한 침대에 올망졸망 모여 누워 내일의 계획을 세우고 있었다.

"으음……. 온유는 마시멜로 먹을래!"

"그럼 엄마는 새우랑 고기랑……."

"맛있겠다아!"

온유와 은안이 바비큐를 할 생각에 설레 하며 연신 입꼬리를 올렸다. 생각만 해도 좋다는 듯 두 사람은 도란도란 얘기를 나누고, 그 옆에서 재하는 내일 챙길 준비물들을 머릿속으로 정리하고 있었다.

"내일, 일찍 출발하자. 차 막힐 거 같아."

"그래요."

"응!"

재하의 말에 곧바로 대답한 온유와 은안은 간지럼을 태우며 장난쳤다. 방을 만들어달라고 한 게 무색하게, 온유는 은안이 오는 날만큼은 두 사람 사이에서 자길 원했다.

은안과 온유가 장난을 치던 와중에 갑자기 무언가 생각났다는 듯 재하가 운을 뗐다.

"그러고 보니까, 찬영이네 둘째 출산했다고 하더라고. 선물이라도 보내야 할 거 같은데. 뭘 보내면 좋을까?"

같은 아파트에 거주하는 온유네 반 친구에게 얼마 전 동생이 생겼다. 같은 반 아이들이 얼마 되지 않는 탓에 다들 친하게 지내는 분위기였고, 특히 같은 아파트에 사는 학부모들끼리는 더욱 왕래가 잦았다.

"벌써 출산하셨대요?"

"응."

서울에 있느라 소식이 느린 은안이 깜짝 놀란 듯 입을 벌렸다. 두 사람은 간단한 논의 끝에 아기 옷을 선물하기로 했다. 얘기가 끝나고, 재하가 시선을 내려 밤톨 같은 제 아들을 내려다보았다.

그러고 보니, 다른 집 아이들은 찬영이에게 동생이 생긴 것을 부러워해 부모님한테 동생을 낳아달라고 성화라던데, 온유는 일체 그런 얘기가 없었다.

재하가 아이에게 넌지시 물었다.

"온유는 찬영이처럼 동생, 가지고 싶지 않아?"

조심스러운 그의 목소리에 온유의 눈이 살짝 세모로 변했고, 은안의 눈은 둥그레졌다.

은안은 아직 온유 동생을 가질 마음이 없었다. 온유와 보낸 시간이 적으니, 오롯이 온유만을 위한 시간을 더 보내고 싶었다. 동생이 생기면 아이에게 들이는 시간이 어쩔 수 없이 분산될 수밖에 없을 테니까.

물론, 온유가 동생을 원한다면 얘기는 조금 달라지겠지만.

온유는 잠시 뜸을 들였고, 재하와 은안은 마른침을 삼키며 아이의 대답을 기다렸다.

"……온유는 동생 시러!"

뜻밖에도 격하게 갖고 싶다는 의견이 아닌, 싫다는 의견.

노골적인 아이의 말에, 두 사람은 멍해졌다. 물론, 온유가 원하지 않으면 억지로 동생을 가질 생각은 없었지만, 이유가 궁금했다.

"왜 그런지 물어봐도 돼?"

"지금은 시러!"

재하의 물음에, 온유는 지금은 싫다는 말을 덧붙였다.

"온유도 아직 아기야. 아기는 동생 필요 없어. 엄마 아빠만 있으면 돼."

언제는 형아처럼 혼자 자겠다더니, 이럴 때는 또 아기란다. 형아가 되었다가 아기가 되었다가, 아이의 변화무쌍한 자아에 두 사람이 옅은 웃음을 터트렸다.

그러면서도 아직 엄마 아빠를 좀 더 독차지하고 싶은 마음이 있다는 게 느껴져 마음이 찡했다.

"우리 아가, 걱정하지 마. 온유는 엄마 아빠한테 영원히 아기거든."

은안이 온유를 꽉 안아주며, 속삭였다. 엄마의 따듯한 품이 좋은 건지, 온유는 품에서 꼬물거리면서 대번에 또 태도를 바꿨다.

"형아 되면, 동생 좋아. 온유 형아 되면 동생 주세요."

결론은, 형아가 되면 동생이 좋다는 말이었다.

재하가 피식, 웃음을 흘리며 은안과 온유를 한 품에 넣고서 나지막이 말했다.

"알았어. 엄마 아빠가 온유 형아 될 때까지 기다릴게."

뒤늦게 온전한 가족의 행복을 찾은 아이는 시간이 필요했고, 부모는 아이를 기꺼이 기다려주기로 했다.

다음 날, 세 사람은 아침 일찍 집을 출발해 기장에 위치한 별장으로 향했다. 이 별장은 자옥의 소유로, 재하에겐 추억이 묻어 있는 장소였다.

정원은 여름의 녹음이 진하게 번져 있었고, 단단한 벽돌집은 재하가 어릴 때와 다름이 없었다.

"우와, 여기 정말 좋아요. 여름마다 휴가 오면 좋을 거 같아요."

은안이 맑은 공기를 들이켜며 중얼거리자, 재하가 그녀의 손을 꼭 잡으며 말했다.

"오면 되지."

두 사람 사이로 몽글몽글한 공기가 피어나던 그때, 별장 안에 있던 온유가 문을 열고 정원으로 뛰어나왔다.

"이거 봐!"

손에는 낯익은 앨범이 들려져 있었다.

어느새 두 사람 곁으로 다가온 아이는 보물을 찾았다는 표정이었다.

"어, 이건……."

재하의 얼굴도 반가움으로 물들었다.

어릴 적, 이곳에 놀러 오면 유독 사진을 많이 찍고는 했다. 그러고는 근처 사진관에서 바로 인화해 앨범을 만들었던 기억이 났다.

은안과 온유가 궁금한 듯 눈을 굴리자, 그가 앨범을 넘기며 말했다.

"부모님이, 어릴 때 만들어주신 앨범이야. 같이 볼까?"

사진에는 다양한 재하의 모습, 그리고 그의 부모님이 담겨 있었다.

앨범을 보던 은안은 연신 웃음을 터트렸다. 어릴 적 재하의 모습이 온유와 똑 닮기도 했고, 너무 귀여워서였다.

온유는 어느새 흥미를 잃고 정원의 구석에서 풀을 뜯으며 놀고 있었고, 은안과 재하는 꽤 두꺼운 앨범을 계속 넘기며 사진을 구경했다.

어느덧 마지막 장으로 넘어오자, 가족사진이 있었다.

은안이 반가운 듯 말했다.

"어? 가족사진이네요."

"맞아, 기억나는 거 같아."

사진을 보자, 어렴풋한 기억이 떠올랐다. 집을 관리해주시던 분께 부탁해 찍은 사진이었다. 재하는 사진을 어루만지며 미소 지었다.

'엄마, 아빠. 고마워요. 나한테, 은안이를 남겨주고 가서.'

두 사람이 말없이 사진을 보던 그때, 풀을 뜯는 것도 질린 건지 온유가 달려와 외쳤다.

"바다에 가고 싶어요. 엄마!"

사진을 바라보던 두 사람은 아이에게로 시선을 돌리며 앨범을 덮었다. 그리고 자리에서 일어나 온유의 양쪽 손을 잡고 5분 거리에 있는 해수욕장으로 향했다. 양쪽으로 엄마 아빠를 끼고 하얀 백사장을 걷던 온유가 말했다.

"아, 행복하다."

감정 표현을 스스럼없이 하는 아이의 모습에, 두 사람의 마음이 뭉근해졌다.

은안이 바람에 흩날리는 머리칼을 쓸어 넘기며 아이에게 말해주었다.

"엄마랑 아빠도 행복해. 온유야."

우리도 네가 있는 이 순간이 행복하다고.

아주 옛날, 그와 처음 만났던 날. 그가 말했었다. 우리의 인생에는 어떻게든 행복이 오게 되어 있다고. 아직 행복이 오지 않은 거면, 그건 인생의 마지막 장이 아니라고. 앞으로 우리에겐 많은 삶이 남았고, 또 힘든 일이 있을지도 모르겠지만 아마 함께라면, 결국은 이렇게 또 웃게 되겠지.

결국, 행복이라는 건 우리에게 오게 되어 있으니까.

외전 I

새로운 가족

추위가 많이 가신 4월, 작은 책걸상이 나란히 놓인 교실 안.

이제 막 학교에 입학한 햇병아리 같은 아이들이 선생님을 바라보고 있었다. 첫 부임과 동시에 1학년을 맡은 선생님은 열정이 넘쳤다.

마치 아무것도 모르는 병아리들을 지켜야 하는 엄마 닭이 된 기분이랄까.

담임 선생님은 빙긋 웃으며 운을 뗐다.

"여러부운! 숙제해 왔죠? 가족 소개하기!"

"네! 선생님!"

아이들이 입을 모아 대답하자, 선생님은 만족스러운 듯 고개를 끄덕이며 번호 순서대로 발표를 시키기 시작했다.

빼곡하게 글씨를 적어 온 아이들이 발표를 이어가고, 드디어 온유의 차례가 돌아왔다.

"온유야, 네 차례야."

선생님이 손짓하자, 온유는 거침없이 자리에서 일어났다.

초등학생이 된 온유는, 어릴 때의 모습과 똑같으면서도 조금 선이 또렷해졌다. 다른 반 아이들이 종종 놀러 와 아이를 보고 길 정도로 외모가 특출 났다. 지금도 걸어나가는 것만으로도 아이들은 온유에게 집중했다.

온유가 교탁 앞에 도착하자, 선생님이 당황한 듯 물었다.

"오, 온유야. 발표 준비 안 했어……?"

다른 아이들과 달리 맨손으로 나온 온유를 보고 당황한 선생님이 난색을 표했다. 하지만, 이내 온유는 고개를 저으며 말했다.

"외워 왔어요. 선생님!"

초등학생이 되더니 부쩍 의젓해진 온유는 어릴 때와 달리 나름의 묵직한 느낌이 있었다. 선생님은 잇새로 약한 탄식을 흘리며 얼른 발표를 시작하라는 듯 손짓했다.

온유는 고개를 끄덕이며 빙그레 미소 지었다. 아무리 묵직한들 아이는 아이일 뿐. 가족의 얘기를 꺼내려는 아이의 얼굴이 즐거움으로 꼬물거렸다.

"안녕하세요. 저는 남온유입니다. 우리 가족은 엄마, 아빠, 저, 동생. 이렇게 네 가족입니다!"

온유는 들뜬 목소리로 계속해서 발표를 이어나갔다.

"엄마는 다정다감하게 저를 대해주십니다. 매일매일 사랑한다고 해주시고 꼭 안아주시기도 합니다. 아빠는 정말 멋있으십니다! 잘생긴 얼굴에 키도 큽니다! 그래서 비행기를 태워주실 때마다 정말 재밌습니다."

엄마 아빠 얘기를 하니 의젓하던 모습은 어디 가고 어느새 아이가 된 온유가 종알종알 가족 자랑을 늘어놓았다.

"저는 엄마 아빠를 정말 좋아합니다. 그리고 어제 태어난 동생도 정말 사랑합니다!"

어제 태어났다는 말에, 아이들은 물론 선생님의 얼굴도 놀람으로 물들었다.

"제 여동생 콩떡이는 엄청 귀엽습니다. 저도 아직 사진만 봤지만, 너무 예쁘고 사랑스럽습니다."

여동생 얘기를 하자, 온유는 급속도로 말이 빨라졌다. 그렇게 꽤 길게 가족 소개를 늘어놓은 온유가 자리로 돌아가고, 그 뒤로도 다른 친구들의 발표가 이어졌다.

몇 시간 후, 모든 수업이 끝나고 난 뒤 하교 시간이 되자 아이들이 하나둘 교실을 빠져나갔다. 어느덧 아이들이 교실을 다 빠져나가고, 교탁에서 교재를 정리하던 선생님이 고개를 들었다.

"어? 온유야. 안 가고 뭐 해?"

선생님이 교실에 우두커니 앉아 있는 온유에게 물었다.

"아빠가 늦으신대요."

이제 막 학교에 입학한 아이들은 대부분 부모님이 등하굣길을 함께했다.

"아, 그렇구나."

고개를 끄덕인 담임 선생님은 온유에게로 걸어와 짝꿍의 책상에 앉으며 물었다.

"온유야. 어제 동생이 태어났어?"

"네."

동생 애기만 하면 귓불이 불그스름해지는 게 여간 귀여운 게 아니었다.

"좋겠네."

선생님의 말에, 온유가 세게 고개를 끄덕이며 말했다.

"선생님, 저는 동생이 정말 정말 좋아요."

"온유는 좋은 오빠가 되겠는걸?"

선생님은 그런 아이가 대견하다는 듯 머리를 쓰다듬었다.

아이는 다짐하듯 고개를 다시 주억였다.

어릴 적, 형아가 될 때까지 동생은 싫다고 했었지만, 시간이 지날수록 동생이 있는 다른 친구들을 볼 때마다 부러움이 퐁퐁 솟아났다.

친구들은 되레 동생이 있는 게 귀찮다고 했지만, 온유의 눈에는 그저 가진 자의 투정으로만 보였다. 저도 동생과 함께 놀이터에서 놀고, 사탕도 나눠 먹고 싶었다.

온유는 속으로 다짐하듯 다시 한 번 되뇌었다.

'콩떡아, 오빠가 잘해줄게.'

며칠 후, 학교에서 돌아온 온유를 하교시킨 재하는 곧장 은안이 있는 산후조리원으로 향했다. 온유에게 동생을 보여주기 위해서였다.

며칠 사이, 콩떡이에게는 '바다'라는 이름이 생겼고, 온유는 바다를 보러 가는 날을 손꼽아 기다리며 잠을 설쳤다. 은안이 있는 방으로 들어서는 지금 이 순간에도 벅찬 감정이 표정에 다 드러났다.

"엄마!"

"온유 왔어?"

은안이 반가우면서도 미안한 표정으로 온유를 반겼다. 온유가 입학한 지 얼마 되지 않는 시기와 바다를 출산하는 시기가 겹쳐 신경을 못 써준 게 마음에 걸렸다.

하지만 온유는 오랜만에 보는 엄마가 반가운지, 동생도 잊고 엄마에게 가 안겼다. 제 품에서 부비적대는 온유를 쓰다듬어준 은안이 다정하게 물었다.

"학교는 어땠어?"

"재밌었어. 축구도 하고 밥도 맛있었어."

초롱초롱한 눈으로 오늘 하루의 일과를 읊은 온유는 그제야 바다가 생각난 건지, 고개를 바짝 들었다.

"엄마, 바다는?"

"어, 잠깐만. 10분 뒤에 면회 시간이야. 조금만 기다리자."

은안이 아이의 머리칼을 쓰다듬으며 시계를 확인했다. 온유는 그 뒤로 내내 시계만 노려봤다. 그렇게 본다고 시간이 더 빨리 가는 것도 아닌데 말이다.

재하가 고개를 얕게 저으며 못 말린다는 듯 은안에게 말을 전했다.

"바다 볼 생각에, 어제 잠도 설쳤어. 온유. 새벽 3시까지 안 자서, 얼마나 곤혹이었다고."

"정말요? 온유야, 안 피곤해?"

새벽 3시에 잤다는 말에, 은안이 놀란 듯 온유의 얼굴을 확인했다. 평소에는 밤 9시만 되면 칼같이 자는 아들이었다. 그런데 6시간이나 늦게 자다니.

"괜찮아. 엄마."

온유가 의젓하게 차렷, 자세를 하며 근엄한 목소리로 말했다.

"온유 하나도 안 피곤해."

늠름해 보이려 애쓰는 8살 아이는, 엄마 아빠 눈에는 아직 아기로 보일 뿐이었다.

10분 뒤, 바다가 방으로 왔다.

"우와아……."

재하의 팔뚝만 한 신생아에, 온유가 신기한 듯 멍해졌다.

"온유야, 인사해. 동생이야."

재하가 나지막이 말하자, 온유는 바다를 향해 손을 흔들었다.

"바다야, 오빠야. 온유 오빠."

동생을 내려다보며 사랑스러워 죽겠다는 듯 바라보는 아이의 표정에, 은안과 재하가 눈을 맞추며 조용히 웃었다. 온유는 바다를 보는 데 여념이 없었고, 은안과 재하는 그런 남매를 눈에 담고 있었다.

두 아이의 모습을 보던 은안은 왠지 모르게 눈가가 시큰해지는 걸 느꼈다.

"온유도 저렇게, 예뻤죠?"

사진으로는 수도 없이 갓 태어난 온유를 보았지만, 아무리 뚫어져라 봐도 사진이고 과거일 뿐이었다. 그게 마음에 걸려서인지 바다를 출산한 은안은 요 며칠 계속 꿈을 꾸곤 했다. 바다처럼 갓 태어난 온유를 꼭 안아주는 꿈을.

"예뻤지. 엄청."

은안의 말에, 재하는 아득한 기억들을 잠시 꺼내보았다. 은안이 사라지고 저를 감쌌던 불안감은, 온유를 안기만 하면 눈 녹듯 사라졌다.

"뭐라고 해야 할까……. 온유는."

감상에 젖은 재하는 읊조리듯 말했다.

"뙤약볕 아래서 만난 오아시스 같았지."

재하의 비유에, 은안이 입매를 조심스레 말아 올렸다.

"다행이에요. 온유가 우리한테 와줘서. 그리고 바다도."

은안이 재하의 손을 살짝 그러쥐며 말했다. 손에서 느껴지는 따듯한 감촉에, 재하가 은안에게로 시선을 돌렸다.

"나도 다행이야. 당신이 내 옆에 와줘서. 온유랑 바다도."

그의 말에, 이상하게 벅차오른 은안이 그의 품을 파고들었다. 재하는 낮게 웃으면서도 은안을 토닥였다.

빵긋 동생을 뚫어져라 바라보는 온유, 그리고 서로를 안아주는 은안과 재하. 따스한 봄날, 바람을 타고 날아든 행복이 그들에게로 살며시 내려앉았다.

바다가 태어나고 1년 하고도 6개월이 지났다. 온유는 어느새 9살이 되었다.

"바다야, 오빠한테 와봐."

걷기 시작한 바다와 함께 놀아주는 게 온유의 유일한 취미가 되었다.

"으앙아."

옹알이와 함께 아장아장 걷는 동생의 모습에 온유가 미소를 한껏 머금으며 박수를 쳤다. 뒤뚱거리며 걷던 바다는 온유에게 폭 안겼다.

"오빠가 그렇게 좋아?"

다정한 목소리를 한 온유가 바다의 머리를 쓰다듬으며 말했다. 꿀이 뚝뚝 묻어나는 목소리에, 소파에 앉아 책을 읽던 재하가 온유에게 물었다.

"온유는 바다가 제일 좋아? 엄마 아빠보다?"

"응."

일말의 고민도 없이 대답하는 모양새에, 재하가 실소를 터트렸다.

"동생 바보야 아주."

"당신도 딸 바보잖아요."

그때, 서재에서 거실로 나온 은안이 끼어들었다.

"그건…… 그렇지."

재하는 부정하지 않고 고개를 끄덕였다.

"동네에 소문 다 났어요. 우리 집."

"뭐라고?"

"늦둥이 딸이 있는데, 놀이터에 놀러 나갈 때마다 아빠랑 오빠가 줄줄이 소시지처럼 바다만 쫓아다닌다고. 나가면 조금 자유롭게 다니게 둬요. 그거, 과잉보호예요."

"그렇지만, 놀이터에 위험한 게 얼마나 많은데."

"맞아, 엄마."

이젠 온유까지 합세해서 재하의 편을 들었다. 바다 일만 끼면 일차원적으로 되는 두 남자에, 은안이 고개를 절레절레 저었다. 한숨을 작게 내쉰 은안이 바다를 향해 팔을 벌렸다.

"바다야, 엄마한테 와."

온유에게 안겨 있던 바다는 몸을 홱 돌려 은안에게로 다시 걸어가 안겼다. 바다를 안고 일어선 은안은 살짝 혀를 내밀며 말했다.

"그래봤자, 바다는 날 제일 좋아해요."

"……."

"딸이랑 엄마랑 둘이서 오붓하게 시간 보낼 거니까, 방해하지 말아요."

은안의 약 올림에 두 남자는 망부석처럼 굳었지만, 그녀는 개의치 않고 방으로 들어갔다.

며칠 후의 주말, 은안은 점심을 만들겠다는 온유와 재하를 두고 바다와 함께 놀이터로 내려왔다.

"옳지, 바다 잘한다."

이리저리 걸으며 놀이터를 탐방하는 딸의 모습에, 은안이 추임새를 넣었다.

재하와 온유와 함께 나올 땐, 바다 앞에 사람이 서 있기만 해도 부딪치기라도 할까 아이를 과하게 보호했다. 아이들은 넘어지기도 하고, 부딪치기도 하면서 성장하는 건데 말이다.

두 남자의 생각에 은안이 고개를 젓던 찰나, 바다가 놀이터에 있던 다른 남자아이와 눈을 맞추고 옹알이로 대화했다.

"안녕하세요."

"안녕하세요."

아이의 엄마로 보이는 엄마가 인사하자, 은안도 고개를 꾸벅였다.

"전 이 앞 동 살아요."

"아, 그러시구나."

아이들은 옹알이로 대화를 나누고, 엄마들은 아이에 대한 대화를 나눴다.

아이들은 그새 친해진 건지 서로의 얼굴을 쓰다듬었다.

두 엄마가 그런 아이들을 흐뭇하게 보며, 종종 놀이터에서 만나자는 약속을 하고 있는데, 멀리서 익숙한 목소리가 들려왔다.

"바다야!"

어느새 전속력으로 달려온 온유가 바다를 들어 남자아이에게서 떼어놨다.

"온유야."

놀란 은안이 온유에게 주의를 주자, 아이의 엄마가 괜찮다는 듯 웃으며 말했다.

"아, 바다 오빠구나. 소문으로 들었어요. 동생을 엄청 끔찍이 생각한다고."

"아……."

민망해진 은안이 죄송하다며 사과를 하고 아이들을 데리고 집으로 발걸음을 돌렸다.

엘리베이터로 올라가던 은안은 온유에게 말했다.

"온유야, 바다도 친구 사귀는 거잖아. 그렇게 하면 안 돼. 알았지?"

"남자…… 친구는 안 돼요. 여자 친구는 돼요."

잠시 고민하던 온유는 친구의 경계를 정해주었고, 은안은 벌써부터 동생을 과보호하는 온유의 모습에 걱정이 차올랐다.

'재하 씨랑 의논 좀 해야겠어.'

동생을 사랑하는 건 좋지만, 그렇게 하면 나중에 바다가 답답해할 수도 있다고 교육해줘야 할 것 같았다.

하지만 그날 저녁, 남편도 아들과 별반 다를 것 없다는 걸 알게 되었다.

"벌써 남자 친구는…… 좀."

"여보! 그게 논점이 아니잖아요."

"아, 그렇지. 순간 바다를 어떻게 결혼시키나 그 생각이 나서."

'남자 친구'라는 단어에 순식간에 딸의 결혼식장까지 다녀온 재하가 눈썹을 우그러트렸다. 은안은 동생 바보보다 딸 바보가 더 강력하다는 걸, 까맣게 잊고 있었다.

은안이 고개를 절레절레 저으며 그의 두 볼을 감싸 쥐며 말했다.

"바다 아버님. 먼 미래 상상에서 빠져나오시죠."

은안의 근엄한 목소리에, 재하는 깊은 상상 속에서 빠져나왔다.

"그리고, 당신 옆에는 내가 있잖아요."

"그렇지."

"그러니까. 우리, 시간의 흐름에 따라 자연스럽게 살다가, 나중에 애들이 커서 우리 품을 떠날 때가 되면, 기쁜 마음으로 보내줘요. 알았죠?"

은안의 말을 들은 재하는 미소와 함께 대답했다.

"응. 알았어. 당신 말, 새겨들을게."

처음, 온유가 제 아들이라는 걸 알았을 때만 해도 좋은 엄마가 될 수 있을지 고민하던 그녀는 어느덧 저보다도 더 성숙한 부모가 되어 있었다.

그때, 제가 열심히 그녀를 끌어줬던 것처럼 이제는 그녀가 저를 끌어주고 있었다.

앞으로도 저와 은안은 서로를 밀고 당기며, 같은 결승선을 향해 달려갈 것이다. 가족으로서, 그리고 서로를 사랑하는 부부로서.

외전 II

사랑시 고백구 행복동에 사는 여자

한국에서 영국 런던으로 떠나온 민혁은 연구에만 몰두했다.

다른 동료들은 가끔 시간이 나면 밖에 나가 식사도 하고 술도 한잔 기울이고는 했는데, 그는 내내 연구실에만 틀어박혀 있었다.

그를 보다 못한 동료가 민혁에게 주말인 내일도 나오면 문을 틀어 잠글 거라며 엄포했다.

—어우, 내가 다 지겹다. 제발 관광이라도 좀 해! 응?

결국, 사무실로 나가지 못한 민혁은 억지로라도 밖으로 나갈 수밖에 없었다. 런던의 명소 중 한 곳인 빅벤 앞으로 온 그는 웅장한 시계를 응시했다.

영국에 온 직후, 겉으로는 남들과 똑같은 시간을 살아갔지만, 시간은 제게만 마법을 건 것처럼 더디게 흘러갔다. 그건 아마 길고 길었던 짝사랑이 마침표를 찍는 중이었기 때문이리라. 과거를 곱씹어보던 민혁은 옅게 미소 지었다.

차마 내비칠 수도 없었던 마음을 혼자서 정리해 나가는 일은 결코 쉽지 않았다. 아버지를 잃은 직후, 제게 따듯함을 내어준 은안이 생각보다도 더 깊이 박혀 있었던 것 같았다. 이렇게 잊는 게 힘든 걸 보면.

그래도 그녀를 좋아했던 마음만큼은 제게 좋은 기억으로 남을 듯했다. 누군가를 좋아한다는 게 어떤 건지 깨달았으니까. 정말로 좋아한다는 건, 상대가 저와 상관없는 사람이 된대도 행복해지길 바라는 것, 그런 거였다.

이런 귀중한 감정을 가르쳐준 은안에게, 그저 고마울 뿐이었다.

모든 것에는 시작이 있었고, 끝도 있었다. 다행히도 이제는 은안이 서서히 걷혀가는 안개처럼 희미해지고 있었다. 다만, 사무실에서 나오지 않은 건, 몸이 일만 하는 패턴에 익숙해져 있었기 때문이었다.

빅벤을 충분히 눈에 담은 민혁이 떠나려고 하던 그때, 옆에서 익숙한 언어가 들려왔다.

"제발, 제발. 부탁드립니다. 그 자식이 절대 행복하지 못하게 해주세요."

고개를 돌린 민혁은 한국말로 기도하듯 중얼거리는 한 여자를 보았다.

"그리고 더 이상 승진 못 하게 해주시고 유병장수할 수 있게 해주세요. 제발요."

두 손을 모으고 누군가의 불행을 열심히 빌던 여자는 기도를 마무리한 뒤 고개를 올리고 두 손을 떼어냈다. 여자는 옆통수가 따끔거리는 느낌에 고개를 홱 돌렸다. 그리고 저를 신기하게 바라보는 민혁과 시선을 마주했다.

"뭘 봐요? 자이고 구남친 망하길 기도하는 사람 처음 봐요?"

날이 바짝 서 있는 여자는 꽤 공격적이었다. 마치 왜 저를 동물원의 원숭이처럼 바라보느냐는 눈치였다.

그녀의 물음에 당황한 민혁이 어깨를 움찔했다. 사실, 이렇게 오래 볼 생각은 없었는데, 기도가 워낙 신박해서 저도 모르게 넋을 놓고 말았다.

"기도하는 사람은 처음 보는 게 아닌데, 빅벤 앞에서 기도하는 사람은……."

굳이 기도하는 명소도 아닌 곳에서 염불 외듯 기도하는 여자는 처음이었다. 그것도 구남친의 불행을.

"확실히 처음이라……. 쳐다봐서 죄송합니다."

민혁이 고개를 꾸벅 숙이자, 잠시 뜸을 들이던 여자는 한층 누그러진 얼굴로 입술을 달싹였다.

"……아니에요. 방금은 나도 좀 날카로웠어요."

여자는 잘못을 곧장 인정하는 민혁에게 나쁜 의도가 있는 게 아니라는 걸 깨달았다.

하나를 보면 열을 안다고, 제 잘못을 인정할 줄 아는 사람치고 나쁜 사람을 보지 못했으니까.

어느새 경계를 누그러트린 그녀가 민혁에게로 가까이 다가왔다.

"여행객이에요?"

"아니요. 현지 병원에서 연구……합니다. 의사예요."

"아아, 전 여행 왔어요. 이별하고 리프레시가 필요해서."

외향적인 듯 보이는 그녀는 마치 이미 친해졌다는 듯 민혁에게 친근하게 굴었다.

누군가가 본다면 부담스럽다고 느낄 수도 있겠지만, 이상하게도 민혁 또한 그녀가 친근하게 느껴졌다.

아마 입으로는 구남친의 유병장수를 바라고 있었지만, 눈빛에는 약간의 촉촉함이 어려 있었기 때문인지도 모르겠다.

겉모습은 사포처럼 까칠해도, 아직도 마음에 미련이 남은 얼굴을 하고 있는 게 꼭 남의 일 같지가 않았다. 얼마 전까지, 저도 별반 다를 거 없는 표정을 하고 있었으니까.

처음 본 여자에 대해 소상히 생각하던 찰나, 이번에는 그녀가 술자리를 제안했다.

"혼자면, 나랑 술 한잔할래요? 며칠 내내 혼자 다녔더니, 좀 심심해서요."

"……그, 러죠."

그리고 민혁은 저와 묘하게 겹쳐 보이는 낯선 여자의 제안을 거절할 수 없었다. 키가 제 어깨까지도 오지 않을 여자에게서 사람을 끌어당기는 오묘하고 강한 힘이 뿜어져 나오고 있었다.

결국 우연히 마주친 두 사람은 마치 오랜 친구라도 되는 것처럼 나란히 발길을 옮겼다.

여자의 이름은 서도아라고 했다. 직업은 프리랜서 칼럼니스트.

얼마 전, 오래 사귄 남자 친구가 승진하고서는 저를 빵 차버렸고, 결혼까지 생각했던 그녀는 실의에 빠져 있다가 훌쩍 영국으로 떠나왔다고 했다.

그리고 지금은 우연히 만난 저와 런던의 한식당에서 감자탕에 소주를 먹고 있는 중. 이것이 지금 제 앞에 앉아 있는 여자에 대해 아는 전부였다.

민혁이 도아를 분석하듯 바라보던 그때, 그녀가 한탄과 함께 입을 열었다.

"아니, 그러니까요오……. 들어봐요."

"네."

"그, 나쁜 자식이! 나를 뻥 차버렸어요. 대기업 다니면 다야? 승진하면 다냐고!"

도아는 똑같은 말을 다섯 번째 반복 중이었다.

'술이 약하다는 것도 추가해야겠네.'

민혁은 도아를 물끄러미 바라보며 나직이 말했다.

"그래서 아까 그렇게 빌었어요? 유병장수하라고."

"네에……."

도아는 고개를 파닥거렸다.

부드러운 머리카락이 격한 파도처럼 찰랑거리자, 민혁은 저도 모르게 실소를 터트렸다.

“어어, 웃지 마요.”

“아, 미안해요.”

어느새 민혁이 퍽이나 편해진 건지, 도아는 속마음에 깊숙이 박혔던 마음들을 주섬주섬 꺼내기 시작했다.

“있잖아요. 우리는 이제 다시 만날 일 없으니까 그쪽한테 솔직하게 말할게요. 좀 들어줘요.”

“…….”

“저요, 진짜 그 자식 사랑했어요. 걔는 내 애인이었고, 친구였고, 내 세상이었거든요. 그래서 당연히 결혼할 줄 알았고. 7년이나 만났으니까. 그런데 승진하고 나더니, 헤어지재요. 어머니가 좋은 선 자리를 알아봤다고.”

도아는 꼭꼭 덮어도 미처 다 숨길 수 없었던 상처를, 술기운을 빌려 온전히 드러냈다.

민혁은 아직 채 아물지 못한 채 빨갛게 부어 있는 도아의 상처들을 마주했다. 지난날의 저처럼 사랑에 힘들어하는 그녀를 보니 마음이 에는 듯했다.

다만, 다른 게 있다면 앓는 소리 한 번 내지 못하고 감내한 저와 달리, 그녀는 제 감정에 솔직하다는 것. 때론, 사랑이 치유약이 되기도 하지만, 독이 되기도 했다. 사람을 울릴 정도로 독한 독이.

그걸 뱉어내는 것도 용기라는 걸 알기에, 저와 다른 그녀가 오히려 멋있게 보였다.

얘기를 이어가던 도아의 두 눈에 어느새 눈물이 고이기 시작했다.

"사실…… 어느 순간부터 알겠더라고요. 걔가 날 보는 눈빛이 변했다는 걸. 그리고 점점 시간이랑 논 쓰기를 이끼 위한다는 걸. 그리고 사실 가장 비참했던 건, 언제부턴가 걔가 말하는 미래에, 더 이상 내가 없었다는 거예요."

속눈썹이 풍성한 눈꺼풀을 달싹이자, 투명한 눈물이 매끈한 뺨을 타고 흘렀다.

"근데, 난 바보같이 그걸 그냥 모른 척했어요. 아직 좋아하는 마음이 남아서. 그리고 지금 제일 거지 같은 건, 그 자식이 미워 죽겠는데 아직 미련 한 덩이가 내 마음에 붙어서 덜렁거린다는 거예요."

물기로 반짝거리는 눈에는 아직 채 내려놓지 못한 미련이 번뜩였다. 미련, 그게 얼마나 힘든지 알기에 민혁이 한숨을 쉬었다. 그리고 저도 모르게 손을 뻗어 도아의 붉어진 뺨 위로 흐르는 눈물을 닦아주었다.

"나도 알아요. 미련이 얼마나 힘든지. 그런데 그걸 버려야 다음이 있고 앞으로 나아갈 수 있어요. 도아 씨."

민혁은 충동적으로 도아에게 충고하고는 바로 후회에 휩싸였다. 다른 사람도 아닌, 저는 그녀에게 충고할 처지가 되지 못했다.

저 또한 미련을 떨쳐내는 방법을 알지 못해 무식하게 시간에 감정을 맡겼었고, 이제야 겨우 괜찮아졌으니까.

그런데 왜. 그녀는 별거 아닌 충고에 언제 울었느냐는 듯 배시시 웃는 걸까.

"헤헤, 고마워요. 민혁 씨."

그리고 왜, 저는…….

"뭔가, 좀 털어놓으니까 시원하네요. 친구들한테도 창피해서 말 못 했거든요."

그녀의 웃는 모습에 심장 한쪽이 약하게 팔락거리는 걸까.

처음 느껴보는 마음의 울림이, 민혁을 진하게 감쌌다.

그 이후로도 도아는 이런저런 얘기들을 늘어놓았고, 민혁은 그녀를 빤히 바라보았다.

한참 재잘재잘 떠드는 그녀의 모습이 조금 귀엽다고 느껴지려던 중, 어느덧 그녀의 취기는 정점을 찍고 말았다.

"헤에이! 이차 레츠고우! 고우!"

"도아 씨, 숙소 어디예요. 데려다줄게요."

민혁은 얼큰하게 취해버린 도아를 둘러메듯 부축했다.

"숙소요? 사랑시 고백구 행복동인데, 찾을 수 이쒀여? 히히."

정신도 꼬이고 혀도 꼬인 도아는 또 눈매를 나붓이 접으며 배시시 웃어 보였다. 그녀의 미소에, 민혁의 심장이 순간 발밑까지 떨어졌지만, 이내 현실로 돌아온 그가 엄중한 목소리로 다시 물었다.

"그건, 노래 제목이고. 숙소, 어디예요? 네?"

"아……."

이제 제대로 대답해줄 마음이 생긴 걸까.

민혁은 자못 진지한 표정으로 낮은 소리를 내는 그녀의 입에서 숙소 위치가 나오길 기다렸다.

하지만.

"아, 저…… 토, 토할 거 같아요!"

"도, 도아 씨 여기서는 안 돼요!"

도아의 입에서 나온 건 다른 이야기였다.

조금 전까지 이별에 처연하던 여자가 맞는 건지, 도아는 그야말로 진상 중의 상진상의 면모를 뽐내고 있었다.

"우, 우욱……!"

다행인지 불행인지, 도아는 길에서 토하지 않고 민혁의 옷에 세계 지도를 그리고 말았다.

그렇게 민혁은 결국 도아를 숙소로 데려다주지 못하고 자신의 집으로 데려갔다.

도아를 집으로 데려온 민혁은 그녀를 소파에 누이고 옷을 세탁하고 샤워까지 한 뒤 거실로 나왔다.

소파에 널브러진 도아를 보며 민혁이 중얼거렸다.

"후우……. 출근, 할걸 그랬나."

어쩐지 엄청난 걸 집에 데리고 온 기분이었다.

"이 개놈아……. 넌 꼬옥 유병……장수해라……."

그녀는 꿈에서도 구남친의 유병장수를 원하는 중인 듯했다.

가련한 표정으로 펑펑 울다가도 구남친의 욕을 하고 또 그러다가도 미련이 넘치는 눈빛을 한 도아의 모습이 떠오르자 민혁의 입에서 실소가 흘렀다.

—헤헤, 고마워요. 민혁 씨.

그리고 고맙다고 얘기하며 예쁘게 웃던 모습이 잔상처럼 스쳤다.

두근.

순간, 민혁의 심장이 크게 한 번 울렸다. 그가 심장을 움켜쥐며, 눈을 꼭 감았다.

어쩐지 기시감이 느껴지는 기분에, 천천히 숨을 내쉬었다.

언제였더라. 이렇게 심장 한쪽이 욱신거리기도 하고 달아오르기도 했던 게. 한참 눈을 감고 있던 민혁은 마음을 정리하며 찬찬히 눈을 떴다.

서도아라는, 저 엉뚱한 여자가 궁금했다. 굳이 그 이름을 붙이자면, 관심. 또 다른 감정의 전조가 되는, 무엇이 될지 아직은 형태가 불분명한 감정.

은안을 처음 봤을 때도 이랬었던 거 같다. 처음에는 관심이 갔고 그 뒤로는 은안이 제게 해줬던 말들이 가슴에 아로새겨지며 사랑에 빠졌다. 그런데, 지금은 도아의 배시시 웃는 모습이 자꾸만 생생하게 눈앞에 번졌다.

어쩌면, 아픈 첫사랑의 기억을 생각보다 빨리 떨칠 수 있을지도 모르겠다는 예감이 들었다.

눈부신 아침 햇살에, 도아가 잠에서 깨어났다.

“아, 머리야…….”

숙취로 머리는 깨질 거 같았고, 속은 롤러코스터를 탄 것처럼 울렁거렸다. 눈을 뜨고 침대에서 일어난 도아는 멍하니 눈을 깜빡였다.

“여기는……!”

정확히 5초 뒤, 어제의 일들이 모두 스쳐 지나갔다. 우연히 만난 민혁과 술을 마신 것, 그리고 진상을 떤 것.

“미쳤어, 미쳤어. 서도아.”

도아는 고개를 내리고 이불을 들추었다. 다행히, 어제와 같은 옷을 입고 있는 걸 보니, 우려하던 일은 없는 거 같았다. 한숨을 쉰 도아는 살금살금 방문으로 다가가 귀를 대었다.

“집에 없는 건가……?”

인기척이 들리지 않는 걸로 보아, 민혁은 집에 없는 듯했다. 다시 방 안으로 시선을 돌려 협탁 위 노트를 발견한 도아가 고개를 끄덕이며 그쪽으로 걸어가, 메모를 써내려갔다.

“미안합니다. 미안해요. 근데, 내가 도무지 얼굴 볼 자신이 없어요…….”

그러기엔, 내 치부를 너무 많이 밝혔어.

차마 속마음은 사과문에 담지 못한 도아가 마지막 문장과 함께 마침표를 찍었다. 그리고는 노트를 예쁘게 펼쳐 침대 위에 놓았다.

그리고 문 앞으로 걸어가 문을 열려던 순간.

달칵—.

밖에서 먼저 문이 열리고 말았다.

"잘 잤어요?"

그리고 나가고 없을 거라고 생각했던 사람이 제 눈앞을 점령하고 있었다.

능청스레 묻는 민혁에게, 도아가 어깨를 움츠러트리며 소심하게 말했다.

"어……, 네. 침대가 푹신하고 좋……더라구요."

"다행이네요."

"그럼 저는, 가……볼게요."

"어딜요?"

"제 숙소로……."

"아아, 그 사랑시 고백구 행복동인가?"

능청스레 어제의 진상 포인트를 잡아준 민혁이, 도아에게는 순간 악마로 보였다.

"아, 아니. 그런 건 모른 척해주는 게 예의 아니에요?"

"그건 맞는데."

어느새 여유롭게 팔짱을 낀 민혁이 고개를 끄덕이며 수긍했다. 그리고 이내 자신이 예의 없이 행동한 이유를 밝혔다.

"서도아 씨, 밥 먹여서 보내려고요."

"……."

"이렇게 안 하면, 몰래 도망치려고 했을 거잖아요."

"아, 아니 그건 맞는데……."

"어제 도아 씨가 그랬죠? 우리, 다시 만날 일 없다고."

숙취도 가시지 않았는데, 정신없이 휘몰아치는 민혁의 말들은 도아를 더욱 어지럽게 만들었다. 하지만, 이 한마디만큼은 도아에게 아주 깊게 콕 박혀 들었다.

"그런 사이 말고, 계속 보는 사이 하면 안 되나, 우리?"

"……네?"

"계속 보는 사이, 하자구요."

따사롭게 웃는 민혁의 얼굴에, 도아의 볼이 살짝 붉어졌다. 그리고 저도 모르게 홀리듯 고개를 끄덕이며 대답했다.

"생각해……볼게요."

미련을 완벽히 지우지 못했던 사람들에게도, 새로운 관계가 찾아온 순간이었다.

외전 III

사실 우리는

은안이 부산의 요양 병원에서 퇴원한 지 얼마 되지 않았을 무렵이었다.

많이 좋아져서 퇴원해도 된다는 얘기를 들었지만, 아직은 모든 게 온전하지는 않은 그런 상태였다. 은안은 가족들과 상의 끝에, 서울로 올라가지 않고 부산에 남기로 했다. 병원에 있던 게 다였지만, 이 도시에 정이 꽤 들었기 때문이었다.

은안은 해운대 근처의 아파트를 얻어 혼자 생활했다. 진태는 혼자 지낼 딸을 걱정했지만, 은안은 괜찮다며 제 아빠를 안심시켰다. 이웃사촌들이 저를 잘 챙겨주기도 했고, 혼자 시간을 가지는 것도 나쁘지 않았다.

비가 온 뒤 진흙이 된 마음이 단단한 땅처럼 굳어지기 전까지, 은안은 일을 쉬기로 했다. 그래서 요즘 은안의 일과는 대부분 단순하게 흘러갔다.

아침에 일어나 명상을 한 뒤, 차를 마시고 그 뒤에는 산책 겸 마트를 들러 장을 본 뒤 아침 겸 점심을 먹었다. 점심을 먹고는 집을 정리하거나 책을 읽었다. 그리고 햇살이 쏟아지는 오후 2시에는 주로 산책을 즐겼다.

햇빛을 받고 싱그럽게 자라는 건 비단 식물뿐만이 아니었다. 사람도 햇빛을 다분히 받아야 무럭무럭 자라는 법이었다.

책을 읽던 은안은 창 안으로 스미는 햇살에 오후가 되었다는 걸 깨달았다.

“아, 산책 가야지.”

빙긋 웃은 은안이 책을 덮은 뒤 나갈 채비를 했다.

가을과 겨울 사이에 놓인 계절의 온도에, 은안은 두툼한 카디건을 주로 챙겨 입었다. 오래 앉아 있기 위해 몸을 꽁꽁 싸맨 은안이 집을 나서 근처 공원으로 향했다.

오늘따라 공기가 상쾌해 기분이 날아갈 듯 가벼웠다.

공원에 도착한 은안은 늘 앉던 벤치에 앉았다. 조용히 지나가던 사람을 구경하기도 하고 하늘을 바라보기도 했다.

사람들 틈에 섞여 있는 소소하고 평범한 이 순간이 감사히 느껴졌다.

오늘따라 감상에 젖어가고 있던 그때, 누군가 급히 은안에게 다가왔다. 중년의 여자는 안색이 창백하고 굉장히 급박한 얼굴이었다.

“저, 정말 죄송한데요.”

“무슨 일이세요?”

덩달아 심각해진 은안이 벌떡 일어나며 묻자, 중년의 여성은 유모차를 가리키며 부탁했다.

"제가 화장실이 너무 급해서 그런데. 잠깐만 아이 좀……."

"어, 얼른 가세요! 제가 보고 있을게요!"

상황을 파악한 은안이 화장실을 가리켰다.

중년의 여성은 연신 고개를 꾸벅이며 빠른 걸음으로 공중 화장실로 향했다. 저 멀리 화장실에 중년 여성이 무사히 들어간 것을 본 은안이 가슴을 쓸어내렸다.

얼마나 급했으면, 손주까지 맡기고 가셨을까.

"휴우……. 다행이다."

은안은 유모차 안의 아이에게로 시선을 내렸다.

아이는 곤히 잠들어 있었다. 촘촘한 속눈썹은 한 치의 미동도 없이 자리를 지키고 있었고, 입은 꾹 다물려 있었다. 꾹 다문 입 때문인지, 볼살이 더욱 도드라졌다.

"너, 참 귀엽게 생겼구나?"

은안이 푸스스 웃으며 자는 아이에게 말을 걸었다.

"할머니랑 산책 나온 거야?"

그때, 은안의 물음에 대답이라도 하듯 아이가 순식간에 눈을 번뜩 떴다.

"어, 어……?"

당황한 은안이 낮은 소리를 냈다.

"어쩌지……?"

아이의 할머니는 아직 돌아올 기미가 보이지 않았다.

아이들은 깨어나서 낯선 사람이 보이면 울 텐데.

은안이 안절부절못하며 아이의 동태를 살폈지만, 다행히도 아이는 흑요석 같은 눈으로 은안을 빤히 바라볼 뿐이었다.

"다행이다."

은안이 다시 가슴을 쓸어내렸다. 잠시 부탁받은 아이를 울리면 안 된다는 생각이 순간적으로 얼마나 강하게 심장을 짓누른 건지, 긴장감으로 손에 땀이 배어 나왔다.

그때, 은안을 빤히 보던 아이가 웃음을 터트렸다. 투명하면서도 또렷한 목소리가 귀를 스치고 지나가자, 은안은 저도 모르게 미소를 지었다.

"아가야. 지금, 나보고 웃은 거야?"

낯가림이 정말 없는 아이구나, 하고 신기해하던 찰나…….

"아이고, 죄송합니다!"

아이를 맡겼던 중년 여성이 돌아왔다.

"아, 아니에요. 잠에서 깼는데 안 울어서 다행이에요."

유모차 안을 자세히 들여다보기 위해 무릎을 쪼그리고 있던 은안이 일어나며 말했다. 그러자 중년 여성이 이상하다는 듯 고개를 갸우뚱했다.

"이상하다. 되게 낯가리는 편인데."

"정말요?"

"네. 저도 처음엔 아주 힘들었어요."

"아, 할머니 아니세요?"

은안이 놀란 듯 묻자, 중년 여성이 고개를 저으며 말했다.

"아이고, 나는 그냥 잠시 봐주는 사람이에요. 여기 애 아빠가 혼자 애를 키워요. 나랑 친한 순천 언니가 아빠 일하는 시간에 봐주는 아이인데, 그 언니 자식이 이번에 태국으로 효도 여행을 3주나 보내줬지 뭐예요? 그래서 내가 그 기간까지만 잠시 봐주기로 했죠."

"아……. 그렇구나."

하나를 물었는데 열을 알려주는 중년 여성의 말에, 은안이 고개를 끄덕였다.

"어후, 내가 아까 아가씨 보고 신을 만난 거 같았어."

"네? 그게 무슨……."

"아니, 화장실은 급해서 눈이 돌아갈 거 같지, 애 데리고 화장실 가자니 여의치 않지, 맡길 사람도 없지, 정말……."

중년 여성이 잠시 말을 쉬며 몸을 부르르 털어내더니 다시 입을 열었다.

"그런데, 내가 애기 낮잠 재우려고 여기 나온 지 5일째인데, 항상 똑같은 자리에 앉아서 방긋 웃고 있더라고요. 그래서 나도 모르게 친밀감이 쌓였나 봐. 아, 저 아가씨한테 잠시 맡기면 되겠다, 생각이 들더라고요."

"다행이네요. 제가 오늘도 나와서."

별거 아니지만, 누군가에게 도움이 됐다는 생각에 비죽 웃음이 새어 나왔다.

그 뒤로도 은안과 중년 여성은 소소한 얘기를 나눴다. 그렇게 10분쯤 얘기를 나눴을까. 아이가 칭얼거리기 시작했다.

"아이고, 아가. 나올래?"

짜증이 섞인 아이의 목소리에, 중년 여성이 아이를 유모차에서 꺼내 들었다.

바깥세상으로 나온 아이는 중년 여성에게 안겨 고개를 이리저리 돌리다 은안에게 시선을 고정했다.

그리고 옹알이와 함께 은안 쪽으로 손을 쑥 뻗었다. 마치 자신을 안으라는 듯한 자세에, 은안과 중년 여성 모두 눈을 끔뻑이며 당황한 듯 서로의 눈치를 봤다.

"어, 얘가 아가씨가 엄청 마음에 들었나 보네."

중년 여성은 소탈하게 웃으며 은안에게 물었다.

"한번 안아볼래요? 못 안기면 울 기세인데. 하하하."

꼬물꼬물, 세상의 빛을 본 지 얼마 되지 않은 것 같은 작은 생명체가 무언가를 확실히 원한다는 게 신기했다. 그리고 그게 제 품이라는 건 더 신기했고.

"네, 안아볼게요."

은안이 고개를 끄덕이며 팔을 벌려 아이를 건네받았다.

"아……."

아이를 안아보는 순간, 은안이 낮은 소리를 냈다.

이상하게 벅차오르는 감각이, 전신을 지배했다. 아이를 안아보는 게 처음도 아닌데, 설명할 수 없는 감정이 자꾸만 은안의 마음에서 굽이쳤다. 아이는 익숙한 곳을 찾았다는 듯 더욱 은안의 품을 파고들었다.

"아이고, 온유야. 처음 만난 분인데 그리 좋아? 하하하."

그 모습을 흐뭇하게 보던 중년 여성은 기분 좋은 웃음을 흩뿌렸다.

제 품에 익숙하게 안긴 아이처럼, 은안도 이상하게 아이가 낯설지 않았다. 왠지 모르게 친근하기만 했다. 제 아들이라는 건 새까맣게 모른 채, 은안은 온유를 한참이나 안아주었다.

10분 넘게 온유를 안아준 은안은 팔이 아파 다시 아이를 유모차에 내려놓았다.

우연히 만난 중년 여성과 은안은 계속해서 이야기를 나눴다. 그때, 내내 얌전히 은안을 빤히 바라보던 온유가 칭얼대기 시작했다. 아이의 짜증 섞인 소리에, 중년 여성이 유모차에 걸린 가방에서 급히 물병을 꺼냈다.

"아이고, 목말랐어? 미안해."

온유를 유모차에서 다시 꺼내 제 무릎에 앉힌 중년 여성은 아이에게 물을 먹여주었다.

온유가 열심히 물을 마시고 입을 뗀 순간, 헐거워진 뚜껑이 순식간에 바닥으로 떨어지고, 물병에 남아 있던 물이 온유의 옷으로 쏟아졌다.

"아이고 이를 어째!"

아이의 옷이 젖어 들어가자, 놀란 중년 여성이 허둥댔다. 은안은 급히 가방에서 손수건을 꺼내어 중년 여성에게 건넸다.

"일단 이걸로 닦으세요."

"고마워요. 이거 미안해서 어째."

"괜찮아요."

중년 여성은 온유의 옷을 대충 손수건으로 닦은 뒤, 아이를 다시 유모차에 태웠다.

"미안한데, 이만 가봐야 할 거 같아요. 감기라도 들면 큰일이라."

"손수건은 돌려주지 않으셔도 돼요."

"아이고, 정말 고마워요."

중년 여성은 빠르게 자리를 떠났고, 은안은 온유가 탄 유모차가 시야에서 사라질 때까지 아쉬운 표정으로 뒷모습을 바라봤다.

그리고 유모차에 탄 채 집으로 향하던 온유는, 은안이 건넨 손수건을 절대 놓지 않겠다는 듯 손에 꼭 쥐고 있었다.

서로가 서로에게 따듯하게 비켜 간 순간이었다.

온유가 6살이 되던 해, 은안과 재하는 조금 더 넓은 집으로 이사하기 위해 짐 정리를 하고 있었다. 포장 이사라서 짐 정리는 필요 없었지만, 두 사람은 쓰지 않는 물건을 주변에 나눠주거나 정리하려고 마음먹었다.

"오늘은 창고 정리해요."

"그래."

은안이 재하와 온유가 둘이 살던 집으로 오고 나서 한 번도 열어보지 않은 창고였다. 온유가 어릴 때 쓰던 용품과 장난감들이 대부분이라 딱히 열어볼 일이 없었기 때문이었다.

"어우, 먼지."

"자, 마스크."

먼지가 자욱한 창고의 전경에, 재하가 미리 들고 온 마스크를 건넸다.

"아, 고마워요."

은안이 마스크를 받아 쓰며 적재된 물건을 살피기 시작했다.

"대부분 상태가 좋아서, 나눠주면 될 거 같은데요?"

"그러자."

"일단, 꺼내서 좀 정리해요."

"응."

두 사람은 간단한 상의 후 물건들을 꺼내, 버릴 것과 나눠줄 것을 분류했다. 그리고 그중 나눠줄 수 있는 물건들에 쌓인 먼지를 열심히 닦았다.

"어휴, 허리야."

저도 모르게 앓는 소리를 낸 은안이 한숨을 쉬자, 열심히 정리하던 재하가 그녀의 곁으로 다가왔다.

"괜찮아?"

"좀 힘든데, 그래도 빨리 끝내고 쉬는 게 나을 거 같아요."

은안이 쉬지 않겠다는 의지를 불태우자, 그는 못 말린다는 듯 고개를 끄덕였다.

"그래. 그럼 빨리 하고 쉬자."

그렇게 두 사람은 작업에 속도를 냈고, 어느새 창고의 끝에 닿아 있는 유모차만 꺼내면 되었다. 은안이 자리에서 일어나 창고 안에서 밖으로 유모차를 꺼내왔다.

그리고 접힌 유모차를 펴 먼지를 닦으려던 은안의 눈이 놀라움으로 둥그레졌다.

"이건……."

굳어버린 은안을 흘긋 살핀 재하가 무언가 심상치 않다는 걸 느끼고 그녀의 곁으로 다가왔다.

"왜 그래? 벌레라도 있어?"

"아니. 유모차에 묶인 손수건……."

"손수건이 왜?"

은안은 놀라움에 입을 다물지 못했다.

정확히 몇 년 전인지 기억도 나지 않을 이야기가, 이 손수건 하나로 생생하게 떠올랐기 때문이었다. 은안은 놀란 마음을 겨우 진정시키고 재하에게 모든 이야기를 털어놓았다.

"그때, 공원에서 만났던 그 아기가, 온유……였나 봐요."

은안의 어깨가 바르르 떨렸다.

"그날 이후로, 또 올까 싶었는데 안 왔어요."

온유를 만났던 다음 날, 은안은 또 아이를 기다렸다. 하지만, 몇 시간을 기다려도 오지 않았던 기억이 있다. 그 뒤로도 며칠을 기다렸지만, 오지 않았고 결국엔 조금씩 모든 게 희미해져갔었다.

기억을 곱씹던 재하가 이유를 찾아냈다.

"순천 이모가 태국 여행 가셨을 때면……. 다른 분이 봐주시다가 갑자기 온유가 아파서, 내가 휴가를 썼던 기억이 있어. 그리고 저 손수건은 온유가 그날 이후로 꼭 쥐고 있었는데, 손에서 빼으면 자지러질 듯 울어서 종종 밖에 나갈 땐 유모차에 묶어두고 다녔어. 클수록 조금씩 손수건을 덜 찾기 시작했는데, 마지막으로 유모차에 묶어뒀나 봐."

"아……."

몇 년 만에 기다리던 아이가 오지 못한 이유를 안 은안은 눈물을 뚝뚝 흘렸다. 아니, 사실 아이가 오지 못한 이유를 알아서가 아니라 그게 제 아들이라는 걸 알아서 눈물이 흘렀다. 은안이 울음기 어린 목소리로 조용히 읊조렸다.

"인연이라는 말이, 정말 있긴 한가 봐요."

인연.

이 단어가 그 어느 때보다 가슴을 찌르르하게 만들었다. 누군가 생이별할 수밖에 없었던 아들과 엄마가 너무 가련해서, 너무 불쌍해서 이런 순간을 만들어줬다고 밖에 생각되지 않았다.

"온유가, 그 아기였다니."

은안은 여전히 믿을 수 없다는 표정으로 그 이틀을 곱씹고 또 곱씹었다. 어쩐지 낯을 많이 가린다면서도 저를 보고서는 울지 않던 아이. 그리고 그런 아이가 마냥 예쁘고 또 한편으로는 익숙했던 저.

어쩌면, 사실 우리는 이미 그날 서로를 알아봤던 걸지도 모르겠다.

결코 이번 생에서 잊힐 일은 없을 그 시간은, 여전히 눈물이 되어 흘렀다. 눈물을 쓱 닦은 은안이 재하에게로 다가가 그를 꼭 껴안았다.

"당신도, 온유도 다시 만날 수 있어서 정말 다행이에요."

우리가 그저 스쳐 지나간 건, 우연이지만.

이렇게 끝까지 서로의 옆에 있을 수 있는 건 운명이었다.

이제 평생, 가족이라는 이름으로 떨어지지 않고 서로의 곁을 지킬 것이다.

아주 오래도록.

외전 IV

엄마 아빠의 처음

성북동 자옥의 집, 이제 막 중학생이 된 온유가 마당을 가로질러 집 안으로 들어섰다.

"할머니이!"

우렁차게 제 할머니를 부른 온유가 자옥을 찾아 나섰다.

1층을 샅샅이 살핀 온유가 자옥을 찾지 못하고 2층으로 올라가려던 그때, 자옥이 계단을 타고 내려왔다.

"아이고, 우리 강아지 왔어?"

온유가 자란만큼 세월을 더 머금은 자옥의 얼굴에는 주름이 옴폭 패여 있었다. 90이 가까이 된 나이에도 불구하고, 자옥은 아직 꼿꼿한 허리와 기력을 자랑했다.

자옥은 온유의 빳빳한 교복 깃을 매만져주며 싱긋 웃었다.

"우리 온유, 할미 보고 싶었구나?"

"네. 학교 끝나고 바로 왔어요! 할머니 보고 싶어서."

온유는 빵긋거리며 자옥에게 애교를 부렸다. 온유가 중학생이 되면서 재하와 은안은 자옥의 집 근처로 이사했다.

자옥과 상훈의 나이가 나이인 만큼, 가까이서 살며 두 사람을 자주 찾아뵙는 게 좋을 거라 생각해서였다. 하지만 의외로 이사를 가장 좋아한 건 온유였다.

온유는 제 증조할머니와 얘기를 나누는 게 세상에서 가장 즐겁다며 근처로 이사 오기 전에도 종종 버스를 타고 혼자 성북동으로 오곤 했다.

그런데 이제는 도보로 걸어서 올 수 있는 거리기에, 온유는 일주일에 최소 3번 자옥에게 들렀다.

온유의 재롱에 자옥의 얼굴에 더욱 짙은 미소가 걸렸다.

"아이고, 우리 예쁜 강아지. 잘 왔어. 할미도 강아지 보고 싶었어."

"할머니 저 배고파요!"

"할미가 간식 줄게, 부엌으로 가자."

"네에!"

자옥과 손을 꼭 맞잡은 온유는 부엌으로 향했다.

부드러운 카스텔라와 우유를 내어준 자옥은 온유의 맞은편에 앉았다. 배가 고프다는 말이 진짜였는지, 온유는 빵을 크게 베어 물었다.

어느새 빵을 반쯤 먹은 온유가 뭔가 생각났다는 듯 입을 동그랗게 벌렸다.

"할머니, 근데 있잖아요."

"응?"

"우리 담임 선생님 결혼하신대요."

"아이고 그래? 축하할 일이네."

온유가 고개를 끄덕였다. 그리고 눈을 반짝반짝 빛내며 물었다.

"근데요 할머니, 엄마 아빠는 어떻게 결혼했어요? 갑자기 궁금해졌어요."

"너희 엄마 아빠?"

자옥이 놀란 듯 되물었다. 교복을 입었을 때도 마냥 아기 같기만 했던 제 증손주가 이런 질문을 하다니. 이제 정말로 훌쩍 커버렸다는 게 실감 났다.

자옥이 감회를 새로이 하던 사이, 온유는 더욱 또랑한 목소리로 말을 덧붙였다.

"네, 누구한테나 처음이 있잖아요. 엄마 아빠의 처음은 어땠는지 궁금해요."

"우리 손주, 다 컸네."

이제 어른이 되어갈 아이가 뿌듯하기도 하고 아쉽기도 해 자옥이 헛헛한 웃음을 흘렸다. 그러더니 이내 과거를 회상하며 아득한 표정으로 이야기를 시작했다.

"사실 너희 엄마 아빠, 처음 결혼했을 때는 사이가 그리 좋지 않았단다."

자옥은 가감 없이 말했다. 지금은 넘치도록 사이가 좋은 두 사람이었지만, 그 시작은 그렇지 않았다.

그리고 그것을 굳이 온유에게 포장해서 말하고픈 마음은 없었다.

엄마를 잃었던 때를 생생히 기억하는 온유이기에, 그런 거짓말이 먹히지 않을 거기도 했고 포장이라는 이유를 붙여 거짓말을 하기도 싫었다.

온유는 입술을 쭉 내밀며 여러 질문을 던졌다.

"그럼 언제부터 사이가 좋아졌어요? 나 어릴 때, 엄마가 잠시 아빠랑 나를 떠나 있었을 때는 서로 사랑하지 않았어요? 나빴다가 좋아진 건가……?"

"우리 강아지가 궁금한 게 많네. 보자, 뭐부터 얘기를 해줘야 하나……."

이제는 아득해진 과거를 곱씹으며 자옥이 미간을 모았다.

이내 과거를 슥 훑은 자옥이 입술을 달싹였다.

"온유를 떠나 있을 때도, 너희 엄마 아빠는 서로를 사랑했을 거야. 그래도 그건 두 사람 이야기니까 엄마 아빠한테 다시 듣고……. 할머니가 얘기해줄 수 있는 게 하나 있기는 하겠구나."

"뭔데요?"

"할머니가 말이야, 너희 엄마 아빠를 이어주기 위해서 머리를 좀 썼어. 그게 어떤 이야기냐면……."

은은한 미소를 지은 자옥이 아주 옛날의 기억을 꺼내 들었고, 온유는 귀를 쫑긋 세웠다.

자옥의 생일을 맞이하기 전의 어느 날.

생일 축하를 위해 고향 친구들과의 자리를 마련한 그녀는 한 중식당에서 식사 중이었다.

“아이고, 축하해. 자옥아.”

“다들 고마워.”

다들 나이가 지긋한 노인이었지만, 아직 서로가 서로에게는 소녀였다.

식탁 위로 덕담이 오가고, 선물이 오고 갔다. 그리고 그다음으로 이어진 건 역시나 자식과 손주 얘기.

자옥의 가장 친한 친구인 춘선이 운을 뗐다.

“어우, 나는 이번에 증손주를 보게 생겼지 뭐야?”

“아이고, 축하하네! 자네.”

“증손주 초등학교 들어가는 것은 보고 가야겠네! 하하하하. 홍삼이라도 사줘?”

다들 깔깔거리며 덕담을 주고받던 사이, 제대로 웃지 못하는 사람이 하나 있었다.

“거 부럽구만…….”

바로 자옥이었다.

그것을 알아챈 춘선이 조심스레 물었다.

“거 자옥이 네 손주 놈은 아직이야? 결혼한 지 꽤 되지 않았어?”

"어? 어어. 그 신혼을 좀 더 즐기고 싶다네. 하하, 요즘 젊은 애들이 그렇잖아."

자옥이 겨우 웃으며 거짓말을 둘러댔다. 신혼을 좀 더 즐기기는 개뿔. 제 손주 놈은 신혼이라는 것에는 일절 관심이 없었다. 아니, 은안이에게 아예 관심이 없었다. 조금만 더 마음을 열어주면 좋으련만.

밖으로 말하지 못할 자옥의 근심이 깊어지던 중, 다른 친구 한 명이 입을 열었다.

"에휴, 다들 손주 놈들이 효도하네 효도해. 애를 늦게 낳아도 둘이 사이만 좋으면 되지."

다들 한탄 섞인 친구의 말에, 시선을 집중했다.

"나는 얼마 전에 우리 손녀가 갑자기 이혼한다고 해서, 얼마나 심장이 떨어지던지."

"아이고, 그래서 이혼했는가?"

"아니, 다행히 그건 막았지."

"아이고 그거 참 다행이네 다행이야!"

얘기에 집중했던 사람들이 가슴을 쓸어내렸다.

그리고 다들 다행이라고만 생각하던 와중, 자옥은 그 이면의 이야기를 궁금해했다.

"근데, 어떻게 이혼을 막은 거야?"

"아아."

손녀와 손녀사위의 이혼을 막았다던 친구는 짧은 소리와 함께 비법을 공개했다.

"사이가 안 좋으니까, 자꾸 같이 있는 시간을 만들어줬지. 하하하하. 다행히 둘이 사이는 안 좋아도 효심이 지극해서 내 말은 잘 듣거든. 내가 두 사람 불러내고 빠지고 그랬지."

친구의 말을 경청하던 자옥은 고개를 여러 번 끄덕이며 비법을 머리에 새겼다.

"너네도 알겠지만, 원래 사람이라는 게 자꾸 맞부딪히면 정이 들잖어. 그게 미운 정이라도."

"그래. 미운 정……."

자옥은 조용히 읊조리며 동조하듯 고개를 끄덕였다.

친구의 말을 들은 자옥도, 미운 정이든 고운 정이든 은안과 재하 사이에 무언가 불을 붙여야겠다고 생각했다.

재하가 당장 이혼을 하겠다는 소리를 하지는 않았지만, 저대로 놔두면 그 말을 뱉는 건 시간문제일 것 같았으니까.

집으로 돌아온 자옥은 방 안을 서성이며 재하와 은안 사이에 어떤 불꽃을 어떻게 피워볼지 고민했다.

증손주는 고사하고, 살얼음 같은 두 사람의 관계가 조금만 더 부드러워지기만 해도 소원이 없을 것 같았다. 지금은 은안이 재하를 기다리고 있었지만, 은안도 사람인데 언제까지고 지치지 않으리란 법도 없었다.

수심 깊은 얼굴을 한 자옥이 중얼거렸다.

“일단 두 사람을 어떻게든 붙여놔야 할 텐데…….”

제가 입수한 정보로는 재하는 거의 병원에 산다고 했다. 그렇다는 건 은안과 마주치는 시간 자체가 아예 없다는 건데…….

“일단은 서로 마주 보게 하는 게 먼저겠네.”

두 사람 사이에 조그마한 진전이라도 만들기 위해서는 일단 한 공간에서 서로를 보게 하는 것부터가 관건이었다. 은안은 제가 그냥 불러도 오겠지만, 재하는 그럴듯한 이유가 아니라면 부름에 응하지 않을 터였다.

“말은 쉬운데…….”

어느새 자리에 앉은 자옥이 머리를 굴리던 그때, 문을 벌컥 열고 상훈이 방 안으로 들어왔다.

“자옥 씨!”

“아이고 깜짝이야! 인기척 좀 내고 다닐 수 없어?!”

갑자기 들이닥친 상훈의 모습에, 자옥은 화들짝 놀라며 눈을 치켜떴다.

묘책을 내느라 한껏 예민해져 있었기에, 입에서는 자연히 날카로운 소리가 새어 나왔다.

상훈이 머쓱하다는 듯 너털웃음을 뱉으며 자옥의 맞은편으로 와 앉았다.

“아, 아이고. 미안해. 하하하. 당신 생일 때 갈 식당 예약하고 신이 나서 말해준다는 게 놀라게 했네.”

“생일 식당……?”

"매년 가던 곳으로 예약했어. 아, 애들한테는 자옥 씨가 연락할 거지?"

"맞네!"

상훈의 물음에 답하지 않은 자옥은 자리에서 벌떡 일어났다. 재하를 불러낼 가장 좋은 핑곗거리가 있었는데, 그걸 까먹고 있었다니!

짜증이 섞여 있던 자옥의 얼굴이 단숨에 매끄럽게 펴졌다.

마치 아수라 백작처럼 두 얼굴을 한 자옥을 보던 상훈은, 조금은 무섭다는 표정으로 눈을 굴렸다.

그때, 자옥이 유순한 목소리로 말했다.

"여보, 우리가 준비해야 할 일이 생겼어요."

"무, 무슨 일이요?"

"사랑의 큐피트가 되어야겠어요."

다 늙은 마당에, 몇십 번을 샌 생일이 뭐가 중요할까. 어차피 가장 큰 선물은 두 사람이 서로를 사랑하게 되는 건데.

자옥은 웃음을 흘리며 머릿속으로 차곡차곡 작전을 정리해 나갔다.

자옥의 생일 당일.

자옥과 상훈은 은안과 재하에게 공지한 것보다 조금 더 빨리 호텔 레스토랑을 찾았다. 오랜 단골이었기에, 자옥과 상훈의 등장에 총지배인이 나와 그들을 맞았다.

“이사장님. 생신 축하드립니다.”

“고마워요. 하하하, 매년 이렇게 축하해주니까, 참 고맙네.”

“아닙니다. 일 년 중 한 번뿐인 날인데 당연히 축하받으셔야죠!”

능청스러운 지배인의 말에 자옥은 기분이 나쁘지 않다는 듯 입매를 끌어올렸다. 그러더니 사뭇 진지한 표정으로 부탁했다.

“저 최 지배인, 내가 부탁한 일, 잘 좀 부탁해요. 그때 전화로 언뜻 얘기하긴 했는데…….”

“아, 네. 손자분이랑 손녀 며느리분 말씀이시죠?”

“응, 분위기 좀 잘 낼 수 있게 좀 도와줘요. 아마 우리 식사 마치고 난 뒤에 올 거예요.”

“걱정 마십시오.”

지배인이 믿음직스러운 표정으로 고개를 끄덕였다. 그 고갯짓에 연륜이 묻어나, 자옥이 안심했다.

“케이크는 잘 도착했죠?”

“네, 이제 다른 건 저희한테 맡기시고 이사장님 생일만 생각하세요.”

“하하하, 늙으니 걱정만 많아져. 알았어. 그럼 난 최 지배인만 믿을게요.”

자옥은 부드러운 웃음을 지어 보인 뒤, 지배인의 안내를 받아 방으로 들어섰다.

잠시 후, 지하 레스토랑에서 식사를 마친 자옥은 호텔 1층 로비 카페로 와 상훈과 차를 마셨다. 그때, 김 비서의 메시지가 자옥에게 도착했다.

두 분 다 도착하셨습니다.

은안과 재하가 제가 준비한 판에 도착했다는 전갈에, 자옥이 씩 웃으며 재하에게 보낼 문자를 작성했다.

도망칠 생각하지 말고
은안이랑 같이 보내. 오늘.

시원하게 전송 버튼을 누른 자옥이 '훗훗' 소리를 내며 웃었다. 그때, 맞은편에 앉은 상훈이 걱정이 가시지 않은 얼굴로 물었다.

"이런다고 애들 사이가 좋아질까?"

"글쎄. 확률은 반반이지만 그래도 뭐라도 해보는 게 낫지 않겠어? 행동을 하면 확률이 반반이지만, 안 하면 아예 제로니까."

애달프게 준비한 것치고, 자옥은 쿨한 목소리로 답했다.

어차피 주사위는 굴렀으니, 어떤 숫자가 나올지는 상황과 운에 맡겨야 했다.

그리고 주사위의 숫자가 작으면 뭐? 첫 번째 판에 한 칸을

갔다고 해서 두 번째 판에도 한 칸만 가라는 법이 있나?

계속 굴리다 보면 세 칸을 갈 수도 있고, 여섯 칸을 갈 수도 있다. 저는 그때까지 포기하지 않고 은안과 재하가 서로를 인식하게 만들 생각이었다.

"그리고 이번이 마지막이 아니라, 시작이야. 나는 두 사람 어떻게든 미운 정이라도 들게 할 거거든."

뜨거운 커피를 호록 마신 자옥이 평온한 표정으로 말했다.

"그게 뭐든, 마지막에 두 사람이 서로를 마주 보고 서 있으면 그걸로 된 거 아니겠어?"

때로 운명은 사람에게 비틀어진 채로 오기에, 누군가의 도움이 필요할 때도 있었다.

그리고 그 비틀어진 운명에 손을 대어준 자옥 덕분에, 은안은 마지막이 될 줄 알았던 첫날밤을 맞이했고, 재하는 감정의 시작이 된 첫날밤을 맞이할 수 있었다.

외전 V

둘만의 시간

바다가 태어난 지 1년, 은안과 재하는 결혼은 현실, 육아는 지옥이라는 말을 피부로 느끼고 있었다.

순해서 육아가 수월했던 온유와 달리, 바다는 엄마 아빠의 관심을 받고 받아도 고달프다는 듯 은안과 재하를 찾았다.

두 사람은 밤에는 바다에게 총력을 다했고, 낮에는 갓 초등학생 2학년이 되어 신경 쓸 게 많은 온유를 돌보느라 바빴다.

특히 은안은 온유와 함께하지 못했던 시간에 죄책감을 갖고 있었기에, 그를 만회하듯 아이들에게 최선을 다했다.

가족이라는 울타리는 안정감을 주지만, 그것을 견고하게 지키기 위해선 많은 노력이 필요한 법이었다. 그렇게 숨차게 노력하던 하루가 지나면, 두 사람은 긴 대화를 나눌 틈도 없이 잠들었다.

오늘도 아이들을 씻기고 먹이고 재운 은안은, 병원에서 늦는 재하의 얼굴을 제대로 볼 틈도 없이 먼저 잠이 들어버리고 말았다.

집에 도착하자마자 침실로 들어온 재하는 아기 침대에 누워 있는 바다를 한 번 살핀 뒤, 침대에 걸터앉았다. 그리고 은안의 흐트러진 머리칼을 정리해준 뒤 이불을 좀 더 당겨 올려주었다.

잠자코 은안을 응시하던 그는 속상하다는 듯 말했다.

"맨날 쓰러지듯 자네. 보는 사람 마음 아프게."

재하도 알고 있었다. 은안이 완벽한 엄마가 되고 싶어 한다는 걸. 그리고 그것이 온유와 떨어져 있었던 시간에서 오는 부채감으로 인한 것이라는 것도.

은안이 그런 마음에서 조금 벗어났으면 좋겠다고 생각했지만, 감히 그녀가 어떤 마음일지도 모르는데, 어떻게 선불리 아이들에게 신경을 덜 쓰라고 할 수 있겠는가.

몸이 힘들더라도 마음이 덜 힘들기 위해서 그녀가 아등바등하는 거라면 그저 뒤에서 묵묵히 지켜보고 몰래 도와주는 수밖에 없었다.

은은한 눈빛으로 그녀를 보던 재하는 상박을 숙여 은안의 귓가로 바짝 다가가 속삭이듯 읊조렸다.

"난 그래도 당신이 안 힘들었으면 좋겠어."

"……."

"잘 자, 여보. 좋은 꿈 꾸고."

듣기 좋은 목소리가 은안의 꿈속까지 전해진 건지 그녀의 표정이 느슨해졌다. 다시 몸을 일으킨 재하는, 온종일 보고 싶었던 은안의 얼굴을 감상하듯 물끄러미 바라봤다.

하지만 안타깝게도 평화는 얼마 가지 못했다.

"히잉."

깊은 잠에 빠져들지 못했던 바다가 칭얼거리기 시작했기 때문이었다. 은안이 깨지 않게 조심스럽게 침대에서 일어난 재하는 빠르게 바다를 안아주었다.

"바다야. 쉿. 엄마 자게 두자. 착하지?"

바다를 어르고 달래며 조심스레 침실을 나선 재하의 얼굴에도 많은 피곤이 묻어 있었다. 재하 또한, 다섯 시간짜리 수술을 끝낸 직후 집으로 온 터였다.

하지만 그는 밤새 선잠을 자며 거실에서 바다를 어르고 달랬다. 은안이 조금이나마 더 깊이 자길 바라며.

다음 날, 오랜만에 개운하게 잠에서 깬 은안은 눈을 깜빡이며 멍하니 천장을 응시했다. 밤새 한 번도 깨지 않은 것 같은 느낌이 들었다.

"꿈인가 지금 이거……."

잠긴 목소리를 한 은안이 천천히 중얼거렸다. 하지만 이내 눈을 뜨고 있는 이 세계가 꿈이 아니라는 것을 깨닫고 자리에서 벌떡 일어났다.

"바다야!"

새벽에 꼭 두세 번은 칭얼대는 바다가 단 한 번도 깨지 않았다는 걸 깨달은 은안이 놀란 표정으로 아기 침대를 살폈다. 하지만 이부자리가 말끔히 정리되어 있었다. 마치 이 자리는 밤새 비어 있었다는 듯.

은안이 급히 방문을 열고 거실로 나서자, 재하가 그녀를 맞이했다.

"바다야?!"

"깼어?"

은안은 그제야 깨달았다. 재하가 저를 위해 밤새 바다를 데리고 있었다는 걸.

"아, 어떡해……. 왔으면 깨우지 그랬어요. 어제 힘들었을 텐데……."

은안이 두 손을 입에 올리며 미안하다는 듯 말했다.

익숙한 듯 앞치마를 두르고 있는 그는 바운서에 누워 있는 바다를 흘끗 살핀 뒤 작게 웃었다.

"괜찮아, 우리 딸이랑 있는건데 뭐가 힘들어."

"아니 그래도……. 당신 잠은 좀 잤어요?"

제 딸이지만, 유별난 밤을 보낸다는 걸 알기에 그를 걱정하지 않을 수 없었다.

"걱정도 많아. 아빠로서 당연히 해야 하는 일인데. 나보다는 요즘 당신이 지쳐 보여서 걱정이지."

재하가 은안의 안색을 살피며 물었다.

평소보다는 얼굴이 좋아 보였지만, 오랜 시간 쌓인 피로가 다 벗겨지지는 않은 느낌이었다.

“주말에, 장인어른한테 가서 쉬고 올래? 당신 요즘 너무 힘들어 보이던데.”

“아니에요. 가뜩이나 평일에는 일 때문에 애들이랑 같이 있어 주지도 못하는데, 주말이라도 꼭 붙어 있어야죠.”

은안은 고개를 저으며 말했다. 엄마로서의 책임감이 묻어나는 말이 재하에게는 썩 달갑지 않게 들렸지만, 그는 어쩔 수 없이 고개를 끄덕였다.

“그래, 그럼.”

은안과 재하의 대화가 마무리되던 그때, 부엌에서 온유의 목소리가 들려왔다.

“엄마! 아빠!”

“응, 온유야!”

은안은 그 목소리에 귀를 쫑긋 세우며 부엌으로 빠르게 발길을 옮겼다. 재하는 복잡한 표정으로 뒤를 돌아 부엌으로 가는 은안의 뒷모습을 바라보았다.

온유를 등교시킨 은안은 곧장 회사로 와 일을 처리했다.

서울로 사무실을 옮기고 난 뒤, 제대로 자리를 잡은 회사 덕분에 나날이 바빠지는 중이었다.

대충 오전 업무를 끝낸 은안이 기지개를 켜며 목을 부드럽게 돌렸다.

"으으—."

띠링—.

"뭐시?"

갑자기 울린 메시지 소리에, 은안이 스트레칭하던 목을 내려 휴대폰을 확인했다.

시간 있어?
너네 회사 근처인데 밥이나 먹을까?

응 시간 있지. 저번에 갔던 파스타 집.
거기로 와 언니.

은진의 문자에 은안은 곧장 자리에서 일어나며 답장을 보냈다. 간만에 언니를 볼 생각에 신난 은안이 종종걸음으로 사무실을 나섰다.

멀지 않은 거리에 금세 가게에 도착한 은안이 초록 파스텔 톤의 아기자기한 문을 열어젖히고 파스타 집 내부를 살폈다.

"은안아! 여기야, 여기!"

은진이 손을 흔들자 은안은 고개를 끄덕이며 자리로 빠르게 걸어갔다. 은안이 가까이 다가가자, 은진은 제 동생의 얼굴을 보고 놀란 듯 물었다.

"어머, 얘. 너 왜 이렇게 얼굴이 핼쑥해?"

"아니, 뭐……. 일도 바쁘고 애들도 봐야 하고……."

괜히 머쓱해진 은안이 뒷덜미를 긁적이며 착석했다.

"아니, 아무리 힘들어도 이렇게……!"

대한민국에서 워킹맘으로 산다는 게 쉽지 않은 일이라는 걸 알지만, 그래도 제 동생의 얼굴이 너무 상한 것 같아 은진은 걱정을 거두지 못했다.

"남 서방이 많이 안 도와줘?"

"아니, 재하 씨는 엄청 도와주지……."

"그럼?"

"그냥……. 내가 좀 유난인 것도 있고."

"유난? 그게 무슨 말이야? 자세히 좀 설명해봐!"

은진의 엄포에, 은안은 제가 어떻게 일을 하고 아이들을 돌보는지 소상히 설명했다.

그간 온유와 떨어져 있었던 시간에 대한 부채감이 쉽게 채워지지 않아 아이들의 일이라면 완벽을 추구하게 되는 것, 실수 없는 완벽한 엄마가 되기 위해 노력하는 것 등등.

은안의 이야기에, 은진의 얼굴이 구겨졌다 펴지기를 여러 번 반복했다. 이윽고 주문한 메뉴가 나오며 은안의 얘기가 끝맺어졌을 때는, 은진의 만면에 안쓰럽다는 표정이 스며 있었다.

"은안아, 너무 그러지 마. 네가 완벽한 엄마가 된다고 해서, 아이들이 완벽하게 자라는 것도 아니고, 그게 꼭 옳은 것도 아니야."

"그치만……."

자꾸만 해주지 못해서 미안하고, 애가 닮고 그러는 걸.

마음속에 뱅뱅 도는 말을 덮어놓은 은안이 입술을 꾹 누르며 시선을 내렸다. 조금 전 들은 내용을 곱씹던 은진이 차분히 얘기를 꺼냈다.

"은안아, 이건 순전히 내 생각이긴 한데. 있잖아, 부모한테 완벽의 기준은 참 애매하다? 왜냐면, 자식은 노력한 만큼 잘 커주는 게 아니거든. 육아는 시험이 아니니까."

은진 또한 '완벽한 엄마'가 되어야겠다고 생각해본 적이 있었고 그것이 부질없다고 깨달은 적도 있었기에, 경험에서 우러나온 충고를 해줄 수 있었다.

"내가 노력한 만큼 잘 따라주는 부분도 있을 테고, 그렇지 못한 부분도 있을 거야. 근데 그때마다 네가 완벽하지 못해서라고 탓할 수는 없잖아."

"……."

"그리고 어쨌든 애들이나 우리나 결국은 서로 다른 사람이고, 서로를 온전히 이해하지 못하는 날도 올 텐데, 그때가 되면 어차피 완벽한 부모 노릇하지도 못해. 그냥 저 갈 길 가게 둬야지."

아직은 멀었지만, 언젠가는 자식을 하나의 객체로 인정해줘야 하는 날이 온다면 부모로서의 역할이 또 달라질 걸 알기에 은진은 담담히 얘기를 풀어냈다.

"그러니까 완벽한 엄마가 되려 할 필요 없어. 어차피 되지도 못하고. 그러니까, 완벽한 엄마보다는 좋은 엄마가 되겠다고 생각해. 그리고 그 길은, 네가 먼저 행복하게 잘 사는 모습을 보여주는 거야."

은진의 조언에, 은안은 느릿하게 고개를 끄덕였다.

좋은 엄마 되기. 제가 먼저 행복하게 잘 사는 모습을 보여주는 것. 머리로는 받아 들여지는 사실이었지만, 실천이 가능할지는 의문이었다.

며칠 후의 금요일 오후.

회사에서 일을 빨리 마무리 지은 은안이 3시쯤 집에 도착했다.

"장을 봐 올 걸 그랬나……."

은안은 현관문을 열며 중얼거렸다.

"온유가 또띠아로 만든 피자가 먹고 싶다고 했던 거 같은데……. 푸딩도 먹고 싶다고 했고. 아, 바다 분유도 떨어졌었던가?"

문을 열면서도 아이들의 생각뿐이던 은안은 허공을 응시하며 집 안으로 들어섰다.

"아아."

그리고 신발을 벗고 집 안으로 들어서자마자 무언가와 부딪혔다. 은안이 제 경로를 가로막은 물건이 무엇인지 확인하기 위해 시선을 내렸다. 앞길을 막고 있었던 건, 여행용 캐리어였다.

"웬 캐리어지……?"

은안이 캐리어를 슬며시 끌어보았다. 묵직함이 느껴지는 게 빈 캐리어는 아닌 거 같았다. 그때, 방에서 나온 재하가 캐리어를 유심히 바라보는 은안을 향해 다가왔다.

"왔어?"

"이게 웬 캐리어예요? 당신 어디 가요? 학회 있었던가……?"

은안이 잘 기억나지 않는다는 듯 인상을 찌푸리자, 재하가 슬며시 웃으며 답했다.

"응, 나 어디 가."

"아, 내가 당신 가는 걸 까먹……."

"근데, 당신도 갈 거야."

이어지는 재하의 말에 말을 내뱉던 은안이 그 상태로 굳어버리고 말았다.

재하는 그 모습이 귀엽다는 듯 은안의 머리를 다정히 귀 뒤로 넘겨주며 다시 한 번 말했다.

"당신이랑 나랑 같이 떠날 거야."

"애들……은요?"

"형님한테 맡겼어."

"네? 거기도 우주랑 화성이 때문에 힘들 텐데……!"

"대신 우리도 봐주면 돼. 어차피 하나나 둘이나 셋이나, 넷이나 힘든 건 똑같으니까. 힘들 때 확실히 힘든 게 낫다. 그게 태수 형이랑 나랑 내린 결론이야. 그리고 장인어른도 도와주시기로 하셨고."

며칠 전, 재하는 우연히 병원에서 마주친 태수와 육아를 주제로 대화를 나눴다. 은진과 태수도 얼마 전 둘째를 낳았기에, 대화 주제가 비슷했다.

그렇게 시작된 대화는 흐르는 물결처럼 타고 흘러가 부부의 관계에까지 흘렀다.

—아니, 오붓한 시간 잡는 건 고사하고 대화할 시간도 없어! 난 우리 자기가 아직 예뻐 죽겠는데, 뽀뽀 한 번 할 시간도 없다니까?

유명한 애처가답게, 태수는 아내 사랑을 숨기지 않고 드러냈다. 호들갑 떠는 태수와 달리 재하는 겉으로 티를 내진 않았지만, 태수와 비슷한 생각을 하고 있었다.

아직 제 눈엔 은안이 예쁘고 사랑스럽고 바라보고만 있어도 미칠 것 같은데.

어느새 엄마 아빠로만 굳어진 저희의 모습이, 마음에 들지 않았다. 하지만 그런 생각을 하다가도 현실에 치이면 어쩔 수 없이 엄마 아빠로 돌아가기 십상이었다.

그렇게 아내를 잃은 두 남자는 긴 대화 끝에, 한 달에 한 번 각자의 아이들을 봐주기로 결론을 냈다.

물론 아내들에게 허락은 받지 않았지만, 좋아할 거라 믿어 의심치 않았다. 그런데 좋아할 것 같았던 은안의 표정이 어딘가 모르게 불안해 보였다.

"애들 괜찮겠죠? 우리 없어도……."

"걱정 마. 온유가 이모랑 이모부 좋아하는 거 알잖아. 우주랑 노는 것도 좋아하고. 바다는 뭐, 말할 것도 없고."

즐거움보다 걱정이 앞서는 그녀의 모습에, 재하가 손을 들어 올려 은안의 눈을 살짝 쓸어내리며 감기게 했다. 은안은 갑자기 암흑이 된 세상에서 부루퉁한 목소리로 제 남편을 불렀다.

"여보!"

"자기야. 아니, 은안아."

재하는 손을 떼어낼 생각이 없다는 듯 그 자세로 은안을 불렀다.

"눈을 감았다가 뜨면 우리는 온유랑 바다 엄마 아빠가 아니라, 그냥 우리인 거야."

그리고 마치 역할놀이를 할 거라는 듯 상세히 설명을 시작했다.

"옛날에 내가 했던 말 기억해?"

"무슨……."

"당신이랑 온유 엄마 아빠만 할 생각 없다고 했던 거."

재하의 말에 은안이 잠시 멈칫했다. 제가 기억을 찾은 뒤 그를 밀어내려 애쓸 때, 스스로 수없이 되뇌던 말이었다.

잊을 수 없던 그 일을 기억해낸 은안이 고개를 끄덕이자, 재하가 나직한 목소리로 말을 이었다.

"난 지금도 그 생각이 유효하거든."

오랜만에 들어보는 그의 뜨거운 목소리에, 은안은 어쩐지 등줄기가 찌릿해지는 것을 느꼈다.

"그러니까 당신도 이제 다시 눈을 뜨면 잠시 온유랑 바다는 잊고, 나만 봐."

단단한 목소리에, 심장이 간지러워진 은안이 입술을 꾹 누르며 다시 고개를 슬며시 끄덕였다. 재하는 그제야 은안의 눈에서 손을 떼어냈다.

오래 눈을 감았던 은안은 흐릿해진 시야 때문에 여러 번 눈을 끔뻑였다. 하지만 그는 은안이 시야를 찾을 때까지 기다릴 여유도 없다는 듯 그녀의 손을 이끌었다.

"가자, 짐은 내가 당신 것까지 다 챙겼어."

은안은 집 안에 들어가지도 못하고 다시 밖으로 향했다.

그렇게 두 사람은 오랜만에 둘만의 여행을 떠났다.

두 사람이 도착한 곳은 주문진 해변의 한 독채 펜션.

안내를 받아 안으로 들어선 은안이 탄성을 내뱉으며 창문 근처로 다가갔다.

"우와."

짤막한 탄성에 기쁨이 응축되어 있었다.

은안은 창밖으로 펼쳐진 풍경에 넋을 잃었다.

해질녘의 바다는 사람을 황홀하게 만들었다. 마치 마법에 걸렸다고 착각하게 할 만큼.

들뜬 은안의 모습을 흐뭇하게 바라보던 재하는 그녀의 곁으로 다가가 은안의 어깨에 얼굴을 묻고 잘록한 허리를 휘어 감았다.

“마음에 들어?”

은안이 제 허리에 감은 재하의 팔을 살짝 풀어헤쳤다. 그리고 그의 품 안에서 빙글 돌아 재하와 눈을 마주했다.

“너무 마음에 들어요.”

“다행이네.”

이내 재하의 품 안에 갇힌 은안은 종알종알 노래하는 새처럼 떠들어댔다.

“언제 예약한 거예요? 여기 정말 너무 예뻐요. 난 진짜 생각 흡…….”

은안의 말이 끝맺어지기도 전에, 재하가 그녀의 입술을 집어삼키듯 탐했다. 다정하지만 결코 부드럽지만은 않은 입맞춤. 은안의 아랫입술을 머금었던 재하가 깊숙하게 입 안을 파고들어 뜨겁게 빨아들였다.

은안은 오랜만의 짙은 입맞춤에 그에게 매달리듯 목을 휘감았다. 그렇지 않으면 다리의 힘이 전부 풀려 바닥으로 쓰러져버릴 것 같았다. 노을을 배경 삼아 데일 것만 같은 입맞춤이 한참이나 지속되었다.

결국 은안이 달뜬 숨을 뱉으며 재하의 가슴팍을 밀어내고서야, 그는 아쉽다는 듯 그녀를 놓아주었다.

“하아……. 하아…….”

타액으로 번들거리는 입술에서 거친 숨이 연신 흘렀다.

재하는 씩 웃으며 은안의 입술을 매만져주었다.

“예뻐, 당신.”

"하아, 당신은 아직도 내가 예뻐요?"

아직 숨을 고르지 못한 은안은 오랜만에 듣는 애정 표현이 낯설다는 듯 물었다.

재하는 그런 그녀의 반응이 마음에 들지 않는다는 듯 눈썹을 추켜세우며 말했다.

"응, 매일 그렇게 생각하는데, 난. 당신은 안 그래? 내가 이제 매력이 없어? 그래서 맨날 먼저 잠드는 거야?"

"……그럴 리가 없잖아요."

스스로를 의심하는 재하를 마주한 은안은 고개를 저었다.

그는 아직도 넘치게 멋있었다. 가끔은 가슴이 터질 듯 뛸 만큼.

"그냥 피곤해서 그런 거지, 나도 아직 당신을 보면 얼마나 심장이…… 뛴다고요……."

수줍게 뱉어낸 고백에 재하가 순식간에 은안의 엉덩이를 받쳐 들어 올렸다.

"재, 재하 씨!"

갑자기 온몸이 붕 뜬 은안은 놀란 듯 소리를 지르면서도, 생존 본능으로 그의 허리에 다리를 휘감았다. 재하의 어깨를 짚고 상체를 들어 올린 그녀는 그를 내려다보며 말했다.

"재하 씨 갑자기 왜……!"

"안 되겠어, 밥은 먹이려고 했는데."

은안을 안고 성큼성큼 걸음을 옮긴 그가 방으로 들어섰다.

그녀를 침대에 눕힌 재하는 그 위로 몸을 실었다.

조용한 방 안, 열린 창문으로는 철썩거리는 파도 소리가 들려왔다. 그 상태에서 은안을 뚫어져라 바라보던 그는 손을 내려 천천히 은안의 블라우스 단추를 하나둘 풀어갔다. 마지막 단추까지 풀어지자, 블라우스가 완벽히 젖혀졌다. 은안은 그의 빤한 시선이 부끄러워 슬쩍 고개를 돌렸다. 재하는 그런 은안의 턱을 살며시 잡고 다시 정면으로 돌렸다.

"시선 돌리지 말고 나 봐."

"재하 씨, 불이라도……."

은안의 부탁을 듣고도 못 들은 척한 그는, 고개를 내려 그녀의 쇄골 부근을 입술로 약하게 잘근거렸다.

"흣, 여보……."

은안이 제 입술에 바르작거리는 게 좋아, 그는 조금씩 입술을 아래로 내렸다.

"하앗."

은안의 입에서 참지 못한 신음이 터져 나오자, 재하는 밀당을 하겠다는 듯 잠시 그녀를 놓아주었다.

그렇게 두 사람의 시선이 다시 마주하고, 재하는 새카만 눈을 빛내며 말했다.

"당신은, 아직도 날 미치게 해."

그 말에, 은안의 심장이 쿵 떨어졌다. 결혼하고 헤어지고, 다시 만나고 몇 년이 지났다. 그럼에도 그는 늘 새로운 설렘을 주었다.

재하의 말처럼 모든 걸 잠시 잊은 은안이 짙은 키스로 부풀어 오른 입술을 달싹였다.

"나도 그래요. 나도 당신이, 미치게 좋아."

거기에 더해 용기를 낸 은안이 재하의 셔츠 단추를 톡톡 풀어 내렸다. 적극적인 것에 비해 빠르지 못한 은안의 손놀림에, 재하의 애가 한껏 닳고 있었다.

툭.

인고의 시간 끝에 그의 셔츠가 벗겨지고, 은안이 일렁이는 눈으로 그를 끌어당겨 입을 맞추었다. 재하는 은안의 키스를 받아내면서도 그녀의 옷을 빠르게 벗겨낸 뒤 제 옷도 모조리 탈의했다. 진득하게 맞붙었던 입술이 떨어지고, 눅진해진 숨결이 흘러나왔다.

"은안아."

그가 허락을 구하듯 은안을 불렀고, 은안은 잘게 떨리는 눈으로 고개를 끄덕였다. 몇 번의 키스만으로도 그를 받아 들일 준비가 충분히 된 은안의 안으로, 그가 부드럽게 밀고 들어왔다. 가득히 들어차는 감각에, 은안은 벅차하면서도 그에게 매달렸다. 오롯이 감각에만 의존한 밤, 그들은 철썩이는 파도 소리를 배경 삼아 서로에게 진한 낙인을 남겼다.

새벽 2시, 잠에서 깨어난 은안이 가운을 여미며 일어나 옆자리를 살폈다.

"재하 씨……."

그곳엔 저를 끝까지 몰고 또 몰아갔던 남자가 없었다. 그때, 문이 열리며 재하가 방으로 들어와 은안의 곁으로 왔다.

"일어났어?"

재하는 은안의 머리를 정리해주며 다정한 목소리를 흘렸다.

하지만 은안은 재하보다 다른 것이 반갑다는 듯 열린 방문을 흘끗거렸다.

"맛있는 냄새가 나는데……?"

"아, 당신 일어나면 배고플까 봐 뭐 좀 하고 있었어."

"나 배고파요……."

은안이 투정을 부리듯 말하자, 재하는 잠시 기다리라는 말과 함께 방을 나섰다.

곧 다시 들어온 그는 쟁반에 토마토 스튜와 구운 빵을 담아 은안의 앞에 대령했다.

"미리 장 봐 온 걸로 만든 거야."

"잘 먹을게요."

시장했던 은안이 단번에 숟가락을 들어 스튜를 맛봤다. 역시, 냄새보다도 맛이 더 좋았다.

은안이 고개도 들지 않고 스튜를 맛있게 먹자, 재하는 그런 그녀를 물끄러미 바라보다 입을 열었다.

"난 당신이 완벽하지 않았으면 좋겠어."

"……그게 무슨?"

"온유랑 바다한테도 완벽하지 않아도 되고, 나한테도 완벽하지 않아도 돼."

재하는 둘만 있는 오늘처럼, 은안이 제게 어리광도 부리고 투정도 부리길 원했다. 그래서 그녀가 이 긴 삶을 지치지 않고 살아가길 바랐다.

"그냥 오늘처럼 신나게 웃고, 배고프면 배고프다고 말하고. 당신이 엄마가 아닌, 완벽하지 않은 유은안으로 살았으면 좋겠어. 그래야 내가 채워줄 수 있으니까."

그의 다정한 말이 은안의 심장을 따듯하게 데웠다. 많은 설명을 하지 않아도, 그가 무엇을 말하고자 하는지 안다.

잠시 숟가락을 내려놓은 은안이 살며시 고개를 끄덕였다.

"그럴게요. 나, 당신한테 조금 더 기대면서 살게요. 엄마가 아니라 유은안으로."

은안의 곁으로 바짝 다가온 그가 그녀를 꼭 안아주며 속삭였다.

"사랑해, 은안아."

"나도요."

서로와 함께라면 더 바랄 게 없는 둘만의 하루가 그렇게 또 지나가고 있었다.

〈끝〉

작가 후기

아직 '작가'라는 호칭이 어색한 제가, 작가 후기를 쓰고 있다니 정말 믿기지가 않네요. 쑥스럽기도 하고요.

사실 저는 작가가 꿈도 아니었고, 제가 글을 쓸 수 있는 사람이라고는 생각지도 못했어요. 저는 그저 순정만화를 빌려보느라 용돈을 탕진하는 초등학생이었고, 야자 때 몰래 로맨스 소설을 보며 함박웃음을 짓던 고등학생이었고, 술을 마시다가도 드라마를 보기 위해서 집에 들어가는 평범한 로맨스 덕후였어요.

그래도 생각해보면 제 인생에 늘 '로맨스'라는 장르가 빠졌던 적이 없었던 거 같아요.

그런데 로맨스라는 장르를 무척 좋아하다 보니까, 자꾸만 제 취향의 이야기들이 머리에 어른어른거리더라고요. 이때까지만 해도 그냥 덕후의 마음이 컸어요. 그런데 글을 써보라는 신의 계시인지, 실직을 하면서 시간이 많은 시기가 오더라고요. 그때 '아 이런 얘기가 보고 싶은데 그냥 내가 써볼까?'라고 생각하면서 무작정 글을 쓰기 시작했고, 그게 이어져 오다 보니 『마지막 첫날밤』이라는 제 취향이 듬뿍 담긴 작품까지 쓰게 되었네요.

지금 생각하니까 참 무작정 시작한 게 용감했던 거 같아요. 사실 전 새로운 도전을 무서워하는 겁쟁이거든요. 그래도 글을 쓰기 시작한 시기에 실직 외에도 이런저런 힘든 일들이 있었는데, 글을 쓰고 독자님들을 만나는 게 저한테는 하나의 도피와 휴식처가 되었던 것 같습니다.

저는 로맨틱 코미디도 좋아하고, 멜로도 좋아하고 사실 그냥 로맨스의 모든 걸 사랑하는 사람인데, 그중에서도 '후회남'이라는 키워드를 가장 좋아해요. 어릴 때 처음 제대로 봤던 드라마가 그런 내용이었는데, 그때 제 취향의 70%가 만들어지지 않나 싶어요. 어쨌든 제 취향을 모두 담아 은안이와 재하가 탄생을 했답니다!

『마지막 첫날밤』에서 두 사람의 사랑뿐만이 아니라 부모와 자식 간의 관계라던가, 사람 간의 관계를 보여드리고 싶어서 많은 구상을 했었어요.

사실 저는 가족극이나 시트콤도 아주 좋아하거든요! 특히 진태라는 캐릭터는 제가 조연 중에서도 참 아끼는 캐릭터인데요, 세상에서 가장 좋은 아빠인 동시에 나쁜 아빠가 되는 이중적 캐릭터예요. 사람은 누구나 입체적이라고 생각하며 만든 캐릭터라, 그런 부분이 와 닿으셨다면 저는 더할 나위 없이 뿌듯할 거 같아요.

그리고 작품 얘기를 조금만 더 덧붙여보자면, 두 주인공이 이어지는 과정이 때로는 답답하고 아프기도 하지만, 저는 은안이와 재하가 '진짜 사랑'을 찾아가는 여정이라고 생각하면서 글을 썼어요. 사실 쓰면서 많이 힘들었지만, 저는 여전히 이런 가슴 먹먹한 얘기가 참 좋은 걸 보니, 취향은 어쩔 수 없나 봐요. 하하하!

부족한 글에 많은 성원을 보내주신 독자님들, 정말 진심으로 감사드립니다. 제가 그 어떤 글을 써도, 작품을 완성해주시는 건 봐주시는 독자님들이라고 생각합니다.

그리고 『마지막 첫날밤』을 잘 마무리 지을 수 있게 도와주신 테라스북 관계자님들에게도 정말 감사드린다는 말씀 드리고 싶어요! 정말 미숙하고 또 미숙했던 초보 작가인 저를 위해서 많이 조언해주시고 애써주셨어요.

제가 사실 쑥스럽고 낯을 가리는 성격이라, 이런 말을 잘 못하는데 이 자리를 빌려서 정말 감사하다고 다시 한 번 말씀드리고 싶습니다!

그리고 제가 힘들어할 때마다 교대로 나와 함께해주던 멘케 프렌즈 소이, 세은, 수민아, 너무 고마워! 덕분에 이렇게 제대로 마침표를 찍을 수 있었어! 그리고 늘 묵묵히 제 옆에서 저를 응원해주고 지지대가 되어주는 엄마에게도 고맙고 사랑한다는 말을 하고 싶네요.

저는 앞으로도 새롭고 재밌는 얘기 쓸 수 있도록 노력하도록 하겠습니다.

이 글을 읽어주신 모든 독자님, 언제 어디서나 평안하고 행복하길 바라고 또 늘 건강하시길 기원하겠습니다.

감사합니다.

마지막 첫날밤 2

초판 1쇄 인쇄 2022년 9월 20일
초판 1쇄 발행 2022년 9월 30일

지은이 임효정 | **펴낸이** 강성욱 | **책임 기획** 전주예 | **일러스트** 김지훈
디자인 김유나 | **기획 편집** 고현나 이진영 문지현 김지수 | **교정** 서진영
펴낸곳 테라스북 | **등록** 제 2021-000006호
주소 (04799) 서울특별시 성동구 아차산로 17길 26, 301호 (성수동2가, 규장각빌딩)
전화 070-4794-5826 | **팩스** 0505-911-5826
블로그 https://blog.naver.com/terracebook | **전자우편** terracebook@naver.com
ISBN 979-11-6728-163-0 (04810)
ISBN 979-11-6728-161-6 (SET)

테라스북은 주식회사 스토리펀치의 임프린트 브랜드입니다.